KB099608

파래

파래

발행일   2017년 1월 20일

지은이   황 훈
펴낸이   손 형 국
펴낸곳   (주)북랩
편집인   선일영   편집   이종무, 권유선, 김송이, 송재병
디자인   이현수, 이정아, 김민하, 한수희   제작   박기성, 황동현, 구성우
마케팅   김회란, 박진관
출판등록   2004. 12. 1(제2012-000051호)
주소   서울시 금천구 가산디지털 1로 168, 우림라이온스밸리 B동 B113, 114호
홈페이지   www.book.co.kr
전화번호   (02)2026-5777   팩스   (02)2026-5747

ISBN   979-11-5987-388-1 03810(종이책)   979-11-5987-389-8 05810(전자책)

잘못된 책은 구입한 곳에서 교환해드립니다.
이 책은 저작권법에 따라 보호받는 저작물이므로 무단 전재와 복제를 금합니다.

이 도서의 국립중앙도서관 출판예정도서목록(CIP)은 서지정보유통지원시스템 홈페이지(http://seoji.
nl.go.kr)와 국가자료공동목록시스템(http://www.nl.go.kr/kolisnet)에서 이용하실 수 있습니다.
(CIP제어번호 : CIP2017001475)

(주)북랩 성공출판의 파트너

북랩 홈페이지와 패밀리 사이트에서 다양한 출판 솔루션을 만나 보세요!
홈페이지 book.co.kr   1인출판 플랫폼 해피소드 happisode.com
블로그 blog.naver.com/essaybook   원고모집 book@book.co.kr

황훈 장편소설

파래

북랩 **book** Lab

차 례

육지(읍내)

서부　　　동부

불암도

양학리 김어장

삼정리　점
여우고개
천마산　양학리　금옥리
팽나무고개　　　　　외포리
태평리
독구체

해목리

소설 속 가상의 섬 '불암도'

불암도

검푸른

"머리카락처럼 시커먼 해우(김)가 많아야 할 건디…… 해우는 자꾸만 줄어들고 계속 혀서 파래만 늘어나고 있으니 올해 김 농사는 망쳤구먼! 망쳤어!"

수심이 자신의 키 서너 배나 넘어 보이는 검푸른 바다 위에서 김발을 들어 올리며 장수는 연신 한숨을 뿜어내고 있다. 도마뱀 꼬리가 잘려나가도 다시 생겨나듯 굶주린 아귀가 지보다 더 큰 먹이를 삼키듯 걷잡을 수 없이 불어난 파래가 김을 말아 자시고 있다고 한탄하는 것이다.

볼을 베어낼 것처럼 바닷바람은 매섭게 몰아치고 있었다. 그 바닷바람과 한껏 어우러진 파도는 장수가 타고 있는 작은 배를 마구 흔들어대며, 장수를 위태롭게까지 하고 있었다. 허나 늘 겪던 일이어서였을까, 장수는 여느 때와 다를 바 없이 묵묵히 김을 채취해 나갔다.

오늘 명천은 마을 김 어장에 나오질 못했다. 새벽 내내 시름시름 앓더니 끝내 일어나지 못했던 것이다. 장수는 홀로 김을 채취하는 게 버겁기도 했지만 그보다도 걱정되는 건 마누라, 명천이 아픈 거였다.

명천이 장수에게 시집올 적 어찌나 말랐던지 지푸라기도 저 정도는 아닐 거라고 마을 사람들은 쑥덕댔다. 장수도 그런 명천이 힘든 일들을 이겨낼 수 있을까, 하고 걱정했었다. 하지만 명천은 생각보다 강한

면을 보여주었다. 육지 농사뿐만 아니라 꽤나 힘들다는 바다 농사까지 거뜬히 이겨내 주었다.

하지만 그런 명천이 어느 해부턴가 겨울이 찾아오면 어김없이 아팠다. 몸이 유약해서가 아니라 이유는 따로 있었다.

셋째, 동수가 태어난 지 채 석 달도 되지 않았을 즈음, 한참 밭농사가 바빠지는 시기인 유월에 접어들었을 때였다. 장수 가족은 여느 때와 다를 바 없이 이른 아침부터 밭으로 일을 나갔다. 겨울이면 안방 뒤주를 가득 채울 고구마, 그 고구마가 주렁주렁 매달릴 씨앗이나 다름없는 고구마순을 심기 위해서였다. 그 밭은 장수가 사는 마을, 양학리로부터 오 리 정도 떨어져 있었는데, 그의 아버지 의술이 사는 마을, 금옥리 뒷산 밑자락에 위치해 있었다.

그 밭으로 가는 길은 험했다. 길 여기저기에 울퉁불퉁하며 사람 머리통만 한 돌들이 깔려있었는데, 사람들이 걷기엔 비록 수월했을지 몰라도 짐 실은 리어카라도 끌고 갈라치면 여간 힘든 게 아니었다. 돌과 돌 사이에 채워져 있어야 할 흙이 적어 그 사이로 바퀴가 푹푹 빠지기 때문이었다. 그래도 그 정도는 양호한 편이었다. 비가 온 다음 날에는 그나마 돌 틈 사이에 남아있던 흙마저 쓸려 내려가 골은 더욱 깊어졌고 그 탓에 리어카가 아예 움직이질 않았던 것이다. 그런 날에는 결국 쟁기며, 쇠스랑, 삽 등을 지게로 날라야만 했다.

불암도에는 곡식을 생산할 수 있는 밭과 논이 귀했는데 그 귀한 만큼 혹독한 대가가 뒤따랐다.

그나마 밭 만드는 작업은 비교적 적은 노동으로 가능했다. 산 밑자락을 깎아내려 만들었는데 어른 머리만 한 돌들을 치워내면 그럭저

력 곡식을 수확할 수 있는 밭이 되었다.

하지만 논 만드는 건 밭 만드는 것보다 배 이상의 노동이 투입되어
야만 했다.

먼저 논 만들 위치는 산 밑자락에 바짝 붙어있는 밭의 위치보다 밑
이어야 했다. 산 밑자락에서 멀리 떨어져 있어야 그나마 치워내기 힘
든 큰 돌들이 적었고 물 대기가 수월하기 때문이었다.

그렇게 적절한 장소가 정해지면 밭 만드는 것과 동일한 작업을 통
해 비렁땅을 만들어냈다. 그렇게 만들어진 비렁땅에서 큼지막한 돌들
을 추려내고 저수지에서 물을 끌어와 댔다.

허나 그 투박한 땅은 물을 그리 오래 머금지 못했다. 더욱이 햇볕이
강한 날에는 흙이 더욱더 빠르게 메마르기 때문에 물을 자주 대야만
했다. 그러기를 수없이 반복해 흙을 질퍽하게 만들어냈다. 그다음, 그
질퍽해진 땅에 삽, 쇠스랑, 곡괭이를 들고 들어가 삽으로는 물을 머금
고 있는 웅어리 진 흙덩이를 잘게 부쉈고 쇠스랑으로는 밭에 처박혀
있는 작은 돌들을 마저 추려내 밭 밖으로 집어 던졌다. 또 곡괭이로
는 흙 아래 깊숙이 처박혀있는 돌들을 마저 뽑아내 치워냈다. 이런
작업은 흙이 철퍽거릴 때까지 계속되었다. 또 물이 더 이상 빠져나가
지 못하도록 그 철퍽해진 흙을 둑에 얹고 도자기 빚듯 다듬었다.

그리고 마침내 철퍽한 땅에 댄 물이 없어지지 않고 그대로 고여 있
으면 비로소 밭이 아닌 논이 완성되는 것이었다.

바위투성이인 불암도에서 생성된 밭과 논들은 대부분 이런 과정을
거쳐 만들어졌다.

불암도.

아니 불(不)에, 바위 암(巖), 섬 도(島)를 붙여 지은 섬 명답게, 바위가

너무 많아 바위가 없길 바라는 기원(冀願)에서 불암도라고 불리게 되었다고 한다.

불암도에는 장수네 마을을 포함하여 스물한 개 부락이 들어서 있었다. 마을 중에는 강 씨들이 모여 사는 강촌리와 박 씨들이 모여 사는 대박리처럼 집성촌도 있었지만 그 외 마을 성씨는 매우 다양했다. 그 이유가 유배 온 선조들이 많기 때문이라고들 했다. 장수 집안도 그 부류에 속해 있었다.

장수 집안.

명천은 시아버지인 의술이 논과 밭을 자식에게 물려주지 않는 게 영 탐탁지 않았다. 그럼에도 의술은 논과 밭이 자신의 피와 땀, 얼이 담겼을 뿐만 아니라 남의 땅을 어렵사리 자신의 것으로 만든 것이기에 자신이 눈을 뜨고 농사를 지을 수 있는 한 논과 밭은 자신이 소유하고 있어야 한다고 생각했다. 더더욱 아들이라곤 딸랑 장수밖에 남지 않았으나 막내라는 이유로 함께 사는 것도 꺼렸다.

의술은 장수 말고도 아들 둘을 더 두었었다.

하지만 둘째는 어렸을 때, 첫째는 한창 혈기왕성하게 활동할 나이에 이승과 더 이상 연을 잇지 못했다.

둘째 아들, 경식은 무척 총명했다고 한다. 일곱 나이에 열다섯을 훌쩍 넘긴 애들도 모르는 한자를 줄줄 외곤 했다는 것인데, 그렇게 한참 커가던 경식이 여덟 살이 되던 해 여름, 보름 내내 앓더니 죽었다는 것이다.

경식은 이렇다 할 이유 없이 갑자기 아팠다. 고열에 설사가 일주일 내내 끊이질 않았고 아예 먹지도 못해 몸 상태는 점점 악화되어만 갔다. 그런 경식을 위해 어머니, 순복은 집 뒤꼍에 고목이 되다시피 한,

한 눈으로 봐도 당장 베어 내야 할 것 같은 감나무 밑에 정화수를 떠 놓고 성주신께 빌고 또 빌었다.

"신령님, 신령님! 우리 아들 경식이 좀 낫게 혀주시요이. 우리 경식이만 뻘떡 일어나케 혀주신다믄 지를 데리가도 애무런 원망도 않겄서라. 부디 지 소원 한분만 들어주시요이."

모은 두 손이 닳도록 싹싹 빌며 머리를 조아렸다 일으키기를 연신 반복해댔다.

그렇게 경식이 앓은 지 보름이 채 안 됐을 즈음.

사람 눈에 잘 띄지 않는다는 신성한 그 동물, 그러나 그게 사람 앞에 나타나면 집안에 불길한 일이 생길 조짐이라는 그 동물, 사람들은 그게 무엇인지 알고 있었으며 나타나지 말아야 할 영물이라고들 했다.

그날도 아픈 아들을 위해 성주신께 빌고자 집 뒤꼍에 있는 감나무 쪽으로 향하던 순복은 하마터면 까무러질 뻔했다. 구렁이가 한 마리가 떡하니 순복 앞에 나타난 게 아닌가. 그 구렁이는 집 뒷담벼락 위에 똬리를 틀고 목을 꼿꼿하게 세운 채 순복을 뚫어져라 쳐다보고 있었다. 순간, 누구에게 정강이라도 걷어차인 듯 반사적으로 무릎을 꿇은 순복은 연신 빌어대기 시작했다.

"아이고, 구랭아! 구랭아! 니가 웬일로 내 앞에 나타났다냐? 뭐시 부족해서 집 밖으로 나왔단 말이냐? 원하는 거 있으믄 내가 다 들어줄 것인께. 어여, 니 집으로 돌아가거라이."

알아듣기라도 했을까, 오 분여 동안 아무런 미동도 없이 순복만을 쳐다보던 구렁이가 담 너머 아래로 스르르 미끄러져 사라졌다.

그 다음날 경식이 죽은 것인데.

순복은 자신의 지극 정성이 부족해 아들이 죽은 거라고 대성통곡

했지만 정작 마을 사람들은 집을 지키는 구렁이가 사람 눈에 띈 것 자체만으로도 집안에 우환이 생길 조짐이었는데 그 재앙을 경식이 모두 가져간 것이라고들 위로 아닌 위로를 해댔다.

첫째 아들, 민식은 군에서 생을 마감했다.

의술은 큰아들, 민식을 군에 보내지 않으려고 안간힘을 써댔다. 평소의 고지식함은 온데간데없었다. 면서기를 찾아가 아들이 군 면제를 받을 수 있게끔 해달라고 삼천 원을 찔러주고 왔다. 그래서였을까, 의술은 아들이 군에 가지 않을 거라 철썩같이 믿고 있었다.

하지만 그해 겨울, 민식에겐 영장이 날아왔다. 논산훈련소로 집결하라는 통보였다.

그곳에서 신병훈련을 받은 후 민식은 훈련소보다 한참 위쪽 지방에 위치한, 겨울이면 똥이 얼어붙는다는 최전방 철원에 자대 배치를 받았다. 가족들은 민식이 이남과 이북을 가로지르는 철책선을 지킨다는 것만 알았을 뿐 그곳이 너무 멀기도 했거니와 사시사철 바닷일, 농사일로 바빠 차마 면회 한 번 갈 엄두를 내지 못했다.

민식이 군에 간 지 딱 일 년이 되던 해 겨울, 면서기는 민식이 죽었다고 알려왔다. 민식의 가족이 군부대까지 갈려면 꼬박 사흘이나 걸린다고 하자, 가족이 오는 시간이 너무 오래 걸리니 시신을 화장해서 보내겠노라고 군부대에서 일방적으로 통보했다는 말도 덧붙였다.

아들이 죽었다는 말도 믿기 어려운 판에 죽은 아들을 보지도 못했는데 화장까지 한다고 하니 의술은 피가 거꾸로 솟는 것만 같았다. 단걸음에 달려가 아들놈의 생사를 확인해야 할 터인데, 철원이라는 곳까지 거리가 거리인만큼 이러지도 저러지도 못해 미치고 환장할 노릇이었다. 설령 배를 구해 육지인 읍내로 나간다 하더라도 차편이 마땅치 않아 철원까지 가기엔 너무나 힘든 여정임이 불 보듯 뻔하기 때문이었다.

결국 민식은 화장돼 죽었다는 소식이 있던 그날 이후 일주일 만에 재가 되어 금옥리로 돌아왔다. 유골함은 하얀 천으로 덮여있었다. 그 천을 풀어헤쳤더니 '이민식'이라는 이름 석 자만이 덩그러니 새겨져 있었다. 나무판자에 못을 더덕더덕 박아 만든 유골함은 볼품도 없거니와 허접하기 짝이 없었다. 아비인 의술은 눈물을 보이지 않았다. 눈물을 보이지 않았다기보다는 기가 막혀 눈물조차 나지 않았던 것이다. 하지만 어미인 순복은 정신 나간 사람마냥 "민식아!"를 연거푸 외쳐대며 부들부들 떨리는 손으로 아들의 유골함을 뭉개져라 부여잡고 있었다.

그날도 여느 때와 다를 바 없이 밭에 나간 명천은 장수가 끄는 쟁기가 밭고랑을 훑고 지나가면 쇠스랑으로 작은 돌덩이를 골라내며 밭이랑을 다지고 있었다. 헌데 방금 전 지나간 것 같던 쟁기가 어느 순간 다시 명천 곁을 스쳐 지나간 것이다. 설령 뒤쪽에서 오는 쟁기는 못 봤더라도 소 목에 달아둔 핑경 소리만은 들었어야 했다. 허나 명천은 핑경 소리뿐 아니라 장수가 비키라고 내질렀던 소리마저 듣지 못했던 것이다.

아, 하는 외마디가 명천의 입에서 흘러나왔다. 그 소리를 들은 장수가 다급하게 워, 워, 워 하며 소를 멈춰 세웠다. 하지만 이미 소가 명천 발을 짓밟고 간 후였다. 그래도 흙이 물기를 머금고 있어 밟힌 발이 흙으로 쑥 들어간 탓에 발등뼈는 다행히 부러지지 않았다. 만약 딱딱한 땅 위에서 소발에 밟혔더라면 명천의 발은 처참하게 뭉개졌을 게 분명했다.

의술이 키우는 소는 어른 다섯 배나 되는 육중한 몸무게를 자랑하였다.

장수를 낳고 보름이 지났을 때쯤, 셋째 아들을 봤다는 기쁨의 표시이기도 하거니와 떡 본 김에 제사 지낸다고 의술은 모아둔 돈을 탈탈 털어 장터에 나가 앳된 송아지 한 마리를 사왔다. 그 앳된 송아지가 거구에 축 늘어진 주름살을 자랑하며 한눈에 보기에도 늙은 소임을 알 수 있을 정도로 큰 것이다.

순복은 여윳돈도 챙길 겸 그놈을 장에 내다 팔고 다시 어린 송아지 한 마리를 사들이자고 했다. 하지만 쇠귀에 경 읽기. 마누라가 그러든 말든 의술은 아랑곳하지 않았다.

"내가 자빠져 쓰러지고 눈 깸으믄 그때 팔든지 지지고 볶고 삶아 묵든지 알아서 허고, 내가 살아있는 동안은 저놈을 팔 일은 읎으닝께, 그렇게들 알아들어이!"

의술은 소 팔자는 소리가 식구들 입에서 아예 못 나오도록, 묻지도 않았는데도 간간이 못 판다는 소리를 해댔다. 지겹다는 듯 귀에 딱지가 질 것 같으니 그만 좀 하라고 순복도 맞받아쳤다.

그렇게 의술과 그 늙은 소는 매해 동고동락하며 가족같이 살아왔던 것이다.

명천은 괜찮다고 했다. 하지만 괜찮아서 괜찮다고 한 게 아니었다. 쟁기가 오는데도 피하지 못하고 칠칠맞게 소발에 밟혔다고 남편, 장수에게 핀잔을 들을까 봐, 차마 아프다는 말을 입 밖으로 꺼내지 못했던 것이다.

소에게 발등이 밟힌 그날, 명천은 밟힌 발을 부여잡고 새벽 내내 끙끙 앓았다. 수건에 물을 적셔 발등에 얹혀 열도 식혀 보았지만 좀처럼 열은 내려앉을 기미를 보이지 않았고 발은 계속해서 퉁퉁 부어올랐다.

명천은 하루 지나고 나면 괜찮겠지, 했다. 절뚝절뚝하며 다음 날도, 그다음 날도, 명천은 밭으로 일을 나갔다.

장수는 절뚝거리며 일하는 게 볼썽사나우니 밭에 따라오지 말라고 했고 정히 안 좋으면 정 의사를 한번 찾아가보라 했다.

하지만 명천은 죽을 정도는 아니라며 꾸역꾸역 밭으로 일을 따라나섰다.

아니라 다를까, 명천의 발 상태는 점점 악화돼가고 있었다. 괜찮다고 하며 몇 날 며칠 밭일을 따라나선 게 화근이었다.

소발에 밟힌 지 엿새가 되고 나서야 명천 집으로 정 의사가 찾아왔다. 명천의 발에 붓기도 안 빠지고 계속해서 열이 나 걱정된다면서 장수가 정 의사에게 꼭 한번 와달라고 신신당부했던 것이다. 명천의 발을 살펴본 정 의사는 조금만 늦었더라면 발목을 절단해야 했을지도 모른다고 했다. 발등의 살들이 겉으로는 부은 것처럼 보였지만 안쪽은 이미 곪아 썩어 있었다는 것이다.

정 의사는 발등의 썩은 살들을 제거해야 한다고 했다. 새살이 돋우려면 썩은 살들을 완전히 도려내고 두 달여 간 치료하며 상황을 지켜봐야 한다고 했다.

마취도 없이 수술은 시작됐다. 명천은 헝겊쪼가리를 입에 물고 눈물을 찔끔찔끔 흘려가며 참아냈다. 수술은 두어 시간이나 걸렸다. 정 의사는 발등의 썩은 살들만 없애는 간단한 수술이라고 했지만 꽤 많은 시간이 흐른 것이다. 수술이 다 끝난 후 조금이라도 썩은 살들을 남겨뒀다가는 다시 살이 썩어 들어가는 경우가 있어 썩은 살들을 완전히 제거하느라 수술이 길어질 수밖에 없었다고 정 의사는 해명 아닌 해명을 늘어놓았다. 명천에겐 지옥과 천당을 몇 번씩이나 오간 고통스러운 수술이었는데 말이다.

정 의사는 성이 정 씨고 이름 대신 의사를 붙여 불러진, 불암도 사람들이 편하게 부르는 호칭이었으며 나름 자타가 공인하는 의사였다. 불암도 사람들은 정 의사에게 공식적인 의사 자격증이 있는지 없는지에 대해선 관심이 없었다. 외딴섬에 아픈 사람을 치료해 줄 수 있는 누군가가 있다는 자체만으로도 그들에겐 위안이 되었던 것이다.

한편 정 의사가 살고 있기도 한 면소재지 태평리에는 백장기가 운영하는 허름한 약국이 하나 있었다.

정 의사와 마찬가지로 백장기 역시 성(姓) 뒤에 약사가 붙여져 백 약사라 불리었으며, 간판 없는 약국도 백 약국이라 불리었다.

헌데 언제부터인가 정 의사와 백 약사 간 사이가 멀어진 것인데, 이유인즉슨 이러했다.

먼저 백 약사가 선제구를 날렸다고 할 수 있었는데.

백 약사는 정 의사를 자격증도 없는 돌팔이 의사라고 폄하했고 거기에 더해 정 의사가 내린 처방을 아예 무시한 채 섬사람들에게 다른 약을 제조해주곤 했다.

눈에는 눈 이에는 이.

참다못한 정 의사가 백 약사 놈은 처방이 뭔지도 모르면서 자기 마음대로 약을 지어준다고 하며 자신에게 처방을 받은 사람들을 아예 백 약국으로 보내지 않기로 작정한 것이다. 대신 민간요법 처방을 내렸는데, 약은 약국이 아닌 다른 곳에서 나는 것을 쓰도록 했다. 그것은 다름 아닌 인간 자신이 싸고, 인간 자신이 혐오하는, 인간 자신의 분비물인 똥이었던 것이다.

정 의사의 의지가 반영된 것일까, 명천에게도 예외 없이 똥물 처방이 내려졌다.

똥물이 만병통치약이라는 말을 명천도 들어는 봤지만 막상 자신이 자신의 분비물을 마셔야 한다고 생각하니 당최 비위가 거슬리는 거였다. 그래도 하루빨리 발이 나아야 한다는 일념으로 눈물을 머금고 똥물을 마시기 시작했다.

똥물에도 등급이 있었다.

탁하지 않는 똥물이 약발이 더 뛰어나다고 해, 명천은 식구들이 깨기 전 이른 아침에 뒷간으로 가 똥통에 똥바가지를 넣고 위쪽에 맑게 고여 있는 똥물을 살포시 담아냈다. 그런 다음 한 손으론 코를 막고 두 눈을 찔끔 감은 채 똥물을 마셨다.

처음엔 토하기를 여러 번 했다. 허나 몇 번 먹고 나니 몸도 적응했는지 참을 만했다. 그렇게 두 달여간 하루도 빠짐없이 똥물을 마셨더니 정 의사의 말마따나 발등에 새살이 돋으며 거짓말같이 발이 나았다.

하지만 발등엔 흉터 자국이 남았고 그 부위가 겨울이면 욱신욱신거렸다. 추운 겨울 하루 종일 바닷일을 하고 나면 수술 부위인 발등은 부어올랐고 고통은 발등뿐만 아니라 온몸으로 퍼져나갔다.

'약국 문을 두들겨서라도 약을 사주고 나왔어야 혔는디……. 그놈의 약국 땜시.'

바다 칼바람이 매서워 연신 콧물을 훌쩍훌쩍 들이키면서도 장수는 마누라를 걱정하고 있었다.

이른 시간에 가봐야 문을 열지도, 열어주지도 않는다는 걸 알고 있었던 터라, 장수는 백 약국에 아예 갈 염조차 하지 않았던 것이다.

백 약사는 시간을 반드시 지켜야 약을 내주었다. 또 시간 외에 약국을 찾아오는 걸 극도로 싫어했을 뿐만 아니라 돈을 가지고 와야 약을 내주는, 외상도 철저하게 용납하지 않았던 것이다.

정 의사와 백 약사는 하나하나가 극과 극이었다.

정 의사는 누군가가 아프다는 말을 들으면 꼭 가봐야 직성이 풀리는 사람이었다. 산모가 애를 낳는 곳에도, 고열에 아이들이 사경을 헤맬 때도, 동에 번쩍 서에 번쩍 나타나 돌보며 치료해주었다. 이런 정 의사의 행동을, 백 약사는 어떻게든 인심을 얻어 보려는 정 의사의 술책에 지나지 않는다고 폄하했다. 그런 백 약사의 흠집 내기에도 불구하고 자신의 몸을 가누지 않고 열정적으로 섬사람들을 돌봐줘서인지 정 의사는 늘 존경의 대상이 돼 있었다. 만약 섬사람들이 치료비가 없다고 하면 돈 대신 쌀로 받았고 쌀이 없다고 하면 불암도에서 가장 많이 생산되는 김을 받았다. 혹여 섬사람들이 파래가 섞인 파래김을 정 의사에게 줄 때 미안해할라치면 머리를 절레절레 흔들며 정작 자신은 윤기가 자르르 흐르는 새카만 김보다 파래가 섞인 파래김이 더 좋다고 너스레를 떨곤 했다.

김과 파래는 늘 같이 생존하고 서로 융화되기도 했으나 다른 한편으론 같이 할 수 없는 운명이기도 했다. 검은 김보다 값어치가 떨어지는 파래는 늘 뒷전이었다. 김발에 김보다 파래가 더 많으면 그해 김 농사가 망쳐질 것처럼 섬사람들은 푸념 섞인 넋두리를 해대곤 했다.

'그러게 말이요. 올해는 김발에 뭔 놈의 파래가 이러크름 달라붙는지 모르겠소. 팔월에 김발 엮을 재료 산다고 용칠네한테 빌린 이십만 원이랑 전번에 쌀 판다고 칠용이네한테 오만 원 빌린 거 다 갚고, 애들 옷 한 벌씩이라도 사줄라 하믄 올 김 농사가 잘돼야 할 건디 말이요.'

서로 부딪치는 바다 칼바람 소리가 마치 마누라인 명천이 옆에 있으며 웅얼웅얼 대는 것만 같았다.

칠흑 같은 어둠 속에서 바다 칼바람과 이물에 부딪혀 튀어 오르는 바닷물을 등진 채 장수는 계속해 김을 채취해 나갔다. 검은 김에 최대한 파래가 섞이지 않도록 말이다. 그렇게 해야만 김값이 더 나가기 때문이었다. 만약 채취한 김에 파래가 섞여 있으면 솎아내는 일을 별도로 해야만 했다. 그것도 전날 김 채취가 이뤄졌을 때 그나마 김에서 파래를 솎아낼 시간적 여유가 있었지, 만약 당일 김을 채취해 당일 김을 뜨는 날엔 그럴만한 시간적 여유도 없었다.

이제 여섯 시가 다가오고 있음을 장수는 직감으로 알 수 있었다. 이젠 채취한 김을 가지고 빨리 집으로 돌아가야만 한다. 이른 아침 물김을 떠내야만 하루 안에 온전하게 마른 김을 생산해 낼 수 있기 때문이다.

불암도 바다에는 육지의 논과 밭처럼 보이지 않는 경계선이 있었다. 그 경계선을 불암도 사람들은 규칙처럼 지켜왔는데, 양심이라기보다는 으레 그래 왔던 하나의 관례에 따르는 것뿐이었다. 그 경계선에 의해 나눠진 바다 구역을 불암도 사람들은 마을 어장이라 불렀고, 그곳이 다름 아닌 마을별 김 어장인 셈이었다.

장수가 사는 마을, 양학리에서 양학리 김 어장은 그리 가깝지가 않았다. 그 이유가 양학리가 다른 마을보다 세(勢)가 약하다 보니 다른 마을들에 밀려 멀리 떨어진 곳에 마을 김 어장이 자리 잡을 수밖에 없었다는 풍문과 양학리 김어장 쪽 바닷물이 차갑고 물살도 잔잔해 김 농사가 잘되는 곳으로 정평이 나 멀지만은 양학리 어르신들이 일부러 그곳을 택했다는 풍문이 함께 돌았다.

허나 풍문에 대한 진실은 밝혀지지 않았고 또 그 풍문이 언제부터 시작된 것인지도 알 수 없었다. 그래도 '팔은 안으로 굽는다'고 했던가, 모든 것은 자신에게 이로운 쪽으로 정리하는 법. 양학리 사람들은 후자에 힘을 실어주고 있었다.

장수는 여름 내내 더위와 씨름하며 김발을 엮어냈다.

그 김발의 재료는 대나무였는데, 통대나무를 사와 어른 키만 하게 자른 다음, 잘린 대나무 통들을 십육 등분으로 잘게 쪼갰다. 그 쪼갠 대나무 살이 바로 김발의 뼈대가 되는 것이며, 그 대나무 살들을 일정한 폭을 유지하며 노끈으로 엮어주면 그것이 바로 겨우내 김이 자라나는 김발이 되는 거였다.

그 김발을 엮을 때 장수는 애장품 하나를 늘 곁에 두고 있었는데, 그건 다름 아닌 구식 카세트였다.

장수는 초가집 한켠 귀퉁이에 김발을 엮을 장소를 마련하고 그 위로 한여름 뜨거운 햇볕을 차단해줄 천막을 쳤다. 그 천막 아래엔 김

발을 엮어낼 김발 틀을 두었는데, 어른 가슴께까지 올라오는 길이로 두 개의 곧은 소나무를 자른 다음, 그걸 양쪽 기둥으로 삼고 그 기둥으로 쓰이는 소나무보다 굵기가 가는 소나무를 양쪽 기둥 사이에 이어주면 김발 틀은 완성되는 거였다.

그 김발 틀 오른쪽 끝에 대못을 박아 노끈을 달고 장수는 그 케케묵은 카세트를 매달아두었는데, 해외에 나가 일하던 처남이 고향으로 돌아올 때 장수에게 선물한 물건이었다. 당시 섬에서 흔히 볼 수 있는 게 아니어서인지 장수는 그걸 애지중지 다뤘고 그 물건에서 흘러나오는 음악에 맞춰 흥얼흥얼대며 김발을 엮었던 것이다.

두만강 푸른 물에 노 젓는 뱃사공~
흘러간 그 옛날에 내 임을 싣~고
떠나간~ 그 배는 어데로 갔소~
그리운 내 임이여~ 그리운 내 임이여~

바다에서 많은 돈을 거둬들일 거라는 부푼 희망을 품고 말이다.

장수에겐 무수한 자갈만큼 돈들이 흩뿌려져 있는 곳도, 노력만 하면 그 흩뿌려져 있는 돈들을 거둬들일 수 있는 곳도, 죽음과 살아가야 할 희망이 교차하는 곳도, 못 배운 걸 보상받을 수 있는 곳도 바다였던 것이다.

그날도 변함없이 불암도는 검었고 바다는 푸르렀다.

팽나무

기다리지 않았는데도 집 나간 강아지 돌아오듯 겨울은 어김없이 다시 찾아왔다. 겨울은 매해 매서운 추위와 칼바람을 싣고 마을 구석구석을 휘젓고 다녔다. 두터운 나일론 옷까지 얼어붙게 만들기에 충분했고 그 탓에 마을 사람들은 살을 에는 듯한 고통을 겪어야만 했다.

그런 겨울이 그해엔 예전 같지 않았다. 마을 사람들이 해진 옷에 천 조각을 덧씌워 꿰매 입지 않아도 몸은 부들부들 떨리지 않았고 양말을 두세 겹 겹쳐 신지 않아도 발엔 동상이 오지 않았다. 그렇게 춥지 않은 겨울은 동수와 그 친구들에겐 기쁨이었으나 마을 사람들에겐 깊은 한숨만 늘게 만들었다.

"김 농사가 을매나 안 될라고 벌써부터 봄이 온 굿처럼 이러게 날씨가 따뜻해 버린다요?"

"그러게 말이요. 바닷가에 가서 굿이라도 혀야 할란가 보요."

"아니여. 내가 보기에는 지난해 죽은 팽나무 때문이구만."

"그려, 나도 그것이 화근이라고 보는구만. 지난해 태풍에 팽나무가 씨러졌을 적에 내가 살리자고 했잖여. 근데 그걸 냅다 잘라버렸으니 죽은 팽나무가 노한 게 분명 하단께."

"뭔 소리들을 그렇게 혔싸요. 그렇지 않아도 힘든디. 그런 얘기 하덜 마시요."

마을 어귀에서 100여 미터 떨어진 고갯길 옆, 맥 빠진 사람처럼 가지를 축 늘어뜨리고 있는 팽나무를 쳐다보며 삼삼오오 모인 동네 아낙들이 작년 태풍에 쓰러져 죽어 나간 또 다른 팽나무에 대해 책임소재를 두고 왈가왈부하고 있었다.

재작년 태풍은 논을 물에 잠기게 하고 마을 아래에 위치한 집들을 삼킬 만큼 어마어마한 비바람을 뿌려댔다. 그때만 해도 마을 어귀 건너편 고갯마루 길을 사이에 두고 위치한 두 그루 팽나무는 꿋꿋하게 버텨내며 양학리를 지켜주었었다.

그런데 작년 여름 약해빠진 태풍에 두 그루 팽나무 중 하나가 맥없이 쓰러져버린 것이다.

그 자빠진 팽나무에 대해선 말들이 많았다. 태풍 때문만은 아니라는 거였는데, 나이를 먹을 만큼 먹어 죽을 때가 돼 쓰러졌다는 둥 관리가 안 돼 몸통 안이 썩어 부러졌다는 둥 고사를 정성스럽게 지내지 않아 팽나무가 노해 스스로 마을 지키는 걸 포기했다는 둥, 그 원인에 대해 여러 가지 추측들이 난무했으나 원인이야 어찌 됐든지 간에 그 팽나무를 살렸어야 했다는 게 이제는 중론을 이루고 있었다.

하지만 당시 그 팽나무를 살리지 않았던 건 고갯길을 가로질러 쓰러진 팽나무가 미관상 보기도 싫고 마을 사람들이 고갯길을 지나다닐라치면 걸리적거린다는 이유에서였다. 물론 팽나무가 쓰러졌을 때 마을 사람들도 살려보려 노력은 했었다. 하지만 집 세 채만 한 크기의 팽나무를 다시 세워내는 게 엄두가 나질 않았을뿐더러 설령 다시 세운다 하더라도 부러진 부위가 아물어 예전처럼 쌩쌩하게 잘 살 거라는 보장도 없었기 때문이었다. 해서 마을 사람들은 일주일 여를 고민하고 논의한 끝에, 삼일에 거쳐 팽나무 밑동을 자르는 대대적인 작업을 실행했던 것이다.

　양학리 어귀 건너편 고갯마루에는 팽나무 두 그루가 있었다.
　암수 구분은 명확하지 않았지만 고갯마루 위쪽 오른편에 자리 잡은 팽나무는 수컷 공작이 깃털을 곤두세우며 날개를 활짝 펴고 있는 듯 우아한 자태를 흠씬 뽐내고 서 있었으며, 고갯마루 아래쪽 왼편에 위치한 팽나무는 수줍은 새색시마냥 몸을 웅크린 채 양학리를 내려다보고 있었다. 또 아래쪽 팽나무는 위쪽에 위치한 팽나무의 기개를 넘보지 않으려고 했던지 그 크기도 위쪽 팽나무의 3분의 2 정도밖에 되지 않았다. 그 두 그루 팽나무에 대해 마을 사람들은 각각 이름을 지어줬는데, 고갯마루 위쪽에 위치한 팽나무를 수팽나무, 아래쪽에 위치한 팽나무를 암팽나무라 불렀다.

　여름이 오면 수팽나무 아래 공터는 그늘이 져, 동수 무리에겐 놀이터가 되고 동네 아낙들에겐 수다를 떠는 장소가 돼 주었다. 그 수팽나무 그늘을 잊지 못하고 매년 찾아오는 반가운 손님이 또 있었으니, 그는 다름 아닌 뻥튀기 장수였다.
　동수 무리는 매해 뻥튀기 장수를 애타게 기다렸다. 그 이유는 뻥튀기 기계를 돌려주고 대신 얻어먹는 뻥튀기가 있기 때문이었다. 먹는 것이 귀한 불암도에서 얻어먹는 뻥튀기 맛은 꿀맛과도 같았다.
　그런데 그렇게 매해 찾아오던 뻥튀기 장수가 동수가 국민학교 4학년이 되던 해, 여름부터 보이질 않기 시작했다. 올해만 빼고 다음 해에는 오겠지 했다. 허나 다음 해에도 뻥튀기 장수는 나타나지 않았다. 동수 무리에겐 여름철 낙(樂)이 하나 사라져버린 셈이었다.

그 뻥튀기 장수의 행방에 대해 탐정이라도 된 듯 동수 무리는 추적하기 시작했다.

그 대화는 꽤나 극단적이었는데.

"뻥튀기 아저씨가 죽었을까나?"

역시나 말 안 하고는 못 배기는 태성이 먼저 얘기를 꺼내 들었다.

"염병! 죽기는 왜 죽어? 지지난 해까지만해도 멀쩡하드만."

부정 타는 소리 하지 말라는 듯 동수가 태성의 말을 낚아챘다.

"아니야! 동수야 생각해 봐? 이 년 전 뻥튀기 아저씨 봤을 때 몸이 쬐깐 안 좋은 거 같았어. 그 전보다 몸도 삐쩍 말랐었고, 또 무슨 근심이라도 있는 것처럼 가끔 하늘도 멍하니 쳐다보기도 하고. 글고 우리가 뻥튀기 기계를 돌리고 있으면 팽나무 뒤편으로 가 한숨을 푹푹 내쉬며 금붕어마냥 뻐끔뻐끔 줄담배를 피워댈 때도 많았잖어?"

"병신아! 원래 나이 먹으면 살이 빠지면서 쭈글쭈글해져야. 우리들도 늙으면 다 똑같아지는 거고. 글고 니는 우리만큼 뻥튀기 아저씨를 자주 본 것도 아니면서 아는 척하기는……."

동수네 마을 뒤쪽, 그러니까 여우고개를 넘어가야 있는 삼정리에 사는 태성이가 자주 보지도 못한 뻥튀기 아저씨에 대해 이러쿵저러쿵 주절대는 게 꽤나 오버하고 있다고 동수가 핀잔을 주는 것이다.

하지만 곰곰이 생각해보니, 태성이 말도 일리는 있어 보였다.

"하기사, 우리 동네에 처음 찾아왔을 때하고 비교하면 뻥튀기 아저씨 몸이 훨씬 말라보이긴 했어."

동수의 말에,

"그렇지!"

태성이 신나 하며 맞장구를 치는 것이다.

"아니여. 내가 보기에는 여자 때문이구만."

좀체 말이 없는 시연이까지 이제는 나서는 것이다.

"뭐라고? 설마? 여자라고 해봤자 다들 아줌마들인데, 뻥튀기 아저씨가 아줌마들한테 반했다고? 니도 되는 얘기 좀 해라."

"그게 아니란께. 내가 얘기하는 건 아줌마들이 아니라 아가씨를 얘기하는 거여. 뻥튀기 아저씨도 엄밀히 따지자면 총각 아니겠어. 우리가 아저씨, 아저씨 했지만서도 그래봤자 나이가 서른 살 쯤 넘었을 건데, 그리 많은 나이도 아니잖어. 아줌마들 때문이 아니라 좋아하는 아가씨가 있었던 게 분명하단께."

"아가씨……. 그려, 순심이 누나!"

동수와 태성이 얼굴을 마주보며 동시에 내뱉는 말이다.

"맞어! 순심이 누나를 바라보는 뻥튀기 아저씨의 눈길이 예사롭지 않았어. 곰곰이 생각해보니까 뻥튀기 아저씨가 순심이 누나를 좋아한 게 맞구만."

이제는 제대로 뭔가를 알아챘다는 듯 또다시 태성이 흥분하기 시작했다.

"니는 우리 동네에 살지도 않으면서 또 뭘 그리 안다고 그렇게 나서는 거여!"

또다시 알은체하자, 아예 면전에 대놓고 동수가 태성을 구박하는 것이다.

"곰곰이 되짚어보면 순심이 누나가 시집간 이후로 뻥튀기 아저씨가 여길 안 오긴 했어."

이제 동수도 뻥튀기 아저씨가 왜 안 왔는지 감이 잡혔다.

시연의 추론이 다시 이어졌다.

"잘 생각해 봐, 순심이 누나는 3년 전에 결혼을 했는데 그걸 몰랐던 뻥튀기 아저씨는 재작년까지 여기에 왔었어. 글고 우리한테 물어봤잖어. 머리카락을 길게 늘어뜨린 키 큰 아가씨가 어느 동네에 살며 이름이 뭐냐고 말이여. 그리고 요즘엔 왜 안 보이냐고. 그때 우리는 아무런 생각 없이 옆 동네 금옥리에 산다고 했고 잘은 모르지만 아주 먼데 돈 많은 부잣집 놈한테 시집갔다고 했어. 그것도 총각도 아닌 큰애가 딸린 노인탱이한테 시집갔다고 했을 적에 뻥튀기 아저씨 얼굴이 아주 새빨개지면서 말도 안 되는 소리라고 입에 게거품을 물었잖어."

"그러네. 순심이 누나 얘기할 적에 실망한 기색이 역력했어. 그러면 뻥튀기 아저씨가 여기에 계속해서 온 것도 순심이 누나 때문이었다는 것이여. 참 말도 안 되지. 순심이 누나처럼 예쁜 사람이 어떻게 뻥튀기 아저씨한테 시집가겠어. 안 그래?"

될 소리를 해야지. 기도 안 찬다는 듯 태성이 또 흥분하며 나불대는 것이다.

"뭐, 결론적으로 보자면 순심이 누나가 총각한테 시집간 것도 아니잖어. 집안이 어려워지는 바람에 애가 딸린 그것도 늘어 빠진 놈한테 시집간 것 보면 뻥튀기 아저씨가 그 노인탱이보다야 훨 낫지 뭐."

순심이는 불암도에서 예쁘기로 정평이 나 있었다. 백 년에 한 번 나올까 말까한 절세미인이 나왔다는 둥 전생에 아마도 남자 꽤나 홀린 기생이었을 거라는 둥. 그런 소리 말아라! 아마도 임금의 사랑을 독차지했을 왕비였을 거라는 둥 거기에 더해 왕비는 맞는데 후궁들의 역모에 휘말려 이곳까지 유배를 온 뒤 죽임을 당했는데 그게 한이 되어

다시 태어났다는 둥.

섬사람들은 각자 생각나는 대로 씨불여댔고 금방이라도 순심이를 불암도에서 가장 높은 산, 천마산(天馬山, 말의 형상을 한 불암도에서 하늘을 찌를 듯 산봉우리가 높다고 하여 붙여진 이름) 꼭대기에 올려놓을 것처럼 순심이에 대한 인물평은 호평(好評)에 가까웠다.

그런 순심이에게 장가들 나이가 꽉 찬 총각들이 여기저기서 덤벼들었었다. 하지만 순심이는 눈길 한번 주지 않았다. 다른 누군가를 사모하고 있어 마음을 열지 않는다는 소문도 있었지만 모두들 그가 누군지 모른 채 상대가 누굴까, 하고 궁금해 하기만 했다.

동수는 순심이 누나가 애까지 딸린 늙은 홀아비한테 시집간 게 못내 아쉬웠다. 다시 예전으로 돌아갈 수만 있다면 그리고 뻥튀기 아저씨가 순심이 누나를 좋아했다는 걸 미리 알았더라면 뻥튀기 아저씨와 순심이 누나를 잘 엮어줄 수 있었을 텐데, 하고 후회 아닌 후회를 하고 있었다.

"실은 이곳저곳 떠돌아다니면서 장사를 하는 뻥튀기 아저씨가 이렇게도 먼 우리 섬까지 계속해서 온다는 것도 수상하기는 했어. 근데 뻥튀기 장수란 것만 빼면 그 아저씨도 인물 훤칠하겠다, 빠지는 것도 없었지. 안 그러냐?"

동수는 인물론을 앞세워 뻥튀기 아저씨가 보통 장사치하고는 품격이 다르다고 은근슬쩍 띄우고 있었다. 그건 예전에 뻥튀기 아저씨가 자신에게 들려줬던 얘기가 머릿속에 남아서였다.

뻥튀기 아저씨는 시간이 날 때마다 늘 책을 읽고 있었는데, 자신도 돈만 있었으면 중학교도 다니며 계속 공부를 했을 거라 했다. 하지만 아버지가 하시던 일을 따라 이곳저곳을 떠돌아다니다 보니 어느새 자신도 모르게 이 길로 접어들고 있었다는 것이다. 그때 진심이 배어 나는 얘기로 동수의 머릿속엔 기억되고 있었다.

그렇게 하나의 추억은 동수의 가슴 한켠에 씁쓸함만을 남긴 채 홀연히 사라져갔다.

한편 양학리 사람들은 마을의 안녕을 위해 수팽나무 아래 공터에서 매해 기원(祈願)제를 지내오고 있었다.

수팽나무에 돼지머리, 시루떡, 나물, 전, 탕 등을 올려놓고 한여름이 오기 전 유월에 기원제를 행하였다. 수팽나무만큼 많은 음식을 차린 건 아니지만 암팽나무 앞에도 음식은 차려졌다. 기원제에서도 가부장적 관례는 적용되고 있었다.

차려진 음식을 앞에 두고 무당이 굿을 하는 것으로 기원제는 시작되었다. 그 무당은 동수가 아는 사람이었다. 평범한 동네 할머니인 줄로만 알았던 분이 굿을 하는 걸 보고 동수는 몸이 오싹해져 옴을 느꼈다. 여느 때는 다른 할머니들과 다를 바 없이 활짝 웃으시며 머리를 쓰다듬어주시던 할머니였다. 헌데 그런 할머니가 무당이 돼, 동수, 자신 앞에서 굿을 하고 있는 것이다.

요령을 마구 흔들어대는 할머니는 평소 때와 완전 다른 사람이 돼 있었다. 눈은 먹이를 찾아 하늘에서 매섭게 활강하는 매의 눈과 흡사했으며 몸은 자신의 몸이 아닌 양 흐느적거리는 뱀과도 같았다. 또 어떨 때는 제자리에서 껑충껑충 뛰며 알아듣지 못할 말들을 내뱉곤 했는데, 마치 영혼 없는 산송장을 보는 듯했다.

한참을 그러다, 굿판이 잠잠해지는가 싶더니 무당이 마을을 대표하는 사람들을 호명해 돼지머리 앞으로 불러들였다. 이장, 어촌계장, 상수도계장이 차례대로 나왔다. 이장만 나와도 될 법한데 어촌계장, 상수도계장도 불러들인 이유는 비록 이장이 마을 일을 총괄적으로 책임지고 있다고는 하지만 바닷일에 있어서만큼은 어촌계장의 입김이 가장 셌고 섬이라는 특수성 때문에 물이 매우 귀하게 취급되는 터라, 상수도계장의 권한도 무시하지 못하기 때문이었다. 그들은 죽은 돼지머리 앞에 막걸리 한 사발씩 따라 올리고 천 원짜리 지폐 한 장을 주머니에서 꺼내 돼지 입에 꽂은 후 연거푸 세 번 절을 해댔다. 죽은 돼지는 죽을 때 고통스러웠을 만도 한데, 인간들에게 돈도 받고 절도 받아서였을까, 히죽 웃고만 있었다.

어린 동수가 보기에 그날은 기원제를 지낸다기보다는 마을 잔칫날에 가까웠다. 오전 열 시쯤 시작된 기원제는 오후 두어 시가 다 돼서야 끝이 났다. 마을 아이들은 음식을 얻어먹기 위해 이미 수팽나무 아래 공터에 옹기종기 모여 있었다. 아이들은 기원제를 왜 지내는가에 대해선 관심 밖이었다. 그저 먹을 거 하나라도 누군가가 손에 쥐여주면 그걸로 마냥 행복해했다.

동수도 내심 제사상에 올라가 있는 음식 중에 하나인 계란을 탐하고 있었다. 그것이 아니면 다음은 과자였다. 다른 아이들도 자신과 같을 거라는 생각에 동수는 조바심이 났다.

드디어 몇 개 안 되는 계란 중 하나가 동수의 손에 쥐어졌다. 그건 기원제가 끝난 뒤 아버지가 퇴주를 한 사발 들이키면서 안줏감으로 계란을 골라잡았던 것인데, 자신이 먹기 위해서라기보다는 동수에게 줄 양이었던 것이다. 술을 드시고 오면 호랭이같이 버럭 화내는 일이 다반사였지만 이럴 때 보면 동수에게 아버지는 불암도에서 단연 최고인 사람이었다.

부부처럼 다정하게 서 있던 팽나무 두 그루 중 수팽나무가 쓰러진 이후로 암팽나무도 큰 상처를 받고 말았다. 벼락을 맞았는지, 아니면 나뭇가지에 흐드러지게 늘어진 잎사귀를 버텨내기 버거웠는지, 몸통 일부가 크게 찢겨지고 말았다. 다시 살아날 수 있을까, 할 정도로 찢겨진 부위의 상흔은 깊었다.

마을 사람들은 수팽나무처럼 암팽나무를 잘라버리지 말자고 했다. 마을 뒷산에서 큰 소나무를 잘라 와 늙은 아낙네의 젖가슴마냥 축 처진 암팽나무의 찢겨진 가지를 받쳐주었고 찢긴 부위가 잘 아물도록 나일론 줄로도 꽁꽁 동여매 주었다. 이런 마을 사람들의 정성에도 불구하고 시간이 지나면 지날수록 암팽나무는 시들어 말라만 갔다.

"저것도 지 짝이 읎다고 저러크름 맥을 못 쓰고 있는가 벼."

"그러게 말이여. 우리가 수팽나무를 살렸어야 혔었는디. 왜 그렇게 관리를 못혀 죽여버렸웃깡."

"이장이 전적으로 책임이 있는 겨! 이장이면 뭐 혀. 관리도 지대로 못 하고 말이여."

"그런 얘기 하덜 말어! 뭐 한다고 이장이 죄가 잇단감? 전번에 수팽나무 씨러졌을 쩍에 다들 마을회관에 모여 결정한 거 아니여. 잘라버리자고."

"그려, 마을 이장보다는 동네 어르신들이 잘라버리자고 혔고 우리도 동의혔잖여. 그때 찬반이 팽팽해 투표까지 혔는디, 지금에 와서리 이장한테 그 책임을 다 뒤집어씌운다고 하믄 안 되는 것이제."

"그건 맞는 말인디 말이여. 수팽나무를 싹둑 잘라버린 이후로 마을에 안 좋던 일이 너무 많이 일어나잖여. 예전에 읊던 가뭄에, 농사도 흉농이고, 비가 왔다 하믄 마을을 휩쓸어버릴 것처럼 비바람이 몰아치니 말이여. 거기다가 겨울 김 농사도 예전 같이 않고. 그걸로 끝이 가니 죽을 때도 안 된 사람들이 이유 읆이 죽어나가니 말이여."

한동안, 그러니까 수팽나무가 양학리에서 자취를 감추기 일 년 전.
양학리 사람들은 팽나무 고갯길을 지나치는 걸 무지 꺼렸다. 이유인즉슨 언제부턴가 하얀 소복을 입은 귀신이 나타나 수팽나무 아래에 무언가를 갖다놓고 연신 비는 행위를 한다는 것이었다. 그렇다고 가까이 다가가 확인한 사람도 없었으니 마을 사람들의 두려움은 계속해 증폭만 되고 있었다. 팽나무 고개를 넘어가다가도 귀신 비슷한 게 보일라치면 마을 사람들은 뒤도 돌아보지 않고 휑하니 집으로 되돌아오곤 했던 것이다.

"정말로 구신이단가?"
"설마, 구신이 있을라고. 전기불도 들어오는 시상인디."
"아니여, 우리도 가끔 구신을 보잖여. 팽나무에도 구신이 붙어있을 수 있지. 영험한 나무에는 구신이 있다고 안 하든가."
"헌데, 마을 사람들을 해치지 않는 거 보믄 나쁜 구신은 아닌가 벼."
"그란께. 혹 알어, 마을을 지켜주는 구신일지."
추측만 난무할 뿐 잊을 만하면 나타나는 귀신에 대한 소문은 때론 축소되고 때론 부풀려져 마을 여기저기를 떠돌아다니고 있었다.

마을회관에서 회의가 열렸다. 안건은 귀신의 정체를 파악하자는 것과 실체가 확인되면 그 후에 어떻게 대처할 것인지에 대한 것이었다.

회의 결과는 마을 장정들이 수팽나무 주위에 숨어 귀신이 출몰하는가를 지켜보고 만약 귀신이 나타나면 이후 다시 대책을 논하기로 하였다.

물론 중론에 이르기까지 난관은 있었다. 실체가 확인되면 이승에서 떠돌지 말고 저승으로 가 편히 쉴 수 있게끔 정성껏 제사를 지내자는 쪽과 아예 잡아서 뿌리를 뽑아버리자는 쪽이 팽팽하게 맞섰다. 하지만 정성껏 제사를 지내야 한다는 쪽은 그 효과가 있어 정말로 귀신이 이승을 떠날까, 하는 의문이 들었고 잡자는 쪽 또한 설마 귀신이 자신들에게 잡힐까, 하는 회의(懷疑)감이 팽배해, 결국 귀신의 실체가 확인되면 다시 후속 대책을 논하기로 하였다.

정찰조는 빠르게 편성되었다. 세 가구가 한 개 조가 돼 일곱 개 조를 이루었고, 장정들이 조별로 돌아가며 정찰하기로 했다. 양학리는 전부 스무 가구다 보니 마지막 조에 한 가구가 부족해 이장인 장수가 정찰조에 한 번 더 투입하는 걸로 했다.

정찰조는 일주일을 돌아가며 수팽나무 주위를 살폈다.

허나 귀신은 나타나지 않았다. 정찰한다는 걸 귀신이 알아서 그러는 게 아니냐는 허무맹랑한 소문도 돌았다. 결국 일주일 만에 정찰은 중단되고 말았다. 귀신이 다시 출몰한다는 얘기가 돌면 그때 다시 정찰하자는 쪽으로 의견이 모아졌다. 귀신의 실체를 확인하고자 날밤을 새운다는 건 바닷일로 잠이 부족한 양학리 사람들에겐 생지옥과도 같은 일이기 때문이었다.

귀신이 다시 출몰한다는 얘기가 돌았다. 그 소문의 근원지는 봉필네였는데, 전말은 이러했다.

늦둥이인 정식이 고열에 설사를 계속 해대자, 태평리에 살고 있는 정 의사를 찾아가기 위해 봉필네가 팽나무 고개를 다급하게 넘어서고 있었다는 것이다. 그러던 중 무심코 수팽나무 쪽을 바라봤는데, 거기에 하얀 소복을 입은 누군가가 연신 머리를 조아리고 있더라는 것이다. 순간 귀신이 아닐까, 하고 생각하니 더 이상 발걸음을 뗄 수가 없었다는 것이다.

하지만 그런 두려움도 잠시, 아들 정식이 숨이 곧 끊어질 것 같아 귀신이 나를 죽이기야 하겠냐, 하며 두 눈을 꾹 감고 다시 팽나무 고개를 넘기 시작했다고 한다. 허나 궁금한 건 참을 수 없는 법. 봉필네가 눈을 살짝 뜨고 수팽나무 쪽을 다시 힐끔 쳐다봤는데,

실체를 본 순간 귀신이라기보다는 사람에 가까웠다는 것이다. 혹 다리가 없나, 하고 몸뚱이 밑도 쓱 훑어보았는데, 비록 다리가 소복에 가려 보이지는 않았지만 분명 두 발이 땅을 딛고 있었다는 것이다.

그날 이후 봉필네는 동네 아낙들에게 팽나무 귀신은 귀신이 아니라고 떠들어댔다.

"내가 보기엔 구신이, 구신이 아니여. 구신이었다믄 나를 보자마자 그냥 두지는 않았을 긴데, 한 번 치다보고는 미동도 읎이 허리만 연신 굽신굽신하며 빌고 있더란께."

"확실히 본 게 맞는 겨?"

"그람, 시방 내가 거짓말하니. 우리가 아는 구신은 사람을 보믄 죽일려고 달려들든지, 아님 딴 곳으로 횡하니 가버리든지 하잖여. 근데 가만히 있더란께. 내가 차마 눈 뜨고는 팽나무 고갯길을 못 넘어

갈 것 같아 눈을 감고 가다가, 하도 궁금혀서 눈을 살짝 뜨고 치다봤더니만 지도 나를 한 분 힐끔 치다보더니 그냥 본체만체 하더란께."

그러나 믿는 마을 사람은 없었다. 자신을 못 믿겠다는 동네 아낙들의 말에 봉필네는 기분이 지랄 같았다. 하지만 그도 그럴 것이 마을에서 봉필네는 이미 뺑쟁이로 낙인 찍혀 있었기 때문이었다.

시집온 지 채 십 년이 되지 않아, 두 아들, 봉필과 정석을 남겨두고 봉필 아배는 세상을 등지고 말았다. 마을 사람들 중에 바다에서 목숨을 잃는 경우가 다반사였으니 봉필 아배도 그중 한 명에 불과한 것이라고 으레 생각할 수도 있었다. 그러나 마을에 도는 소문은 달랐다. 봉필네의 억척스럽다 못해 악착스러운 성격 때문에 바다가 서방을 일찍 데려갔느니, 하는 터무니없는 말들이 마을에 퍼져나갔다. 아마 그 소문은 남정네들 못지않은 봉필네의 몸뚱이를 보고 나왔을 법한데, 봉필네의 떡 벌어진 어깨는 보통 사내들의 골격 못지않고 사내 두 명 정도는 너끈히 들어 올릴 정도로 힘도 좋았다. 결론적으로 말하자면 여자가 드세 남자가 오래 살지 못했다는 거였다.

암튼 봉필네가 거짓말쟁이가 될 수밖에 없었던 결정적인 이유는 예전에 자신이 겪었던 또 다른 귀신 얘기 때문이었다.

어느 날 봉필네가 김 어장에서 김을 채취하고 집으로 돌아오는 길에 귀신을 만났다는 것인데, 그 길은 구불구불한 데다 늘 안개가 끼어 있어 마을 사람들은 그곳을 안개골이라 불렀다.

채취한 김을 머리에 이고 그 안개골을 봉필네가 지나쳐오는데, 귀신이 떡하니 길을 막아서더라는 것이다. 가만히 있으면 자신이 죽을 수도 있겠다 싶어 귀신이랑 대판 싸우고 난 뒤 그 귀신을 소나무에 매달아두고 돌아왔다는 것인데……. 다음 날 귀신의 정체는 산에 버려진 싸리 빗자루로 밝혀진 것이었다.

결국 싸리 빗자루와 맞서 싸운 봉필네는 동네 웃음거리로 전락하고 말았고 그 이후로 봉필네의 말을 마을 사람들은 곧이곧대로 들으려 하지 않았다. 물론 그 외에도 봉필네가 하는 얘기는 사실보다 늘 부풀려져 있어 마을 사람들에게 신뢰를 잃은 면도 없지 않았다.

장수는 이번 정찰만큼은 비밀리에 진행하기로 맘먹었다. 마을 사람들에게는 공표하지 않고 상수도계장인 영길과 어촌계장인 상호만을 불러 의논했다.

"잘 알겠지만 팽나무에 달라붙은 구신 때문에 함 보자고 혔어. 아무래도 우리가 다시 구신의 실체를 알아봐야 쓰겠구만."

"그라세. 마을 사람들을 소집해 정찰한다고 하믄 구신이 또 알아채고 다시 안 나타날 수도 있으니께."

영길의 말에,

"그러면 일단 우리 셋이 서 봅시다요."

막내 격인 상호가 두 손을 불끈 쥐어 보이며 동의를 표했다.

"근디 중요한 건 우리가 매일 보초를 설 수는 읎다는 것이여."

장수의 말에,

"그럼 비밀에 부치는 걸로 하고 세 명을 더 꾸리세. 그렇게 하믄 두 개조로 편성해 정찰할 수 있으니께."

영길의 제안에,

"그러게 합시다요!"

마지막으로 상호가 동의한 후, 영길과 상호는 장수 집에서 나왔다.

"자네도 동네에서 암말도 말어. 괘난 소리하믄 구신 잡는 게 또 물 건너 갈 수 있으니께."

노파심에, 장수가 마누라에게 하는 말이다.

그러자 명천이

"안 무섭소, 상수 아부지. 겁도 엄청 많으믄서……."

킥킥대며 농을 던지는 것이다.

기실 장수보다 명천이 더 강하고 겁도 없다고 할 수 있는 건 소발에 밟힌 발등을 꾹꾹 참아가며 치료받던 일, 태풍을 만나 바다에서 배가 이리저리 표류할 때도 꿋꿋하게 장수와 같이 노를 젓던 일, 장수가 아팠을 때도 혼자 김 어장에 나가 김을 채취하고 어두운 밤길을 헤치며 집으로 돌아왔던 일들이 있었기 때문이다.

모의(謀議)를 하고 일주일째 되던 날, 친구지간인 장수, 수복, 철규가 한 개조로 편성돼 팽나무 아래 보리밭에 몸을 숨겼다. 시간이 흘러 자정을 넘어 새벽으로 건너갈 때쯤, 졸음을 쫓느라 눈을 비비던 장수는 하얀 소복을 입은 누군가가 수팽나무 앞에 서 있는 걸 목격했다. 세 명이 고개를 떨구며 꾸벅꾸벅 졸고 있는 틈을 타 귀신이 와 있었던 것이다.

"왔어! 왔단께!"

장수의 말에 수복, 철규는 소스라치게 놀라며 눈을 떴다.

"어디? 어디여?"

하마터면 들릴 뻔하게 말을 내뱉으며 수복이 고개를 똘레똘레거렸다.

"조용히 좀 혀!"

철규가 수복의 허벅지를 꼬집었다.

"으으음……."

수복의 다문 입술 사이로 요상한 소리가 삐져나왔다.

"일단, 더 지켜보자고."

"아니여, 빨리 가서 잡아야제."

귀신이 맞는데 왜 달려가지 않고 그리 재고 있느냐는 듯 수복은 구시렁대고 있었다.

"쉿! 장수 말이 맞구만. 쪼개만 더 지켜본 다음 달려가 잡자고."

철규는 덤벙대는 수복이 영 못마땅하다는 듯 큰 눈을 부라렸다. 흰자가 크게 보이는 철규의 눈이 어둠 속에서도 희번덕거리자, 수복은 움찔하며 입을 닫는 듯했다. 하지만 그것도 잠시, 둘의 입씨름은 어린아이 속닥거림처럼 다시 시작되고 있었다.

여전히 장수는 귀신에게서 눈을 떼지 못한 채 수복과 철규의 말다툼에 간간이 응수만 할 뿐이었다. 귀신은 그런 그들을 알아챘는지 아니면 모른 체했는지 모르지만 주위도 한 번 둘러보지 않고 모은 두 손을 싹싹 빌며 연신 허리를 구부려대고 있었다.

"참, 이상하네. 보통 구신들은 이리저리 두리번거린다고 하드만은, 저놈의 구신은 지 할 일만 하고 자빠졌으니 말이여."

이제 수복은 장수와 철규가 듣든지 말든지 이러쿵저러쿵하며 자기 말만 계속해 씨부렁대고 있었다.

기원 행위가 한 시간이나 흘렀지만 끝날 줄을 몰랐다.

"이러다가 우리가 지치겠구만. 그냥 잡으러 가야 되는 거 아니여?"

참을 수 없는 지경에 이르렀다는 듯 또다시 수복이 안절부절하며 성급함을 내비쳤다.

"한 십여 분만 더 지켜보고 가자고."

장수의 말에,

"무슨 소리여. 도망칠지도 모르는디?"

수복이 반박했다.

바로 그때, 기원 행위가 끝났는지 귀신이 자리를 뜨려 하는 것이다.

그 순간,

"이년! 게 섰거라!"

결국 수복이 참지 못하고 수팽나무를 향해 후다닥 뛰쳐나갔다.

"제기랄, 시부랄 놈! 같이 뛰어 가자니께. 암튼 저놈의 성급한 승질은 알아줘야 한단께."

영 못마땅하다는 듯 말을 내뱉고 철규도 수복을 뒤쫓기 시작했다.

기실 동네에서 수복은 뭘 하든 급하기로 정평이 나있었다. 이 지랄 맞은 성미는 먹는 것에서도 예외가 아니었는데, 배고픔을 참지 못해 밥에 뜸이 들기도 전에 솥뚜껑을 열어젖히고 밥을 처먹는다는 걸 모르는 동네 사람이 없을 정도였으니 말이다.

장수도 바로 철규 뒤를 따랐다. 뛰어오는 무리를 보고 귀신이 놀랐는지 허겁지겁 도망치기 시작했다. 귀신은 수팽나무 옆 보리밭으로 도망치고 있었다. 달빛이 꽤 밝은지라 쫓는 자와 쫓기는 자 모두에게 불리하지 않았다.

"섰거라!"

셋은 약속이라도 한 듯 한목소리를 내며 귀신을 향해 달려갔다. 혼자였으면 생각지도 못할 터인데, 셋이 뭉쳐있어서였을까, 겁 없는 표정과 행동들이었다.

"진짜 구신인가 보구만. 저리도 빨리 도망치는 걸 보믄……."

달음박질 와중에 숨을 헐떡이며 수복이 던지는 말이라 들릴 리 없

었을 성싶었으나

"아니여, 구신이었으믄 도망쳤가니. 우리를 해코지 하제."

알아듣기라고 한 듯 철규가 맞장구치는 것이다.

가면 갈수록 철규와 수복, 둘은 뒤처지고 오히려 늦게 출발한 장수가 귀신에게 더 근접해가고 있었다. 이내 자신의 키 정도만큼 거리가 좁혀지자, 장수는 귀신을 향해 몸을 내던졌다. 장수의 우락부락한 양손이 귀신의 왼쪽 발목을 낚아챘다. 그러자 귀신은 지푸라기 쓰러지듯 힘없이 앞으로 고꾸라졌다. 그 틈을 타, 장수는 재빨리 귀신의 양손목을 잡아 허리 뒤로 제쳤다. 그리고 두 손이 쉬이 빠져나가지 못하도록 손목을 꺾어버렸다.

"구신이여? 사람이여?"

귀신의 손에 살이 없고 쭈글쭈글하다는 게 느껴졌다.

'구신이 아니고 사람이면 꽤 나이가 있어 보이는디.'

하고 생각하는 순간,

"놔주시요, 상수 아부지."

어디서 많은 들어본 듯한 목소리였다. 마을에서 점잖기로 소문난 한식이 할머니 목소리가 분명해 보였다.

"한식이 할매요?"

"야."

"한식이 할매라고라?"

"야. 나, 한식이 할매요."

"그럼, 지금까지 한식이 할매가 구신이었소."

"야, 죄송하게 됐어라."

이내 곧 쓰러질 듯 철규가 도착했고 한참 뒤처져오던 수복도 어느

새 장수 옆에서 숨을 헐떡이고 있었다.

"이놈의 구신! 오늘 내 손에 한번 디져봐라이."

늦은 걸 어떻게든 만회해 보려고 했던지, 괜스레 요란을 떨며 수복이 씩씩대는 것이다.

"그만해라. 한식이 할매다."

"한식이 할매?"

한식이 할머니가 맞는지 확인하고자 수복은 찢어진 작은 눈을 더 크게, 철규는 동그란 눈을 더 동그랗게 뜨고, 자신들의 면상을 귀신 얼굴에 바짝 댔다.

"진짜로 한식이 할매가 맞네예……."

수복과 철규는 뜻밖이라는 표정으로 오히려 자신들이 더 놀랐는지, 그만 넋을 놓고 말았다.

한식이 할머니는 남들 모르게 팽나무 신령께 빌어 왔던 얘기를 들려주었다. 그 이유가 한식이 때문이라는 거였는데.

한식이는 마을에서 늘 불쌍하다는 말을 듣는 아이였다. 다들 한식이 나이가 다섯 살이라고 했으나 항간에는 더 많이 먹었을 거라는 얘기가 돌았다. 그건 그의 어머니, 춘례가 한식이를 객지에서 낳아 데려왔고 또 한식이의 나이를 물어도 가족 중에 흔쾌히 답을 내주는 이가 없었기 때문이었다.

마을 사람들은 한식이 같은 또래들보다 정신 연령이 낮아 가족들이 나이를 쉬쉬하는 것이라고 짐작할 뿐이었다.

춘례는 양학리로 들어온 이후 5년 정도 살다가 홀쩍 떠났다. 한식이 아버지이자 남편인 강석이 계집질과 노름에 빠져 살 뿐만 아니라 여차하면 폭력을 일삼았기 때문이었다.

강석은 수중에 돈이 생기면 노름을 하거나 육지 읍내로 나가 여자 치마폭에 묻혀 살았다. 그러다 돈이 떨어지면 그제서야 집으로 돌아왔고 또 이유 없이 춘례에게 폭력을 휘두르곤 했던 것이다. 그런 강석에게 춘례는 정신 차리고 잘살아 보자고 애원도 해봤다. 허나 강석은 묵묵부답으로 일관했다. 거기에 더해 한식이 자신의 자식인지 늘 의심했고 술만 먹으면 그 얘기를 꺼내들곤 했던 것이다.

상황이 이렇다 보니, 춘례의 마음도 강석에게서 점점 멀어져만 갔다.

나이에 비해 지능이 낮은 아들을 보호해주기 위해 어려워도 견뎌내며 살고자 했던 춘례도 한계를 느꼈던 것일까? 동짓날을 하루 남겨두고 그것도 버젓한 대낮에 춘례는 사라졌다.

하지만 눈치챈 사람은 없었다. 그도 그럴 것이 동짓날을 거하게 준비하던 마을 사람들은 동지 전날에 모두 육지 읍내로 나가 장을 보기 때문에 으레 춘례도 거기에 속한 한 사람이라고 다들 생각했지 가출할 거라곤 상상치 못했던 것이다.

그 길로 춘례는 다시 돌아오지 않았다.

그렇게 춘례가 없어진 후 며칠이 지나자, 춘례에 대해 밑도 끝도 없는 소문이 나돌기 시작했다. 그건 읍내로 섬사람들을 실어 나르는 뱃놈하고 눈이 맞아 도망쳤다는 거였는데, 그 소문이 더 탄력을 받았던 건 춘례가 사라진 다음 날 삼정리 뱃놈 종팔이도 감쪽같이 자취를 감추었기 때문이었다.

그걸 그냥 넘길 강석이 아니었다. 자신도 곧바로 집 나간 마누라를 찾겠노라 하며 마을을 떠나버린 것이다.

그런 환경에서 자라온 한식이가 한식이 할머니, 막순은 늘 걱정되었던 것이다.

섬사람들이 매한가지인 것처럼 양학리 사람들도 한가한 여름을 빼고는 낮엔 거의 집에 없었다. 집에 있을 때라곤 아침과 저녁뿐이었다.

"월래, 아침에 혀뒀던 밥이 사라져뿌렀네. 도둑고양이 놈들이 솥뚜껑을 열어 제치고 밥을 처먹을 일은 읎을 것이고. 구신이 곡할 노릇이구만."

"음마, 고구마를 제법 삶았는디, 확 줄어뿌렀네. 아아들이 처먹었나. 야, 광순아! 이리 와 보거라이!"

"와이리 김치가 헤쳐져있는 가 벼. 분명 위에서부터 퍼다 먹었는디."

입방아에 오르내리는 음식의 종류는 다양했다.

밥이 사라진다는 둥 고구마를 쪄놓았는데 양이 줄었다는 둥 장독에 김치 포기가 가지런히 있지 않고 흩어져있다는 둥. 이로 인해 마을에 도둑이 든다는 흉흉한 소문이 돌기 시작했다. 섬이라 어지간해선 집에서 사라지는 물건에 대해 신경 쓰지 않았다. 특히 먹는 것에 대해선 없어지더라도 늘 관대하게 넘어갔다. 하지만 이번만큼은 어느 놈이 한 짓인지 밝혀내자고 마을 사람들은 입을 모았다.

"누구냐! 어라, 한식이 아니냐? 여기서 뭐하는 짓이냐?"

솥에서 밥을 주섬주섬 퍼먹다가 부엌에 들어선 순래네를 보고 한식이 줄행랑을 치는 것이다.

그전에 없었던 일은 아니었다. 그때마다 마을 사람들은 혼자 바닷일을 하느라 바쁘다는 걸 알지만 한식이 밥도 제대로 안 챙겨준다고 한식이 할머니를 욕했었다.

하지만 그건 사실과 달랐다.

한식이 남의 집 음식을 훔쳐 먹는다는 걸 한식이 할머니도 이미 알고 있었다. 남의 집 음식을 훔쳐 먹는다고 한식이를 다그치고 매질까지 했었다. 하지만 한식이는 바뀌지 않았다. 한식이는 꾸중이 뭔지, 잘못이 뭔지, 그릇된 일이 뭔지를 인지하지 못했다.

때문에 한식이 할머니는 살아생전 한식이를 위해 마지막으로 본인이 할 수 있는 방법을 택할 수밖에 없었다는 것인데, 그게 바로 팽나무 신령께 공을 들인 이유였다는 것이다.

자신이 죽기 전 한식이의 정신이 온전하길 바랐던 한식이 할머니. 자신이 세상을 등지고 나면 돌봐줄 사람이 없는 한식이가 늘 맘에 걸렸던 것이다.

한식이 할머니, 막순은 불암도에서 나고 자랐다.

어느 늦은 가을, 엿장수가 양학리에 들어왔다. 눈만 부리부리했지, 작은 키에 뚱뚱하기까지 해 누가 봐도 볼품없는 사람임이 분명했다. 단 입만은 걸었다. 자신을 용천이라 했다. 자신의 부모가 용이 되어 하늘로 승천하듯 인생이 순탄하고 잘 풀리라는 뜻으로 지어줬다 했다.

그런 용천을 막순은 맘에 들어 했고, 용천도 내심 막순에게 끌리고 있었다. 또 떠돌이 인생이 지겨웠던 차에 난생처음 섬이라는 곳을 찾았는데, 용천은 불암도가 썩 맘에 들었던 것이다. 기회는 자주 오지 않는다는 걸 전국을 떠돌아다니며 깨달았던 용천은 이제 막순과 평생을 함께하고 싶어졌다.

"장돌뱅이 인생이 지겹구만…… 아니 막순이 당신이 맘에 들어 이곳 불암도에 뼈를 묻고 싶구만."

"……"

"난 누군가가 옆에 있어주기만 한다믄 사는 것에는 아무런 문제가 읎을 거구만. 일찍 부모님을 여의어 외로웠는디 당신만 있어준다믄 이자 못할 일이 읎구만. 함께 있어 주겠나, 막순이?"

"……."

용천의 말에, 막순은 바로 답을 주지 못했다. 개울가 흙을 뚫고 솟아오르려 몸부림치는 미꾸라지처럼 '야'라는 대답과 깊은 동면에 들어간 곰마냥 '아니여'라는 대답이 서로 맞부딪치며 막순의 맘을 마구 흔들어대고 있었다.

그런 막순의 마음을 읽기라도 했을까, 용천은 막순에게 끈질기게 매달렸다. 죽은 목숨이나 진배없는 자신을 구해달라고까지 했다. 그런 용천에게 막순도 결혼에 대한 마음의 문을 열었고, 이제 자신도 무슨 수를 써서라도 용천과 함께하고 싶었다.

빼어난 외모는 아니지만 자신을 사랑하는 마음과 한 번도 들어보지 못한 용천의 걸쭉한 말솜씨가 막순의 가슴을 계속해 방망이질해 댔다.

떠날 때가 됐는데도 용천은 마을을 떠나지 않았다. 육지에서 오는 엿장수가 머무는 날은 길어야 사나흘이었다. 하지만 용천이 머문 날은 이레째를 넘어서고 있었다. 태풍으로 인해 육지로 연결하는 배가 뜨지 않아 섬을 못 빠져 나갈 때나 있을 법한 일인데, 용천이 계속해 마을에 머물자 다른 꿍꿍이가 있을 거라고 마을 사람들은 수군댔다.

"엿 사시옷. 맛난 울릉도 호박엿과 작대기만큼 단단해 보이지만 맛만큼은 아주 부드러운 엿이 있어라. 셋이 먹다가 둘이 죽어도 모르는 엿이 있구만이라."

용천은 본시 사투리를 쓰지 않았다. 하지만 전국 각지를 돌아다니다 보니 반나절 정도만 돼도 그 지방에서 쓰는 말을 곧잘 배워 따라

하곤 했다. 그게 자신이 엿장수로 살아가는 방식이자 살아남는 방법, 즉 생존의 법칙이란 걸 예전부터 터득해왔던 터였다.

"우리 같이 행복하게 살아봐라⋯⋯."

부끄럽다는 듯 치마 끝자락을 붙잡고 용천을 흘끔 쳐다보며 막순이 하는 말이다. 부끄러워 그러기도 했지만 막상 자신의 입으로 결혼 얘기를 꺼내다 보니 용천의 반응 또한 꽤나 궁금했던 것이다.

"정말이여?"

"야."

"변심하기 없기여?"

"야, 아자씨만 변치 않으믄 지는 절대로 변함이 없구만이라."

막순이 용천과 결혼해야겠다고 맘을 다잡은 이유는 또 있었다.

남들이 들으면 웃을 일이긴 하나 막순의 맘에는 크게 다가왔던 것인데, 용천은 이유 없이 막순에게 엿을 갖다 주곤 했다. 그런 막순을 마을 아이들은 마냥 부러워했고 막순에게 은근슬쩍 잡동사니를 가져다주며 자신들이 받아낼 수 있는 엿보다 더 많은 엿을 얻어달라고 부탁하기에 이르렀다. 그걸 알았던지, 몰랐던지 간에 막순이 부탁하면 용천은 두말할 나위 없이 마을 아이들에게 엿을 더 얹어주곤 했다.

그것이 막순에게 은근 자부심을 느끼게 했고 자신으로 인해 아이들이 행복해하는 것을 보니 막순 또한 용천이 더 사랑스럽게 보였던 것이다.

이제 부모님만 설득하면 된다고 생각했다. 부모님 설득은 용천과 같이 살겠다고 먼저 말씀드리고 뒷일은 차후에 생각하기로 했다. 부모님이 반대라도 할라치면 용천과 함께 멀리 떠날 버릴 거라는 배짱 두둑한 말도 준비해두었다.

의외였다.

막순의 부모는 용천이 비록 엿장수이지만 열심히 엿을 파는 모습을 달갑게 봐왔던 것이다. 둘 다 사지 멀쩡하니 힘을 합쳐 열심히만 산다면 문제 될 게 없다고 생각한 것이다. 물론 막순 부모가 없는 살림에 다른 데까지 막순을 시집보낼 엄두가 나지 않았던 이유도 있었다.

집안 형편이 그리 넉넉하지 않았지만 막순 부모는 초가집 하나를 신혼집으로 마련해주었다.

근 삼 년을 용천은 바닷일과 마을 사람들 농사일을 거들며 살았다. 막순은 행복했고 살림을 차린 그해에 소중한 생명도 얻었다.

하지만 그 기쁨도 잠시.

강석을 낳고 얼마 되지 않아, 용천은 역마살이 도졌는지 방황하기 시작했다. 그런 용천의 맘을 다잡아보려고 막순은 온갖 노력을 기울였다. 하지만 소용이 없었다. 섬에 안개가 자욱하게 낀 어느 날, 용천은 연기처럼 사라져버렸다.

막순은 그런 몹쓸 유전이 아들, 강석에게만은 없길 바랐다.

춤바람

화마가 휩쓸고 간 것처럼 마을은 고요했다.

얼마 전 있었던 큰 사건 하나 때문이었다.

"아이고, 사모님 잘하십니다. 춤에 소질이 다분한 것 같습니다요. 허허."

"아이고, 여기 사모님은 몸매가 춤추기에 딱 좋은 체형입니다요. 죽임니다."

"아이고, 사모님은 얼굴이 빼어나 남정네들이 혹 갈 것 같습니다. 이런 분이 어떻게 여기서 썩고만 있는지 참으로 안타깝습니다요."

"선상님! 이러케 하면 될까라?"

"선상님! 자세 좀 봐주씨요."

"으메, 선상님! 지도 한번 봐주씨요이!"

이름하여 춤꾼 하나가 삼정리로 들어온 것이다. 남녀가 손을 붙잡고 가슴을 맞댄 채 둘이 포개지다시피 하며 추는 춤, 일명 지르박이라는 춤을 가르치는 춤쟁이였다.

춤쟁이.

그는 처녀들처럼 머리카락을 아래로 쭉 내려뜨려 기르고 있었다.

머리카락에는 늘 동백기름을 발랐고 머리카락 한 올이라도 이마 앞쪽으로 내려오지 못하도록 뒤통수 쪽으로 쭉 잡아당겨 묶고 있었다. 거기에 늘 칼날이 선 연미복을 몸에 걸치고 다녔다.

그는 삼정리 모처에 머물며 동네 아낙들에게 춤을 가르쳤다. 집주인은 정체도 알지 못하는 춤쟁이가 집에 거처했으면 한다기에 처음엔 내키지 않았으나 현찰을 주고 하숙을 하겠노라고 하자, 눈 가리고 아웅 하는 격으로 날름 받아들였던 것이다. 더욱 춤쟁이가 맘에 들었던 건, 하숙이랍시고 집에서 따박따박 밥을 받아먹는 게 아니라 어딘지 모를 장소에서 끼니를 때우고 오는 것이었다. 물론 집주인도 춤쟁이가 묵고 있는 사실에 대해 이목을 의식하지 않을 수 없었으나 돈 받아먹는 재미가 쏠쏠해 자신의 집에 춤쟁이가 거처하고 있다는 사실 자체를 쉬쉬해버렸다.

삼정리 아낙들은 처음엔 춤 배우는 걸 꺼렸다. 이유인즉슨, 춤을 배우다 발각되는 날에는 집안 망신뿐만 아니라 집에서 쫓겨날 게 뻔하기 때문이었다.

이런 상황을 간파한 춤쟁이는 밑밥을 던져야겠다고 생각했다. 일단 춤의 기본적인 스텝을 공짜로 가르쳐주기로 했다. 그러고 나면 으레 다음 춤동작들이 궁금해, 아낙들이 계속 춤을 배우고 싶어 안달날 거라고 생각한 것이다. 맞는 말인지 모르겠지만 춤쟁이는 이러한 현상을 심리학적 충동질이라 일컬었다. 꽤나 충동적인 자신의 스승한테 배운 황당무계한 얘기인 듯싶다.

육지에서는 실패를 맛보았지만 불암도에서만큼은 춤쟁이의 계획은 순조롭게 이어지고 있었다. 그래서였을까, 춤쟁이는 나름 여유까지 부리며 서두르지 않았고 차분하게 장기적인 계획까지 세우고 있었다. 어느 정도 목돈을 마련하면 그때 불암도를 뜨겠다는.

허나 꼬리가 길면 잡히는 법.

비밀리에 진행되었던 춤 교습이 그만 발각되고 말았다. 저녁 식사가 끝나기 무섭게 동네 여편네들이 사라진다는 소문이 돌기 시작할 때쯤, 그렇지 않아도 근래에 자신의 마누라 행동이 의심쩍다고 생각한 삼룡이, 자신의 마누라 뒤를 밟아 그 현장을 급습했던 것이다.

"미친 개 잡것이 죽을라고 환장을 했나! 쌍판때기도 모르는 쌍놈하고 엉켜 춤인가 뭔가 하는 지랄을 떨어! 냉큼 신발 신고 이리 못 내려와!"

삼룡은 자기 마누라를 잡아먹을 듯 두 눈을 부라리며 춤 교습소, 그래봤자, 초라한 과부댁 초가집. 그곳에 대고 고래고래 고함을 지르며 삿대질을 해대고 있었다.

삼룡이 마누라, 마량댁은 붉으락푸르락해진 남편의 얼굴을 본 순간, 소스라치게 놀라며 금세 얼굴이 창백해졌다. 마량댁이 남편에게 겁먹을 때 생기는 일종의 얼굴색 변화인 셈인데, 그걸 본 주위 아낙들도 놀라기는 매한가지였다.

그것도 잠시, 아낙들은 벗어두었던 겉옷들을 챙기느라 부산을 떨고 있었다. 그러는 사이 삼룡은 신발도 벗지 않은 채 방 안으로 성큼성큼 걸어 들어갔다. 그리고 마누라의 머리채를 휘어잡고 끌고 나오려는 그때,

"필성이 아부지! 이것 놓고 말로 하시요. 이것 좀 놓으란 말이요!"

마량댁이 악을 쓰며 대드는 것이다.

"잡것이 주둥이만 살아가지고, 주둥아리 못 다물어!"

삼룡은 동네에서 힘이 좋기로 소문이 자자했다. 게다가 성질까지 불같아 누구도 삼룡을 상대하려 하지 않았다. 삼룡과 싸움이 붙는다는 건 골리앗과 다윗의 싸움이요, 계란으로 바위 치는 격이어서, 곧 죽음을 부르는 것이나 진배없기 때문이었다.

마량댁이 춤 교습을 다니면서 유달리 조심스러워했던 이유도 남편, 삼룡의 지랄 맞은 성격 때문이었다. 발각되는 날엔 살아남지 못할 거라는 걸 마량댁 자신도 잘 알고 있었던 것이다.

마량댁을 마당에 내팽개친 후 다시 얼굴을 돌려 방 안을 응시한 삼룡은 무언가 빠뜨렸다는 듯 다시 방 안으로 처벅처벅 걸어 들어갔다.

"이런, 미친 개 쌍놈의 새끼! 여기가 어디라고 와서 춤질은 춤질이여! 니, 오늘 내 손에 한번 디져봐라."

일순간에 삼룡이 주먹이 춤쟁이의 얼굴을 가격했다. 다행히 스쳐 맞았다. 정통으로 맞았더라면 아마 춤쟁이는 이승과 고별해야 했을 것이다. 그 사이, 마량댁은 언제 다시 방 안으로 들어왔는지

"이러지 마시요, 필성이 아부지! 말로 하시요. 이 선상님은 아무 죄가 읎소. 내가 죽일 년이요, 죽일 년."

이라고 하며, 춤쟁이한테 다시 접근하지 못하도록 남편의 허리춤을 잡아 댕기고 있었다.

"선상님! 시방, 선상님이라고 혔냐? 미친년 육갑 떠네. 니는 주둥아리 닥치고 있고, 춤쟁이 이 새끼! 오늘이 니 제삿날이라고 생각혀라."

흥분을 가라앉히지 못한 삼룡이, 마량댁을 또다시 방바닥에 내팽개치자 이제는 다른 여편네들이 합세해 삼룡일 말리기 시작했다.

"에이~ 씨발!"

분에 못 이긴 삼룡이 입에서 나오는 욕지거리다. 다른 여편네들이 끼

어들자 자신의 마누라처럼 밀쳐내지도 내팽개치지도 못하는 것이다.

삼정리는 벌집을 쑤셔놓은 듯 어수선해졌다.

춤 교습이 발각된 이후 누구누구가 춤바람이 났다는 둥 누구는 춤쟁이랑 배가 맞았다는 둥 배 맞은 년은 누구네이며 귀한 쌀이랑 김 오십여 톳을 갖다 바쳤다는 둥 누구네는 아예 같이 살기로 했다는 둥. 소문은 꼬리에 꼬리를 물고 불암도 천마산 꼭대기에 올라갈 것처럼 부풀려지고 있었다.

"이러다가 마을에 초상이라도 나는 거 아니여?"

"그러게. 그 썩을 놈의 춤쟁이는 뭐할라고 우리 동네까정 와 가지고 그 지랄을 떨어, 마을을 풍비박산 내고 있는 겨."

"떠도는 소문에 의하면 안면이 있는 사람 같기도 하다고 하드만은……. 그렇지 않고서야, 지 놈이 이 먼 섬까지 어찌 알고 왔겄어. 안 그려?"

"그러게. 여기까지 어찌 알고 왔겄어. 아마도 여기를 예전에 알았든 아님 우리가 모르는 친척이라도 있든. 그러니께 왔을 거구만."

"듣고 보니 그러네."

"그놈이 어디 머문지부터 알아봐야 쓰겄구만."

실상 춤쟁이로 삼정리에 돌아온 놈은 뱃놈 종팔이었다.

뱃놈 종팔이 사라진 지 근 5년만이었다. 길지 않은 시간이었지만 삼정리 사람들은 종팔이를 알아보지 못했다. 뱃놈으로 살 때 종팔은 육지 읍내에 거처를 두고 있었고 당시만 해도 정리가 안 된 덥수룩한 턱수염과 거센 바닷바람을 막기 위해 추우나 더우나 늘 털모자를 눌

러쓰고 있었기에 종팔이를 아는 사람들은 그때 그 모습만 기억하고 있었지, 지금처럼 깔끔한 외모에 동백기름을 발라 머리를 빗어 올리고 뿔테 안경에 정장을 빼입고 다니는 놈이 설마 종팔이라고 생각지 못했던 것이다.

춘례가 사라진 다음 날, 종팔도 종적을 감추었었다.

춘례는 사라지기 전날, 종팔에게 자신이 처한 상황에 대해 자초지종을 얘기하며 도움을 청했고 적지 않은 돈 십만 원을 건넸다. 그건 자신이 어디로 도망치는지에 대해 함구해달라는 대가였다.

춘례는 그리 멀지 않은 곳, 읍내에 머물고자 했다. 허나 읍내는 남편, 강석이 찾으려고 맘만 먹으면 금세 발각될 수 있기 때문에 철저하게 입막음을 해달라며 종팔에게 돈을 건넸던 것이다. 혹여, 남편이 자신이 도망친 방향을 물어볼라치면 읍내 얘기는 꺼내지도 말고 먼 서울로 갈 거라 했다고 해 달라 했다. 읍내에 살고 있던 종팔이 자신에 대한 사실을 토해낼까 봐, 춘례는 내심 걱정되었던 것이다.

비록 마을을 떠나오긴 했지만 춘례는 여차하면 부족한 자식에게 단걸음에 달려갈 수 있는 곳에 머물고자 했다. 강석의 노름, 계집질, 폭행 때문에 불암도를 떠나오긴 했지만 모자지간의 정을 춘례 자신도 모질게 뗄 수는 없었던 것이다. 하지만 그 이후 종팔은 읍내에서 춘례를 다시 보지 못했다.

아무튼 뜻하지 않게 목돈을 만진 종팔은 그 길로 읍내에 있는 노름판에 빠져들었다.

그곳에서 낮에는 노름꾼, 밤에는 춤쟁이로 살아가는 석규를 알게 되었는데, 석규를 따라 이곳저곳 전국 각지를 떠돌아다니며 낮엔 노름을 하고 밤엔 춤을 배웠던 것이다.

3년을 그렇게 돌아다니다 보니 종팔 자신도 나름 춤에 일가견이 생겨났다고 생각한 것인데, 딱히 자격증이 없어도 되는 춤 교습이야말로 돈이 되겠다 싶었다.

그 길로 전국 각지를 떠돌아다니며 춤 교습을 시작했다. 허나 생각했던 만큼 영 돈은 모이지 않았다.

농사꾼들에게 목돈은 가을 추수 때나 쥐어지는 것인데, 그 돈은 여편네들 손에 들어가기보다는 남정네들 손에 고스란히 쥐어졌다. 고로 여편네들 손에는 푼돈밖에 없었고, 때문에 공짜로 기본적인 춤동작을 가르쳐주고 나면 여편네들은 더 이상 춤을 배우러 오지 않았다. 그것이 처음이자 끝이 되고 말았던 것이다.

종팔은 이대로는 안 되겠다 싶었다. 하여 자신이 알고 있던 불암도로 눈을 돌리기에 이르렀다. 처음엔 불암도로 다시 갈 염조차 없었으나 자신의 경험상 섬은 상황이 다르다고 생각해 맘을 바꿔먹었던 것이다.

섬은 사시사철 농사일, 바닷일로 바쁜 곳이었다. 그래서일까, 육지와는 달리 남정네들 못지않게 여편네들 손에도 목돈이 쥐어지는 경우가 비일비재했다. 특히 김 농사철인 겨울이 오면 여편네들이 돈을 챙기는 일이 많았던 것이다.

해서, 종팔은 예전에 뱃사공을 할 때 인연이 있던 삼정리를 목표로 삼았고 그곳에 머물며 목돈을 모아 볼 요량이었다.

마을 사람들은 삼정리에 지르박을 가르치는 춤쟁이가 들어온 자체가 있을 수 없는 일이라고 게거품을 물며 말했지만 실상 불암도에서는 여편네들을 위한 오락거리가 없어 그게 꼭 불가능한 것만은 아니었다. 물론 '지르박'을 순수한 오락거리로 보기 어려운 측면도 있긴 하나, 춤을 배우기 위해 남녀가 껴안는다는 것만 빼면 꼭 흠이 있다고만은 할 수 없었다.

하지만 삼정리 남정네들에게 그건 용납될 수 없었던 것인데, 이 또한 남정네들의 이율배반적이고 이기적인 행동에 불과한 것이라 할 수 있었다. 그건, 자신들은 밤 중에 노름을 하거나 아니면 배를 타고 읍내로 나가 기방 기생들 치마 속에 김 판 돈을 고스란히 갖다 바치고 오는 경우가 다반사였기 때문이었다. 그럼에도 남정네들이 기죽지 않고 큰소리치며 살 수 있었던 건, 그도 그럴 수 있다는 가부장적 위용이 용인되기도 했거니와 한편으론 가족을 건사할 수 있는 돈 정도는 매년 김 농사를 통해 다시 벌어들일 수 있어서였다.

춤바람으로 인한 난리가 있었던 다음 날, 마을 장정들은 종팔을 죽일 수는 없지만 다시는 춤쟁이 노릇을 못하게끔 다리 한쪽이라도 분질러나야 한다는 데 중론을 모았다. 곧바로 종팔을 잡아다가 멍석말이를 가했다.

불암도에서 멍석말이를 가한다는 건 사람으로서 할 도리가 아닌 짓을 했을 때나 행해지는 중형이나 다름없었다. 강간이 있었다든지, 큰 도둑질이 있는 날엔 마을 사람들이 마을회관에 모여 당사자 처분에 관한 논의를 했고 만장일치로 이견이 없을 시에는 그에 상응하는 처벌을 가했던 것이다. 그게 바로 멍석말이였다.

십여 년 전 외지에서 삼정리에 들어온 사내와 마을 아낙 한 명이 간통을 저지른 일이 있었다. 그 일로 외간 사내에게 멍석말이가 가해졌는데, 삼정리 사람들이 너무 흥분한 나머지 그 사내가 그만 죽고 말았던 것이다. 사태 수습을 위해, 이야기는 지서(支署)와 짜고 사내가 큰돈을 벌기 위해 고기잡이배를 타고 먼 곳으로 간 것처럼 꾸몄다. 그렇게 사건은 무마된 듯싶었다. 하지만 그 사건이 있고 난 며칠 후 그 아낙이 자살해버렸고 결국 아낙의 가족도 삼정리를 뜨고 말았던 것이다. 때문에, 그 일 이후로 삼정리에서는 가급적 멍석말이를 자제해왔던 터였다.

멍석말이가 있은 후 종팔의 다리는 성치 못했다. 몽둥이로 무릎을 맞았는지, 종팔은 제대로 걷지 못했고 그런 종팔을 마을 장정들이 부축해 거처까지 데려다주었다.

그런데 다음날, 종팔이 감쪽같이 사라진 것이다. 거동도 못할 거라는 마을 사람들의 추측과는 달리 쥐도 새도 모르게 야반도주를 감행한 것이다. 그런 종팔을 두고 마을 사람들은 알아서 마을을 떠나주니 오히려 다행이라고 했고 다시는 이런 일이 재발하지 않도록 외지에서 오는 이방인들에 대한 마을 출입 단속을 꾀하기로 하였다.

그 후 삼정리에는 다시 평온이 찾아온 듯했다.

경매장

어느 겨울 따스한 오후, 동수는 어머니를 따라 태평리로 향했다. 김 경매장을 가기 위해서였다. 김 경매장은 면소재지인 태평리로 옮겨오기 전 삼정리에 자리 잡고 있었다. 삼정리에 있던 김 경매장이 태평리로 이전한 건, 김이 전량 일본으로 수출된 이후로 김 값어치가 뛰어올라 섬사람들이 김 생산량을 대폭 늘렸기 때문이었다. 그 바람에 김 경매장도 덩달아 커져야 했던 것이다.

동수가 어머니를 따라나선 건 사람들 입방아에 꽤나 요란스럽게 오르내리는 새로 단장한 김 경매장이 궁금해서였다. 하지만 막상 김 경매장에 가보니 기대 이하였다. 김 경매 장소가 되는 수협 앞마당만 넓어졌지, 급하게 이전한 탓인지 수협 건물은 짓다 만 것처럼 허접하기 짝이 없었고 거기에 더해 마을 여기저기서 가져온 김 박스로 수협 앞마당은 어지러울 지경이었다.

그 수협 앞마당 한가운데엔 짤막한 체구를 가진 한 사람이 서있었다. 복장을 보아하니 경매쟁이인 듯싶었다. 그는 상의는 얇고 어두운 갈색 계통의 잠바를, 하의는 밋밋하지만 상의와 다르게 두툼한 솜바지를 입고 있었다. 경매쟁이 특성상 손과 팔을 자주 움직여야 하기 때문에 윗옷은 얇아야 하고 거의 움직임이 없는 다리를 보호하기 위해 하의는 두터워야 한다는 걸 어린 동수도 짐작할 수 있었다.

날카로운 눈매, 얇은 입술, 뾰족한 턱을 갖춘 경매쟁이는 한눈으로 봐도 경매쟁이에 어울릴 법한 사람이었다. 하지만 단점도 있는 법. 키가 작았다. 작은 키 때문인지 경매쟁이는 까치발을 딛고 목을 앞으로 쭉 내민 채 빠르고 우렁차게 소리를 질러댔다.

그 소리를 동수는 자세히 알아들을 수는 없었다. 추측건대, 이렇게 말하는 것 같았다.

"오백 원! 천 원! 천오백 원!"

잠시 뜸을 들인 후,

"천오백 원 낙찰!"

경매쟁이는 김 오십 톳이 담겨 있는 김 박스의 김 한 톳 가격을 순식간에 매겼다.

한 톳의 김 가격이 바로 오십 톳을 대표하는 김 가격이었으니, 오십 톳의 김값은 한 톳의 김값의 50배인 셈이었다.

그리고 다음 김 박스로 넘어간 경매쟁이는

"천 원! 천오백 원! 이천 원!"

또다시 잠시 뜸을 들인 후,

"이천 원 낙찰!"을 외치는 듯했다.

경매쟁이가 마지막으로 외치는 가격이 곧 김 낙찰가였다고는 하나 중간도매상들이 제시하는 김 가격을 경매쟁이만 알아볼 뿐 김을 팔러 나온 불암도 사람들은 알아볼 수 없었다.

한편 김 박스 겉면에는 마을 명칭과 누구네 것임을 알려주는 숫자가 암호 비슷하게 적혀져 있었다. 예를 들자면, 삼정리 김석봉이네 김은 삼정리 1번이 대신하였다.

김 박스에 생산자 이름을 표기하지 않고 암호 비슷하게 마을명과 숫자로만 표시한 건, 김이 경매에 붙여질 때 누구네 것이라고 값을 더 쳐줘서는 안 된다는 나름 원칙을 갖춘 것이라고 했으나 설령 1번이 누구네 김 박스인지는 몰라도 마을이 떡하니 표시돼 있어, 그리 공평하게 김 가격이 매겨진다고는 볼 수는 없었다. 왜냐, 마을에 따라 김 맛이 다르다는 걸 중간도매상들도 익히 알고 있던 터라, 김 맛이 좋은 마을의 김 박스에는 늘 후한 김 가격이 매겨졌기 때문이었다.

　빠른 손놀림과 알아듣기조차 힘든 말로 경매쟁이는 계속해 김 경매를 이어갔다.

　여기저기에서 기쁨과 안타까움이 밴 탄성들이 터져 나왔다. 그 와중엔 김값을 제대로 받지 못해 김을 팔지 않겠다고 으름장을 놓는 이들도 있었다. 섬사람들이 김 낙찰가에 예민한 반응을 보일 수밖에 없는 건, 그해 겨울에 판 김 대금이 곧 그들의 일 년 생계 밑천이 되기 때문이었다. 암튼 그건 차치하더라도 김값을 잘 받는 날이면 잘 받았다고 술 한잔, 형편없는 날이면 형편없었다고 술 한잔, 김을 내다 파는 날이면 으레 술 한잔씩 걸치는 게 섬사람들에겐 습관화되다시피 했다.

　김 경매가 끝나면 수협 직원이 섬사람들에게 돈 대신 십만 원, 이십만 원, 삼십만 원 등이 적힌 영수증을 내주었다. 혹 김 판 사람 중 돈이 정히 급하다고 하면 김 판매 대금의 전액이 아닌 일부를 지불해 주기도 했다.

　이처럼 김 판매 대금은 중간도매상들이 아닌 수협이 책임지고 있었고, 판매 대금도 전액 지급되지 않고 늦춰지고 있었는데, 그건 김을 사는 중간도매상들이나 김 대금을 직접 지급하는 수협이 돈이 없어서가 아니었다.

그 이유는 수협이 중간도매상들을 끼고 매년 김 경매를 진행해오고 있기 때문이었다.

어민들을 위해 늘 후하게 김값을 쳐준다고 수협은 생색을 냈지만 실상 김값은 받아야 될 가격보다 늘 낮게 매겨지고 있었다.

그러하다 보니, 수협이 챙기는 돈은 경매로 매겨진 김값에 버금가는 돈이었다. 중간도매상들이 경매를 통해 사들인 김을 수협은 다시 사들였고, 수협은 그 김 가격을 두 배 이상으로 부풀린 다음, 그 중간도매상들로 하여금 다시 다른 곳에 그 김을 되팔게 했던 것이다. 그 김을 되판 중간도매상들은 약속한 대로 자신들에게 할당된 김 판매 대금을 떼고 난 후 나머지 금액을 수협에 넘겨주었던 것이다.

이러한 절차를 거치다보니, 불암도 사람들은 김을 팔아도 당일에 김 대금을 지급받지 못했고 일주일이 지난 후에야 받을 수 있었던 것이다.

하지만 안타깝게도 수협과 중간도매상들의 연결고리를 아는 사람은 없었다. 그들이 결탁됐을 거라는 소문만 무성할 뿐.

이런 수협과 중간도매상들의 유착관계가 장수는 늘 궁금했다. 만약 사실이 확인된다면 그 고리를 끊어버리고 싶었다. 그것이 장수가 수협조합장에 출마하고자 한 이유이기도 했다.

동수는 각기 다르게 김 가격이 척척 매겨지는 걸 보며 사람에게만 있는 줄 알았던 계급이 김에도 존재하는구나, 생각했다. 파래가 섞여 맛깔스러워 보이는 파래김은 값이 덜 나갔고, 맛이 없어 보이고 색깔만 거무튀튀한 김이 값이 더 나갔기 때문이다. 동수와 마찬가지로 섬 사람들도 그 이유를 몰랐다. 다만 수협과 중간도매상들이 그렇다고들 해 그렇게 믿고 있었던 것이다.

"엄매, 내가 보기엔 김들이 별 차이가 없는 거 같은데, 왜 김 가격이 저렇게 다르다요?"

흐르는 콧물을 홀쩍홀쩍 들이키며 동수가 어머니에게 묻는 것이다. 동수의 손목 위, 소매는 연신 콧물을 닦아내느라 광을 낸 구두처럼 반질반질했다. 겨울에 갈아입을 여벌의 옷이 없어 동수가 입어야하는 동옷은 늘 정해져 있었다.

"그건 파래가 많고 적음에 따라 차이가 있는 게지. 파래가 적어야 김값이 더 나가는 거여."

"나는 파래가 조금씩 들어가 있는 김이 휠 맛있드만."

"그러게 말이다. 김을 맛이 아니라 색깔만 보고 판단하니께, 그런 거 같다. 지금은 왜놈들이 김을 전량 사들인다고 하니 아마도 그놈들의 구미에 맞아야 김값이 더 나가는가 보드라. 듣자하니, 왜놈들이 파래가 들어간 김보다는 파래가 없는 시커먼 김에 더 환장한다고 하고."

왜놈들의 얘기를 하고 나면서부터 명천의 미간은 일그러지기 시작했다.

일제 때, 불암도에도 예외 없이 왜놈들이 들이닥쳤다. 섬에 왜놈들이 들어올 거라고 생각하지 못했던 섬사람들은 당황할 수밖에 없었던 것인데.

섬으로 들어온 왜놈들은 섬사람들을 마구 잡아들였다. 그 대상은 마을 유지와 학교 선생님들이었다.

당시 명천의 아버지는 학교 선생님, 할아버지는 교장 선생님이었다. 그러했으니 명천의 아버지도 할아버지도 잡혀갈 대상에 예외가 아니었다. 왜놈들은 명천의 아버지가 학교 선생님인 걸 묻더니 무작정 끌고 가버렸다. 그러면서도 한 마디 툭 내던지고 갔는데, 두 명이 아니라 한 명인 걸 감사하게 생각하라고.

뿐만 아니라 왜놈들은 명천 집안의 논과 밭문서를 모두 빼앗아 불살라버렸다. 논과 밭이 더 이상 명천 집안 소유물이 아니란 걸 보여주기라도 하듯.

하루가 지나고 일주일이 다 돼가도 왜놈들에게 끌려간 명천의 아버지는 돌아오지 않았다.

들리는 소문으로는 왜놈들이 끌고 간 마을 유지들과 교육자들을 모두 사형시켰다는 것인데, 부당하게 재산을 축적하고 불온한 사상을 설파했다는 게 그 이유였다. 그런 얼토당토않은 죄목을 뒤집어씌워 왜놈들은 그들을 산속 깊숙이 끌고 가 총살시키거나 흙구덩이에 생매장시켰던 것이다.

명천의 아버지가 끌려간 후 명천의 할아버지는 아들을 살리기 위해 자존심까지 구겨가며 왜놈들에게 사정사정했다. 허나 노력은 물거품이 되었고 명천의 아버지는 끝내 돌아오지 못했다. 결국 자식 잃은 슬픔을 이기지 못한 명천의 할아버지도 얼마 되지 않아 눈을 감고 만 것인데.

한이 서린 어머니의 얘기가 어린 동수의 가슴에도 와 닿았다.

명천은 그날 김 한 톳을 이천 원에 낙찰받았다. 오십 톳이었으니 십만 원을 받게 된 셈이다. 고생한 것에 비하면 큰돈은 아니었다.

"월래, 상수네는 이천 원 받았단가. 잘 받았네이, 좋겄어!"

현수 어머니가 이죽거리며 명천에게 건네는 말이다.

"김값도 별로고 김 톳수도 적어, 돈이 얼마 안 되요야."

동수네 집 한 집 건너에 현수네 집이 있었다. 하지만 두 집안은 한 동네에 같이 살아가야 할 운명이기도 했지만 앙숙관계이기도 했다.

두 집안은 크게 다툰 적이 있었는데, 동수와 현수가 태어났을 때 일이었다.

둘은 한날에 태어났다. 하지만 동수는 동이 틀 무렵에 태어났고 현수는 해질녘에 태어났다. 그런데 현수네 집안에서 동수가 현수 이름 끝 자를 따갔다고 하면서 동수 이름 끝 자를 바꾸라고 강짜를 부린 것이다.

허나 동수 집안에서 보면 이건 어불성설이요, 기가 찰 노릇이었다. 왜냐, 장수는 예전부터 자식이 태어나면, 특히 사내놈들에겐 자신의 이름 중 한 자를 따와 이름을 짓겠노라고 줄곧 생각해왔기 때문이었다. 해서, 동수 위 형도 상수라 지었고 '동수'라는 이름도 동수가 세상에 나오기 전에 미리 작명해 두었던 것인데 말이다.

이외에도 두 집안이 옥신각신할 수밖에 없었던 것은 예전에도 크고 작은 일들이 두 집안 사이에 쭉 있어 왔기 때문이었다.

선거

어둠이 노을을 삼키려 하자, 소꾼들은 산에서 풀을 잔뜩 먹인 소들을 이끌고 마을로 향했다.

마을 어귀에 다다르자, 마을 분위기가 심상치 않아 보였다. 여느 때와 달리 초상이라도 난 듯 고요했다.

"짠해서 어찌 하노."

어슴푸레한 어둠 속에 아낙 둘이 소곤대는 소리가 동수의 귓전을 타고 뇌리에 처박혔다.

'아부지가 떨어지셨구나!'

마을 분위기를 보아 하니 집안 분위기도 짐작이 되었다.

이제 집은 멀지 않았건만 그 길은 십여 리나 된 듯 보였다.

장수는 예전에도, 그러니까 막내아들 동수가 두 살 되던 해, 여름 수협조합장 선거에 출마한 적이 있었다. 그때가 제4대 수협조합장 선거였다. 젊어서였을까, 장수는 수협조합장에 떨어질지언정 빡세게 한번 선거를 치러보겠다는 패기와 열정이 있었다.

단, 돈 많이 드는 선거는 치르지 않겠다고 다짐했다. 공식적으로 허용되는 선거비용을 제외하고 써서는 안 될 돈을 쓰는 건 선거가 아니며 이기더라도 진정한 승자가 아니라고 보았던 것이다.

불암도는 '독구체'를 가로지르는 경계선을 두고 동과 서로 나뉘어 있었다. 동쪽 마을들을 일컬어 '동부'라 하였고 서쪽 마을들을 일컬어 '서부'라 하였다.

수협조합장은 각 마을을 대표하는 수협대의원들에 의해 선출되었다. 불암도에는 스물한 개 마을이 자리 잡고 있었으니, 수협조합장을 선출할 권한이 있는 수협대의원도 스물한 명인 셈이었다. 바로 이들이 누구를 수협조합장으로 선출하느냐에 따라 수협은 발전할 수도 타락할 수도 있었던 것이다.

인위적으로 동부, 서부를 갈라 수협조합장 후보를 내는 건 아니었지만 선거 때마다 동부 대표, 서부 대표가 대결하는 구도가 자연스레 이뤄졌었다.

제1대부터 제3대까지의 수협조합장 선거는 동부 후보의 승이었다.

오래전 불암도의 동부, 서부 마을 구도는 서부 11개, 동부 10개 마을이었다. 헌데 어느 때인가부터 김 농사와 고기잡이가 서부보다 동부가 더 낫다고 하여 서부 마을 사람들이 동부 마을로 대거 이동하게 되었고 그 탓에 사람들이 집중적으로 불어난 동부의 한 개 마을은 두 개 마을로 나뉘었고 사람들이 많이 빠져나간 서부는 두 개 마을이 한 개 마을로 합쳐져, 결국 동부는 11개, 서부는 10개 마을이 돼, 불암도의 동서부 마을 구도가 재배치되었던 것이다.

수협조합장 선거는 그 이후부터 있었던 것인데.

표면적으로 보자면 제3대까지의 수협조합장 선거는 동부, 서부로 나눠진 마을 구도가 지배했다 할 수도 있었다. 하지만 실은 더 크게 영향을 준 요인이 있다고 할 수 있었는데, 동(東)과 서(西)를 막론하고 돈독한 관계를 유지하고 있는 이들이었다. 그들이 바로 불암도 유지, 지서장, 김 도매상들이었으며 그들은 매 선거마다 수협조합장으로 누굴 뽑을 것인가를 비밀리에 논한 후 낙점된 후보를 전폭적으로 밀어주고 있었던 것이다.

이처럼 겉보기엔 동서로 나뉜 지형과 그 지형을 만들고 있는 마을 수가 선거에 지대한 영향을 미친다고 할 수 있었으나 수협조합장을 만들어내는 일등공신은 따로 있었던 셈이다. 물론 여기에도 금전이 빠지는 법은 없었다.

이처럼 수협조합장 선거에 보이지 않는 그림자와 뒷돈이 공공연하게 작동하고 있다는 게 소문으로는 돌고 돌았다. 하지만 그 실체를 확인할 이렇다 할 방법은 없었다.

제4대 수협조합장 자리를 놓고는 동부 최철식과 서부 이장수가 겨뤘다.

장수가 수협조합장 선거에 출마하고자 했던 건 조합장 당선을 쥐락펴락하는 그 검은 그림자들의 연결고리를 끊어내기 위해서였다. 소문으로만 떠도는 불암도 유지, 지서장, 김 도매상들의 유착관계를 확인해 청산하고, 이를 계기로 수협을 대대적으로 개혁해보겠다는 야심찬 각오를 다져왔던 터였다.

선거결과는 11대 10이었다.

서부에 살고 있던 장수가 마을 구도로 보나, 돈으로 보나, 당선될 확률이 희박했으나 이례적으로 당선된 것이다. 설령 수협조합장 자리가 부패로 얼룩져있다는 걸 섬사람들이, 그리고 마을을 대표하는 수협대의원들이 알고 있다 하더라도 팔은 안으로 굽는 법, 동부 대의원들이 자신에게 표를 던져줄 거라고 장수는 전혀 생각지 못했던 것이다. 오히려 전(前) 선거에서 서부 수협대의원이 동부 출신 수협조합장 후보에게 표를 던져준 전례만 있었기에 더더욱 믿기 어려운 선거결과였다.

초대 수협조합장은 제2대, 제3대 수협조합장을 역임하고 또다시 제4대에 출마한 최철식의 사촌, 최강식이었다.

초대 수협조합장 선거결과는 11대 10으로 최강식의 승이었다. 불암도의 동서부 마을 구도를 그대로 대변하는 투표결과였다.

헌데 두 번째 선거부터 동서부 마을 구도가 곧 투표결과라는 공식이 성립되지 않고 조금씩 바뀌기 시작했다. 두 번째 선거결과는 동부 후보 12표, 서부 후보 9표, 세 번째 선거결과는 동부 후보 13표, 서부 후보 8표로, 모두 동부 출신 최철식의 승이었다.

이러한 선거결과에 대해 설왕설래하며 말들이 많았는데, 두 번째 선거는 금옥리가, 세 번째 선거는 금옥리, 양학리가 반란표의 온상지로 거론되었다.

두 번째 선거 당시에는 불암도 유지인 우판득이 금옥리에, 세 번째 선거 당시에는 우판득의 첫째 아들 우석재가 분가해 양학리에 살고 있었는데 이들이 불암도의 또 다른 유지인 최철식과 친분이 매우 두터운 관계로 우판득 집안에서 불암도 동서부 마을 구도를 벗어난 반란표를 던졌을 거라고 사람들은 한입으로 말했다.

그런데 뜻밖에도 제4대 수협조합장 선거에서는 서부가 아닌 동부에서 반란표가 나온 것이다. 동부에서의 반란표는 처음 있는 일이었다.

마을을 대표하는 수협대의원들은 응당 마을 사람들의 의견을 모아 투표를 행사하기 때문에 반란표가 생겼다는 건 수협대의원이 다른 사람의 사주를 받았다거나 큰맘을 먹고 스스로 작당하지 않는 이상 있기 어려운 일이었다. 왜냐, 수협대의원이 마을 사람들의 의견을 무시한 채 표를 던진다는 건 자신이 마을을 떠날 각오를 하고 투표를 행사해야 할 정도였으니 말이다.

물론 돈과 권세가 있다면 조금은 달랐다, 우판득의 집안처럼. 하지만 이상하게도 제4대 수협조합장 선거에서만큼은 우판득 가(家)는 잠잠했다.

동부 반란표의 근원지로는 장수 처가가 있는 외포리가 지목되었다. 기실 제4대 수협조합장 선거로 인해 외포리는 한바탕 소동이 벌어졌다. 장수를 감싸는 사람들과 반대하는 사람들 간 큰 싸움이 인 것인데.

장수 편을 드는 외포리 사람들은 장수가 명천의 남편이기 때문에 표를 주는 건 당연하다고 주장한 반면, 장수에게 표가 간 것에 대해 반발하는 부류는 지금까지 없었던 반란표가 동부에서 나왔다는 건 있을 수 없는 일이라고 목소리를 높여댔고 그것도 다른 곳이 아닌 외포리에서 나온 걸 치욕스럽다고들 했다. 왜냐, 명천은 이미 외포리에서 서부 마을인 양학리로 시집 간 처자이기 때문에 더 이상 동부 사람이 아니라는 거였다.

사태가 이러하다 보니, 반란표를 행사한 수협대의원에 대한 문책성 발언들도 쏟아져 나왔다.

그 화살은 자연스레 당사자인 만석에게로 향했다. 만석의 반란표는 과거 삶에 영향을 받았다 할 수 있었는데.

만석은 열 살이 되던 해에 명천 집안 머슴으로 들어왔다. 그런 만석을 명천 아버지는 머슴보다는 친자식처럼 대해주었고 나이 스물한 살이 되던 해에 짝을 지어 혼례도 치러주었다.

그렇게 은혜를 입은 만석이 명천을 위해 장수에게 표를 던졌을 게 분명하다고 마을 사람들은 입을 모았다.

결국 만석은 모든 걸 책임지고 수협대의원직을 내려놓을 수밖에 없었다. 장수의 수협조합장 당선에는 기여했지만 외포리 사람들과 동부 수협대의원들의 시시비비에 자신이 책임을 져야 한다는 생각에 내린 결정이었다.

만약 명천의 아버지가 온전히 살아있었더라면 만석을 두둔해줬을 것이다. 아니, 그보다도 만석이 수협대의원직을 그만두는 일은 없었을 것이다. 그만큼 죽은 명천의 아버지는 외포리뿐만 아니라 동부에서조차도 덕망 높은 선생님으로 인식돼 있었다.

그러나 명천 아버지가 없는 현실은 달랐다.

당선됐다는 기쁨도 잠시, 불행은 약속이라도 한 듯 장수에게 들이닥쳤다.

"여보게, 상수네! 어디 있는가?"

용칠 엄매가 다급하게 명천을 찾는 것이다. 이유인즉슨, 장수가 지서에 잡혀있다는 거였다. 명천은 자초지종도 물어보지 않은 채 부랴부랴 지서가 있는 태평리로 향했다. 남편 장수의 불같은 성격을 잘 알고 있던 터라, 무슨 사단이 났더라도 났을 거라고 생각한 것이다.

평상시엔 더없이 좋은 남편이지만 불의를 보면 참지 못하는 성격 탓에 전(前)에도 가끔 불미스러운 일들이 벌어지곤 했었다.

예전에 동부 마을 이장과 장수가 대판 싸운 적이 있었는데, 이유는 김 어장 경계선 때문이었다.

마을별 김 어장은 그 경계를 구분 짓기 위해 마을간 합의 하에 말뚝을 박아놓았는데, 특히 양학리 김 어장은 동부와 서부 사이의 바다 경계선이기도 했다.

그런데 어느 날 장수가 마을 김 어장에 나가 보니 경계를 표시하는 말뚝이 족히 보아도 십여 미터 이상 양학리 김 어장 쪽을 파고들어와 있었던 것이다. 얄팍한 술수를 써 그렇게 했다고 생각한 장수는 마을 김 어장 간 경계선을 원상 복귀시키라고 동부 마을 이장에게 요구했다.

그러자 동부 마을 이장은 그럴 리가 없다고 하며 오히려 장수가 억지를 부리고 있다고 맞받아쳤다.

그걸 장수는 얘기로 풀지 못했다.

동부 마을 이장은 장수보다 열 살이 손위였으나 장수에게 손위 문제는 대접을 받을 만한 사람에게나 통하는 법. 주먹이 먼저 날아갔고, 그 통에 동부 마을 이장은 입술이 찢어지고 말았다. 참을 동부 마을 이장이 아니었다. 그 길로 지서로 달려가 장수를 폭행으로 신고해버렸다.

그때 명천은 죽도록 싫었지만 동부 친정에 손을 뻗쳤다.

결국 명천 어머니의 간곡한 청으로 장수는 훈방될 수 있었다.

명천은 흰 고무신이 벗겨진 줄도 모르고 헐레벌떡 지서 안으로 들어섰다.

이미 장수에게는 수갑이 채워져 있었다.

'왜 이라요, 상수 아부지. 그러크름 힘들게 조합장 선거에 당선돼 놓고 이제 당신 맘먹은 일만 하믄 되는디, 이런 날벼락이 또 어디 있다요. 남들은 불의를 보고도 잘만 참드만은, 당신은 왜 그리도 분을 못 참고 그라요. 이번 사건으로 모든 게 수포로 돌아가믄 어짤라요? 당신이 이러믄 우리 가족들은 누굴 믿고 살아야 한단 말이요. 그놈의 성질 좀 죽이고 삽시다요, 제발!'

명천의 큰 눈에 고여 있던 눈물이 뺨을 타고 흘러내렸다. 말이 아닌 눈물로 명천은 자신의 심정을 토로하고 있었다.

"공무방해죄, 폭행죄입니다. 죄목은 소장님 책상을 뒤엎고 난동, 그러니까 쉽게 말해서 행패를 부린 겁니다. 그 과정에서 소장님이 다치셨구요. 조사가 끝나면 집으로 보내드릴 테니, 돌아가 계십시오."

순경은 명천을 쳐다보지도 않은 채 양 검지를 이리저리 옮겨가며, 일명 독수리 타법으로 타자기에 끼어 있는 하얀 백지에 무언가를 쭉 쳐내려 가고 있었다.

"공무 뭐시기 하고 폭행 뭐라고라? 소장님은 어디 계시요? 내가 한번 만나봐야겠소. 상수 아부지, 뭐라고 얘기 좀 혀 보시요? 왜 이 지경까지 왔는지 말이요!"

명천은 흐느끼며 지서장을 찾았다.

그러자 장수가

"집에 가 있어. 새끼들한테는 얘기하지 말고. 조사 끝나면 바로 돌아갈 것인게, 괜시리 부산떨지 말어."

하는 것이다.

"갈 때 가더라도 무슨 일 때문에 상수 아부지가 이 쇠고랑을 차고 있는지 알아야겠소. 그것도 수협조합장에 당선된 사람을……."

"시끄러! 수협조합장이 뭐 대단한 자리라고. 암말 말고 집에 가 있어!"

화가 치밀어 오르는지, 이번엔 장수가 버럭 하는 것이다.

"그렇게 하세요! 조사가 끝나면 돌려보내겠습니다!"

이젠 묵묵히 조서를 꾸미고 있던 순경까지 명천에게 신경질적으로 대하는 것이다. 조서를 꾸미는 순경의 얼굴은 앳돼 보였다. 딱 봐도 갓 스물을 넘긴 듯했다. 그래서일까, 유도리라곤 전혀 없어 보였다.

명천은 의자에 털썩 주저앉으며

"상수 아부지, 그람, 조사 잘 받고 집으로 오시요이. 밥상 차려놓고 애들이랑 기다리고 있겠소."

하고, 조서를 꾸미는 순경에게도 한 마디 덧붙였다.

"우리 상수 아부지가 무슨 소란을 피웠는지는 모르겠지만 이유 읎이 그럴 사람은 아니요. 그러니 제발 좋은 쪽으로 생각 좀 혀 주시요이."

"이놈의 여편네가 못 하는 소리가 읎어! 조사 잘 받고 갈 테니께, 재 뿌리지 말고 집에 가 있으라고!"

그놈의 성질 때문일까, 무안해서일까, 장수는 또다시 버럭댔다.

지서에서도 장수의 불같은 성격이 지랄 같다고들 했지만 장수가 남들 모르게 지역에서 좋은 일을 하고 있다는 것쯤은 그들도 잘 알고 있었다. 하지만 그건 선처 조건에 포함되지 못했다.

장수의 지서 난동 사건 전말은 이러했다.

지서장은 장수에게 어떻게 보면 으레 해왔던 돈을 요구했던 것인데, 관례라면 관례였다.

장수가 수협조합장에 당선되자 지서장은 조용히 한번 만나자고 했다. 장수는 자신의 당선을 축하해 줄 겸 술이나 한잔 하면서 앞으로 불암도를 어떻게 잘 이끌어 갈 것인가에 대해 논하자는 정도인 줄로만 알았다.

하지만 만나자는 곳이 술 한잔 하자는 곳도 아닌 지서였던 것이다. 이유야 어찌 됐든, 일단 지서로 향했다. 그곳에 도착하니, 지서장은 책상 위에 발을 턱, 하니 올려놓고 의자를 뒤로 젖힌 채 잠들어있었다. 그 감은 눈에서도 날카로움은 배어나 있었다.

"시방, 뭐시라고 혔소? 돈을 내놓으라고라! 참 기가 막히요. 있어도 못 내놓겠소."

"당신, 지금 무슨 말을 하는지 모르고 그러는 거야? 우리 지서를 우습게 봤다가는 어찌 되는지 잘 알면서 그러는 거 아니야?"

"난 모르겠소. 지금까지 수협조합장을 어떻게 구워삶아 돈을 받아왔는지 모르겠지만 난 죽어도 그럴 일 읎을 것인께. 그리 아시요!"

"어, 이 사람 안되겠구만. 수협조합장이라고 체면 좀 세워 주려고 조용히 불렀건만 당신 이러면 재미없어!"

"그람, 어떻게 할라고 그렇시요? 함 혀보시요!"

"당신, 조합장 취임식도 못하는 수가 있어!"

"뭐시라고 혔소? 당신이 뭔데, 불암도에서 그것도 마을을 대표하는 수협대의원들이 나를 뽑아준 것인디, 당선된 나를 당신 맘대로 잘라버리겠다는 것이요! 지서장이면 다냐고!"

둘의 언쟁엔 고성이 오갔고,

"그래, 니 놈이 조합장으로 살아남을 수 있는지 함 두고 보자."

"뭐라고라?!"

분을 삭이지 못한 장수가 지서장 책상을 꽝, 하고 내리쳤다.

"이런 미친 것을 봤나. 폭력 쓸라고 그러네."

"폭력 쓸라고 했다고 혔소?"

순간 지서장은 서장실 문을 확 열어젖히며,

"야, 이 새끼 잡아서 폭행죄로 넣어버려!"

"이 새끼라고라? 그라고 폭행죄라고라?"

장수의 말은 뒤로 한 채 잽싸게 뒷문으로 빠져 나가버렸다. 동시에 순경 네 명이 들어와 장수의 양손과 양 발목을 붙잡고 서장실 밖으로 끌어냈다.

지서장은 장수에게 그냥 돈을 내놓으라 하기가 민망했던지 기부 명목으로 돈을 받아 챙기려 했다. 치안유지와 경로당 신설이 그 목적이었는데, 명분만 달랐지 늘 있어왔던 관행에 불과한 것이었다. 전(前) 소장이 현(現) 소장에게 인수인계하고 갔음이 분명했다.

언제부턴가 불암도에 오는 지서장은 한 몫 단단히 챙기고 간다는 소문이 돌았다.

돈을 받으면 그 대가로 그들의 뒤를 봐준다는 거였는데, 그들이 바로 불암도 유지들과 수협조합장이었던 것이다.

또한 섬이라는 특성상 불법인지 아닌지 모른 채 섬사람들이 행하는 일들이 많았는데, 그걸 지서장은 교묘히 이용해 불법(?)을 무마해준다는 대가로 섬사람들에게도 돈을 받아 챙겨왔던 것이다. 지서장의 이러한 금전갈취는 있는 사람들에겐 유지(有知)에서 없는 사람들에겐 무지(無知)에서 나온 결과라 할 수 있었다.

한편 섬 전체가 꽤나 술렁거렸던 사건이 있었었다.

살인사건이었는데, 그 기회를 지서장은 놓치지 않았다.

그 살인사건의 피살자는 장수의 친구 우석재였다. 지서장은 석재의 죽음이 빚을 빌미로 한 부녀자 강간에서 비롯된 살인사건임을 알았고 석재 아버지, 그러니까 우판득에게 아들이 좋지 않은 일로 죽었으니 그걸 숨겨야 한다고 했다. 그 대가는 돈이었다.

이야기는 석재가 야밤에 집으로 돌아오는 도중 저수지에 빠진 사람을 구하다 의롭게 죽었다는 것으로 포장하자고 했다. 아들과 연루된 사건을 무마하기 위한 고육지책이라고 지서장은 얘기했지만 그 허무맹랑한 소설을 지나가는 소가 들어도 웃을 일이라고 생각한 우판득은 지서장의 그 간사한 혓바닥을 확 뽑아버리고 싶었다. 하지만 노름빚을 빌미 삼아 부녀자를 강간했고 그로 인해 아들이 죽었다는 소문이 나돈다면 자신의 면도 서지 않을 거라고 생각한 우판득은 맘을 바꿔먹기에 이르렀다. 역시나 자식의 죽음보다 체면을 중시하는 우판득이었다. 대신 공짜는 없는 법. 우판득은 지서장이 요구한 돈에 더 많은 돈을 얹혀주며 강압에 가까운 청탁 하나를 했는데, 공석이나 다름없는 수협조합장 선거를 다시 치르자는 거였다.

그렇게 그들의 각본은 안 맞는 듯 잘 맞아 들어가고 있었다.

장수는 생각했다. 지서장은 언제가 불암도를 뜰 것인데, 떠날 때 아마도 상부에 제대로 일한 지서장, 치안유지에 무척 애쓴 지서장으로 구라를 칠 것이라고. 이런 지서장의 성품을 간파하고 있던 장수는 서로 언쟁이 깊어지면서 감정이 극에 달해 참을 수 없는 분노를 표출하고 만 것이었다.

그날 밤 장수는 집으로 돌아오지 못했고, 길진 않았지만 구치소라는 데도 다녀와야만 했다.

그렇게 장수는 제4대 수협조합장에 당선돼 놓고서도 불미스런 사건으로 인해 본의 아니게 물러나야만 했던 것이다.

그 사건 이후로 장수는 마을 일을 다시 맡았다. 마을 일은 수협조합장에 당선되기 전에도 해왔었던 거였고 마을 사람들도 이장을 다시 맡아줄 것을 간곡히 요청해 받아들였던 것이다.

마을 일을 다시 도맡아 해 온 지 8년이 지날 때쯤, 친구 박석근이 찾아왔다.

수협조합장에 다시 출마해 보는 게 어떻겠냐고, 말이다. 하지만 장수는 다신 수협조합장에 출마하지 않겠노라고 손사래를 쳤다. 예전에 선거를 치르고 난 후 겪었던 그 고통의 상처가 채 아물지 않았을뿐더러 이제는 이길 수 있다는 확신도 들지 않았기 때문이었다. 하지만 그러면 그럴수록 박석근은 이번 수협조합장 선거에서 이길 수 있는 사람은 자네뿐이라고 치켜세우며 장수에게 끈덕지게 달라붙었다.

제8대 수협조합장 선거는 한참 무더운 8월에 있었다.

장수에겐 예나 지금이나 돈이 문제였다. 재산이라곤 한 푼도 물려받지 못한 장수는 교육자 집안에서 태어난 명천과 연애결혼을 했다. 그때 처가의 반대가 심했는데, 아무것도 없는 집안에 명천이 시집간다는 게 그 이유였었다.

그럼에도 명천은 자신의 집에 아무것도 바라지 않는다는 조건으로 장수와 결혼했다. 그러나 생각했던 것보다 시집살이는 혹독했다. 논농사뿐만 아니라 논농사보다 더 힘들다는 김 농사까지. 이런 개고생이 계속 따라다녔으나 명천은 장수와 결혼한 걸 후회하지 않았다. 대신 돈을 많이 모아 잘사는 모습으로 친정에 떳떳해지고 싶었다. 허나 그런 명천의 다짐과는 달리 가게 형편은 썩 나아지지 않았다. 때문에 명천이 친정에 가는 일도 자연스레 뜸해졌다.

기실 명천은 악착같이 많은 돈을 모았었다. 하지만 남편 장수가 제4 대 수협조합장에 출마하면서 쌀독에 쌀이 새듯 돈은 흐지부지 없어지고 말았다.

이처럼 수협조합장 선거가 집안을 들었다 났다 한다는 걸 잘 알았기에 장수는 다시는 수협조합장 선거에 출마하지 않겠노라고 다짐해왔던 터였다.

동수 외가.

동수 외가는 서부에서 큰 산고개를 넘어야 갈 수 있는 동부 외포리에 있었다. 동수 외가로 가는 산고개는 험하고 무섭기로 소문이 자자했다. 예전부터 귀신이 수없이 나타났고 실제로 귀신을 목격했다는 이들도 많았다.

그곳을 섬사람들은 '독구체'라 불렀다.

독구체라는 명칭이 부여된 유래는 정확히 알 수는 없었으나 전해오는 얘기로는 그 길이 돌이 지그재그로 굴러가는 형태를 띠고 있다 하여 '돌굴체'라고 이름이 붙여졌다가, 섬사람들이 편하게 부를 수 있도록 '독구체'로 바뀌었다는 풍문과 '도깨비'와 '구신(귀신의 사투리)'이 하나의 몸(體)을 이뤄 나타나는 장소라고 해, '도구체'라고 했다가 불리기편하게 '독구체'로 바뀌었다는 풍문이 함께 돌았다. 동수는 독구체의 명칭이 도깨비와 귀신이 합쳐진 거라고 생각했다.

그런 독구체에서 사람이 죽었다고 했다.

돌이킬 수 없는 운명

온 동네가 아니, 온 섬이 들썩일 만큼 시끄러웠다.

명천도 이른 아침부터 마을 사람들이 모여 있는 틈바구니로 들어가 믿을 수 없는 얘기를 들었다. 사람이 죽었다는 것이다. 그것도 우석재가 말이다. 명천은 자신의 귀를 의심했다.

하지만 살인 현장을 다녀온 남편, 장수에게 자세한 얘기를 듣고 난 후 우석재가 죽었다는 걸 실감했다. 친구인 석재의 죽음을 보고 온 뒤 장수는 근 2주 동안 아예 음식을 먹지 못했다.

우석재는 태평리에서 칠복의 집이 있는 해목리까지 가는 길 위, 보리밭에서 발견되었다는 것인데.

그곳을 다녀온 사람들의 얘기를 빌자면 우석재는 목과 가슴부위에 칼자국이 나 있었다고 했다. 칼 다루는 솜씨가 보통이 아닌 놈의 소행인 것 같다고들 하면서.

우석재가 죽었다는 얘기로 섬 전체가 떠들썩했으나 정작 살인사건에 대한 전모는 밝혀지지 않은 채 베일에 묻혀버리고 말았다.

나중에 드러난 얘기지만 엄춘삼, 우석재, 강분녀가 서로 얽힌 사건이었고 그로 인해 죽임을 당한 우석재는 의로운 행동을 한 사람으로 포장돼 있었다.

살인사건이 있던 그날.

가장 춥다는 1월이 끝나갈 무렵이었다.

천마산 뒤로 해는 숨어 마을에 어둠이 슬슬 내리깔리고 있을 때쯤이었다. 명천은 어린 동수를 등에 업고 마을 어귀에 나와 있었다. 남편 장수를 기다리기 위해서였다.

마침 춘삼이 양학리를 지나치고 있었는데, 명천과 마주친 춘삼은 넌지시 인사를 건넨 후 양학리 어귀 건너편에 위치한 팽나무 고개를 넘어 사라졌다.

그다음 날 우석재가 죽은 채 발견된 것인데 이상하게도 살인사건이 있은 후 춘삼도 며칠째 나타나지 않았다는 것이다.

춘삼은 비록 덩치가 작았고 삐쩍 말랐지만 동작만큼은 날렵했다. 또 날카롭게 생긴 얼굴과 다르게 꽤 상냥하고 친절했다.

살인사건이 있기 엿새 전.

춘삼이 노름 장소에 도착하자, 석재, 칠복, 장선, 학구가 먼저 노름판을 벌이고 있었다.

예전에 춘삼은 김을 팔아 어느 정도 목돈이 마련되면 노름판에 들락거렸으나 근래엔 하루가 멀다고 노름판을 출입하고 있었다.

우석재.

우석재는 아버지, 우판득이 물려준 재산을 이용해 특별한 직업 없이 고리대금을 받으며 살아가고 있었다.

우판득은 6.25 전쟁 발발 당시 학도의용군으로 참전했다고 하여, 실은 그러하지 않았으나, 그 공로를 인정받아 포상금을 받았다. 그 돈으로 면서기였던 그의 아버지 우강봉이 그랬던 것처럼 불암도 땅을 마구 사들였다.

때문에 우판득은 그의 아버지보다 더 많은 땅을 소유하게 되었고, 이쯤 되니 우판득의 땅을 밟지 않고서는 불암도 어디든 갈 수 없다는 우스갯소리가 나올 지경에 이르렀다.

우석재도 그의 아버지처럼 논을 임대하고 그 대가로 수확물의 반을 받아 챙겼다. 이게 끝이 아니었다. 소작료로 받은 쌀을 다시 흉작으로 끼니를 못 때우는 호구에 빌려주었고 그다음 해에 두 배로 대가를 받아 챙겼다.

지금으로 말하자면 악덕업자인 셈인데, 그래도 작게는 우석재, 크게는 우판득 가(家)는 섬사람들에게 독(毒)이자 없어서는 안 될 약(藥) 같은 존재였다.

또한 우판득 가(家)의 고리대업은 바다 김 농사에도 적용되고 있었는데.

불암도를 둘러싸고 있는 바다는 불암도의 마을 수에 따라서 분배되었다. 그것이 다름 아닌 마을별 김 어장이었던 셈인데, 그 분배 권한은 전적으로 수협에 있었다.

분배된 마을 김 어장은 또다시 마을 가구 수에 따라 세세하게 재분배되었다. 그렇게 정해진 영역 안에 마을 사람들은 자신들의 김발을 막아 김 농사를 지었던 것이다.

헌데 유독 우판득 가(家)의 김 어장만은 넓었다. 이유인즉슨, 돈이 없어 김발을 막을 여력이 안 되는 마을 사람들의 김 어장까지 우판득 가는 사들였고 그렇게 사들인 김 어장에 김발을 막아 다시 마을 사람들에게 임대해주고 김 농사를 짓게 한 것이었다. 다시 말해, 남의 김 어장을 싼값에 사들인 후 김발을 막아 임대해주고 더 많은 이득을 챙겼던 셈이다. 그 김 어장을 임차한 마을 사람들은 그 대가로 생산된 김의 3분의 1가량에 해당되는 금전을 지불해야만 했다. 억울하다는 생각도 들었지만 당장 김 어장에서 나오는 돈 때문에 마을 사람들은 우판득 가(家)를 속으로만 욕했지 겉으로는 싫다는 내색조차 할 수 없었다.

한편 불암도에서는 다른 마을의 김 어장을 사들이는 걸 아주 철저하게 금하고 있었는데, 우판득 가(家)는 이를 어겨가며 다른 마을의 김 어장도 은근슬쩍 매수했고 그 김 어장에도 김발을 막아 임대해주고 그 대가를 받아 챙겨왔던 것이다.

박칠복.

칠복은 겉으로 드러난 재산이 없는 전형적인 노름꾼이었다. 노름꾼들에게 칠복은 가장 경계해야 할 대상이었다. 원숭이도 나무에서 떨어질 때가 있다지만 칠복만은 언제나 판돈을 본전치기 아니면 땄기 때문이었다.

정장선.

장선은 나이에 비해 약간 지능이 떨어진 사람이었다. 그래서일까, 친구들은 다들 장가들었으나 장선만은 그러지 못하고 홀어머니와 함께 살았다.

하지만 사람마다 장점은 있는 법. 장선은 다른 사람들을 잘 따랐고 모든 걸 긍정적으로 사고(思考)하는 성격을 지니고 있었다.

이런 성격을 대변해주듯 마을에 상(喪)이 나면 장선은 상여를 짊어지는 상여꾼에 늘 포함돼있었다. 그걸 마을 사람들 일부는 어딘가 부족해 그렇다고들 했으나 장선을 잘 아는 사람들은 천성적으로 착해서 그렇다고들 하며 치켜세워주었다.

또 장선은 늘 남의 집에 품을 팔러 다녔는데 밥을 많이 먹는다는 것 외에는 아무런 불평 없이 주어진 일을 깔끔히 처리해, 마을 사람들은 장선의 품을 꽤나 선호했다.

하지만 품을 팔아 어렵게 벌어들인 돈을 장선은 노름으로 모두 날려버렸다. 돈을 잃으면 잃었지 따는 일이 없었던 것이다. 일명 노름판의 봉인 셈이었다.

강학구.

학구를 마을 사람들은 샌님이라 불렀다. 겉보기에도 점잖고 매너또한 훌륭했다. 하지만 열 길 물속은 알아도 한 길 사람 속은 모른다고 했던가, 그런 학구가 노름을 할 거라고 생각한 사람은 없었다. 그래서였을까, 학구는 자신이 노름판에 들락거린다는 자체를 함구해달라고 판꾼들에게 신신당부하곤 했다. 그 이유가 바로 학구 마누라가국민학교 선생님이기 때문이었다. 만약 학구가 노름판에 기웃거린다는 걸 학구 마누라가 아는 날엔 학구는 영영 노름판에 못 나오게 될게 불 보듯 뻔했다.

"오늘은 영 화투가 안 달라붙어. 일찍 가야쓰겄구만."

매번 하는 장선의 말에,

"안 되는 날에는 일찍 가는 것도 돈 버는 방법이기도 하지. 오는 날이 있으믄 가는 날도 있어야제."

하고 석재가 씩 웃으며 다음 차례를 기다리는 그때.

"아이고, 홍단을 혔네, 홍단을. 이번 판은 내가 먹어야쓰겄네. 석재미안하시."

지금까지 칠복이 먹었던 홍단 패는 한 장뿐이었다. 그런데 이번 판에 자신이 패를 내 한 장 먹고, 뒤 패에서 한 장이 더 걸려들어 생각지도 않게 홍단으로 3점이 된 것이다.

원 고에 따불에 흔들기까지 해놨는데, 고작 3점으로 판이 뒤집혔다고 생각하니 석재는 기분이 영 지랄 같았다.

저번 판도 다 이겼다고 생각했으나 앞뒤 생각 없는 장선이 비, 그것도 쌍피 패를 내주는 바람에 학구에게 빼앗긴 것인데, 이번 판은 칠복이 놈에게 홍단으로 무너졌으니 속에서 열불이 나는 것이다. 그래도 안 그런 척 분을 삭일 수밖에 없었는데, 왜냐, 노름판에서는 얼굴 표정에 변함이 없어야 하는 법. 그것이 노름에 임하는 판꾼들의 자세이기 때문이었다.

"춘삼이 자네는 판돈이 떨어진 거여? 아님 좋은 패가 아니어서 안 들어오는 거여?"

학구가 말을 건네 보았으나 그날따라 춘삼은 더욱더 말이 없었다.

노름 장소는 언제나 해목리에 자리 잡고 있는 칠복의 집이었다. 때문에 춘삼은 노름을 위해 삼정리에서부터 출발하여 양학리, 태평리를 거쳐 해목리까지 왕래하고 있었던 것이다.

그래서였을까, 노름판에 가장 늦는 사람도, 노름판이 끝나기 무섭게 자리를 뜨는 사람도 춘삼이었다.

헌데 그날따라 춘삼은 노름판이 끝난 후에도 자리를 뜰 생각을 하지 않고 있는 것이다. 학구는 왜 출발하지 않는지를 묻고 싶었지만 원체 말이 없는 사람이라 그것도 귀찮아 할 것 같아 그만두었다.

그날 노름판은 여느 때와 다르게 너나 할 것 없이 모두 함께 자리를 떴다.

우석재가 총각이었을 적, 근처 마을에 강분녀가 살고 있었다.

분녀는 몸 전체가 통통한 편에 속했고, 볼살은 아기처럼 탱탱했다. 그런 그녀를 두고 마을 사람들은 맏며느리감이라고들 했다.

불암도에는 마을별로 새마을청년회가 있었다. 또 그 마을별 새마을청년회가 모여 새마을청년연합회를 이루고 있었다. 그 연합회에서 석재는 분녀를 처음 본 것인데 바로 그녀에게 빠져버리고 말았다. 분녀에 대한 석재의 애정 표현은 꽤나 노골적이었다. 앞뒤 가리지 않고 들이대는 석재가 분녀는 썩 내키지 않았으나 그렇다고 싫다는 내색도 하지 않았다. 그건 석재의 집안 배경 때문이라 할 수 있었다. 분녀는 내심 금전적으로 부유한 석재 집안을 맘에 들어 하고 있었다. 하여 분녀는 석재와의 조심스러운 만남을 가져가기 시작했다.

허나 석재 집안은 분녀를 영 못 마땅해했다.

석재 아버지, 우판득은 분녀 이름만 나와도 집이 부셔져라 역정을 냈고 분녀 얘기가 다신 입밖에 나오지 못하도록 집안사람들을 단속했다. 석재 어머니 또한 홀어머니 밑에서 자라온 분녀가 못마땅하기는 마찬가지였다.

그런 이유 때문인지, 분녀가 집안 분위기를 물어보면 석재는 시원스레 답을 주지 않았다. 간신히 꺼낸 말도 버벅대거나 얼버무리기 일쑤였다. 그런 석재의 말과 행동으로 비춰봐, 석재 집안에서 자신을 탐탁지 않게 생각하고 있다는 걸 분녀도 짐작할 수 있었다.

본격적으로 결혼 얘기가 나오자 석재 집안의 반대는 더욱더 노골적이었다. 심지어 우판득은 사람까지 매수해 분녀를 없애버리려 했다. 그런 계획이 있다는 걸 우판득의 집에서 머슴살이를 하던 광복이 석재에게 살짝 귀띔해주었다. 그 길로 석재는 아버지가 돈을 주고 매수했던 자를 또다시 매수해, 없었던 일로 하라며 거금을 쥐어 주었다.

살인 계획은 수포로 돌아간 것처럼 꾸몄다. 매수된 자가 분녀의 집으로 들어가 분녀를 살해하려 했으나 분녀 어머니가 깨어나 "사람 살리시요!" 하는 바람에 그 매수된 자는 줄행랑을 쳤고 혹여, 자신이 살인미수로 들킬까봐 아예 멀리 도망처버렸다는, 이런 식의 이야기로.

그런 집안의 반대에도 불구하고 석재가 자신을 지키려 애쓴다는 걸 안 분녀는 더욱더 깊이 석재에게 빠져들고 있었다.

한편 분녀를 바라보는 이가 또 있었으니 바로 엄춘삼이었다.

춘삼도 다른 청년들과 다를 바 없이 새마을청년연합회에 몸담고 있었다. 그 모임에는 적게는 스물에서 많게는 서른까지 선남선녀들이 모여들었다. 춘삼은 새마을청년연합회 활동에 열심이었다. 모임에 가면 분녀를 볼 수 있기 때문이었다.

그러나 말수가 적고 내성적이었던 춘삼은 어쩌다 분녀와 눈이라도 마주칠라치면 휙, 하니 고개를 돌려 피해버리곤 했다. 행여 자신의 맘이 분녀에게 들킬까봐 조심스러워했던 것이다. 그런 춘삼의 맘을 알리 없는 분녀는 춘삼에게 그렇다할 관심조차 보이지 않았다. 분녀가 보기에 춘삼은 아주 순진하고 말수가 적은 새마을청년연합회 회원 중에 한 사람으로 기억될 뿐이었다.

분녀에 대한 사랑이 진심이었는지는 모르지만 분녀와 결혼해야겠다는 석재의 맘이 변한 건 분녀와 배를 맞고 나서부터였다.

6월 어느 달 밝은 밤, 석재는 분녀를 불러냈다. 둘은 분녀 마을에서 얼마 떨어지지 않는 향긋한 풀내음이 물씬 풍기는 보리밭으로 들어갔다. 석재는 이목을 피해 둘만이 있을 수 있는 장소로 보리밭이 적소

(適所)라고 했으나 숨은 의도는 따로 있었다.

보리밭 한복판에 다다르자 석재는 분녀를 힘껏 끌어안았다. 그리고 분녀의 가슴을 풀어헤치기 시작했다. 석재의 행동은 마치 먹이에 굶주린 한 마리 승냥이와 같았다. 그런 석재의 과격한 행동에 분녀는 순간 움찔하며 당황했다. 남자를 느껴보지 못한 것도 있었지만 예고도 없이 폭풍처럼 달려드는 석재의 몸뚱어리가 두려웠던 것이다. 그런 분녀의 마음을 읽기라도 했을까, 석재는 걱정하지 말라는 듯한 눈빛을 분녀에게 보냈고 달빛에 비친 석재의 눈빛을 분녀 역시 읽을 수 있었다.

분녀의 하얀 젖가슴이 달빛에 드러났다. 나이 스물에 맞지 않게 분녀의 가슴은 탐스러웠다. 석재는 분녀의 가슴을 몇 번 쓰다듬더니 가슴골에 자신의 얼굴을 파묻었다, 분녀의 허리춤으로 오른손을 뻗은 채. 하지만 허리춤은 꽉 동여맨 신발 끈처럼 명주천으로 단단히 묶여져있었다. 한 손으로만 명주천을 풀어헤쳐 나가는 석재의 이마엔 이미 땀이 송글송글 맺혀있었다. 간신히 속치마까지 풀어헤친 석재는 분녀의 무릎 밑으로 마지막 속속곳을 내려앉혔다.

분녀는 몇 번이고 석재의 가슴팍을 밀쳐냈다. 그러나 이내 석재의 허리를 감싸고 온몸에 전율을 느낀 채 석재에게 빨려 들어갔다. 때를 같이해 중천에 떠 있던 달도 어느새 서쪽 하늘로 기울어져 있었다.

석재는 고민이 되었다.

분녀와 함께한 그날, 석재는 하얀 명주천 하나를 따로 챙겼었다. 분녀와 한 몸이 되었을 때 그걸 분녀 엉덩이 밑에 깔아두었던 것인데, 순진한 분녀는 석재가 명주천을 깔아놓은 이유가 보리밭에 누운 자신을 다치지 않게끔 하려는 배려라 생각했다. 허나 거기엔 분녀의 처녀성을 확인하려는 석재의 의도가 숨어 있었던 것이다.

석재의 예상은 빗나갔다. 묻어 나와야 할 혈흔이 하얀 명주천에 없었던 것이다. 그걸로 석재는 분녀가 받아들인 사내가 자신만이 아니라는 확신 아닌 확신을 하게 되었다. 허나 그건, 석재 자신이 혼자서 상상의 날개를 한껏 펼친 오산(誤算)의 결과물일 뿐이었다.

그날 이후 석재가 분녀를 불러내는 횟수는 점점 줄어만 갔다. 어찌된 영문인지 모르는 분녀는 시간이 가면 갈수록 석재의 냉정함에 답답해져 가기만 했다. 자신에게 싫증이 난 것인지, 아니면 또 다른 이유가 있어서 그러는 것인지, 아무것도 알지 못하는 분녀는 석재의 소원한 행동이 도통 이해되지 않았다. 그렇다고 석재를 불러내 따져볼 용기도 없었다. 사내가 찾기 전에 여자가 함부로 사내를 만나러 다니면 안 된다는 한물 간 교육을 어머니에게 받아온 터라, 분녀는 아예 그럴 엄두를 내지 못했던 것이다.

그렇게 시간이 흘러가는 것과 비례해, 석재와 분녀와의 관계는 점점 멀어져만 갔다. 그건 전적으로 석재의 고의적인 회피에서 기인한 것이라 할 수 있었다.

춘삼은 군에 끌려가다시피 했다. 홀어머니를 모시고 있었으나 징병 대상에서 제외되지 못했다. 군 징집은 면사무소에서 징집 대상자를 미리 선별해 군으로 통보하면 군에서 최종적으로 징집자들을 가려내 소집 통보하였다. 춘삼은 혼자 계실 어머니가 맘에 걸려 가지 않았으면 하는 바람도 있었으나 어찌할 방법이 없었다.

반면 석재는 징집 대상에서 제외되었다. 우판득은 아들, 석재의 징집을 막아줄 대상을 섭외했다. 만사가 돈이면 해결된다는 생각을 늘

가지고 있던 우판득은 면장을 만났다. 그래서였을까, 석재는 아예 징집 대상자에 포함되지 않았다. 사지 멀쩡한 자식을 군에도 안 보낸다고 마을 사람들은 쑥덕거렸으나 한편으론 군 징집까지 막아내는 우판득 가(家)의 권세를 마냥 부러워했다.

춘삼은 특수부대로 차출되었다. 논산훈련소에 소집되었을 때만 해도 춘삼은 후방으로 배치될 거라 생각했다. 논산훈련소에서 10주간의 교육을 마친 뒤 훈련병들은 전방과 후방으로 나뉘어 자대배치를 받았다. 전방에 가면 운 없는 놈, 후방에 가면 운 좋은 놈이라고들 했다. 돈과 집안 배경이 훈련병들의 자대배치까지 좌지우지하고 있었던 셈이다.

의외의 결과였다. 자신의 생각과 달리 춘삼은 전방에 자대배치를 받았다. 거기에 더해 부대에 도착하자마자 중대장은 춘삼에게 타 부대로 가 별도의 군사훈련을 받아야 한다고 했다.

춘삼을 태운 지프차는 부대에서 두어 시간이나 더 이동했다. 춘삼은 어디로 가는지 몰랐다. 차가 가는 방향으로 봐 남쪽보다는 북쪽이라는 것과 바다 내음이 물씬 풍겨오는 거로 보아 해안가에 가까운 곳이라는 것만 짐작할 수 있을 뿐이었다.

한참을 달려 도착한 곳은 중대장의 말처럼 별도의 훈련을 받는 훈련소라기보다는 동해안 쪽 비무장지대에서 아주 가까운 1개 소대 수준밖에 되지 않는 소부대였다.

춘삼은 군에 가면 목돈을 쥘 수 있다는 얘기를 삼정리 이장인 강철에게서 들은 바가 있었다.

강철은 춘삼보다 열 살 위였는데 최전방에서 군 생활을 했다고 했다. 그때 이북을 밥 먹듯이 넘나드는 계급도, 이름도 없는 이들이 있었다는 것인데, 그들은 그 대가로 생명수당이라는 걸 받았다고 했다. 평생 만지기 힘든 큰돈이었다고 하면서. 해서 춘삼도 이왕 전방에 배치될 거라면 큰돈을 만질 수 있는 그런 부대에 배치되기를 은근 바랐었다.

춘삼을 포함한 몇몇 부대원들에게 배낭을 챙기라는 명령이 떨어졌다. 정확한 시간대는 알 수 없었으나 어림잡아 새벽 3시쯤이었다. 이북에서 사용할 장비들이 주어졌다. 훈련 때는 삽과 칼만 주어져 생존하도록 했다. 하지만 실전은 달랐다. 방향을 가늠할 수 있는 나침판, 자신의 은폐를 위해 땅을 파낼 수 있는 삽, 이북 정세를 파악한 후 메모하기 위한 펜과 수첩. 이것들이 주어졌을 때만 해도 춘삼은 별 두려움이 없었다. 하지만 발각될 시 적들을 향해 사용하거나 자살을 위한 권총과 수류탄, 요직에 있는 인물을 암살하기 위한 칼이 쥐어졌을 때는 오싹함마저 들었다. 이 모든 게 임무 완수를 위해 꼭 필요하다고 했다.

무사히 잘 다녀오라는 작전 대장의 말이 떨어지기 무섭게 춘삼을 포함한 이북 투입 부대원들은 대기 중인 검은 보트에 올라탔다. 죽지 않고 돌아오면 그만큼의 보상도 있을 거라는 얘기를 작전 대장은 빠뜨리지 않았다. 얼마를 이동한 것일까, 보트에 타고 있던 10명의 부대원들은 칠흑 같은 어둠이 채 가시지 않은 바다에 내던져졌다. 잠수복을 입고 입엔 잠수 호스를 문 채. 계급도 직급도 없었다. 각자의 임무를 수행하고 무사히 돌아오기만 하면 되는 거였다.

이북에 투입되기 전날, 군에서는 먹어보기 힘들다는 돼지가 삶아져 나왔다. 먹을 수 있을 만큼 먹게 해주었다. 고향을 떠나온 이후 먹어

보지 못했던 것이라 그런지 먹어도 먹어도 질리지 않았다. 배도 부르지 않았다. 담배도 맘껏 피우게 해주었다. 술도 주어졌다. 하지만 술만은 러시아산 보드카 한 잔으로 제한됐다. 만찬은 정확히 자정 12시가 되자 끝이 났다.

덩치는 작았지만 춘삼은 다부지고 날렵했다. 그런 춘삼의 체격을 보고 이북을 넘나드는 요원으로 적격이라고 군은 판단했던 것이다. 춘삼은 특수임무를 수행하는 요원으로 발탁된 이후 죽도록 고된 훈련을 받아야만 했다.

일명 불사조 훈련. 말 그대로 죽지 말아야 하는 것이다. 한여름 훈련 기간 내내 물이 제공되지 않았다. 단, 마실 수 있는 물은 있었다. 밥을 먹고 난 후 식기를 닦아낸 물이었다. 땡볕에 타는 갈증으로 춘삼은 이대로 죽었으면 낫겠다 싶었다. 그런 생각에 사로잡히길 수십 번. 사물이 아른거리고 의식이 몽롱해질 때가 한두 번이 아니었다. 그때마다 불암도에 계시는 어머니가 나타났다.

'춘삼아! 내 아들 춘삼아! 죽어선 아니된데. 이 애미는 너 업신 못 산데.'

환영을 떨쳐버리기 위해 머리를 흔드는 것이었으나 그 덕에 혼미했던 정신이 되돌아오곤 했다.

한겨울에는 험한 산에 내버려졌다.

한여름에 물을 먹지 못하는 것보다야 나았지만 배를 찢는 듯한 배고픔과 살을 도려내는 듯한 추위는 이루 형언할 수 없을 정도로 고통스러웠다. 그나마 운이 좋은 날에는 쥐나 뱀을 잡을 수 있었다. 훈련이지만 불을 지피는 걸 허용하지 않았기에 생으로 먹어야만 했다. 불을 피우는 것 또한 적에게 숨은 장소를 알려주는 것이라고 하여 예외가 없었다. 훈련이 곧 실전인 셈이었다.

처음 생으로 먹어본 쥐와 뱀은 비위에 거슬리는 듯했지만 입속에서 오물오물 씹고 있노라면 비릿한 맛이 이내 단맛으로 변했다. 어쩌다 토끼를 잡는 날도 있었다. 아래몰이를 해야 하는 놈을 잡기는 쉽지 않았다. 몇 안 되는 부대원들이 합심해야만 잡을 수 있었다. 그날은 다들 횡재한 날이라고 했다.

무인도에서 적응하며 살아남는 훈련도 받았다.

외딴 섬에 버려졌다. 고동을 주워 먹고 바닷물에 뛰어들어 생선을 잡아먹으며 목숨을 연명했다. 바다가 익숙해서일까, 춘삼에게 그나마 무인도는 훈련하기에 가장 편한 곳이었다. 조금만 고생을 하면 풍부한 먹거리를 얻을 수 있기 때문이었다.

불암도에서만 볼 수 있을 거라 생각했던 파래가 그곳, 무인도에도 있었다.

춘삼이 나중에 안 사실이지만 이남이나 이북이나 서로의 정세(政勢) 파악을 위해, 또는 요직 인물을 암살하기 위해 각각 특수요원들을 투입하고 있었다는 것이다.

춘삼의 임무는 요직 인물 암살이었다. 정세 파악 임무를 수행하는 요원들은 요직 인물 암살을 수행하는 요원들보다 생존율이 높았다. 때문에 춘삼의 경우 살아서 돌아올 확률이 희박했던 것이다.

춘삼이 이북에 투입되기 전, 작전 대장은 만약 이북에 넘어가 죽거나 계획한 날짜 내에 돌아오지 못하면 그 대가는 고스란히 고향에 있는 부모나 형제에게 돌아간다고 했다.

하여 이북에 넘어가면 어찌 될지 모른다는 생각에 작전 대장이 건네준 종이에다 춘삼은 어머니께 안부 편지를 써내려갔다.

엄니!

춘삼이요.

잘 지내고 계시지라?

제가 군에 입대한지 엊그제 같은디…… 여기는 손을 호호 불고 다녀야 할 정도로 매서운 강추위가 계속되고 있어라. 제가 태어난 따뜻한 남쪽과는 너무나 달라라. 울 동네는 따뜻한 곳이라 추위는 덜 하겠지만 그래도 추위에 잘 지내고 계시는지, 엄니 걱정이 많이 앞서요야. 못난 아들은 너무 걱정하지 마시시요.

엄니!

엄니가 무지 걱정하실 것 같아서 먼저 좋은 소식부터 전해 드릴라요. 제가 이번에 군에서 표창과 훈장을 받을 것 같으요야. 아마도 뭐땜시 받냐? 하고 물어보실 것 같은디. 자세한 얘기는 난중에 혀 드릴께라. 암튼 표창과 상금, 훈장이 내려지면 저한테는 표창만 주어지고 상금과 훈장은 엄니한테로 바로 간다고 그라요. 그란께, 너무 놀래지 마시요. 우리 아들놈이 장한 일을 혀서 나라가 상금과 훈장을 주는구나! 하고 생각하시요이.

글고 지가 앞으로 편지를 자주 못 드리드라도 아들놈이 군에서 중요한 임무를 수행하느라 바뻐서 편지를 못 쓰는가 보구나, 하고 생각혀주시요이.

엄니!

쓸 말은 태산 같은디, 내일 아침 일찍 훈련이 있어서 이만 줄일라요. 건강하게 잘 지내시고 식사 꼭 챙겨드시고요.

엄니만을 생각하는 아들 춘삼 올림.

춘삼은 제법 글을 쓸 줄 알았다. 중퇴하긴 했으나 읍내로 중학교를 다닌 적이 있었다.

복래는 없는 살림이었지만 춘삼만은 많이 가르치고 싶었다. 춘삼이 국민학교를 졸업하기 전까지 목돈을 마련해 중학교를 꼭 보낼 양이었다.

헌데 안 좋은 일이 생기고 말았다. 남의 집에 품 팔러 다니던 자신이 그만 허리를 다치고 만 것이다. 그나마 다행인 건 모아둔 돈이 있어 춘삼을 중학교에 입학시킬 수 있었다.

허나 춘삼은 어머니가 고생해 번 돈을 학교 가는 데 쓰고 싶지 않았다. 배를 타고 읍내 중학교에 다니는 일이 보통 일이 아니라고 변명 아닌 변명을 해댔다. 또 학교를 다니다가 물고기 밥이 되느니 불암도에서 김 농사 지으며 어머니와 행복하게 살고 싶다고 했다. 기실 예전에 배를 타고 읍내로 중학교를 다니던 학생들이 배가 뒤집히는 바람에 죄다 죽는 사건이 있긴 했었다.

그런 춘삼에게 복래는 매달리며 애원했다.

"니만 공부해준다믄 이 엄니 소원은 더 이상 읎다. 못 배워 이 엄니처럼 남의 집 허드렛일이나 하게끔 니를 내버려두고 싶지 않은께. 엄니 소원 한분 들어준 셈치고 중핵교를 댕겨라, 춘삼아!"

"엄니, 배우는 건 국민학교로도 충분하요. 그랑께, 넘 신경쓰지 마시요."

했으나 끝내 춘삼은 어머니의 절절한 소원을 뿌리치지 못했다.

하지만 또 어머니의 바람처럼 춘삼의 중학교 생활은 그리 오래가지 못했다. 다친 허리를 제대로 치료받지 못해 복래가 아예 일을 할 수 없게 되자, 아픈 어머니를 대신해 춘삼이 집안일을 도맡아 해야 했기 때문이었다.

춘삼은 동네 이장 댁에 머슴 아닌 머슴으로 들어가 일을 하기 시작했다. 이장 강철은 춘삼을 측은하게 여겨 일한 대가로 한 달에 만 원에 만 원을 더 얹혀 이만 원을 주었다. 많은 돈은 아니었지만 쌀 한 가마니를 사고도 어머니와 생활하는 데 지장이 없을 정도의 돈이었다. 춘삼은 그렇게 어머니를 성심성의껏 보살피며 생활하고 있었다.

나이가 들자 춘삼에게도 예외없이 군 입영통지서가 날아왔다. 당황스럽고 한편으론 어머니에 대한 걱정이 앞서기도 했으나 춘삼은 당당하게 군에 입대했다. 이장에게는 자신이 없는 동안 어머니를 잘 좀 보살펴달라고 신신당부하며 떠났다.

아들 춘삼에게 편지가 오는 날이면 복래는 부리나케 이장 댁으로 달려갔다. 복래는 늘 강철이 이장하기에 아까울 정도로 똑똑하다고 생각했다. 강철이 글을 읽을 줄도 쓸 줄도 알기 때문이었다. 그날도 이장이 또박 또박 한 자씩 읽어주는 아들의 편지내용을 들으며 울컥 쏟아질 뻔한 눈물을 참느라 복래는 혼났다. 금두꺼비 같은 새끼, 춘삼이가 보고 싶기도 하고, 잘 지내나 걱정이 돼 그러기도 했지만 이장 면상에서만큼은 차마 부끄러워 눈물을 흘릴 수가 없었던 것이다. 흘러내려야 할 눈물이 콧물로 바뀐 것일까, 복래는 연신 콧물만 훌쩍대고 있었다.

"잘 들으셨제라? 춘삼이는 잘 있다고 하요. 글고 춘삼이는 군 생활 잘 마치고 돌아올 것인께, 걱정 붙드러매서도 되겠소."

이장이 허허 실실대며 복래에게 건네는 말이다.

'그람, 춘삼이가 으뜬 놈인디. 내 귀한 새끼 춘삼이 아니여.'

복래는 구름 한 점 없는 하늘을 쳐다보며 가느다란 입술 꼬리를 살짝 들어올렸다, 얼굴에 함박웃음꽃을 피운 채.

그날의 하늘은 복래에게 더없이 맑고 화창했다.

춘삼이 제대하기 한 달 전 복래는 그만 세상을 등지고 말았다.

복막염에 걸렸던 것인데, 복래는 그걸 모르고 근래에 하는 일이 과하여 소화가 잘 안 되고 몸이 피곤한 줄로만 알았다. 하루 이틀이 지나자 고름이 찬 배는 점점 더 부풀어 올랐고 더 이상 일을 할 수 없게 돼버렸다. 지금쯤이면 남의 집 김농사를 도우러 가야할 터인데 이상하게도 아프고 난 뒤로는 자신을 부르는 마을 사람들도 없었다. 이런 걸 엎친 데 덮친 격이라 했던가, 바람이 억세게 불어 김을 채취하려 못 나갈 정도가 되면 으레 복래네 집으로 삼삼오오 모이던 여편네들도 그해 겨울엔 발길을 뚝 끊어버렸다. 그도 그럴 것이 추워야 할 겨울이 겨울답지 않게 춥지 않았고 춥지 않으면 김 농사가 잘 안돼, 마을 사람들이 타 지역으로 품을 팔러 떠났기 때문이었다.

하지만 복래에게만큼은 그해 겨울은 무척 추웠다.

일주일 정도 앓고 나면 복래는 훌훌 털고 일어날 수 있을 거라 생각했다. 하지만 부풀어 오른 배 때문에 앉아있기도 힘들었고 어느 순간부터는 몸조차 가누기 힘들 정도로 만신창이가 돼버렸다. 온 힘을 다해 마루까지 기어갔다. 부엌에 들어가 군불이라도 때야 추위를 덜고 살 것만 같았다. 마루 밑으로 한쪽 다리를 쭉 뻗어 신발을 신으려는 찰나, 복래는 그만 마루에서 굴러떨어지고 말았다. 그건 불행이자 복래의 마지막 운명이 되고 말았다. 마루 밑, 그러니까 신발이 놓인 곳에 돌이 하나 박혀있었는데 그만 그 돌에 머리를 찧고 만 것이다. 정신이 혼미해지는가 싶더니 엄니! 하고 아들 춘삼이 마당 안으로 뛰어

들어오는 것만 같았다.

복래는 죽은 지 사흘이 지나고 나서야 발견되었다. 죽어서였을까, 추워서였을까, 죽은 복래는 마른 장작처럼 딱딱하게 굳어있었다. 이장과 몇몇 마을 장정들이 시신을 곧게 편 후 마을 뒷산자락에 묻어주었다. 묻어야 할 마땅한 장소가 없었으나 다행히도 뒷산 일부분이 이장의 소유여서 그곳에 복래를 묻어주었던 것이다.

군 제대 후 삼정리로 돌아온 춘삼은 어머니 얘기를 들을 수 있었다.

춘삼은 군에까지 가서 고생을 한 이유가 다 어머니를 위한 것이었는데 이제 모든 것이 수포로 돌아갔다고 생각하니 미칠 것만 같았다. 그런 자신이 미웠고 조국이 미웠다.

'그까짓 돈 따위가 뭐라고 내가 그런 개고생을 했더란 말인가! 조국은 돈을 가지고 나를 유혹했고 나를 기만했다 이거여. 내가 읎는 동안 조국은 내 엄니를 지켜줘야 하지 않았던가! 하지만 엄니를 돌봐준 사람은 없었다 이거여.'

이장과 마을 사람들에게도 괘난 적개심이 일었다.

'엄니를 돌봐달라고 부탁을 했건만 이장하고 마을 사람들은 당췌 뭘 하고 있었단 말인가!'

춘삼은 한동안 뭘 해야 할지 갈피를 잡지 못하고 방황했다. 그런 춘삼에게 이장은 다시 손을 내밀었다.

"니 엄니 죽음에 대해 나한테 서운해 하는 것도 알겠다만은 먹고는 살아야 할 것 아니냐? 다시 내하고 같이 일하자."

슬픔이 채 가시지 않은 춘삼에게 그 말은 허공을 맴도는 메아리와도 같았다. 하지만 이장 말마따나 먹고살아야 하는 현실은 부정할 수 없었다.

'저승에 계시는 엄니도 내가 요러크름 정신 못 차리고 있는 걸 보믄 못마땅해 할 것이여. 일해야제. 먹고는 살아야제.'

그렇게 춘삼은 이장 댁 바닷일을 다시 거들기로 맘을 바꿔먹었던 것이다.

그런 춘삼을 늘 딱히 여기던 사람이 또 있었으니 이장 마누라 순애네였다. 순애네는 나이가 꽉 찬 춘삼에게 짝을 지어주고 싶었다. 이웃 동네에 간간이 중매 얘기를 꺼내는 박 씨네가 있었는데, 얼마 전 태평리에 고추를 빻으러 갔다 우연히 만났다.

"순애네는 아는 총각이 업는감? 우리 동네에 참한 처자가 하나 있는디 총각 놈들이 뭘 하는지 모르겄어, 처녀 냄새도 못 맡고. 혹 있으면 얘기 좀 혀줌세."

나이를 먹어가도 장가를 못 가는 총각 놈들이 한심하다는 듯 박 씨네가 하는 말이다.

섬사람들은 박 씨네를 뚜쟁이, 중매쟁이로 불렀지, 이름이 뭔지, 왜 중매쟁이를 자청하는지 몰랐다. 들리는 얘기로는 그걸 재미삼아 하기도 하고 가끔 처녀 총각을 엮어주고 뒷돈을 받아 챙긴다는 소문도 돌았다. 하기야 박 씨네는 젊고 젊은 처녀 총각보다는 혼기를 놓쳐버린 노처녀 노총각을 엮어주는 일을 주로 성사시켜 왔던 터라, 금전이 오고가는 건 빠지지 않았을 것이다.

그 노(老) 부류에 춘삼과 분녀도 예외는 아니었다.

춘삼과 분녀는 덥디더운 여름에 만나 그해 가을에 혼례를 치렀다.

춘삼 부모가 안 계시는 것이 혼례를 앞당긴 이유이기도 했으나 혼기가 꽉 찬 처녀가 시집을 안 가고 버티고 있었으니 분녀 어머니의 조바심도 한몫했다 할 수 있었다. 가끔 분녀가 시집을 안 가고 계속해 자신과 산다고 떼를 쓰면 '벼락 맞을 소리 하지 말고 사지 멀쩡한 놈 찾아 얼른 시집가'라고 분녀 어머니는 나무라곤 했던 것이다.

분녀의 어머니는 석재에게 버림받은 후 분녀가 많이 변했다고 생각했다. 그 일로 꽤나 속상해 했는데 그렇다고 누구한테 대놓고 하소연할 수도 없었다.

그런 분녀의 과거사를 춘삼은 알지 못했다. 아니, 알았다 하더라도 그냥 모른 척했을 것이다. 어머니의 죽음으로 인해 이장에게 서운한 감정이 남아있어도 다시 이장 댁에 들어가 일하는 걸 보면 춘삼은 과거에 연연하는 성격이 아님이 분명했다.

결혼 후 일 년쯤 되자, 춘삼은 바닷일에 소홀하기 시작했다. 이장인 강철도 가끔 분녀를 찾아와 얘기하곤 했는데, 아침에 활기차게 일을 해도 모자를 판에 춘삼이 정신줄을 놓는 일이 다반사며 김발을 들어 올릴 때도 영 맥을 못 춘다는 거였다. 그렇지 않아도 분녀 또한 요즘 남편의 부쩍 달라진 모습을 걱정하고 있었던 터였다.

춘삼은 저녁에 밥숟가락 놓기 무섭게 태평리 쪽으로 가는 듯했다. 면소재지가 있는 태평리 방향으로 춘삼이 간다는 것만 알았지 분녀는 남편의 목적지가 어디인지 알지 못했다.

그런 행동이 반복되자 참다못한 분녀가

"어디를 그러크름 간다요? 내일 이장하고 새북에 김발 막으로 간다고 했다믄서요? 맨날 그람은 내는 못 사요?"

했으나,

"여편네가 서방이 하는 일에 말이 많어! 갖다 준 돈으로 집안 살림이나 잘하믄 되지. 한 번만 더 잔소리 혀 봐!"

하고 있는 힘껏 방문을 박차고 춘삼이 나가버리는 것이다.

춘삼은 예전 같지 않았다. 근래에 들어선 어린아이 윽박지르듯 분녀에게 공격적인 말들도 서슴지 않았고 한번 나가면 새벽닭이 울 때쯤에서야 되돌아오곤 했다. 그때마다 옷에 밴 담배 냄새는 찬 기운과 함께 온 방 안에 흩뿌려졌다.

춘삼은 결혼 후, 결혼 전에 느끼지 못했던 큰돈의 필요성을 깨달았다. 큰돈을 모아야 할 이유가 생긴 것인데, 김 농사를 위한 자금 그리고 적게나마 쌀을 수확할 수 있는 논과 여기에 더해 고구마, 감자 등을 수확할 수 있는 밭이 필요했던 것이다.

논과 밭은 먹을 식량을 위해 필요하기도 했지만 김 농사를 짓기 위해선 둘 중 하나는 반드시 있어야 했다. 김 농사에는 김을 말리는 장소, 즉 건장이 필수요건인데, 건장을 세우기 위해서는 논 또는 밭이 있어야 했던 것이다. 땅이 질퍽거리지 않고 딱딱해 건장을 세우는 데에는 밭을 최고로 쳐주었으나 쌀이 귀한 불암도에서는 어찌 보면 밭보다 논을 더 우선시하는 경향이 강했다.

춘삼은 군 제대 시 목숨을 걸고 이북을 넘나들던 대가로 생명수당이라는 걸 받았다. 허나 이장 말마따나 큰돈은 아니었다. 신혼살림을 차릴 집을 새로 구하고 필요한 집기들을 사들이는 것으로 그 돈은 동나다시피 했다. 또 이장에게 받는 노임과 마누라가 품을 팔아 받는 돈을 합쳐도 살림살이는 나아지기는커녕 자꾸만 쪼들려갔다.

그래서일까, 하루하루 지날수록 춘삼은 자신이 세운 계획이 수포로 돌아갈지도 모른다는 강박감에 사로잡혀 갔다. 이런 틈에 살포시 접근해온 이가 있었으니, 그가 바로 박칠복이었던 것이다.

칠복은 잘만하면 노름판에서 한몫 건질 수 있다고 춘삼에게 바람을 집어넣었고, 그런 칠복의 혀 놀림에 홀딱 넘어간 춘삼은 그 이후로 줄기차게 노름판에 들락거렸던 것이다.

거기엔 춘삼이 모르는 칠복의 계략이 숨어있었는데, 군에서 챙긴 돈이 꽤 된다는 소문을 듣고 칠복이 의도적으로 춘삼에게 접근했던 것이다. 노름판에선 판꾼을 한 명 데려오면 나머지 판꾼들이 돈을 모아 주는 관례가 있었다. 그 돈이 만만치 않았는데, 불문에 부쳐지기는 했으나 얼추 오십만 원 정도 된다고들 했다. 당시 오십만 원이면 논 다섯 마지기를 족히 장만할 수 있는 꽤나 큰돈이었다.

그렇게 노름판에 발을 들여놓은 춘삼이었지만 바로 노름판에 끼어들진 못했다. 그건 칠복의 생각과 달리 춘삼의 수중에는 큰돈이 없기 때문이었다.

하여 춘삼은 적지만 자신이 가지고 있던 돈을 판돈으로 빌려주고 그 빌려준 돈에 1할을 더해 받는 일명 '꽁지'라는 방법으로 돈을 키웠다. 돈 들어오는 재미가 제법 쏠쏠했다.

하지만 인간의 욕심엔 끝이 있어야 하는 법. 시간이 지나자 목돈을 마련해야겠다는 춘삼의 의지는 다시 마른 장작불처럼 활활 타올랐고 자신도 모르는 사이에 노름판 깊숙이 빠져들고 있었다. 그것이 부메랑이 되어 자신에게 되돌아올 줄은 모르고 말이다.

결국 춘삼은 판돈을 빌려서 써야 하는 지경까지 이르게 되었다. 빚을 지고도 춘삼의 노름판 출입은 계속되었다. 그때까지만 해도 춘삼은 이장의 바닷일 거드는 걸 소홀히 하지 않았다. 그래서였을까, 분녀는 남편이 노름판에 얼씬거린다는 걸 전혀 눈치채지 못하고 있었다.

가을 추수.

벼를 베고 탈곡해 빈 독에 쌀을 채우느라 삼정리 사람들은 분주했다. 분녀도 이장 댁 추수를 거들어주고 내년 여름까지 두 식구 먹고 살 만큼 쌀을 받아 쌀독을 채웠다.

추석이 다가오고 있었다. 마을 사람들이 그러하듯 분녀도 차례상에 올릴 떡을 빚기 위해 머리에 햅쌀 반 가마니를 이고, 뒤뚱뒤뚱 오리걸음으로 방앗간이 있는 태평리를 향해 여우고개를 넘어서고 있었다.

서른이 다 되어가도 여전히 풍만한 가슴과 탄력 있는 엉덩이, 뒤에서 보면 한참 꽃다운 처녀라고 해도 속아 넘어갈 정도로 분녀는 매끈한 몸매를 자랑하였다.

삼정리와 양학리를 잇는 여우고개.

삼정리 사람들은 밤에 여우고개를 넘어가는 걸 몹시 두려워했다. 꼬불꼬불한 여우고개를 넘어갈 때에 스멀스멀 피어오르는 안개와 그 고갯길 바로 옆에 자리 잡고 있는 공동묘지는 으스스함을 넘어 공포감을 주기에 충분했다.

여우고개에 대해선 이러저러한 얘기들이 많았다.

여우고개를 지나갈라치면 귀신이 발목을 잡아 움직일 수 없다는 둥 아니면 쥐도 새도 모르게 잡아간다는 둥, 행여 귀신이 달라붙기라도 하면 집안에 우환이 생겨 그 집안 사람들 중 누군가가 죽어 나가야만 된다는 둥. 죄다 하는 얘기들은 달랐지만 모두의 입에서 흘러나

오는 공통적인 얘기는 여우고개에 안개가 자욱하게 깔리는 날엔 귀신이 반드시 출몰하여 누군가를 해코지를 한다는 거였다.

기실 삼정리 사람 중에 안개가 피어오르던 야밤에 여우고개를 넘다 사라져 그다음 날이 되고서야 발견된 이가 있었는데, 그 이유가 안개가 시신을 가려 다른 사람 눈에 띄지 않게끔 했다는 거였다. 또 어떤 사람은 여우고개를 넘다 귀신에 홀려 그만 실성하고 말았는데, 밤이면 밤마다 공동묘지를 미친 듯이 뛰어다니다 실성한 지 이레째 되던 날 싸늘한 주검이 되어 공동묘지에서 발견되었다고도 했다. 암튼 이 두 사람의 죽은 사유가 제대로 밝혀지지 않았으니 여우고개에 대한 삼정리 사람들의 두려움은 자꾸만 커져 갔던 것이다.

분녀가 여우고개를 넘고 있을 때 해는 이미 천마산 뒤로 숨어 어둑했는데 어렴풋이나마 사물을 분간할 수 있을 정도는 되었다.

분녀가 양학리 마을 어귀에 다다랐을 쯤, 체격이 건장한 한 사내가 서 있는 듯했다. 가까워질수록 그 생김새는 더욱 또렷해졌다.

분녀가 아는 사람이었다, 우석재. 분녀는 애써 외면하려 했다. 하지만 석재는 분녀가 순순히 양학리를 지나쳐가도록 내버려두지 않았다.

"오래간만이여? 근디 왜 삼정리에서 오는 거여?"

"······."

"시집갔다는 소문은 들었는디, 삼정리로 갔나 보구만. 이러크름 가까이 있는 줄은 몰랐네이."

분녀의 결혼 사실을 모를 리 없는 우석재는 어떻게든 분녀의 대답을 이끌어내려 용을 쓰고 있었다. 그러든 말든 분녀는 석재를 본체만체했고 삼정리에서부터 시작된 바쁜 발걸음을 태평리를 향해 계속 이어갔다.

질세라, 석재는 분녀 곁을 끈덕지게 따라붙었다.

"나도 면소재지에 가는 길인디, 같이 가도 되겠구만."

하지만 분녀는 여전히 묵묵부답으로 일관했다. 못 볼 걸 봤다는 듯 분녀의 얼굴 표정은 이미 일그러져있었다. 허나 석재 또한 분녀의 표정 따윈 개의치 않았다. 곁눈질로 분녀를 힐끔힐끔 쳐다보며 계속해 말을 걸어댔다.

"남편이 무슨 얘기 안 했나 몰라?"

"……"

"빚을 져서 그런가, 돈으로 많이 힘들어 하는 것 같던디. 그넘의 돈이 웬수여, 웬수. 쯧쯧."

삽시에 분녀는 머릿속이 하얘졌다.

'남편이 요즘 그리도 이상한 행동을 보이는가 했더니만 돈이었구나, 돈이 문제였구나. 근데, 당췌 뭔 일이 생긴 거람. 남편한테 물어보면 대발노발 할 것은 불 보듯 뻔한 일이고. 그렇다고 암말 않고 가만히 넋 놓고 있을 수도 없는 노릇이고. 뭐시다냐? 그람, 이 빌어먹을 석재 놈한테 물어봐야 한단 말인가!'

분녀의 마음은 두 갈래 길에서 갈팡질팡하고 있었다.

'무슨 일이단가요? 얼매를 빚졌다요?'

차마 내뱉지 못한 말들이 불붙은 냄비마냥 목구멍에서 부글부글 끓어올랐다.

"담에 한번 만나주믄 그때 얘기혀 주지. 잘 생각혀 보고 담 달 열닷새에 여우고개 큰 소나무 밑에서 이 시간에 보자고."

말이 끝나기 무섭게, 석재는 양복바지를 팔랑팔랑 바람에 내던지며

쌩하니 분녀를 앞질러 나갔다.

'밝은 대낮도 아니고 해나절에 보자는 이유는 또 뭐이다냐. 그렇다고 궁금혀서 안 볼 수도 읎는 노릇이고.'

분녀는 무슨 일이 있나, 하고 걱정도 되고 궁금하기도 했지만 그곳에서 그 시간에 보자고 하는 석재 놈도 도통 이해할 수 없었다.

열닷새가 되던 날, 달이 노을을 삼키고 솟아오를 즈음 분녀는 여우고개 중간 지점에 위치한 큰 소나무로 향했다. 도착했을 때 이미 석재는 와있었다. 석재를 보는 게 죽기보다 싫었지만 남편에 대한 궁금증은 떨쳐버릴 수가 없었다.

"그래도 안 잊어 먹고 왔구만. 남편 얘기가 궁금하긴 궁금했나 보네. 허허."

자신에게 다가오는 분녀를 위아래로 훑어보며 석재가 하는 말이다.

"용건만 말하겄소. 우리 남편이 누구한테 얼매를 빚을 졌다는 것이요. 그것만 말혀주시요."

뭔가에 쫓기듯 분녀의 목소리는 다급했다.

"얘기혀 주믄 뭘 혀줄란가? 글고 얼마를 빚졌다고 하믄 그걸 갚기라도 한단 말인감?"

석재의 말은 거드름을 피우는 양 늘어졌다.

"먼저 얘기혀 보시요. 듣고 나서 그 담은 생각혀 볼 것인께."

"이백만 원을 빚졌제."

"뭐라고라?"

잠시 침묵이 흐른 뒤.

"누구한테 빚졌다요?"

"누구긴 누구겠어?"

"그걸 어떻게 믿는다요?"

"물증도 읎이 내가 그런 소릴 내뱉겄어?"

"그럼, 확인할 수 있는 물증이 뭐다요?"

"나한테 확인할라고? 아까는 얘기만 혀주믄 고마워 할 것 같드만은. 지금은 행동거지가 확 바뀌어 뿌렀네. 그래도 한 때는 연분을 통했던 사인디, 너무 그러지 말어. 여기 자필로 작성한 문서똬기도 있으니께, 한번 확인혀 보드라고."

분녀는 석재의 손에 쥐어진 문서를 잽싸게 낚아채 이제 제법 노오란 빛을 쏟아내고 있는 달빛에 비춰보았다. 글을 읽는 눈동자와 문서를 잡고 있는 손은 이미 떨고 있었다.

또렷하게 보이진 않았지만

엄춘삼은 노름 판돈으로 우석재에게 이백만 원을 빌렸음. 이를 확인함. 1974년 1월 23일. 우석재, 엄춘삼.

이라고 적혀있었다.

거기엔 남편과 우석재의 목도장까지 날인되어 있었는데, 우석재의 목도장이야 모른다 치더라도 어렴풋이 봐도 남편, 엄춘삼 목도장은 확실해보였다.

"그람, 이제 어찌 혀야 한다요?"

"갚아야 하는 돈이긴 하지만 갚는 것에는 여러 가지 방법이 있는 것이제."

석재의 찢어진 눈에는 어느새 음흉한 빛이 분출되고 있었다.

석재는 분녀와 헤어진 뒤 바로 결혼을 했다. 허나 결혼 후 분녀를 잊고 살 수 있을 거라 생각했던 석재는 그렇지 못했고, 마음 한켠에 늘 분녀를 담고 있었다.

석재 마누라, 채옥은 부유한 집안의 외동딸이었다. 그런데 어느 날 동생이 하나가 생긴 것인데, 한 번도 본 적 없는 어린 애를 아버지가 집으로 들인 것이다. 이복 남동생으로 나이 차가 띠동갑이나 되었다. 이복 남동생이 집으로 들어오기 전까지만 해도 채옥은 집안사람들의 사랑을 독차지하다시피 했다.

그러나 이복 남동생으로 인해 집안 분위기가 확 바뀐 것이다. 그걸 채옥은 탐탁지 않게 생각했다. 성격마저 신경질적으로 변했으며, 걸핏하면 이복 남동생에게 시비를 걸기 일쑤였고 싫은 행동도 서슴지 않고 해댔다.

그리고 바람을 핀 아버지도 멀리했다. 그런 환경에서 자란 탓인지, 채옥은 남자를 못 미더워했고 심지어 얕잡아 보는 습성까지 생겼다. 채옥에게 남자는 성에 굶주린 수컷의 본능을 저버리지 못한 못돼 처먹은 한 마리 짐승에 불과했던 것이다. 이러한 가정사가 있었던 탓에 결혼 후 채옥이 가장 경계하고 싫어한 건 다름 아닌 남편이 다른 아낙네와 배가 맞는 것이었다.

굶주린 한 마리 하이에나처럼 석재는 큰 소나무 옆 잔디밭으로 분녀를 넘어뜨렸다. 그리고 소리가 새나가지 않도록 한손은 분녀의 입을 틀어막고, 다른 한손으론 그녀의 치마를 끌어내리러 안간힘을 써댔다.

입을 틀어막고 있는 석재의 손을 떼어내려 분녀는 이리저리 머리를 흔들어 보기도 하고 석재의 손도 물어 봤다. 하지만 이미 분녀를 어떻게 해보겠다고 작심한 석재 놈에겐 무의미한 행동에 불과했다.

분녀는 석재와 처음 사랑을 나눴을 때가 떠올랐다. 그때도 석재는 물불 안 가리고 덤벼들었다. 갑자기 달려든 석재의 행동에 당황해 몸부림치기도 했으나 그땐 사랑이었다.

하지만 지금은 달랐다. 석재에게서 벗어나려 온 힘을 다해 죽을 둥 살 둥 발버둥 치고 또 쳤다. 석재의 몸뚱이를 손으로 밀쳐내고 발로도 밀어내봤지만 소용이 없었다.

"오늘 일로 당신이 남편 빚의 일부를 갚은 것이라고 혀두지."

분녀는 넋을 잃었고 그저 밝아오는 달만 쳐다볼 뿐이었다.

이후에도 석재는 분녀를 간간이 불러냈는데, 명분은 남편 빚을 청산시켜주겠다는 거였다.

태평리에 볼 일이 있어 양학리를 지나치던 춘삼은 석재와 마주쳤다. 혹여, 빌린 돈 얘기를 다시 꺼내지 않을까, 싶어 춘삼은 내심 걱정이 앞섰다. 그런데 이상하게도 석재는 아무 말이 없었다. 예전에는 하루가 멀다 하고 돈 내놓으라며 달달 볶던 놈이 빚 자도 입에 담지 않는 것이다. 물론 빌린 판돈을 당장 내놓으라고 해도 춘삼이 어찌할 수 있는 처지는 아니지만 말이다.

"돈 필요하믄 더 빌려줄 텐께, 말 혀."

예상치 못한 말이 석재의 입에서 흘러나왔다. 이백만 원이라는 큰 빚이 있는데도 판돈을 더 빌려주겠다는 것이다.

순간, 다른 무슨 꿍꿍이가 있을지도 모른다는 생각이 번뜩 들었다. 하여 석재에게 물었다.

"판돈을 더 빌려주겠다고 하는디, 뭔 이유라도 있는감? 예전에는 빌린 돈 갚으라고 그 난리법석을 떨드만은, 이젠 되려 더 갖다 쓰라고 하니?"

"무슨 놈의 이유가 있겄는가? 자네가 노름판에서 잃은 돈을 다시 땄으면 하는 바람이고 판꾼이 한 명이라도 빠지믄 솥뚜껑에 김빠지듯 노름장소가 재미읎어진 게 그라제. 빌린 돈은 크게 신경 쓰지 말고 더 빌려줄 텐께, 어여 잃은 돈이나 따소. 집안 형편도 어려우믄서……."

'집안 형편이 어렵다고. 지가 우리 형편을 어찌 안단 말이여. 내가 얘기한 적도 읎는데. 그냥 하는 말인가? 아니여, 내가 모르는 뭔가가 있는 게 분명하구만. 그러지 않고서야 저놈이 저러크름 변할 수는 읎는 것이제. 뭘 잘못 처먹은 것도 아닐 테고. 글고 요즘 하는 행동거지도 영 이상하고 말이여.'

석재를 만나고 난 그다음 날.

노름 장소가 아닌 태평리 대폿집에 판꾼들이 모였다. 명목은 판꾼들 간의 의기투합이라고 했지만 근래에 판돈을 많이 거머쥔 학구가 한턱내기로 한 것이다.

그곳에서 춘삼은 자신에게 돈을 더 빌려주겠다는 석재의 의도에 대해 아는 바가 없는지 판꾼들에게 물었다.

"자네들은 요즘 나에 대해 석재놈의 태도가 저리도 확 바뀐 이유를 아는감? 집안에 뭔 좋은 일이 생겼다고 저러는지 모르겄네. 알믄 얘기 좀 혀 보게?"

"전혀 모르겄는디."

영문을 모르겠다는 듯 장선이 하는 말이다.

"그러게. 나도 당췌 석재 놈의 그런 태도를 모르겠는디."

학구의 대답도 마찬가지였다.

"그려, 이상하네. 나만 석재 놈이 돌변했다고 생각하나. 요즘 판돈을 계속 잃다보니 내 정신이 이상하게 됐는가 보네. 허허."

그날 석재는 몸이 아프다는 이유로 모임에 참석하지 않았다.

춘삼이 양학리 마을 어귀에서 명천을 잠깐 스쳐 만났던 날, 그러니까 살인사건이 있던 당일.

여느 때와 다를 바 없이 칠복의 집에서 노름판이 벌어졌다.

춘삼이 노름판에 늦는 듯했으나 그런 적이 한 번도 없던 점으로 보아 다들 오지 않을 거라고 입을 모았다.

"석재, 자네가 이 빠진 거마냥 노름판에 들락날락 하니께, 오늘부터는 춘삼이 안 나올란가 보네. 요러크름 판꾼들이 노름판에 들쑥날쑥 하믄 재미가 읔어!"

석재 들으라고 칠복이 하는 말이다.

"그러게. 둘 사이가 좋지 않아서 그럴까나? 빌려준 돈을 다시 재촉해서 그럴까나?"

학구는 석재가 돌변해 춘삼에게 빌려준 돈을 다시 갚으라고 종용해, 아예 춘삼이 안 나오는 게 아닌가 하는 의심 어린 눈초리를 석재에게 보내고 있었다.

두 사람의 시답잖은 말에 묵묵부답으로 일관하던 석재가 긴 침묵을 깨고

"내가 말이여…… 비밀은 지켜야 쓴다……."

하며 얇디얇은 입술을 쓱 한 번 손으로 훔치더니, 하던 말을 하다말고 입안으로 쏙 집어넣어 버리는 것이다.

"뭔디? 궁금혀 죽겄네. 얘기나 혀 봐, 속 터지게 하지 말고!"

짜증난다는 듯 칠복이 큰소리를 치는 것이다.

"그람, 자네들 비밀은 지켜야 쓰네. 나도 들은 얘긴디, 춘삼이 마누라가 바람이 났다고 하드라고. 언놈하고 배가 맞았다고 하는디…… 춘삼이 마누라 몸이 보통이 아니잖여. 글고 약간 쌕기도 흐르고 말이여……"

철없는 아이가 마치 호기심을 갖고 조잘대듯 석재는 입을 나불대고 있었다.

"그려? 이 일을 어쪄. 춘삼이 알면 요절날 건디. 춘삼이 특수부대 출신 아니여. 그것도 이북을 몇 번이나 넘나들던 그런 놈들 중 하나잖여. 춘삼이 알면 춘삼이 마누라하고 배 맞은 놈은 요절나겄네, 요절나."

"그러게 말이여."

"쉬쉬, 그만들 하게."

되지도 않는 소리 작작하라는 듯 학선이 말을 끊었다.

춘삼은 뒤돌아섰다.

노름 장소까지 왔다가 들어가지 않고 되돌아가는 일은 일찍이 없었다. 그냥 들어갈까 생각도 했었다. 하지만 없어졌을 거라 생각했던 자존심의 불씨가 살아남았던지 자신이 자신을 허락하지 않았다. 누군지 직감하고 있었던 터였고 그걸 밝히기 위해 예전과 달리 노름판에 자주 들락거렸던 차였다.

집으로 향했다.

걸어왔는지 뛰어왔는지 모를 정도로 정신이 혼미했지만 어느새 두 발은 집에 와 닿아있었다. 등짝은 이미 땀으로 흥건히 젖어있었다. 방문을 열었다. 분녀가 곤히 자고 있었다. 그날따라 분녀가 일찍이 한 번도 본 적 없는 화냥년 같다는 생각이 들었다.

창고로 갔다. 창고에는 겨우내 지필 땔감이 쌓여있었다. 그 옆엔 가을 추수 때 씨나락을 말리던 멍석들이 돌돌 말려 차곡차곡 개켜있었다. 연장통이 어디 있는지 도통 보이지 않았다. 아침에 망가진 지게를 손질하고 창고에 뒀는데 보이지 않는 것이다. 망치 찾는 걸 포기했다.

부엌으로 몸을 틀었다. 식칼이 눈에 들어왔다. 식칼을 집어 들었다. 겨울에 마른 김을 포장하기 위해 모아둔 신문지 한 장에 식칼을 감았다. 그걸 안쪽 주머니에 깊숙이 넣었다.

다시 미친 듯이 뛰었다. 겨울 칼바람에도 춥다는 생각이 들지 않았다. 춥다기보다는 더웠다. 등에는 여전히 굵은 땀방울이 비 오듯 흘러내리고 있었다. 발도 화끈화끈 달아올랐다. 이북에 투입되어 적에게 발각됐을 때도 이보다 빨리 뛴 적은 없었다.

가쁘게 숨을 내쉬고 춘삼은 노름이 벌어지고 있는 방으로 들어섰다.

칠복, 장선, 학구, 석재, 그리고 오늘 손님으로 이끌려온 두 명의 사내까지 의아한 표정으로 자신을 빤히 쳐다보는 것이다.

"안 올지 알았는디?"

늦게라도 잘 왔다는 듯 눈치 없는 장선이 춘삼을 반겼다. 하지만 다른 판꾼들은 춘삼이 없는 동안 춘삼의 마누라 얘기를 꺼냈던 게 맘에 걸렸던지 괜스레 헛기침만 해댔다.

하지만 오히려 아무렇지 않다는 듯 춘삼이 방바닥에 깔린 방석에 털썩 주저앉으며 말하는 것이다.

"뭐 혀? 언능 패 안 돌리고. 오늘은 누가 딴 거여?"

"어, 석재 성님이 땄구만."

평소 때와 달리 약간 더듬듯 장선이 하는 말이다.

"뭔 놈의 나이 한 살 차이 가지고 성님은 성님이여. 언제 또 성님이라고 했다고."

원체 말이 없는 춘삼인데 저렇게 투덜대며 얘기하는 걸 보니 언짢은 일이 생긴 게 분명하다고 판꾼들은 생각했다.

군 제대 후 춘삼은 독하게 보이지 않으려 애를 썼다. 의도적으로 그랬던 것일까, 예전과 다르게 눈꼬리는 늘 처져있었다. 그러나 오늘만큼은 춘삼의 눈꼬리는 뭔가를 작심한 듯 한껏 치켜 올라가 있었다.

"이제 갑시다요!"

학구는 끝판에 돈을 잃고 나서 지지리도 화투가 안 달라붙는 날이라고 생각했던지 판을 접자며 먼저 나가버렸다.

"그럽시다. 낼 바닷일도 있고 혀서 이만 접으시다요. 나도 그만 갈라요."

장선이 학구를 거들며, 오늘 판꾼으로 온 사내 두 놈을 데리고 나갔다.

그날의 노름판은 그렇게 접는 듯했다.

"춘삼이 왜 이러는가? 말로 혀야 할 거 아닌가?"

"……."

"내가 뭘 어쨌다고 이러는가?"

덩치에 맞지 않게 겁에 질린 석재는 두 눈을 크게 뜨고 춘삼을 올려다보며 지껄이고 있었다.

"몇 마디만 묻겄어?"

"내 마누라하고는 언제부터 알고 지낸 거여?"

춘삼은 이를 악물고 참을 수 없는 분노를 삭이는 듯 보였다.

"그것이…… 예전에 총각 때 잠시 만나 사이고 그 담부터는 서로 아는 척도 안 하고 살아왔구만."

석재의 목소리는 이미 떨리고 있었다.

"근래에 우리 마누라 만난 적 있지?"

흠칫 놀란 석재는.

"뭔 소리여? 가끔 자네 마누라가 태평리 갈 적에 우리 마을을 지나쳐야 하니께, 몇 번 마주친 거 외에는 보지도 못 했단 말이시."

"내 마누라가 지나가든 말든 니하고 무슨 상관인디?"

"아~아니, 그렇다는 말이제. 근데 춘삼이 왜 이런가, 말로 하게. 춘삼이 말로 하세. 진짜로 왜 이런가. 지금까정 우리가 친구같이 살아온 세월이 얼만디, 나를 이러크름 못 잡아먹을 듯 몰아세운단 말인가!"

춘삼은 석재의 첫사랑이 분녀였다는 것보다 석재가 끝내 사실을 실토하지 않는 것에 대한 울분을 참지 못하는 듯싶었다. 치솟아 오르는 분노를 억누르느라 춘삼의 목구멍에서는 꾸욱꾸욱 하는 소리가 입 밖으로 새나오고 있었다.

"춘삼이! 이러지 말고 우리 낼 날 밝으믄 그때 쇠주 한잔 하믄서 얘기하세. 난 자네가 도통 왜 이러는지 모르겄단 말이시!"

"니 같은 놈의 새빨간 거짓말을 들어주려고 지금까지 참고 있었던 내가 등신이었다는 걸 이제야 알았다. 이런 개만도 못한 새끼! 니가 예전에 우리 마누라를 만냈으믄 만냈지. 내 노름빚을 미끼로 겁탈을

혀! 니는 오늘 내 손에 죽어야 하고 나도 내 마누라한테 죄 지은 놈이 니께, 더 이상 미련 없이 이 세상을 뜰란다. 내가 지은 죄가 많아서 혼자 조용히 사라질라고 혔는디, 앞으로 주구장창 내 마누라를 괴롭힐 니 놈이 눈에 밟혀 내 그냥은 이승을 못 떠나겄다, 이 개만도 못한 새끼!"

춘삼은 극도로 흥분돼 있었다. 충혈된 눈은 독기로 가득 차 있었고 이미 이성을 잃은 듯했다.

기실 춘삼은 분녀가 근래에 식은땀을 흘리며 악몽을 꾸는 걸 몇 번 목격했었다. 그때마다 분녀는 석재의 이름과 안 된다는 말을 되풀이했고 손으로 밀쳐내고 발버둥 치는 특이한 행동까지 보였었다. 그걸 이상히 여겨 석재의 행동거지를 살피던 중 석재가 노름판에서 자신의 마누라에 대해 지껄이는 걸 듣고 난 후 확신이 들었던 것이다.

석재는 쓰러진 뒤 비탈진 보리밭을 등으로 밀며 뒷걸음질 쳤다. 겨울이 끝나지 않아서일까, 보리밭은 아직도 하얀 눈으로 뒤덮여있었다. 쌓인 눈에는 석재가 밀고 간 흔적이 고스란히 배어 나왔다. 춘삼은 석재를 천천히 따라 올라가며 겉옷 안주머니에 숨겨뒀던 칼을 뽑아 신문지를 벗겨냈다. 칼날이 달빛에 희번덕거렸다.

"춘삼이 왜 이런가? 춘삼이! 춘삼이! 이러지 말게! 춘삼이! 윽!"

석재의 목에서 검붉은 피가 치솟았다. 피가 쿨쿨 쏟아지는 목을 부여잡고 석재는 알아들을 수 없는 희미한 말로

"한 번만…… 한 번만……."

무슨 얘기를 하려는 것이었으나 이미 춘삼에겐 들리지 않는 소리였다.

"으읔!"

짧은 비명 소리이자 마지막 외마디였다.

춘삼의 두 번째 칼부림은 한 치의 오차도 없이 석재의 심장을 파고 들었다. 특수부대 출신이어서였을까, 춘삼의 두 번의 칼부림은 석재의 급소만을 정확히 가려냈다.

하늘을 한참 우러러보며 춘삼은 그곳을 떠나지 못했다. 그렇게 삼십여 분이 지났을까, 춘삼은 터벅터벅 걷기 시작했다.

집에 도착해 방문을 열었을 때 분녀는 여전히 자고 있었다. 뒤척이는 듯한 몸부림은 계속되었다. 춘삼은 잠시 분녀를 바라보았다.

'나라는 놈 만나서 고생 많았다. 못난 내가 떠나는 것은 너를 위한 것이라고 생각혀라. 못난 생각이지만 나 먼저 가 있을 테니, 훗날 내가 용서되거든 나 있는 곳으로 와라. 너도 함께 갈으믄 하는 바람도 있으나 죄 없는 니까지 데리고 가는 것을 저승도 허락지 않을 것인께, 부디 니를 챙겨줄 수 있는 다른 사람 있으믄 그리로 가 잘 살길 바란다.'

그리고 뒤돌아선 춘삼은 어디론가 다시 발걸음을 옮겼다.

춘삼이 두어 시간을 걸어서 간 곳은 다름 아닌 독구체 골짜기였다. 그곳에서 목숨을 끊으면 춘삼은 누구도 찾지 못할 거라 생각했던 것이다. 춘삼은 석재를 살해했던 칼을 들었다. 그리고 커다란 바위 위에 누운 뒤 자신의 손목을 그었다. 어둠 속에서 치솟아 오르는 피는 시커먼 먹물과도 같았다. 손목의 고통은 팔을 타고 뇌리에 꽂혔다. 그리고 곧 고통도 의식도 희미해져 갔다. 그 희미함 속에서 먼저 간 어머니의 얼굴과 마누라인 분녀의 얼굴이 겹쳐져 나타났다 사라졌다. 어머니도 분녀도 울고 있었다.

춘삼의 시신은 칡을 캐기 위해 독구체 밑 산골짜기를 돌아다니던 동부 마을 사람에 의해 우연찮게 발견되었다. 지서에 바로 신고가 접수돼 춘삼의 시신은 수습될 수 있었다. 피는 손목에서 흘러 바위를 적시고 골짜기까지 흘러들어 얼어붙어 있었다. 피의 얼룩이 춘삼의 험난하고 짧디짧은 생의 마감이라도 보여주듯.

누명

유학과 전쟁

상필과 판득은 같은 마을에 살면서도 늘 같이하지 않았다. 가난한 상필 집안과 달리 판득 집안은 부유했다. 그런 집안에서 자란 판득은 부족한 게 없어 친구지간이었지만 상필과 어울릴 필요성을 못 느꼈다.

훗날 판득은 물려받은 땅을 더 불려 아버지 우강봉보다 더 많은 땅을 소유하게 되었는데, 면서기였던 우강봉은 불암도의 들녘이며 산을 닥치는 대로 사들였다. 때문에 섬사람들이 자신의 밭과 논을 만들려고 산자락 밑 땅을 일굴라치면 우강봉의 허가를 받아야 할 만큼 우강봉 땅은 섬 여기저기에 흩어져있었다. 또 섬사람들이 땅을 일궈 만든 논에 우강봉 자신의 땅이 일부라도 포함돼 있으면 그 대가로 쌀 한 가마니에 상응하는 돈을 내게 하였다.

이처럼 우강봉의 땅을 사용하면 그 대가를 지불해야 했지만 우강봉의 땅임을 알고 농사를 짓는 사람들은 그나마 나았다. 우강봉의 땅인지 아닌지 까마득히 몰랐던 사람들은 산을 깎아내리고 땅을 일궈 밭과 논을 만들고 난 다음에야 그곳이 우강봉의 땅임을 알고 낭패를 보는 경우가 심심찮게 일어났기 때문이었다. 그걸 섬사람들은 억울해하고 분통해했으나 그렇다고 농사를 내팽개치고 포기할 수 없는 노릇, 눈물을 머금고 농사를 지어 매해 그에 상응하는 대가를 내놓아야 했던 것이다.

그렇게 섬사람들에게 소작료를 받아 챙긴 우강봉은 그 돈을 아들,

판득의 대학 학비로 소진했는데, 비록 우강봉이 섬사람들의 숨통을 죄고 생피를 빨아먹는 악덕한 자라는 말을 듣긴 했으나, 우강봉도 다른 부모들과 마찬가지로 자식에게만큼은 온갖 정성을 쏟아붓고 있었던 것이다.

판득과 마찬가지로 상필도 서울이라는 낯선 곳으로 유학을 갔다.

당시 섬에서 서울로 유학길을 오른다는 건 하늘에서 별 따기만큼이나 어려운 일이었는데, 상필이 유학을 갈 수 있었던 건 전적으로 그의 어머니 덕분이었다. 상필의 어머니는 표독스럽다 못해 찔러도 피 한 방울 나오지 않을 사람이라고 소문이 자자했다.

상필 집안은 생계로 바닷물고기잡이를 하였다. 바닷물고기 잡는 방법으로는 대나무 사각망을 사용했다. 잘게 쪼갠 대나무살을 엮어 긴 대발을 만들어 사각형의 형태로 바다에 설치해놓으면 들물 때 섬 근처로 올라왔던 물고기가 날물 때 빠져나가지 못하고 잡히는 거였다. 대나무 사각망에도 자연을 보존하려는 지혜가 엿보였다 할 수 있었는데, 그건 작은 물고기는 빠져나가고 성어가 된 큰 물고기는 빠져나갈 수 없게끔 만들었기 때문이었다.

상필 어머니는 먹을 만큼만 잡은 물고기를 남기고 상하지 않게, 그리고 너무 딱딱하지 않게 햇볕에 말린 뒤 읍내에 장(場)이 서는 날에 내다팔았다.

장에 각종 해산물을 가지고 온 사람들은 자신들에게 필요한 물건과 그것을 맞교환했는데 상필 어머니만큼은 달랐다. 말린 물고기와 필요한 물건을 맞바꾸지 않았다. 대신 돈을 받고 그것들을 팔아넘겼다. 가계에 필요한 물건을 사야 할 때도 있었으나 그것조차도 아들, 상필을 유학 보내겠다는 일념 하나로 삼갔던 것이다.

상필 어머니는 가끔 서울에 있는 대학에 대해 말을 꺼내곤 했는데 그런 어머니를 상필의 큰형 의술, 둘째 형 의태, 셋째 형 의석은 내심 못마땅해 했다. 대학을 들어본 적도 없거니와 대학이 무엇을 가르치는 곳인지도 그들은 몰랐다. 대학은 그들에게 먼 나라의 얘기일 뿐이었다.

"엄니! 장에 가믄 남의 집 엄니들은 맛난 것도 사가지고 오드만은 엄니는 노상 장에 가도 우리가 먹고 잡은 건 하나도 안 사가지고 오고."

첫째, 의술이 할 얘기는 해야겠다고 작심한 듯 어머니에게 들이대는 것이다. 그동안 어머니에게 서운했던 감정이 한꺼번에 폭발한 것이다.

"그란께, 내 친구 달봉이, 행식이, 태식이 엄니들은 장에만 갔다오믄 만난 엿도 사들고 오드만, 엄니는 맨날 빈털터리로 집에 돌아오고, 너무 혀라."

둘째, 의태도 할 말을 해야겠다고 하는 것이나 의술과 달리 목소리가 목구멍으로 기어들어 가고 있었다.

"썩을 것들, 시끄럽다! 그런다고 이 엄니가 니들 굶기디? 다른 집 자석 놈들은 밥도 제대로 못 묵어 울고불고 난린디, 배부른 소리 작작하고 저녁 차릴 건께, 밥들이나 처먹어!"

소용없을 거란 걸 알면서도 어머니에게 들이댄 것이었으나 역시나 결과는 도로아미타불. 어머니가 오히려 더 크게 역정을 내는 것이다.

"엄니! 그람, 물괴기 판 돈은 어디다 쓸라고 그라요? 우리 만난 거 사주고도 많이 남을 것 같은디. 우린 엄니가 그러는 이유를 당췌 모르겄서라!"

의술이 짖어대는 마지막 악다구니다.

이런 형들의 투정에도 상필만은 조용했다. 형들보다 더 의젓하고 철든 것은 아니었지만 어머니가 악착같이 돈을 모으는 이유를 알기라도 한 듯.

"이놈들아! 니들은 막내 상필이만도 못 혀! 상필이 봐라. 저 어린 것이 엄니한테 뭐 사달라고 보채고 떼쓰는 거 봤냐? 형들이라고 하는 놈들이 고작 엄니한테 투정이나 부리고. 커서 부모 봉양이나 지대로 하겠냐! 썩을 것들."

평소에도 그러했지만 어머니는 형들보다 상필이 더 대견하다는 듯 늘 치켜세워주었다.

상필 아버지의 의도는 알 수 없었지만 의술, 의태, 의석과 달리 상필 이름에는 돌림자를 쓰지 않았다. 또 상필의 생김새는 윗 형들과는 아주 딴판이었는데, 형들은 갸름한 얼굴형에 미남들이라고 하여 동네 처자들이 쫓아다녔으나 상필만은 유독 우락부락하게 생겨 저 집안에서 어찌 저리도 못난 놈이 태어났나, 하고 동네 사람들은 수군댔다. 그걸 만회라도 하기 위해서였을까, 상필은 머리만큼은 비상했다. 그런 상필을 어머니는 어릴 적부터 늘 감싸주며 편이 돼 주었었다.

"어라, 나이도 어린 것이 어찌 이러크름 한자를 다 안단가? 비상한 놈일세."

다 큰놈들도 모르는 한자를 상필이 줄줄 외는 것을 보고 마을 훈장이 하는 말이다.

훈장은 상필 부모에게 그놈을 잘 가르치면 장차 큰일을 할 거라 했다. 하지만 상필이 어린지라 상필 부모는 그다지 크게 신경 쓰지 않았다.

허나 시간이 가면 갈수록 상필의 암기력은 진화해갔다. 천자문을 일곱 살에 깨우친 것인데, 외우는 것뿐만 아니라 곧잘 쓸 줄도 알았다. 형들이 글공부하는 서당에 따라가 주워듣는 게 이 정도였으니, 천재가 나왔느니, 수재가 나왔느니, 하는 말들이 이곳저곳에서 들려왔다.

하여 상필 부모도 점점 생각이 바뀌기 시작했다. 상필을 더 가르쳐보자는 심산이었다. 상필이 더 많이 배울 수 있도록 마을 훈장에게 도움을 청했다. 훈장은 흔쾌히 응했고 거기에 더해 상필을 잘 가르쳐 경성이라는 곳에 올려보내도 좋을 성싶다고 했다. 단, 경성에 올려보내려면 돈이 많이 든다고 했다.

시골에도 가끔 머리 좋은 놈들은 있었다. 허나 부모들 대부분이 가르치는 걸 포기했다. 굶어 죽지 않게 밥벌이만 하면 되지 굳이 배울 필요까지 있겠냐, 하는 식이었다. 자식을 가르친다는 건 있는 놈들에게나 있을 법한 일이라고 생각한 것이다. 상필 부모도 예외는 아니었다.

그런 상필 부모의 마음에 변화가 생긴 것인데, 아니 어쩌면 상필 어머니의 의도에 의한 것이라고 봐야 맞을 성싶다. 여하튼 그렇게 상필은 서울이라는 낯선 곳에 유학을 가게 되었다.

유학 생활에 있어 가장 큰 문제는 숙식이었다. 친인척이 한 명쯤 서울에 있는 놈들은 그곳에서 머물기도 하고, 시골에 돈이 많은 유지 집안 놈들은 번지르르한 기와집에서 하숙을 치르기도 했다. 그러나 상필은 그럴 처지가 못 되었다. 고민이 깊어가던 중 판득 집안에서 뜻밖에 제안이 들어왔다. 판득과 같이 자취생활을 해보는 게 어떻겠냐는 거였다. 단, 조건이 따라붙었다. 자취 비용은 판득 집안에서 내는 대신 빨래며, 청소며, 궂은일을 상필이 도맡아 해야 한다는 것이었다. 상필 어머니는 자존심이 꽤나 상했다. 하지만 상필의 유학생활에 대해 걱정하고 있었던 터였고 딱히 다른 방도도 없어 판득 집안의 제안을 받아들이기로 했다.

실상 집안 형편으로 보면 판득은 하숙도 가능했다. 헌데 굳이 판득과 상필을 함께 자취시키고자 한 것은 나름 판득 집안의 계산이 깔려 있었기 때문이었다.

판득 어머니는 여자를 밝히는 집안 내력에 판득도 예외가 아닐 거라 생각했다. 판득이 닥치는 대로 아무 여자나 사귈까 봐 걱정돼, 그걸 상필이 은근히 막아주길 바라며 둘을 엮어두려 했던 것이다.

판득은 뾰족한 턱에, 찢어진 눈, 얇실한 입술 그리고 긴 얼굴형을 지녔다. 머리에는 개기름을 바르는 등 늘 외모에 신경 썼으며 서울에 사는 놈들이나 입어본다는 양복을 걸치고 다녔다. 그래서였을까, 여학생들도 제법 따랐다. 개벽물을 먹은 신세대라는 여학생들도 돈 있어 보이는 놈한텐 어쩔 수 없었던 모양이다. 암튼 여학생들 만나는 건 그렇다 치더라도 그놈의 바람기는 주체할 수 없었던 것일까, 판득은 아무렇지도 않게 기생집도 드나들곤 했다.

그런 판득과 달리 상필은 학비 외에 더 이상 금전적으로 집안의 도움을 받지 못했다. 그러다보니 먹고 싶은 것도 사고 싶은 것도 자제해야만 했고 여윳돈이 없었던지라 본의 아니게 친구들과 어울리지 못했다. 허나 단 한 가지, 학도호국단 활동만큼은 열심이었다. 그것도 학도부장으로 말이다.

상필이 대학 재학 중 6.25가 발발했다. 일반 시민들뿐만 아니라 학생들도 너나 할 것 없이 모두 피난길에 들어섰다. 허나 갈 길을 달리한 이들이 있었으니, 그들이 바로 대학 학도호국단 간부들이었다. 상필도 그 부류에 포함되어 있었다. 뜻을 같이한 그들은 결의를 다지는 자리를 따로 마련하였다. 그 모임은 수원에서 있었다. 그 자리에서 비상학도대 결성이 이뤄졌고 상필이 대장으로 추대되었다.

이후 상필이 이끄는 비상학도대는 전쟁이 발발한 지 일주일이 되던 날, 7월 초순에 한강 방어선을 지키는 남한군에 편입되었다. 상필의 사상은 좌도 우도 아니었다. 하지만 공산당이 남침하여 전쟁이 발발한 것이라고 생각했기에 어떻게든 조국을 지켜내야겠다는 일념 하나로 학도의용군이 된 것이었다. 허나 죽음이 기다리는 전장 앞에서 겁이 나는 걸 상필 자신도 숨길 수는 없었다.

지급받은 총은 학교에서 모의군사훈련을 받을 때 만져봤던 거 하고는 느낌이 달랐다. 차갑고 무거웠다. 그리고 주워진 실탄, 이 보잘 것 없어 보이는 것이 인간의 생사를 갈라놓는다고 생각하니 끔찍함마저 들었다.

허나 전쟁은 현실이었다. 적이 되어버린 동포에게 총질을 해야만 했다. 그렇게 하지 않으면 자신이 죽임을 당할 수 있는 거였다. 시간과 비례해 심적 갈등은 더욱 깊어만 갔다. 동족상잔의 비극이 나로부터 시작되는구나, 하는 절망감과 이 비극을 자신이 어찌할 수 없다는 자괴감에 깊이 빠져들고 있었다.

상필이 학도호국단 학도부장이 되기 전 동기들이 상필에 대해 아는 건 아주 먼 남쪽 섬놈 출신이라는 정도였다. 그 먼 섬에서 서울까지 대학을 온 상필에 대해 동기들은 궁금할 만도 했으나 많은 것을 알아보지도, 알려고도 하지 않았다. 그렇게 관심 밖에 있던 상필이 학도호국단 학도부장을 맡는다고 하니, 그때부터 동기들은 상필에 대해 관심을 보이기 시작했다. 그래봤자, 남쪽 먼 섬놈 출신이라는 사실 외에 서로에게 돌아온 명쾌한 답은 없었다. 이처럼 상필에 대해 자세히 알지는 못했지만 상필이 학도호국단 학도부장을 맡는다고 했을 때 누구 하나 토를 다는 사람은 없었다. 말수가 없긴 했으나 강단 있는 성격을 소유한 상필이 학도부장으로 제격이라고들 했다. 단, 판득만이 상필이 학도부장을 맡은 것에 대해 내심 못마땅해 했는데, 그건 판득 자신이 모든 면에서 상필보다 낫다고 생각했기 때문이었다.

기실 판득은 대학에 와서도 한집에 있는 시간 외에는 상필과 함께 하지 않았다. 심지어 상필이 불알친구라는 것조차도 숨겼다. 또 자신의 출신지에 대해서도 철저히 함구했고 자신의 이름이 촌스럽다고 여긴 탓인지 판득이 아닌 은석이라는 가명으로 대학생활을 이어가고 있었다. 이러한 판득의 왜곡된 말과 행동에 대해 상필은 왈가왈부하지 않았다. 판득이 친구라는 이유로 말이다.

전쟁이 발발하고 난 후 상필은 판득을 보지 못했다. 들리는 얘기로는 몸을 피해 고향, 불암도로 피신했다는 거였다. 그런 판득이 상필은 못마땅하기도 했으나 만약 판득이 함께 고향으로 내려가자고 했다면 따라갔을지도 모른다는 생각이 들었다. 왜, 상필에게도 전쟁은 그 자체만으로도 두려움의 대상이기 때문이었다.

전쟁 상황은 급박하게 돌아가고 있었다. 하지만 학도의용군이 거기에 맞춰 따라가기엔 부족한 점들이 많았다.

"학도의용군이 여기서 적들을 무찔러내기는 다소 어려움이 있다. 용기만 있다고 해서 다 적들과 맞설 수 있는 것은 아니다. 여기는 우리가 지키는 것으로 하고 학도의용군은 후방에 별도로 배치돼 그곳에서 명령을 하달 받고 새로운 임무를 수행하는 것으로 한다."

학도의용군 대장인 상필에게 강철수 대대장의 하명이 떨어졌다. 고민이 되었다. 하지만 학교에서 늘 있어 왔던 토론과 논쟁 따윈 전장에서만큼은 무용지물이라 생각한 상필은 대대장의 명령을 토 하나 빠뜨리지 않고 대원들에게 고스란히 전했다.

허나, 상필이 우려했던 것과 다르지 않게 잡음은 일었다.

"우리가 꼭 후방으로 가야 하는 합당한 이유라도 있습니까? 전장에 투입되었을 때 저희는 이미 죽을 각오를 하고 여기에 왔습니다. 그렇다면 무엇보다 최전방을 사수하여 후방 쪽의 동포들을 지켜내는 것이 우리의 임무이자, 해야 할 도리라고 생각합니다. 그렇지 않습니까? 동지 여러분!"

한 대원이 이의를 제기하자, 여기저기서 파리떼마냥 웅성대기 시작했다.

"여러 동지의 뜻은 알겠지만 우리가 여기서 전투를 치르는 것보다 후방에 배치되어 더욱더 막중한 임무를 수행할 필요가 있다면 명령을 따르는 게 옳다고 봅니다. 여러분이 저를 믿고 학도의용군 대장으로 뽑아주신 것처럼 이번에도 저를 믿고 따라주셨으면 합니다. 여러분이 저에게 힘을 모아주셔야 저도 여러분을 믿고 이 험난한 전장 속을 헤쳐 나갈 수 있습니다!"

"대장 동지, 말이 맞소! 지금은 우리가 여기서 왈가왈부할 때가 아니라고 봅니다. 여기는 한 치 앞도 모르는 생사를 넘나드는 전쟁터입니다. 이곳에서 토론과 논쟁 따위는 무의미합니다. 대장 동지가 말했듯 우리는 후방으로 내려가 더 중요한 임무를 수행하면 되는 겁니다!"

"옳소!"

이제는 상필의 말에 동조하는 이들의 목청이 커지고 있었다.

결국 학도의용군은 후방으로 배치되었고 피난민 구호 활동을 펼치는 임무를 새로이 배정받았다. 하지만 아니나 다를까, 후방에 배치된 것에 불만을 터트리고 학도의용군에서 자진 탈퇴하는 치들이 생겨나기 시작했다. 시간과 비례해 그 수는 점점 늘어만 갔다. 상필 자신도 마음을 다잡지 못해 떠나겠다는 대원들을 극구 말리지 않았다. 물론 탈퇴한 학도의용군 중에는 다시 군에 입대해 전방에서 치열하게 전투를 치르는 이들도 있었다.

상부 지시에 따라 학도의용군은 계속해 후퇴, 후퇴를 거듭하였고 마지막 전선인 낙동강까지 밀리기에 이르렀다. 가면 갈수록 대원들의 수가 줄어들긴 했으나 고군분투하여 전투를 치르는 날도 있었다. 가장 치열하게 치렀던 포항 전투. 그곳에서 동료들의 죽음, 적으로 만났지만 인민군의 죽음을 보며 상필의 심적 동요는 더욱더 커져만 갔다.

"상필이! 여기까지 왔는데 동료들을 생각해서라도 끝까지 남아있는 게 맞다고 보여지는데?"

"그러게, 상필이. 자네가 떠나면 이제 남아있는 대원들마저도 줄줄이 빠져나갈 것이고, 지금까지 고락을 함께하며 싸워왔던 게 물거품이 되고 마네."

그러나 상필에게 동료들의 진언은 들리지 않았다.

"미안합니다. 조국에 대한 나의 애국심이 부족한 탓이라고 생각해주십시오."

다음날, 상필은 아무도 모르게 어디론가 홀연히 사라졌다.

총소리

탕! 탕, 탕! 탕! 탕! 어둠이 짙게 깔리고 앞이 보이지 않을 정도로 때 이른 장맛비가 쏟아지는 새벽녘. 적막을 깨고 다섯 발의 총성이 울려 퍼졌다.

그리고 몇 시간이 흘렀을까, 동도 트지 않은 이른 아침부터 마을 사람들은 동네 대숲 아래에 모여 웅성대고 있었다. 대숲은 마을 뒷산 밑자락에 자리 잡고 있었다. 그곳은 겨울이면 김발을 엮을 재료로 쓰일 대나무가 무성하게 자라나는, 다섯 마지기가 훨씬 넘는 큰 대나무밭이었다.

"상필이 죽었다는구만."

"이것이 뭔 일이단가?"

"듣자하니, 상필이는 학도의용군 대장인가 뭔가로 전장에 참전했다고 하든디, 언제 돌아왔단가? 그라고 무신 일로 죽었단가?"

"순경이 상필이를 쏴 죽였다고 안하요."

"참말로 기가 막힐 노릇이구만."

"우리 동네에서 인재 하나가 읋어졌네, 읋어져."

마을 사람들은 누가 먼저랄 것도 없이 상필을 입방아에 올려놓고 나름 추론해 지껄이고 있었다. 허나 그건 사실에 가까웠다.

"상필아, 여기에 가만히만 있으믄 니는 괜찮다. 순경이 니를 잡아들일 이유가 읎단 말이다."

겁을 잔뜩 먹고 있는 상필의 맘을 다잡기 위해 상필의 손을 꽉 부여잡고 의술이 하는 말이다. 그때가 자정에서 새벽으로 넘어갈 때쯤이었다.

"아니여라. 형님은 모르는 소리여라. 순경이 나를 잡아드리려 하는 게 맞어라. 내가 학도의용군을 도망쳐 나온 뒤 인민군과 같이 있었다고 해 나를 잡으러 올 게 틀림없단 말이요.

"니가 학도의용군을 뛰쳐나온 건 죄가 안 되고, 인민군과 있었던 건 포로로 있었지, 그들과 함께한 게 아니라서 괜찮단 말이다!"

"아니여라. 잡히믄 으떻게 될지도 모르는 일이구만이라."

고향에 돌아온 탓일까, 상필의 말투는 이미 서울 말씨가 아니었다.

또 사시나무 떨듯 상필은 떨고 있었고 온몸은 식은땀으로 젖어있었으며 초점 없는 동공을 한 눈은 반쯤 풀려있었다.

의술은 상필을 여기에 붙잡아두지 않으면 죽을지도 모른다는 불안감에 휩싸였다.

"나가서는 절대 안 된다. 혹 순경이 오믄 내가 잘 야그할 것인게. 니는 여기 가만히 있기만 하믄 된다. 그라고 순경들은 니가 여기에 있는지도 모를 것이고……"

"아니여라, 형님이 모르는 소리를 하고 있구만이라. 나에 대한 정보는 이미 입수했고 내가 여기에 있을 거라는 것도 다 알고 있단 말이여라."

의술이 잠깐 방심했던 탓일까, 부지불식간에 상필은 의술의 손목을 뿌리치고 방 밖으로 뛰쳐나가 버렸다. 상필은 장대비가 쏟아지는 마당을 쏜살같이 빠져나갔고 이내 보이지 않았다. 신발도 신지 않은 채 말이다. 의술은 상필이 무사히 돌아오길 기다릴 수밖에 없었다. 사방천지가 어두컴컴한 데다 비까지 땅을 뚫을 기세로 덤벼들고 있어 상필을 쫓는다는 건 거의 불가능에 가까웠다.

다섯 발의 총성이 울리던 그 시각, 누워있던 의술은 자리에서 벌떡 일어났다. 상필이 뛰쳐나간 지 두어 시간이 지났으니 어림잡아 새벽 두세 시쯤 됐을 거라고 생각했다.

'무신 일인고……'

여름이 다가오고 있어서인지 어둠은 빨리 가시는 듯했다. 의술은 음식을 먹다 체한 것처럼 가슴이 갑갑해져 옴을 느꼈다. 뜬 눈으로 맞이한 이른 아침, 밥상이 들어왔으나 의술은 밥술을 뜨는 둥 마는 둥하고 마을 사람들이 모여 있는 대숲으로 향했다.

"상필이라든서."

누군가의 말에 의술은 망치로 뒤통수를 퍽, 하고 맞은 듯 정신이 혼미해졌다. 두 다리가 풀려 하마터면 뒤로 넘어질 뻔했다.

정신을 다잡은 후 의술은 마을 사람들 사이를 뚫고 대숲 안을 미친 듯이 헤집고 들어갔다.

얼마쯤 들어갔을까, 고개를 푹 숙이고 있는 사내. 얼굴은 자세히 볼 수 없었으나 흙이 더덕더덕 붙어있는 맨발, 찢어진 허름한 옷가지, 동생 상필이 분명해보였다. 그 비좁은 대나무 숲 사이를 그 어둠 속에서 어떻게 헤집고 들어갔을까? 상필은 한껏 웅크리고 앉아있는 한 마리 고슴도치와 같았다. 죽었다기보다는 깊은 잠에 빠져 있는 듯했다.

"더 이상 오시면 안 됩니다."

순경이 가로막아 섰다.

"내 동상이요!"

의술이 울먹이며 말했다.

"그래도 나가서 기다리세요!"

순경의 말투는 냉랭했다.

"제가 가서 한분 봐야겠소. 살아 있는지 확인만 할라요."

"죽었습니다."

순경의 말은 짧고 써늘했다, 다른 순경 하나도.

"죽었으니 그리 아시고 뒤쪽으로 물러나요!"

"그럴 리가 읎습니다. 제 동상이 죽다니요, 그럴 리가 읎습니다요!"

무릎이 앞으로 꺾이는가 싶더니 무슨 큰 죄를 짓고 용서를 비는 양 의술의 무릎이 철퍼덕, 젖은 땅에 내리꽂혔다. 솟구쳐 오르는 눈물은 굵은 빗줄기와 함께 의술의 뺨을 타고 하염없이 흘러내리고 있었다.

전쟁이 발발하자,

금옥리까지 쳐들어온 인민군은 마을 부잣집을 찾았고 우강봉이 가장 부유하다는 사실을 알아냈다.

"낼름 햅쪼하시오 동무!"

키는 땅딸막하나 눈이 매섭게 찢어진 인민군 대장이 우강봉의 목에 총구를 겨누고 하는 말이다.

"무신 말씀이신지요……."

우강봉은 말끝은 흐렸다.

"죽고 싶나 동무! 먹을 거와 묵을 곳을 내놓고, 우리 조선민주주의 인민공화국에 협조한다카믄 살려주지."

인민군 대장은 서른 살 정도로 밖에 보이지 않았다. 그러나 인민군 병사들은 그의 명령을 받거나 그와 대화할 때 대장 동무라는 호칭을 빠뜨리지 않고 말끝마다 갖다 붙였다.

"…… 조오소이다. 뭘 하면 되겠소?"

자신의 목에 겨눠진 총 끝을 겁에 질린 눈으로 처다보며 우강봉은 바들바들 떨고 있었다.

"우리 동무들이 배가 고프니 당장 소와 돼지를 잡아 바치시오! 시간이 그리 많지 않다는 걸 명심하시오!"

우강봉은 시간이 촉박하다는 말과 얼굴에 긴장이 역력한 인민군 대장의 표정으로 봐, 조만간 그들이 이곳을 뜰 거라는 예감이 들었다.

'이 고비만 잘 넘기면 목숨은 부지하겠구만'

우강봉은 혼잣말을 되뇌며 일단 인민군이 바라는 걸 해주고 보자는 심산이었다.

"알겠소. 잠깐만 시간을 내주시오."

우강봉은 농사일을 거들기 위해 집에 머물고 있는 일꾼들을 불러 모았다.

"어서들, 소와 돼지를 잡게. 시간이 읎네."

"어떤 소를 잡아야 헙니까?"

우강봉은 주위를 살피고 인민군이 근처에 없다는 걸 확인한 후,

"소와 돼지는 중간 크기 놈으로 잡게. 티가 날 정도로 너무 작은 놈은 안 될세. 그리고 새끼를 밴 놈들은 필히 빼야 할 것일세."

그 와중에도 우강봉은 훗날 자신의 재산을 셈하고 있었다.

야밤에 짐승들의 울부짖음은 자신들의 죽음을 방방곡곡에 알리기

라도 하듯 처절했다.

일꾼 중 한 명이 소의 정수리를 망치로 내려치자, 그 큰 덩치의 소가 맥도 못 춘 채 픽, 하고 쓰러졌다. 그러자 일꾼들이 쓰러진 소 옆으로 다가가 목을 칼로 땄다.

'음메에~ 음메에~음메에~'

생사(生死)를 오가는 울부짖음에도 아랑곳하지 않고 쓰러진 소의 곁에 몰려든 인민군 병사들은 소의 생피를 맛보겠다고 아우성을 쳐댔다. 점점 커지는 인민군의 웅성거림과는 달리 소의 거친 숨소리는 점점 작아져만 갔다.

'꽥꽥꽥! 꽥꽥꽥! 꽥에엑!'

돼지도 배고플 때와는 다른 소리를 질러댔다. 소보다 돼지를 잡는게 더 잔인했는데 돼지의 목에 먼저 장대를 꽂은 후 목을 칼로 따 돼지를 죽였다. 소의 생피를 먹을 때만큼 달려들진 않았지만 그래도 돼지 생피를 꿀꺽꿀꺽 삼켜대는 인민군 병사들이 몇 있었다.

고막을 터트릴 것 같던 돼지의 처절한 울음소리도 더 이상 들리지 않았고 몸뚱이도 서서히 식어갔다.

일부는 생으로, 일부는 삶아져 내어졌는데, 고기는 마파람에 게 눈 감추듯 사라졌다. 배고픈 승냥이가 먹이를 먹고 난 후 입을 쩝쩝 다시듯 인민군 병사들은 연신 헛바닥을 날름거리며 부풀어 오른 배를 두드려댔다.

"자, 이제 우리가 누울 자리를 마련하시오. 동무!"

"집은 이것뿐인데 어찌하라는 것인지……"

"잔말이 많소, 동무! 마을 사람들을 죄다 불러 모으시오. 마을 집에는 우리 동무들이 들어가 자겠소."

"그럼, 마을 사람들은……."

"그건 우리가 알아서 할 것이오."

영문도 모른 채 마을 사람들은 마을회관으로 모여들었다.

"우리는 동무들을 해할 생각이 쬐끔도 없소. 협조만 잘 한다카믄 얼마든지 살려둘 수 있소. 고렇지만 우리 조선민주주의인민공화국에 반하는 불순한 행동을 한다거나 남측 괴뢰군에게 협조하는 놈들은 모조리 색출해 총살시키갔소, 그리들 알아들으시오!"

웅성웅성하였다. 웅성거린다기보다는 걱정스런 얘기들을 옆 사람과 조심스레 주고받는 거였다. 그 소리가 영 못마땅했던지

"조용히들 해! 종간나 새끼들!"

눈을 희번덕거리며 인민군 대장은 격하게 씨불였다.

순식간에 주위가 숙연해졌다.

"금일부터 동무들은 여기에서 한데 자는 거다. 알갔나?"

인민군은 관리 차원에서 마을 사람들을 한 곳으로 몰아넣고자 하였다.

"아무리 그래도 여기서 함께 자는 것은 사람들이 많아 잠자리가 부족할 거 같은 디요. 그러니 잠은 집에서 자도록 혀 주셨으믄 좋겠습니다."

"누구야? 종간나 새끼! 이리 나오라우!"

갑식은 웅성대는 마을 사람들 사이를 뚫고 인민군 대장 앞에 죄인마냥 고개를 푹 숙인 채 섰다.

"씨부린 놈이 니야?"

갑식은 고개를 주억거렸다.

'탕!'

눈 깜짝할 사이에 벌어진 일이었다.

허리에서 권총을 뽑아 든 인민군 대장이 갑식의 머리에 총을 대고 방아쇠를 당긴 것이다. 총소리와 함께 비명 한 마디 질러보지 못하고 갑식은 앞으로 고꾸라졌다. 머리에서 터져 나온 피는 순식간에 주위를 검붉게 물들였다.

갑식의 가족들은 죽은 갑식을 잡고 펑펑 울었으나 누구 하나 왜 갑식을 죽였냐고 인민군 대장에게 들이대지 못했다. 처음 보는 광경에 다들 겁에 질려 할 말을 잃어버린 것이었다. 이런 게 전쟁의 참상이라는 걸, 마을 사람들이 깨닫는 순간이기도 했다.

의술에게도 갑식의 죽음은 충격 그 자체였다. 사람 좋기로 소문난 갑식이었고 의술의 바로 옆집에 살아 살갑게 지내온 터라, 갑식의 죽음은 의술에게도 큰 슬픔으로 다가왔다.

상황으로 보자면 인민군 대장은 굳이 갑식을 죽일 필요까진 없었다. 그러나 다수의 마을 사람들을 수월하게 통제하기 위해 이미 누군가를 본보기로 총살해야겠다는 계획을 세우고 있었던 것인데, 불행히도 그 당사자가 갑식이었던 것이다.

우강봉은 순경 두 명에 의해 밧줄로 꽁꽁 묶인 채 끌려가고 있었다. 죄목은 불암도에 인민군이 쳐들어왔을 때 숙식을 제공하고 협조했다는 거였다. 하지만 우강봉은 여전히 자신이 한 짓을 부인하고 있었다. 그간 우강봉이 경찰 망에 걸려들지 않았던 건, 우강봉의 권세에 눌려 그동안 마을 사람들이 쉬쉬하고 있었기 때문이었다. 하지만 결국 진실이 탄로나 잡히고 만 것이었다.

그 시각, 땅을 팰 듯이 굵은 빗줄기가 쏟아지고 있던 새벽.

그 빗속을 뚫고 달려가는 이가 있었다. 우강봉은 혹여 자신의 아들 친구, 상필이 아닌가 싶었다. 왜냐, 상필이 마을로 돌아와 자신의 집을 들렀다는 얘기를 아들, 판득에게 들었기 때문이다. 허나 칠흑 같은 어둠과 대차게 쏟아지는 빗속에서 누군지 분간하기란 쉽지 않았다. 하지만 우강봉은 누군가를 끌어들여 자신부터 살고 보자는 심산으로 쏜살같이 빗속을 뚫고 달려가는 이를 손가락으로 가리키며 말했다.

"저놈이요. 저놈이 인민군과 한패였소!"

"뭐라고?"

"지금 막 뛰어가는 저놈이 인민군과 내통한 놈이요."

"그걸 당신이 어떻게 안 단 말이야?"

"저놈이 떠돌이 생활을 하다가 마을로 되돌아왔다고 하는디…… 아마 그게 지리산에서 인민군과 동거동락(同居同樂)하다 왔다고 들었소."

"사실이야?"

"예! 감히 제가 어디라고 거짓말을 드리겠습니까."

"그래. 누구야?"

"그게…… 그건 잡고 보믄 놈이 누군지 알겁니다요."

"암튼, 저놈이 인민군에게 협조하고 함께했다는 거지?"

"……."

"거기 서!"

순경 두 명은 우강봉을 세워둔 채 도망치는 자를 뒤쫓기 시작했다.

그렇지 않아도 순경을 피해 어디론가 달아나던 상필은 그 소리를 듣는 순간, 가슴이 철렁했다. 이대로 잡히면 안 되는 거였다. 대숲이 보였다. 그곳에 들어가 숨으면 자신을 찾기 힘들 거라고 생각했다.

상부에서 지서에 내린 지침은 인민군에 협조한 자들을 계속해서 색출하라는 거였다. 또 색출 대상자 중 도망치거나 조사에 응하지 않는 자는 총살해도 무방하다고 했다.

대숲으로 숨어 들어간 상필을 찾기 위해 순경들도 대숲을 헤집기 시작했다.

허나 한참을 뒤져도 상필의 움직임은 감지되지 않았다. 아니, 움직임이 빗소리에 파묻혀 상필이 어디 있는지조차 종잡을 수 없었다. 이러다 놓칠 수 있다는 생각이 들었던지 순경 한 명이 상필이 도망친 방향을 향해 총구를 겨누었다. 탕! 탕! 적막감을 깨는 총소리가 마을 뒷산을 맴돌며 메아리가 되어 울려 퍼졌다. 탕! 탕! 탕! 또다시 적막을 뚫는 총성이 울려 퍼졌다.

그런데 마지막 총성이 울렸을 때와 동시에 윽! 하는 비명 소리가 흘러나왔다.

하지만 그 이후로는 적막을 깨는 건 빗소리뿐 다른 어떤 소리도 더 이상 들리지 않았다.

"이쯤일 텐데, 말입니다."

"그러게, 이쯤에서 소리가 난 것 같은데……."

"맞았으면 고통스러워 신음이라도 낼 텐데, 말입니다."

"참고 있을 게야. 근방을 더 뒤져보자고."

"예!"

윽, 소리가 들렸다고 추정되는 곳 주위를 순경 둘은 샅샅이 뒤졌다. 허나 상필은 끝내 발견되지 않았다.

그래도 상필이 죽지 않았다는 확신이 들었던지.

"대숲을 헤치고 더 깊숙이 들어가 보자구. 살려서 잡아야지 놈이 죽으면 안 돼. 살려서 상부에 보고해야 특진이란 것도 해보지, 죽으면 별 재미없어."

"예!"

대나무는 더할 나위 없이 빼곡히 들어차 있어 순경들은 더 이상 들어갈 수 없을 것만 같았다. 그래도 둘은 팔뚝만 한 대나무를 이리저리 제쳐가며 대숲 안으로 더 깊숙이 기어 들어갔다.

"이상하네. 이 정도면 놈이 살았든지, 죽었든지 간에 있어야 할 텐데."

"그러게 말입니다. 총을 맞은 게 확실하다면 이보다 더 멀리 도망치기는 힘들 텐데, 말입니다."

"일단 너무 어둡고 장대비도 계속해서 쏟아지니 철수했다가 날이 밝으면 다시 수색하자고. 총에 맞았으니 여기 어딘가에 있을 게야. 여긴 내가 지키고 있을 테니까, 지서에 가서 이 사실을 알리고 지원 요청을 해!"

"예, 알겠습니다!"

학도의용군에서 아무도 모르게 빠져나왔던 상필은 고향으로 가고자 부산에서 남서쪽 방향으로 향했다. 주로 야간에 이동했으며 고향 방향으로 가기는 가되 위험을 피하기 위해 가급적 포탄 소리가 적게 나는 쪽을 택하였다. 계획대로만 간다면 진주를 거쳐 순천, 강진을 지나 남쪽 끝자락에 위치한 섬, 고향 불암도에 도달할 수 있었다. 허나 상필의 행로는 진주를 지나고서부터 틀어지고 있었다. 순천이 아닌 구례, 곡성 방향으로 가고 있었던 것이다. 상필은 그걸 인지하지 못했다. 지리산 밑자락에 들어서자, 가야 할 방향에 대해 더욱더 갈피를 못 잡고 상필은 헤매기 시작했다.

일단 산속으로 들어갔다. 휴식을 취한 후 다시 방향을 수정해 이동하기로 했다. 고향에 빠른 시일 내에 도달하고 싶었지만 무엇보다 아군, 적군 그 어느 쪽에도 발각되지 않고 고향땅을 안전하게 밟는 게 최우선이었다.

시간이 흐를수록 허리를 조여 오는 허기짐의 강도는 높아졌다. 보이는 족족 소나무를 돌로 찍어댔다. 허옇게 드러난 속살을 벗겨 먹으며 그렇게 하루하루를 근근이 이어가고 있었다.

학도의용군을 빠져나온 지 한 달이 넘어서고 있었다.

상필은 여느 때와 다르지 않게 허기짐을 달래기 위해 정신없이 소나무를 돌로 찍어대고 있었다. 그런데 갑자기 목 뒷덜미에 차가운 기운이 느껴졌다. 추운 겨울 쇳덩이가 닿는 듯한 아주 기분 나쁜 느낌이었다.

"동무, 손 들라우!"

그리 크지 않은 목소리임에도 불구하고 섬뜩함이 상필의 심장을 조여 왔다. 말투로 보아 인민군이라는 걸 짐작할 수 있었다. 동시에 상필의 두 손은 머리 위를 향하고 있었다.

"대장 동무, 이 아새끼를 살려둬서 뭐 합넵까? 그냥 넬름 쏴 죽이는 게 으떻겠습니까?"

"니깟게 뭐 안다고 지껄여. 다 쓸모가 있는 게지."

부하 한 놈이 상관에게 상필을 죽이자고 했으나 상관은 죽이지 말고 계속 끌고 가라고 명령했다. 밧줄로 손이 묶인 채 한 명이 겨누는 총구에 벌벌 떨며 상필은 알지도 못하는 산속 여기저기로 끌려 다녔다.

겨울이 오기 전이었으나 전쟁으로 인해 산은 벌거숭이나 다름없었다. 하여 인민군 잔당은 적군의 눈에 띄지 않게 더 깊이 산속으로 들어가고 있었던 것이다. 끌려가는 내내 상필은 죽음이 엄습해 오는 불안감을 떨쳐버릴 수 없었다.

"대장 동무! 이놈의 아새끼를 진짜로 어데다 쓸라고 합넵까? 우리네 몸뚱이 하나도 처신하기 힘든 판에 무시기 저런 놈을 살려두는 게 꼭 필요합넵까. 바로 처단하는 것이 옳습매다."

"주둥이 다물라고 하지 않았나, 종간나 새끼! 한 분만 더 씨부리면 죽어버리갔어."

인민군은 열대 명 정도 되었다. 상필이 보기엔 전투를 치르다 대대에서 찢겨져 나온 인민군인 듯싶었다.

하지만 실상은 그렇지 않았다.

상필이 학도의용군에서 빠져나온 이후 인천상륙작전이 본격적으로 이뤄지면서 낙동강까지 진격했던 인민군은 후퇴해야만 했는데 후퇴, 후퇴를 거듭하면서 인민군 병력은 대부분 몰살당하고, 단, 일부가 살아남아 깊은 산속으로 도망쳐 들어간 것인데 그들 중 일부가 바로 상필을 생포한 인민군 잔당이었던 것이다.

이런 전시 상황을 상필은 몰랐다. 인민군 잔당이 후퇴 중이라는 것과 살아남기 위해 몸부림을 치고 있다는 걸 말이다. 그저 치열한 전쟁 속에서 상필 자신이 인민군 포로로 잡혀있는 줄로만 알았다.

상필을 죽이지 않고 줄곧 살려둔 인민군 대장의 생각은 이러했다.

들려오는 정보에 의하면 지리산 밑자락 마을은 이미 적들로 둘러싸였으며, 그들은 인민군에 협조했던 자들을 색출하는 대대적인 작업을 벌이고 있다는 거였다. 상황이 그러하다보니, 얼마 전까지만 해도 인민군에 동조했던 마을 사람들도 언제 그랬냐는 듯 적(敵)에게 척하니 달라붙어 있을 게 분명해 보였다. 만약 마을로 다시 내려간다면 마을 사람들이 자신들을 바로 적에게 고발해 떼죽음을 면치 못할 거라고 생각했던 것이다. 하여 마을 상황을 파악할 자가 필요했던 것인데, 인민군 대장은 그 임무를 수행하기에 상필이 적격이라고 생각한 것이다. 상필을 그냥 죽이나, 상필이 염탐하다 발각되어 죽나, 그들에겐 중요치 않은 것이었다. 인민군 대장은 필요한 만큼 상필을 이용하다 쓸모없어지면 그때 없애버려도 된다는 계산을 하고 있었던 것이다.

정보도 정보이거니와 인민군 잔당에게 지금 당장 필요한 건 전장에서 버텨낼 체력이었다. 체력이 소진되면 전투에서 무기력해지는 만큼 체력 유지를 위한 먹거리 조달은 반드시 필요했다.

허기짐을 달래줄 거라곤 들판이나 산속이나 없기는 매한가지였다. 식량 조달 방안을 마련해야 했다. 그것은 야간에 마을을 습격해 먹을 것을 가져오는 것이었다. 하여 습격하기 전에 미리 염탐하는 임무가 상필에게 주어졌다. 상필은 국군으로 싸우다 인민군에게 잡혔지만 극적으로 탈출해, 숨을 곳과 먹을 것을 찾아다니는 국군으로 위장했다.

"종간나 새끼! 쓸데없이 도망칠 궁리를 했다가는 아구탱이고 몸뚱아리고 작살날 줄 알라이. 민가에 들어갈 때는 우리가 바로 옆에서 총구를 겨누고 있다는 걸 명심하라우! 알갔나?"

"……"

좋고 싫고가 없었다. 상필은 그 임무를 수행해야만 했다. 낮에는 인민군 잔당에 잡혀 있다가 밤이 되면 혼자 민가에 들어가 허기짐을 달랠 음식과 잠자리를 청하는 척하며 주위 상황을 살폈다. 전쟁 통이라

민가에도 먹을 것이 없기는 마찬가지였다. 하지만 그런 상황에서도 상필의 구걸을 흔쾌히 받아주는 민가가 있었다.

먹을 것과 잠자리를 베풀어줬던 한 민가.

다음날 그 가족은 싸늘한 사체(死體)로 발견되었다. 상필은 자신이 죽는 게 낫겠다 싶을 정도로 심한 자괴감에 시달렸고 자신이 민가 사람들의 죽음을 막지 못하고 방관했다는 죄책감에서 헤어나질 못했다. 조금이나마 죄책감을 덜어내기 위해선 인민군 잔당에게서 멀어지는 방법밖에 없다고 생각했다.

겨울보다 그나마 먹을 것이 있는 봄에 들어서자, 민가의 습격은 뜸해졌다. 때를 같이해, 인민군 잔당의 전투 의지도 사그라들고 있었고 갑작스러운 적들의 야간공격에 대비해 철통같이 서 오던 보초도 허술해지기 시작했다. 그와 비례해 포로로 잡혀있던 상필에 대한 경계도 한층 느슨해졌다. 상필은 한동안 잊고 지냈던 탈출에 대해 다시 생각하기 시작했다.

"동무! 급한데?"

"거기서 볼일 보라우."

"작은 게 아니라 큰 건데."

"뭐시기 처먹은 게 있다고 큰 걸 본다는 것이므. 아새끼, 우리네는 몇 날 며칠 똥 구경도 못해봤구만은."

그랬다. 먹는 것도 요기를 할 정도에 그쳤으니 똥을 자주 누는 인민군 잔당은 없었다. 행여 대변을 볼라치면 그들은 돌아가며 보았고 여타 생리적인 현상이 발생하더라도 주위 경계를 늦추는 법이 없었다.

"급하요, 동무!"

"무시기 소리를 지껄이노, 아새끼. 그럼, 내 눈에 보이는 곳에서 볼
일 보라우."

욕을 지껄이든 말든 상필은 아랑곳하지 않고 몸을 칭칭 감고 있는
밧줄을 풀어달라는 시늉을 해 보였다.

"헛튼 수작하면 알라이!"

보초병은 상필이 도망치지 못하도록 미리 엄포를 놓았다.

허나 날씨가 따뜻해지면서 보초병들의 조는 횟수도 늘어만 갔다.
그날도 보초를 서고 있던 인민군은 졸음을 참아내지 못하고 연신 고
개를 푹푹 떨궜고 그때마다 고개를 절레절레 흔들며 정신을 다잡아보
려 안간힘을 쓰고 있었다. 물론 정신이 들 때면 어김없이 상필을 일별
하며 도망칠 궁리는 하지도 말라며 협박하는 걸 빠트리지 않았다.

상필은 보초병이 깊이 잠들길 기다렸다. 자신의 다리가 저릴 때까
지 버티다보면 보초병도 분명 잠들 거라고 생각한 것이다. 상필의 추
측대로 한 삼십여 분을 똥 눈 자세로 쪼그려 앉아있었더니, 보초병은
앉은 자세로 여러 번 고개를 고꾸라뜨리더니 이내 움직임이 없었다.

이때다 싶었다.

한 달 보름여를 산속을 헤매며 걸었다. 낮에 숨어 있다 밤이 되면
다시 걸었다. 방향 설정은 전적으로 달에 의존하였다. 날짜는 달이
뜨는 위치와 크기로 가늠하였다. 걷다가도 중간중간에 달을 쳐다보는
걸 잊지 않았다. 혹여, 방향을 다시 잃고 고향이 아닌 다른 곳으로 갈
까 봐 걱정이 앞서서였다.

우여곡절 끝에, 상필은 고향땅 근처에 다다를 수 있었다. 그러나 문

제는 고향인 불암도에 어떻게 들어가느냐였다. 전쟁 통이라 배가 뜨지 않을 것 같았다. 그래도 혹 불암도와 육지 읍내를 오가는 배가 있지 않을까 싶었다.

읍내에서 꼬박 사흘을 보냈을까, 불행 중 다행이라고 읍내 선창가에 배 한 대가 들어오는 걸 목격했다. 상필은 그 배를 타고서라도 고향, 불암도에 들어가야겠다고 생각했다. 상필은 배와 좀 떨어진 거리에 있었는데, 어디선가 많이 본 듯한 무척이나 낯이 익은 얼굴이 상필의 두 눈을 파고들었다. 그는 판득 아버지, 우강봉이었다. 우강봉은 배가 선착장에 닿자마자 뛰어내렸다. 그리고 무슨 급한 용무가 있는지 어디론가 바쁜 걸음을 재촉하고 있었다.

상필은 우강봉에게서 눈을 뗀 후 정박해있는 배에 다시 시선을 모았다. 눈을 좀 더 크게 뜨고 뱃사공을 유심히 살펴보았다. 뱃놈 박곰보였다. 섬사람들은 그의 이름을 알았는지 몰랐는지 모르지만 그를 곰보라 불렀다. 곰보에게는 딸린 자식이 하나 있었는데 그가 바로 종팔이었다. 곰보가 선착장에서 배를 빼내려는 순간, 짧은 거리지만 숨차게 달려온 상필은

"어이 곰보!"

하고 불렀다.

"……."

곰보는 힐끔 한번 쳐다만 보고 하던 일을 계속했다.

"어이 곰보! 나 상필일세."

"상필이?"

역시나 고개를 절레절레 흔들어 대는 것이다.

"금옥리 의술이 동생, 상필이란 말일세."

"의술이 동상 상필이라고?"

"그려, 상필이네."

그제야, 곰보는 입을 떡하니 벌리더니 상필을 알아보겠다는 표정을 지어보였다.

곰보와 의술의 관계에 대해 잠깐 얘기하자면.

10년 전 금옥리에 사는 의술이 마을 사람들과 읍내를 가기 위해 삼정리로 간 적이 있었다. 그날 십여 명이 모였는데, 비바람도 세차고 파도도 높아 도저히 배가 뜰 수 없는 상황이 돼버렸다. 그러나 그 십여 명 중 유독 한 사람만이 배를 띄워야만 한다고 억지를 부렸는데, 그가 바로 우강봉이었다. 당시 섬 유지였던 우강봉의 압력에 못 이겨 곰보는 하는 수 없이 배를 띄워야만 했다. 욕보더라도 배를 띄우지 말았어야 했을까, 십여 명이 탄 배는 결국 뒤집히고 말았다.

곰보가 의식을 되찾았을 때는 의술의 집, 안방이었다.

배가 뒤집히고 살아남는 자들에 대한 전말은 이러했다.

배가 뒤집히긴 했으나 불행 중 다행이라고 일행 중 세 사람이 삼정리 바닷가 근처로 떠밀려왔다. 그나마 배가 뒤집힌 곳이 삼정리에서 머지않았던 탓이었다. 그 세 사람 중 삼정리에서 가장 가까운 곳에 우강봉이, 그 중간쯤에 박곰보가, 그리고 삼정리에서 가장 먼 곳에 이의술이 쓰러져있었다. 그중 가장 먼저 정신을 차린 이가 우강봉이었는데, 우강봉은 자신만 살아남았다고 생각한 나머지 부리나케 마을로 돌아온 후 배가 전복된 과정을 마을 사람들에게 상세히 털어놨다.

그 내용은 이러했다. 비바람이 심해 배가 뜰 수 없는 상황이었음에도 불구하고 의술이 배를 띄워야 한다고 곰보를 협박하다시피 해, 하는 수 없이 곰보가 배를 띄웠는데, 결국 배가 뒤집혔다는 거였다. 거기에 덧붙여 유일하게 살아남은 자는 자신뿐이라고 하면서. 의술과 곰보가 살아남은 줄도 모르고 말이다.

삼정리 바닷가 근처로 떠밀려온 뒤 한참 만에 정신을 차린 의술은 삼정리 방향으로 힘들게 걸어가고 있었다. 그러던 중 바위 위에 엎어져 있는 곰보를 발견하게 돼, 곰보를 등에 업고 힘겹게 집으로 돌아왔던 것이다. 만약 의술과 곰보가 죽었더라면 의술은 마을 사람들에게 죽일 놈이 됐을 것이며, 배 주인인 곰보 역시 배가 전복된 책임에서 자유로울 수 없었을 것이다.

배 전복 사건을 결론적으로 말하자면 곰보는 의술에 의해 구해졌고 의술도 곰보에 의해 억울한 누명에서 벗어날 수 있었다.

그 사건이 있었던 이후부터 둘은 의형제나 다름없는 친분을 쌓아오고 있었던 거였다.

곰보는 상필보다 여덟이나 위였지만 상필이 자신을 낮춰 부르는 걸 언짢아하지 않았다. 또 섬사람들이 곰보! 곰보!라고 불러도 늘 웃는 얼굴로 대했다. 단, 어린 것들이 곰보! 곰보!하면 싹수없이 어린 것들이 어른을 가지고 놀린다고 크게 나무랐다.

"으떻게 된겨? 전쟁 통에 몰골이 말이 아니구만. 어서 타더라고."

"고맙네. 근데 자네는 이 전쟁통에 어찌 읍내를 나온 것이여?"

"말 말게. 그놈의 우강봉이 읍내에 누굴 꼭 만나야 한다고 하도 으름장을 놔, 하는 수 없이 오게 되었네."

그렇게 우연찮게 만난 곰보 덕에 상필은 고향, 불암도로 돌아올 수 있었다.

그런데 천신만고 끝에 고향땅을 밟은 사람치고는 이상하게 자신의 집이 아닌 친구, 판득의 집으로 몸을 먼저 향한 것이다. 그리고 그곳에서 친구지간이지만 하지 말아야 할 얘기(인민군에게 포로로 잡혀있었다는)를 해버렸고, 듣지 말았어야 될 얘기(지금도 순경들이 인민군에 협조한 자들을 색출하고 있는데, 그 대상자에 상필 자신도 예외가 아닐 거라는)를 듣고 만 것이다. 결국 상필은 판득의 말을 곧이곧대로 믿어버리고 말았는데, 그건 상필의 돌이킬 수 없는 실수이자 운명이 되고 말았다.

　만약 빗속을 뚫고 달려가는 이가 학도의용군으로 참전한 상필임을 알았더라면 순경은 아마 뒤쫓지도, 상필을 향해 총구도 겨누지 않았을 것이다.
　그렇게 상필은 한순간에 억울한 누명을 뒤집어쓴 채 눈을 감고 말았다. 복부에 맞은 총상은 깊지 않았으나 오랜 출혈로 인해 사망하고 만 것이다.
　비는 연사흘 하늘에 구멍이라도 난 듯 쭉쭉 쏟아져 내리고 있었다.

이름 없는 제사

설이 돌아왔다. 어느 때 설처럼 종손인 동수 할아버지네 집으로 온 집안 친척들이 모여들었다. 오촌, 육촌까지 다 모였으니 그야말로 대식구 그 자체였다. 설은 시제(時祭) 다음으로 동수 할아버지 집으로 찾아오는 친척이 많은 날이기도 했다. 적지 않은 인원이 모여서일까, 집이 미어터질 것만 같았다. 친척들은 일명 섬사람들이 작은 설이라고 부르는 설 전날 저녁에 차례를 모두 지내고, 설날 이른 아침 성묘길에 오르기 위해 동수 할아버지 집으로 모여든 것이다.

불암도의 차례 풍습은 육지와는 사뭇 달랐다. 내륙에서는 명절 당일에 차례를 지내는 것이 원칙처럼 지켜졌으나 불암도에서는 명절 전날에 차례를 지냈고, 성묘 또한 추석이 아닌 설에 맞춰 가는 게 관례화되다시피 했다.

겨울이라 날씨는 제법 추웠다. 그러나 성묘길에 애들이라고 열외는 없었다. 동수도 형들을 따라 성묘길에 나섰다. 성묘에 가져갈 성찬은 전적으로 장손인 동수 할아버지 몫이었다. 때문에 그 집안에 하나밖에 없는 며느리인 동수 어머니가 준비해야만 했다.

매해 가는 성묘길은 늘 정해져 있었다. 삼정리 쪽에 묻힌 동수의 고증조할아버지 뫼부터 시작하여 금옥리 뒷산 자락에 위치한, 여름이면 아카시아나무가 울창한 곳, 증조할아버지를 모신 묘까지 성묘는 이어졌다. 고증조에서 증조할아버지까지 성묘를 다녀오면 꼬박 하루가 지나갔다. 그런 성묘길이 동수는 싫었다. 이유가 있다기보다는 계란이라도 얻어먹을 수 있는 시제와 달리 성묘길엔 손에 딱히 쥐어지는 게 없었기 때문이었다.

그런 성묘길에 특별히 들리는 한 곳이 있었다. 이름 없는 할아버지 묘라고들 했다. 장가도 들기 전에 죽어 조상들 곁으로 가지 못하고 삼정리와 양학리를 잇는 여우고개 옆 공동묘지에 묻혔다고 했다.

불암도에선 여자들이 성묘길을 따라나서는 걸 금기시하고 있었는데, 올해에는 동수 어머니가 성묘길에 따라나섰다. 그 이름 없는 묘에 대한 제사 얘기를 꺼내고자 동수 할아버지가 성묘길에 동행하자고 했던 것이다.

"여태까정 별 얘기 안 혔지만 이 뫼가 내 동상 상필이 뫼다. 그러니 상수 애미도 잘은 모를 것이다. 동상 젯상을 차리는 게 이치에 맞지 않는다고 늘 생각해왔지만서도 지금까정 니들 모르게 내가 쭉 차려왔다. 하지만 이제부터는 상수 애미, 니가 챙기야 할기다. 내가 살 날도 그리 많이 남지 않았고⋯⋯. 정성들여 모싯으믄 한다."

"예. 아버님."

동수 할아버지의 맘을 읽기라도 했을까, 더 캐묻지도 않고 동수 어머니는 짤막한 대답으로 그리 하겠노라 했다. 그 이후로도 동수 할아버지는 돌아가실 날이 머지않았다고 생각해 불안했던지 이름 없는 묘에 대한 제사를 빠뜨리지 말라고 며느리인 동수 어머니에게 신신당부하곤 했다.

그 후 동수 어머니는 제사상을 하나 더 차렸다. 동수 할아버지가 돌아가신 이후로 제사는 모두 동수 어머니 몫이 되었다. 싫을 만도 했으나 얼굴도 모르는 작은 시아버지 제사상을 매해 정성스레 차렸다.

"상수, 동수 들어보거라이. 이 엄니가 이러크름 비석도 읎이 묻혀 있는 작은할아버지 젯상을 차리는 건 다 니들 잘 되라고 하는 거다. 니들도 절할 때는 작은할아버지 잘 되게 해주십시오, 하고 절해야 한데."

"야."

"제사를 정성스럽게 지내는 것이 꼭 뭘 바라고 그러는 것만은 아니지만서도 조상님네가 우리를 잘 보살펴주실 거라는 믿음을 가지고 하는 것이다. 니들도 명심하거라이."

"……."

그리고 훗날에도 작은할아버지 제사상을 꼭 차려야 한다는 어머니의 말씀이 선뜻 이해되지 않았지만 상수와 동수는 알았다는 듯 고개를 주억거렸다.

당시 인민군에 협조했다는 누명을 쓰고 상필은 안타깝게 젊은 생을 마감했다. 그런 동생을 의술은 장례도 제대로 치르지 못한 채 공동묘지에 묻어야만 했다. 그게 맘에 걸려서였을까, 이후 의술은 좋은 장소로 동생의 묘를 이장해야겠다고 늘 맘먹고 있었으나 결국 그렇게 하지 못한 채 눈을 감고 말았던 것이다.

동수가 상필 할아버지 묘를 다시 찾은 건 부모님이 돌아가신 후 2년이 되던 해였다.

무성한 잡풀에 묻혀서인지 묘를 찾는 건 그리 쉽지 않았다. 다행히 공동묘지 초입에 작은할아버지 묘가 있다는 것과 비석을 대신해 문패처럼 생긴 목판을 어머니가 세워둔 덕에 그나마 찾는 게 가능했다.

'엄매는 당신 간 저승길도 막아주지 못한 작은할아버지한테 뭐 할라고 그리도 정성스레 젯상을 차렸소? 이제는 작은할아버지 기일이라고 기억하는 사람도 맞난 음식을 차릴 사람도 없겠구만.'

맑은 하늘에 먹구름이 드리워진 것처럼 동수의 맘은 먹먹해졌다.

동수는 상필 할아버지 묘에서 고개를 돌려 주변 풍경을 바라보았다. 논갈이에 한창인 사람들, 어디론가 바쁜 걸음을 재촉하는 사람들이 눈에 들어왔다. 그들은 무언가를 위해 바삐 움직이고 있었다.

'저 사람들은 살려고 저리도 발버둥 치고 있구만. 뭐한다고 아부지, 엄매는 이리 일찍 세상을 등지고 갔는지 모르겠소.'

어느새 동수의 푸념은 작은할아버지에게서 부모님으로 옮겨가고 있었다. 그건 일찍 자신을 떠나버린 부모님에 대한 원망이기보다는 자신이 부모님을 지켜주지 못했다는 자책감에 가까운 거라 할 수 있었다.

이제는 누구도 알지 못할 이름 없는 묘, 이제 누구도 차리지 않을 이름 없는 제사를 동수는 잊고 끝내야만 했다. 이름 없는 제사에 대해 신신당부했던 어머니의 말씀을 동수는 그렇게 마음 한구석에서 털어내고 있었다.

추억

계절

"동수야! 밥 먹어라이~"

어둠이 서산 노을을 훔쳐 가고 시간이 꽤 지났음에도 오지 않는 동수를 동수 어머니는 어느 때와 다름없이 마을 어귀에서 부르고 있었다. 밥상을 급히 차리다가 나와서인지 한겨울이었지만 동수 어머니 이마엔 땀이 송골송골 맺혀있었다. 저녁식사 때가 따로 정해져있는 건 아니었다. 마을 굴뚝 여기저기에 희뿌연 연기가 자욱해지면 모두들 저녁때가 되었구나, 하고 생각하는 것이었다.

동수는 친구들과 논둑에서 불장난을 하느라 시간 가는 줄 몰랐다. 겨울에 일이 없을 때 추위는 늘 따라다녔으나 논둑에 구멍을 내고 그곳에 불을 지피고 있노라면 그 열기에 추위는 잠시나마 잊어버릴 수 있었다. 물론 불장난이 추위를 덜어주는 것도 한몫했지만 정작 아이들이 밥때가 돼도 논둑에서 쉬이 떨어지지 못하는 건 언 손을 호호 불어가며 살려둔 개불(쥐불)이 아까워서였다.

허나 아이들이 개불을 두고 간간이 도망칠 때가 있었는데, 그건 논 주인이 등장할 때였다. 그러나 정작 아이들 생각과는 달리 논 주인은 마을 아이들을 쫓아내기 위해 오는 건 아니었다. 집에서 키우고 있는 염소를 논에 매어두었다가 저녁때가 되면 데리러 오는 것인데, 논둑에 구멍을 내고 아이들이 불장난을 하고 있는 걸 보면

"니들! 시방 거기서 뭐 하는 짓들이냐? 이눔의 시끼들! 썩 집으로 가지 못할까! 새북에 오줌 쌀라고."

하고 내지르는 정도였지, 애들을 잡아 혼내려 하는 것은 아니었다.

농번기가 돌아오면 애들이 뚫어놓은 논둑 구멍을 메우는 것이 귀찮기도 해 다시는 개불을 놓지 못하도록 엄포를 놓는 정도이나 도둑이 제발 저린다고, 그 소리를 들은 아이들이 지레 줄행랑을 치는 거였다.

"동수 이눔아! 밥 먹으러 안 오믄 니 저녁은 없데이~"

온 동네가 쩌렁쩌렁 울리도록 논둑에 가려 보이지 않는 동수를 대신해 연기가 몽그락몽그락 피어오르는 논둑을 향해 동수 어머니는 또 한 번 소리를 내질렀다.

동수 어머니는 비록 말랐지만 아담한 체구에 단발머리, 통통한 얼굴과 오똑한 콧날, 그리고 가지런한 치아와 적당히 두툼한 입술을 가진 미인이었다. 그런 동수 어머니를 보고 마을 사람들은 있는 집 자식이라 부티가 난다고 부러워하듯 얘기도 했지만 한편으론 그런 집안에서 뭐가 아쉬워 아무것도 없는 장수에게 시집왔냐는 둥 비아냥거리기도 했다.

동수는 겨울이, 아니 더 정확하게 얘기하자면 겨울방학이 싫었다.

방학 내내 김 농사를 거들어야 했기 때문이다. 거기에 더해 동수의 심기를 불편하게 만드는 요인이 또 하나 있었으니, 이때쯤 서울에서 내려오는 동갑내기 친구 녀석이었다. 동수 집 아래에 사는 김 노인 댁 손주 녀석인데 겨울방학 때마다 빼먹지 않고 동수네 마을로 내려왔다. 동수는 그 아이가 무척 싫었다. 그 아이가 있는 척하는 것도 동수의 비위를 거슬렸지만 자신과 비교되는 옷걸이, 자신의 고무신과 비교되는 번들번들한 운동화, 그것들을 보면 동수는 화가 불끈불끈 치밀어 올랐다.

매년 눈은 소복이 쌓였다. 어둠이 채 가시지 않은 이른 아침이지만 쌓인 눈은 마을을 대낮처럼 밝게 비춰주었다. 이에 맞춰 동수도 부모님이 뜬 물김을 건장으로 나르기 위해 일어나야만 했다.
한 장의 마른 김은 그냥 만들어지지 않았다.
동수 부모가 매서운 새벽 바다 칼바람을 맞으며 채취한 김을 집으로 가지고 와, 빈 발장 위에 네모난 김틀을 얹고 물과 적절히 배합된 물김을 김뒷박으로 떠서 김틀 안에 들이붓는다. 그러면 김 모양새가 갖춰지는 것이다.
이것이 바로 마른 김을 생산하기 위한 김 농사의 1단계인 셈이다.
그렇게 발장에 뜬 김, 그러니까 물이 질질 흐르는 젖은 김 발장을 햇볕에 말리기 위해 건장으로 나른다. 그건 전적으로 달자, 상수, 동수 몫이었다.
젖은 김 발장을 말리는 건장. 그 건장을 만들기 위해선 볏짚꾸러미와 말뚝이 필요했다. 볏짚을 한 움큼씩 잡아 새끼줄로 엮어내 기다란 볏짚꾸러미를 만들어낸다. 그다음엔 건장을 세울 수 있는 논이나 밭에 들어가, 일정한 간격을 유지하며 소나무로 깎아 만든 말뚝을 땅에 박고, 그 말뚝과 말뚝 사이를 볏짚꾸러미로 길게 늘어뜨려 이어주면 그곳이 다름 아닌 젖은 김발장을 말리는 건장이 되는 것이다.
그렇게 삼 남매가 가져다 놓은 젖은 김 발장을 동수 부모가 건장에 너는 것인데, 이것이 마른 김을 생산하기 위한 김 농사의 2단계인 셈이다.

해 길이가 짧은 겨울에 마른 김을 생산할 수 있는 건 잠깐 내비치는 강렬한 햇볕에 젖은 김이 잘도 말랐기 때문이다. 그렇게 건장에 널린 젖은 김은 오후 두어 시가 되면 바짝 말랐다. 그러면 마른 김 발장을 건장에서 다시 거둬들인 후, 마른 김만을 김 발장에서 떼어내고 마른 김이 떨어져 나간 빈 발장은 가지런히 정리한다.

이것이 마른 김을 생산하기 위한 김 농사의 마지막 3단계인 셈이다.

한 장의 마른 김은 이런 과정을 통해 만들어졌다.

김이 마르기까지 걸리는 시간, 그러니까 오전 10시부터 오후 2시 사이 마을 아이들은 누더기와 같은 가마니를 어깨에 둘러메고 뒷산으로 올라가 썩박을 한 가마니씩 해오곤 했다. 나무가 귀한 섬에서 부족한 장작만으로는 겨울나기가 힘들기 때문이었다. 썩박은 땔감인 장작을 마련하기 위해 잘라버린 나무의 밑동이 뿌리채 썩어 죽은 부분이다. 썩박은 비록 썩어 있었지만 그 화력은 저녁부터 아침까지 방안을 훈훈하게 데워 줄 정도로 강력했다.

동수는 그렇게 매일 이 산 저 산을 돌아다니며 젖은 김이 마를 동안 썩박을 캐, 가마니에 가득 담아 집으로 돌아오곤 했다.

마주치지 말아야 하건만 초췌한 몰골로 썩박을 하고 돌아올 때면 김 씨 할아버지네 손자 놈은 왜 그리도 눈에 잘 띄는 곳에 떡하니, 서 있는지 당최 모를 일이다.

"이름이 뭐여?"

"김갑봉"

"크크크, 이름도 촌스럽기는. 근데 우리 마을엔 왜 매년 오는 거여? 난 너처럼 놀려고 시골 오는 놈들은 딱 질색이여! 내년부턴 안 왔으면 좋겠구만."

"……."

동수는 썩박을 가득 채운 누더기 가마니를 발 옆에 두고 양손을 겨드랑이에 깊숙이 집어넣은 채 그 아이에게 씨부렁대고 있었다. 그런 동수의 투덜거림에도 아랑곳하지 않고 김갑봉은 아무런 대꾸도 없이 홱, 하니 뒤돌아 가버리는 것이다.

'짜식이 도시에서 왔다고 나를 깔보는 것이여. 담 번에 보기만 해 봐. 가만두질 않을 건께.'

날씨가 추워서인지, 흘러내리는 콧물을 소맷자락으로 쓱, 하니 훔쳐내며 뒤돌아 가고 있는 김갑봉의 등 뒤에다 대고 동수는 또 한 번 씨부렁댔다.

김 작업이 없는 날은 그야말로 동수에겐 축복받는 날이었다. 그날은 세찬 바람으로 파도가 거칠어 동수 부모가 바다에 나가지 못해 김 채취가 없는 그다음 날이었다. 물론 그다음 날 새벽에 바람이 잦아져 파도가 잠잠해지겠다 싶어, 이른 아침에 부모님이 바다로 나가 김을 채취해 당일 바로 김을 뜨면, 낭패도 그런 낭패가 없었다. 하지만 그다음 날에도 바람이 거세 파도가 계속해서 사납게 출렁이겠다 싶으면 동수 부모는 바다에 나가 김 채취하는 걸 포기했다.

그날이 바로 동수에게 더없이 아름답고 화창한 겨울의 한 날인 셈이었다.

축복 받는 날에는 으레 비석치기, 자치기, 딱지치기가 등장했다.

비석치기.

비석치기는 발등에 돌을 얹고 선이 그어진 곳에 세워둔 상대편 돌앞까지 거북이가 모래밭을 엉금엉금 기어가듯 걸어가, 그 돌을 맞춰 쓰러뜨리면 되는 것이었다. 돌과 돌이 부딪치는 놀이라서 그런지, 돌 두 개가 제대로 부딪칠 때는 날카로운 섬광과 같은 빛이 일기도 했다.

비석치기가 잘 되는 날엔 상대편 돌이 맞았다 하면 픽픽, 쓰러지거나 선 밖으로 쭉쭉, 잘도 밀려 나갔다. 허나 안 되는 날엔 상대편 돌을 맞추려 해도 맞지 않았을뿐더러 맞히더라도 쓰러지기는커녕 선 밖으로 밀려나지도 않았다. 이런 날엔 동수도 무척 화가 났는데, 얼굴엔 오만 가지 인상을 쓰고 있어 누가 봐도 비석치기에서 졌음을 알아볼 수 있을 정도였다. 기분 탓일까, 비석치기에 패한 날엔 손을 씻어도 손톱 밑에 끼여 있는 흙가루도 빠지지 않고 말썽을 피웠다.

자치기.

자치기를 위해선 곧게 뻗은 소나무 가지를 잘라 만든 긴 막대(자치기 채)와 작은 막대(자치기 알)가 필요했다. 긴 막대는 팔뚝 길이만 했고 작은 막대는 손바닥 길이만 했다. 두께는 손가락 두 개 정도의 굵기가 가장 알맞았다. 동수 무리는 자치기를 위해 무가 죄다 뽑히고 없는 무밭으로 갔다. 그곳이 바로 동수 무리의 자치기 장소인 셈이었다. 무밭 한쪽 구석에 중지 세 개 정도의 길이와 엄지 하나만큼의 깊이로 구멍을 파면 자치기 준비는 끝났다.

자치기는 세로로 파 둔 일자 형태의 구멍에 작은 막대를 둔 다음, 큰 막대로 쳐올림과 동시에 때려 멀리 나가게끔 하는 놀이다. 날아간 작은 막대가 상대방의 손에 잡히면 죽는 것이요, 잡히지 않으면 작은 막대로 재는 수치만큼 점수를 벌어들이는 것이다.

비석치기와 자치기는 게임점수만 따지고 집에 가져오는 게 없어 승리의 기쁨, 패배의 쓴맛을 보는 것 외에는 별 특별할 게 없었다. 그래서인지, 그 두 가지 놀이는 동수를 흥분시키기에 늘 부족함이 있었다.

딱지치기.

딱지치기만큼은 동수에게 남달랐다. 동수는 딱지치기에 혼신의 힘을 기울였다. 종이란 종이는 죄다 구해 사각 형태로 접었다. 딱지치기는 땅에 놔둔 상대편의 딱지를 자신의 딱지로 때려, 상대편 딱지가 뒤집히면 따는 것이다. 동수는 비교적 딱지를 많이 따는 편에 속했다. 하지만 매번 따는 것은 아니었다. 잃을 때는 왕창 잃는 경우가 왕왕 있었다.

동수가 그리도 딱지치기에 목숨을 거는 이유가 있었다. 네모난 종이 딱지보다는 돈을 주고 사는 딱지가 있기 때문이었다. 그건 신문지나 박스로 접은 네모난 종이 딱지와는 달리 둥글둥글하게 생겨 보기도 좋았고, 종류도 종이 딱지, 고무 딱지로 구분돼 있었다. 둥근 종이 딱지는 가게에서 이십 원에 살 수 있었고 둥근 고무 딱지는 오십 원에 살 수 있었다. 돈을 주고 사야 했기에 동수뿐만 아니라 다른 아이들도 이 두 종류의 딱지를 따는데 늘 혈안이 돼 있었다. 신경을 더 쓰고, 기를 더 쓰며, 서로에게 덤벼들었다.

동수는 집에 딱지를 쌓아두고 매일매일 몇 장인지 헤아릴 정도로 그것에 대해 집착이 강했고 딱지 개수가 늘어날수록 형언할 수 없는 희열을 느끼곤 했다.

그런 동수의 겨울방학은 어느새 끝을 향해 달려가고 있었다.

여름은 겨울과 사뭇 달랐다.

벼에 농약 치는 일, 고구마 캐는 일, 산속을 이리저리 돌아다니면서 소에게 풀 먹이는 일 외에 딱히 동수가 할 일은 없었다. 놀기에 더없이 좋은 계절인 셈이었다. 비록 섬놈이지만 동수는 바다 물놀이를 즐겨하지 않았다.

동수와 그 친구들, 그러니까 동수 무리가 물놀이하는 곳은 따로 정해져 있었다. 바로 동수네 마을에서 멀지 않은, 논농사를 위해 반드시 필요한 아담한 저수지였다. 저수지는 물놀이를 하는 곳이라기보다는 수영을 배우는 곳에 가까웠다. 동수가 바다 수영을 못하는 건 아니었지만 바다를 꺼렸던 건 수영을 하고 나면 몸에 간기가 배기 때문이었다. 물론 이보다도 더 결정적인 한 방이 있었는데, 바다에서 수영을 배우다 죽을 뻔한 경험이 있었서였다.

동수에게 바다 수영을 가르쳤던 치들은 동네 선배들이었다. 그중 동수보다 대여섯 살이 많은 용칠이 대장 노릇을 하며 주로 가르쳤는데.

머리를 지글지글 볶을 듯 땡볕이 내리쬐는 한 여름날, 용칠과 그의 친구 서너 명은 동수 무리를 배에 태운 다음, 수영을 가르쳐주겠다는 명목 하에 동수 키를 훌쩍 뛰어넘는 깊은 바다까지 노를 저어갔다. 목적지에 다다르자, 인정사정없이 동수 무리를 배 밖으로 집어 던지기 시작했다.

바다에 내던져지자, 이대로 죽겠다싶어 동수는 팔과 다리를 있는 힘껏 저어댔다. 허나 물 위로 떠오르기는커녕 팔다리를 저으면 저을수록 몸은 점점 더 바닥을 향해 치달았다. 남아있던 공기 방울마저 죄다 콧구멍에서 빠져나가고 목구멍으로는 먹고 싶지도 않은 바닷물이 마구 쳐들어왔다. 한마디로 인간이 이렇게 죽는구나, 싶었다.

그렇게 정신이 몽롱해질 때쯤, 짠! 하고 구세주가 등장했다. 하늘에서 검은 날개(비록 하얀 날개는 아니지만)를 달고 바닷물 위로 아름답게 연착한 천사였다. 이름하야 바람 빠진 폐차타이어 튜브. 동수는 그 구세주를 있는 힘껏 끌어안았다. 이미 쭈글쭈글해진 구세주의 살들이 미어터질 것처럼. 고물상 어디 구석에 처박혀있던 타이어를 훔쳐왔으니 하자가 없을 리 만무했다. 튜브에는 실 구멍이 송송 나 있어, 튜브 안 공기는 계속해 빠져나갔고 튜브를 있는 힘껏 안고 있노라면 이건 천사가 아니라 흐물흐물해진 커다란 해파리 하나를 안고 있는 거나 진배없었다. 허나 어찌할 것인가? 구세주임은 분명한걸. 그렇게 구세주에 의해 간신히 배에 올라와 쉬고 있노라면 휴식 끝. 동수 무리는 또다시 바다에 내팽개쳐졌다.

"어푸어푸."

동수 무리는 세상에 넘치고 넘쳐나는 게 바닷물인데 그게 부족하기라도 한듯 서로 바닷물을 빼앗아 먹겠다고 아우성치고 있었다.

그 와중에도 입은 살았던지,

"동수야! 이러다가 우리 죽는 거…… 어푸어푸. 하고 싶은 일도 많은 데…… 어푸어푸."

밀려오는 너울에 맞춰 바닷물이 입 안으로 쏙쏙 알아서 처들어가 주니, 내석은 끝까지 말을 잇지 못하는 것이다. 그나마 내석은 양호한 편이었다. 동수는 아예 말 한마디도 꺼내지 못했다. 바닷물을 많이 마셨다기보다는 몸을 띄우기 위해 팔과 다리를 열렬히 젓느라 말 할 겨를이 없는 것이다.

'내석이 말마따나 이러다가 죽는 거 아니여.'

이때 전보다 훨씬 날씬해진 검은 천사가 다시 날아왔고, 그분에 의해 또다시 구제된 동수 무리가 '이제 살았구나' 하고 한숨을 돌리고 있으면 아니나 다를까, 바로 휴식 끝. 또다시 바다에 풍덩. 이러기를 여러 번 반복한 후 동네 선배들의 무료 수영강습은 마침내 종을 쳤다.

"니들이 미워서 이러는 게 아니고 섬놈이라면 수영은 필히 해야 쓴게, 우리도 알면서도 니들을 위해 이러케 한 것이니 너무 서운해들 말어라이."

그 말에.

'염병! 말이나 안 하면 안 밉지.'

동수는 이제 불암도에서 후배들을 위하는 척 행해지는 이런 무료 수영강습은 아예 싹을 잘라버려야 한다고 생각했다. 그렇게 모질게 수영 아닌 수영을 배운 터라, 동수는 바다로 수영하러 가고 싶지 않았던 것이다.

저수지에서의 수영은 개헤엄부터 시작됐다.

개헤엄. 모가지를 물 밖으로 쭉 내밀고 양손을 물속에서 위아래로 사정없이 휘저으며 앞으로 나아가는, 일명 개가 수영하는 꼴을 닮았다고 하여 붙여진 초보자들을 위한 기초수영이다. 저수지에서만큼은 동수는 곧잘 수영을 했다. 보통 사람들은 바다에서 수영 배우는 게 참 쉽다고 했으나 동수는 반대였다.

그렇게 수영 배우는 재미에 푹 빠져 매일 두어 번씩 가는 마을 저수지에 내키지 않은 일이 발생했다. 저수지 꼭대기, 뚝방 위로 올라가는 길에 장애물이 생긴 것이다. 그 길은 저수지 뚝방을 오르기 위해 반드시 지나쳐가야 하는 길목이라 동수 무리에게 여간 불편함을 주는 게 아니었다. 그 장애물의 주인공은 다름 아닌 침이 독하기로 소문난 땅벌이었다. 그놈들이 저수지 뚝방길 위쪽 언저리에 턱, 하니 자리를 잡은 것이다. 이름에서 알 수 있듯 땅벌은 땅속에 집을 짓고 살며 한 번 터를 잡으면 아예 옮길 줄 몰랐다. 그건 지조라기보다는 그놈들의 더러운 성질을 단적으로 보여주는 것이라 할 수 있었다.

그간 동수 무리는 뚝방길 위에 땅벌이 집을 짓고 살고 있는지를 몰랐다. 하지만 동수 무리가 저수지에 가는 날과 비례해, 여기저기 날아다니는 땅벌 수도 많아진 것이다. 땅벌 수가 점점 늘어나는 이유가 무엇인지, 그 발원지가 어디인지에 대해 동수 무리가 의구심을 갖던 중 어느 날 뚝방길 옆, 길섶을 유심히 바라보던 동수에 의해 땅벌의 거처가 발견된 것이었다.

"우리가 앞으로 계속해서 저수지에 다니려고 하면 저 벌떼 놈들을 소탕해야 돼."

"그러게, 저놈들이 있는 한 우리는 편하게 수영을 못할 것이여."

심심하던 차에 잘 됐다는 듯 석철이 흥분하기 시작했다.

"그람, 특공대를 먼저 조직한 후 벌떼 소탕에 대한 작전을 짜자고."

다음날 오후에 저수지 뚝방 아래에 동수와 석철이 나타났다.

"내가 미리 생각을 좀 해봤는데……. 그것이 뭐냐면, 먼저 특공대가 꾸려지면 최대한 들 수 있는 큰 돌을 하나씩 들고, 둘째, 차례로 돌진한 다음, 셋째, 저 벌집 입구에 돌을 던지고 마지막으로 저수지 뚝방 꼭대기까지 잽싸게 올라가는 것이여. 이 작전은 우리가 땅벌에 쏘이지도 않고 그놈들의 숨통을 단번에 끊어버리는 일명 질식작전이여."

동수의 제안에 석철이 엄지손가락을 위로 치켜세우며 기발한 아이디어라는 듯 웃어 보였다.

그리고 바쁜 걸음을 재촉해 마을로 다시 돌아온 둘은 자신들의 소탕작전 계획을 특공대 요원으로 선정될 후배들에게 전했다. 그 소리를 듣고 처음에 후배들은 머리를 갸우뚱하며 의심의 눈초리를 날렸지만 둘의 끈질긴 설득에 수긍하며 이견 없이 따르기로 한 것이다. 여기에도 예나 지금이나 선배는 하늘이요, 선배 말씀은 하느님의 계시라는 돼먹지도 않은 원칙이 적용되고 있었다.

결의를 다지고 난 후, 동수 무리는 몇 날 며칠 땅벌들의 움직임을 탐색한 끝에 소탕의 날을 잡았다. 또 특공대가 투입되기에 가장 적절한 시간이 낮 한 시 경이라는 것도 알아냈다. 그 시각은 가장 뜨겁게 햇볕이 내리쬐는 시간대라 땅벌들이 바깥보다는 시원한 땅속을 선호해, 자신들의 집에 틀어박혀 있기 때문이었다.

결전의 날.

땅벌 소탕 대원은 모두 여섯 명으로 꾸려졌다. 땅벌 소탕을 위해 대장격인 동수가 앞장서기로 했다. 그다음엔 친구 석철이, 그다음엔 한 살 어린 대성이, 그다음엔 두 살씩 어린 성민, 세봉이, 그리고 마지막엔 한식이가 따르는 걸로 순번을 정했다. 한식을 특공대원에 포함시킬 것인가 말 것인가에 대한 의견이 분분했으나 동수가 포함시켜야 한다고 강력하게 밀어붙였다. 이유인즉슨, 한식이 부족한 면도 없지 않았으나 동수 자신을 제법 잘 따랐고 또 뭔가를 같이 하자고 제안하면 앞뒤 가리지 않고 늘 흔쾌히 따라줬기 때문이었다. 또 다른 한편으로는 주변의 아이들이 한식이와 어울리길 꺼린다는 점이 동수의 연민을 자극하기도 했다.

"내가 앞으로 돌격, 하면 순번대로 따라오는 거여. 가급적 간격은 최대한 짧게 해야 하고 연속적으로 돌을 투하해야만 해. 왜냐? 벌들이 쏟아져 나오기 전에 땅벌집 입구를 확, 틀어 막아버려야 하기 때문이여. 전번에 얘기했던 것처럼 우리의 계획대로 던진 돌들이 땅벌집 입구에 제대로 틀어박히면 땅벌들이 밖으로 나와 보지도 못하고 그 속에서 질식해 죽는 것이여."

이론적으로 보자면 동수의 말은 그럴싸하고 확실해 보였다. 계획대로만 된다면 땅벌들은 죽은 목숨이나 진배없었다. 그래서일까, 모두들 동수의 말에 고개를 아래위로 크게 흔들며 회심의 미소를 날렸다.

"자, 이제 돌격선 앞으로 가자!"

돌격선이라고 해봤자, 저수지 뚝방 제일 밑쪽을 가리키는 것이다. 거기에서부터 뚝방 꼭대기까지는 오르막길이기 때문에 죽을힘을 다해 달려야만 한다.

"다들 준비된 것이지? 자, 그럼, 돌격! 앞으로!"

동수의 말에 와아, 하고 소리를 지르며 한 명씩 줄을 이어가며 저수지 뚝방 위를 향해 열나게 뛰기 시작했다. 땅벌집은 뚝방 꼭대기에서 10여 미터 아래에 위치하고 있었다. 목표점인 땅벌집까지 도달하는 데는 2분여 정도 소요. 그런데 오르막이어서일까, 아니면 심리적으로 걱정이 되어서일까, 오늘따라 꽤 멀게만 느껴지는 것이다.

동수가 먼저 벌집 입구에 돌을 던졌다. 다음엔 석철이 돌을 던지고 뚝방 꼭대기를 향해 뛰었다. 그다음엔 대성이 차례. 그런데 대성이 땅벌집에 돌을 던지려다 말고 주춤하는 것이다. 그리고 곧이어

"아아아."

대성의 괴성 소리와 몸부림. 그 소리와 모습을 본 성민, 세봉, 한식은 뚝방길을 올라오다 말고 땅벌집 입구 아래에 멈춰 서 어찌할 바를 모르는 것이다. 바로 앞에서 선배 대성의 괴로워하는 모습과 울부짖음을 들었으니 땅벌집에 돌을 던지고 저수지 뚝방 꼭대기까지 갈 엄두가 나지 않았던 것이다.

"빨리 올라와! 니들, 시방 뭐하는 것이여! 끝까지 안 올라오면 특공대가 아니여!"

석철의 말에, 후배들이 걱정되긴 했지만 동수도 석철을 거들기 위해서 올라오라는 손짓을 해댔다.

돌을 제대로 던져 보지도 못한 대성이 간신히 뚝방 꼭대기로 올라왔고 주춤했던 성민도 다시 저수지 뚝방 꼭대기를 향해 힘껏 뛰어오르며 땅벌집을 향해 쥐고 있던 돌을 내던졌다. 그다음에 세봉, 그다음에 한식도 돌을 던지며 뚝방 꼭대기를 향해 내질렀다.

"앗."

"아야."

"아야야야."

괴성 소리는 각기 달라지만 다들 땅벌에 쏘인 게 분명했다. 던진 돌들이 작전과 다르게 땅벌집 구멍, 그러니까 벌집 입구에 제대로 처박히지 못한 듯싶었다.

처음 출발한 동수가 던진 돌은 그나마 땅벌집 입구에 틀어박혔었다. 그러나 완전히 막기에는 역부족이었다. 여기까진 괜찮았다. 그다음에 따라 올라온 석철이부터 문제가 생긴 것인데, 올라오던 석철이 벌에 쏘일까봐 두려워 벌집 입구 근처에 돌을 대충 던지고 올라온 것이다. 그 통에 땅벌들이 벌집 밖으로 우르르 쏟아져 나왔고 그 땅벌들이 타깃으로 삼았던 놈들이 바로 석철이 다음으로 올라오던 대성, 성민, 세봉, 한식이었던 것이다.

"워메 죽겠네."

"아아아."

"어어어."

"엉엉엉."

후배들은 울고불고 난리가 아니었다. 벌에 쏘이지 않은 동수와 석철이 뚝방 위에 쓰러져 뒹굴고 있는 후배들에게 달려가 웃옷부터 하나씩 벗겨냈다. 옷 안 여기저기에 붙어있는 벌들은 날카로우면서도 무시무시한 벌침을 드러내놓고 힘껏 날갯짓을 해대고 있었다. 옷에 들어간 벌들 중에는 참을성 없이 이미 자신의 명줄과도 진배없는 침을 난사한 놈들도 있었다.

그게 전부는 아니었다.

"머리! 머리! 머리!"

후배들은 머리통 근처에 손가락을 구부린 채 이러지도 저러지도 못하며 연신 울부짖고 있었다.

"알았쓴께. 가만히들 있어봐야!"

동수의 말이 들릴 리 없었다. 머리통에도 이미 침을 난사한 놈들이 있었다. 하지만 머리카락 속을 뚫고 침을 난사하긴 그리 쉽지 않기 때문에, 아직 침을 쏘지 않은 땅벌들이 더 많았다. 그놈들을 털어내기 위해 동수와 석철은 소나무 가지로 후배들의 머리통 여기저기를 후려쳤다. 그 벌들마저 침을 난사하는 날엔 후배들의 머리통은 해삼의 울퉁불퉁한 살갗처럼, 복어의 부풀어 오른 뽈록한 배처럼 될 게 분명해 보였다.

"만지지 말어야!"

동수는 후배들에게 머리통을 만지지 말고 조금만 참아보라 했다. 이것에 대해 후배들은 차마 선배랍시고 얘기는 못했지만 이렇게 말하고 싶었을 것이다. '니 주둥이에 벌침 한 번 쏘여봐라, 그런 말이 나오나!'

이제 동수와 석철은 나뒹구는 후배들의 머리통을 잡고 머릿속을 헤집기 시작했다. 여전히 그곳에 머물고 있는 땅벌들이 침을 쏘기 위해 엉덩이를 씰룩씰룩 대고 있었다. 그놈들을 동수와 석철은 소나무 가지로 마저 털어냈다.

급한 대로 응급처방을 위해 쑥을 뜯어왔다. 뜯어온 쑥을 돌에 찧어 벌에 쏘인 곳, 후배들의 머리 이곳저곳에 발라주었다. 상처가 났을 때 쑥이 약이라고 마을 어른들이 말하는 걸 주위들어서인지 후배들도 쑥 바르는 것에 큰 거부감을 보이지 않았다.

그런데 효과가 없었던 것일까, 후배들의 머리통은 계속해서 부풀어 올랐다. 그나마 머리는 붓더라도 머리카락이 있어 붓는 티가 나지 않아 다행이었지만 퉁퉁 부은 얼굴이 더 문제였다.

"저녁때가 되면 붓기는 가라앉을 것이여. 넘 걱정들 말어라. 대장인 나의 불찰로 작전은 실패했고 부하들이 이렇게 됐으니, 내가 책임질 것인께. 그리들 알아들어."

이렇게 얘기하는 것이 섬놈들의 대장노릇 방식이기도 했지만 동수 는 뒷감당도 못할 말을 떠벌리고 있었다.

"얼굴이 와, 이 모양 이꼴이다냐?"

화들짝 놀란 성민 어머니가 성민의 두 뺨에 손을 얹고 머리통을 이 리저리 돌려가며 하는 말이다. 성민 어머니가 사투리를 쓸 때는 약간 흥분했을 때인데, 평상시에는 의도적인 것인지, 아님 예전에 쓰던 말 투가 고스란히 남아있어서였는지 모르지만 늘 도시스러운 말투를 구 사했었다. 근데 이번 땅벌집 소탕 사건으로 인해 그 성품은 온데간데 없어져버린 것이다.

"땅벌 죽일라다가 이렇게 됐어라."

목소리가 쥐구멍으로 기어들어 가듯 고개를 숙인 채 동수가 말끝을 흐렸다.

"철딱서니 없는 놈들! 미친놈들! 땅벌에 많이 쏘이믄 니들은 죽어 이놈들아!"

성민 어머니는 분을 삭이지 못하고 쌍스러운 말들을 계속해 내뱉었다.

성민네는 서울에서 내려왔다. 들리는 얘기로는 성민 아버지가 사업을 하다가 망해 할아버지가 계시는 시골로 내려왔다고 했다. 성민 어머니 성함은 강진실, 그 연배와 비슷한 사람들에게서 들을 수 있는 이름도, 시골에서 흔히 들을 수 있는 자자 돌림 이름도 아니었다. 이름 때문일까, 어지간해선 욕을 입에 담지 않는 사람이었지만 이번만큼은 달랐다. 땅벌에 쏘여 아들 얼굴이 팅팅 부은 것만으로도 못마땅할 판에 아들인지 아닌지도 구분 못할 정도로 아들 얼굴이 엉망진창이 돼 있었으니 말이다.

"누가 먼저 가자고 한 것이냐?"

동수는 선뜻 나서지 못했다.

"제가 그랬구만이라. 동수한테 저수지에 있는 땅벌들을 모조리 잡아 해치우자고 했고, 제가 애들을 모았어라."

동수처럼 석철은 뒤꽁무니를 빼지 않았다. 뭐가 그리도 당당했는지 말하는 폼까지 의연했다.

"아니여라. 제가 땅벌 소탕하자고 했고 석철이는 내가 하자는 대로만 했구만이라. 애들도 제가 가자고 했고라."

석철에게 미안했던지 그제야 동수가 사실을 실토하며 나섰다.

"됐다! 암튼, 니들 말은 더 이상 듣기 싫고 앞으로 성민이 데리고 놀지 말어라. 허구한 날 하는 짓들이 흙에 파묻혀 놀거나 저수지 가서 목간이나 혔쌌고. 성민이 저수지 가서 물에 빠져 죽기라도 하믄 누가 책임질 것이여? 이번 일은 니들 부모한테 얘기혀야 쓰겄다. 글고 다신 성민이 주위에 얼씬도 말어라이! 알겄냐?"

언성을 높여가며 말하는 성민이 어머니의 속사포, 속사포도 그런 속사포가 없었다.

"썩을 것들! 성민이가 어떤 놈인디, 니들하고 같이 어울려서는 안 되는 놈이여!"

아들이 귀한 성민네 집안에선 성민이 유일한 독자이자 장손이기 때문에 성민 어머니의 말도 일리가 있긴 했다.

이 말에 대해 동수 무리도 한마디 하고 싶었을 것이다.

'그럼, 우리는 귀한 자식이 아니라서 서로 어울리고 저수지에 놀러 간다요?'하고 말이다.

이걸로 끝이 아니었다.

각오한 바이긴 했지만 아니나 다를까, 저녁에 어머니가 동수를 불러 앉혔다.

"동수야, 저수지는 자주 가는 게 아니다. 지난해 옆 동네 꽃순이 죽었단 거 알제? 꽃순이가 죽을라고 혀서 죽었겄냐? 죽은 곳이 저수지 안도 아니고 비가 많이 와 저수지에 물이 꽉 차면 물이 내려오는 곳, 뭐시냐? 그래 수로. 그 비탈진 곳 니도 알제? 그곳에서 미끄러져 꽃순이 죽었다고 이 엄마가 얘기한 적 있냐? 읂냐? 명심하거라이. 저수지에서 내려온 물로 우리가 농사지으며 살고 있어 저수지, 저수지 하지만서도 내심 농사만 아니면 저수지 캬, 없애버리고 싶은 마을 사람들도 엄청 많데. 꽃순이뿐만이더냐, 그 전에도 애덜이 두 명이나 저수지에 빠져 죽었단 말이다. 마을 사람들은 저수지에 물구신이 있어 애덜이 자꾸 죽어간다고 하니께, 어지간하믄 더워도 저수지에는 가지 말어라이. 아까 전에 성민이 엄매가 다녀갔다. 니하고 니 친구가 느그 후배들하고 성민이를 노상 불러낸다고 하믄서 그만 불러냈으면 좋겠다고 하드라. 이런 일이 담에도 있으믄 나한테 알어서 하라고. 그 소리가 뭔 소리진 알겄지? 난 너를 믿는다. 글지만서도 남덜이 이 엄니처럼 널 믿어 줄 거라고는 생각지 말어라. 오늘은 이만 하자."

"……."

동수 어머니는 말이 끝나기 무섭게 하고 있던 저녁 식사 준비를 위해 부엌 쪽으로 몸을 틀었다. 동수가 "야!" 하고 대답했을 땐 이미 부엌 안으로 어머니는 사라지고 없었다.

'봐주신 건지 아니면 담에 한 번만 더 걸리면 가만히 있지 않으시겠다는 것인지 도통 모르겠네. 근데 생각해보면 내가 딱히 잘못했다고 할 수는 없지. 지들한테 내가 벌에 쏘이라고 했간디. 계획도 잘 세우고 행동 수칙도 몇 번이고 알려줬건만 지들이 미련해서 땅벌한테 쏘인 거지 뭐. 아따, 그나저나 앞으로 그 멍청한 놈들을 데리고 어떻게 저수지에 갈까나.'

어머니의 매질이 없음이 더 큰 두려움으로 다가왔으나 그것도 잠시, 이번 땅벌 소탕 사건은 자신에겐 아무 잘못이 없다고 동수는 결론내리고 있었다. 오히려 후배들을 데리고 앞으로 저수지를 어떻게 갈 건지에 대해 궁리, 또 궁리를 하고 있었다.

아이들에게 여름의 적은 더위가 아니었다. 더운 여름에 어깨를 활짝 펴고 지들의 세상인 양 득실대는 이였다. 여름내 동네 아낙들은 아이들 머리에 득실대는 머릿니를 잡는 데에 시간을 할애할 때가 많았다. 그런 시간 낭비를 막기 위해 아이들의 머리를 빡빡 밀어버릴 법도 하건만 어인 일인지, 아이들 대부분은 머리털을 길게 기르고 있었다. 그걸 보면 아마도 아낙들이 아이들의 긴 머리털에 착하니 달라붙어 기생하고 있는 이, 그놈들을 잡는 재미에 푹 빠져있었던 듯싶다.

동수도 예외는 아니었다. 동수 어머니는 유독 달자, 상수보다 동수 머리에 기생하고 있는 이를 잡는 걸 즐겼다. 물론 달자, 상수보다 동수가 이가 많았던 탓도 있었으리라. 동수 어머니는 아들놈 머리에서 잡은 이를 평상 바닥에 두고 손톱 끝으로 꾹 누르면 '툭'하는 소리와 이의 새끼인 서캐를 잡아 죽일 때 '틱'하며 나는 소리를 즐겼다.

"뭔 놈의 이가 잡아도 잡아도 이리 많이 나온다요?"

"긍께, 말이요. 썩을 것들이 머리 좀 감으라고 감으라고 혀도 안 감아서 그런 거 아니겠소."

동네 아낙들은 겉으로는 이렇게 말하곤 했으나 이와 서캐를 잡아 죽일 때 자식놈들 머리에 기생하는 몹쓸 것들을 처치했다는 것에 대해 큰 희열을 느끼곤 했던 것이다.

"밀어야 되겠어라. 머리카락이 기니께, 잡아도 잡아도 이들은 더 득실대고 서캐도 이만 한 집은 없겠다, 하고 머리카락에 착 달라붙어 떨어지지 않으니 말이요."

"그란께요. 이 잡는 재미도 재미지만 저녁때만 되면 머리통을 부여잡고 빡빡 긁어대는 자식 놈들 보믄 짠할 때가 한두 번이 아니요. 그니께, 그냥 밀어야 쓰겠소."

동수네 집 앞 마당에 펼쳐져있는 평상 위에서 동수와 석철 어머니가 두 놈을 무릎에 누인 채, 머리통을 이쪽저쪽으로 돌려가며 이 잡으며 하는 말이다.

"저수지 가면 우리가 머리를 빡빡 깎어라."

무릎에 머리를 얹고 있던 동수가 어머니를 올려다보며 하는 말에.

"시끄럽다 이놈아! 저수지 얘기는 다신 꺼내지도 말라고 했제. 니들 한 번만 더 저수지 가믄, 아니, 그 근처에 얼씬만 거려도 가만두지 않을 것이여!"

"……."

동수가 야단맞는 것을 보자, 석철은 입 밖으로 삐져나오려던 말을 꽉 부여잡고 입만 오물오물하고 있었다. 동수와 석철은 빨리 이잡이가 끝났으면 하는 바람이었다. 서로 말은 하지 않고 있었으나 이미 둘은

'이 잡이만 끝나면 저수지에 가자이.'

하며 눈빛을 교환하고 있었다.

서리

"야! 배를 떠 깔아 안 보이게끔 해야!"

숨죽인 듯 동수가 하는 말에,

"니나 잘 해. 난 안 보인다 말이여."

그럴 리 없다고 짜증스럽다는 듯 내석이 내뱉는 말이다.

"뭐, 다 보이는구만."

"염병. 그럼, 니가 밭 밖으로 나가 진짜로 보이는가 한 번 보든가!"

추적추적 비가 내리고 있던 그날, 동수와 내석은 마을 위쪽에 위치한 딸기밭을 공략하고 있었다. 인적이 뜸해 서리하기에 안성맞춤이라고 생각한 오후 세 시에 그들의 서리는 자행되고 있었다. 밤이 아닌 낮 시간대를 선택한 건 그들이 나름 머리를 굴려가며 짜낸 계략이었다.

만약 야간에 서리를 감행한다면 딸기밭 주인이 필히 지킬 것이요, 또 고요한 적막 속에서 움직인다면 작은 소리도 크게 들릴 게 불 보듯 뻔한 일. 그건 나 잡아가시오, 하고 몸뚱이를 드러내놓고 도둑질하는 것이나 진배없는 법. 둘은 야간 서리야말로 머리통을 장식품으로 달고 다니는 멍청한 놈들이나 하는 짓이라며 자신들을 한껏 치켜세웠다.

날씨도 저울질했다. 오후 세 시, 거기에 비까지 오는 날엔 마을 사람들이 너나할 것 없이 늘어지게 낮잠을 잔다는 걸 알았던 것이다.

딸기밭 답사도 마쳤다. 자신들이 생각했던 그 시간대에, 그러니까 오후 3시쯤에 지나다니는 마을 사람들이 있나 없나 살펴보았다.

예감은 적중했다. 그 시간대에 지나다니는 사람은 없었다. 그래도 유비무환(有備無患)이라고, 혹여, 사람이 지나갈 때를 대비해 숨을 장소도 탐색해두었다.

딸기밭 끝, 모서리 한쪽 귀퉁이가 푹 꺼져있어 둘이 숨기에 안성맞춤이었다. 며칠 전 큰 비가 온 탓에 산에서 흘러내린 세찬 물줄기가 밭두렁 옆 작은 고랑 밑을 움푹 파고들어 그곳에 웅덩이마냥 큰 구멍이 생긴 것이다. 둘은 그곳이 몸을 숨기기에 최적의 장소라고 생각했다.

이정도면 이제 딸기 서리를 위한 만반의 준비를 마쳤다고 판단한 동수와 내석은 서리하는 날, 일명 결전의 날만 기다려왔던 것이다.

햇볕이 강해야 딸기 맛은 진하다. 하지만 긴 장마 탓인지 딸기는 그리 달지 않았다. 그래도 딸기맛은 동수와 내석의 혀를 자극하기에 충분했다. 빗방울에 튀긴 흙가루가 딸기에 묻어있어 딸기를 입에 넣고 오물오물 씹을 때 느껴지는 서걱서걱함과 목을 넘길 때 느껴지는 이물감이 불쾌하기도 했으나 그런 것쯤은 달콤한 딸기 맛에 곧 묻혀버리고 말았다.

"야, 이제 그만 처먹고 옷에 담어! 오래 있다가는 주인아저씨나 지나가는 마을 사람한테 들키면 우린 끝장이여!"

볼이 터져라, 연신 딸기를 아가리에 처넣고 있는 내석에게 이젠 자제하라는 듯 동수가 내던지는 말이다.

내석의 몸은 꽤 가냘팠다. 아니, 가냘프기보다는 딸기밭 바닥에 바짝 엎드려있으면 사람 눈에 띄지 않을 정도로 말랐다는 게 맞을 성싶다.

'삐쩍 마른 놈이 더럽게 처먹네.'

그 말을 차마 입 밖으로 내뱉지 못하고 동수 역시 딸기를 잡은 손이 자꾸 입으로 가는 걸 어찌하지 못했다.

"뭐 묻은 놈이 뭐 묻은 놈한테 성낸다고. 니나 그만 처먹고 담어! 난 내가 알아서 옷에다 담을 텐께."

듣는 풍월은 있었지만 내석은 차마 '똥 묻은 개가 겨 묻은 개한테 나무란다'는 속담을 모르는 것이다.

여름이지만 둘은 겉옷 하나를 더 챙겼다. 바구니나 봉지를 가지고 온다는 건 우리 서리하러 가니 잡아가시오, 하고 공개적으로 드러내 놓는 것이나 다름없다고 생각한 그들은 이것도 나름 자신들의 머리통에서 나온 지략이라고 흡족해했다.

먹을 만큼 먹었고, 이제 가져온 겉옷에 딸기를 가득 담는 일만 남았다. 딸기는 얼마만큼 열리고 그 양이 얼마나 되는지 주인도 헤아릴 수 없기 때문에 밭을 헤집고 다니며 여기저기에서 고르게만 딸기를 딴다면 전혀 티가 나지 않았다. 때문에 딸기는 서리 대상으로 그들에게 최고의 상품인 셈이었다.

"니들, 거기서 뭐들 하는 짓이냐?"

삽시에 동수와 내석은 얼어붙었다. 주인인가 싶었다.

"……"

"니들, 뭣들 하냐고 물었다이."

"……"

"참말로 뉘 집 새끼들인지 내가 모를지 아냐?"

이제 걸려 죽는구나, 생각했다. 그런데

"적당히들 하고 돌아가거라이."

하늘이 도왔던 것일까, 몇 마디 던지고 그냥 지나쳐 가주는 것이다.

"내석아, 이제 철수하자!"

"쫌 더 따고 가자, 동수야."

"저 아저씨가 당장 딸기밭 주인한테 가서 고자질할지도 몰라."

주인아저씨한테 얘기만 하지 않는다면 그 아저씨가 자신들의 얼굴을 제대로 보지 못했을 거라 생각해 한편으론 안심도 되었지만 '니들, 뉘 집 새끼들인지 다 안다'고 했던 말이 동수의 맘을 영 불안케 했다.

"일단 숨자!"

재차 이어진 동수의 말에, 내석은 못내 아쉬워하며 고개를 끄덕였다.

상황이 상황인 만큼 둘은 최대한 허리를 접다시피 하며 밭두렁 옆 실고랑을 향해 내질렀다. 자기들 딴엔 잽싸게 움직인다고 했겠으나 누가 봐도 도망치고 있구나, 할 정도로 느린 뜀박질에 불과했다.

암튼, 그들의 예상이 빗나갔던 터라, 누가 다시 올지도 모른다는 생각에 사로잡혀 봐두었던 밭두렁 옆 실고랑에 몸을 숨겼다.

"야, 동수야! 그 아저씨 누군지 알어?"

그제야 걱정이 되는지 내석이 동수에게 묻는 것이다.

"잘은 모르겠는데, 아마 동네 제일 위쪽에 사는 평조 삼춘인 거 같어."

"평조 삼춘이라고?"

"어, 울 아부지 친구거든. 아마 나인 줄 알고 그냥 모른 척해주고 지나갔는지도 몰라."

"땅에 얼굴을 파묻고 있어서 우린 안 보였을 것인데."

"그거사, 우리 얘기지. 저 딸기밭 위쪽, 길 위에서 내려다보면 우리가 뉘집 새끼들인지 알지도 몰라. 밤도 아니고 낮이어서."

"그럴까나?"

"생각해봐. 우리는 우리를 볼 수가 없잖어. 글고 어느 정도 보이는 지도 모르는 것이고."

그런 동수의 말에도 내석은 여전히 얼굴이 보였을 리 없다고 의심이 들었던지 고개를 갸우뚱하는 것이다.

"그람, 이제 우리는 집에 가면 어떻게 되는 거여?"

"나도 몰라. 우리 엄매는 서리하는 거 엄청 싫어하는데."

"우리 엄매도 마찬가지여."

둘은 연신 죽었네, 라는 말만 되뇌고 있었다.

"야! 일단 소들은 저기 있는 소나무에다 한 마리씩 묶어."

동수의 말에,

"괜찮겠냐?"

과수원 서리 전 우식이 걱정된다는 듯 묻는 것이다.

"성(윗사람을 칭하는 말) 걱정하지 마시요. 매번 소 풀 먹이고 집으로 돌아갈 적에 여기서 우리가 서리를 하고 가는데, 주인아저씨한테 한 번도 걸린 적이 없어라."

우식은 도회지에서 고등학교를 다니고 있었다. 방학 때라 시골에 내려와 있었는데 후배들과 함께 소 풀 먹이러 왔다가 얼떨결에 과수원 서리에 동참하게 된 것이다.

"자세는 최대한 낮추고 과일을 따는 즉시 바로 와야 해라. 그리고 아무 일도 없었다는 듯이 소를 몰고 집으로 가면 되는 거여라."

이론적으로는 꽤나 그럴싸해 보였다.

동수와 대성이 앞장서고 후배들이 그 뒤를 따르기로 했으며 나이가 제일 많다는 이유로 총대장직을 부여받은 우식은 본인 판단에 맡기기로 했다.

"우식 성은 대장이라 여기에 있으면서 우리가 따온 과일을 먹기만 하면 되는데 많이 먹을라 하면 과수원 안으로 일단 들어가는 것이 좋아라. 그건 성이 알아서 판단하시요."

동수 말이 썩 와 닿진 않았지만 우식도 따라 들어가겠노라 했다.

한편 내석이 아프다는 이유로 오늘 서리에 결합하지 못했는데, 그것이 동수에겐 큰 아쉬움으로 남았다. 그도 그럴 것이 서리에 내석이 빠진다는 건 앙꼬 없는 찐빵과도 같기 때문이었다.

과수원 주위는 소나무로 빙 둘러싸여 있었다. 그곳에 소를 한 마리씩 매어두었다. 풀을 잔뜩 먹고 배가 불러서인지, 아님 동수 무리의 서리에 동참이라도 하겠다는 것인지, 소들은 울음소리 한번 내질 않았다.

과수원에도 외부 침입을 막는 차단선은 설치돼있었다. 허나 나일론 줄로 쭉 이어져있어 누구나 맘만 먹으면 어렵지 않게 과수원 안으로 들어갈 수 있었다. 오직 외부 침입자가 누구인지 알 수 있는 건 과수원 안에 오롯이 서 있는 낡은 양철집뿐이었다.

"출발!"

조심스러운 동수의 말에, 대성이 동수 뒤를 바짝 따랐고 약간의 거리를 두고 우식, 성민, 세봉, 봉석이 새색시마냥 사뿐사뿐 걸으며 뒤따랐다. 항상 그랬듯 정찰대가 선두에 섰다. 배운 것도 아니었건만 전장에서 우르르 몰려가면 몰살당할 수 있다는 걸 알기라도 한 듯. 최대한 허리를 굽혀 슬슬 전진하기 시작했다. 신호는 말 대신 손짓으로 주고받았다. 정찰대원인 동수, 대성이 먼저 나아가 이리저리 살핀 뒤,

괜찮다싶으면 손짓으로 따라오라는 신호를 무리에게 보냈다.

이번 서리 목표는 복숭아였다.

섬에서 과일은 귀했다. 과일이 귀해서였을까, 서리는 횡행했고 그 탓인지 과일이 채 익기도 전에 죄다 없어지는 일이 비일비재했다. 복숭아도 예외는 아니었다. 풋복숭아가 발그스름하게 되는 법이 없이 사라져가기 일쑤. 이를 두고 과수원 주인은 '썩을 것들이 익기나 하면 따먹지'하고 개탄할 때가 한두 번이 아니었다. 허나 서리꾼들이 그 맘을 알 리 있겠는가?

"이놈들! 게 섰거라!"

예상치 못한 사태가 발생했다. 순간 누군가가

"튀어!"라고 외쳤다.

우르르 대여섯 명이 서로 살겠다고 앞서거니 뒤서거니 하며 과수원 밖을 향해 내질렀다.

"장수 새끼! 상호 새끼! 수복이 새끼! 철규 새끼!"

약간의 뜸을 들인 후 과수원 주인은 다시

"석조 새끼!" 하고 소리쳤다.

그러나 모두들 들었는지, 아님 들었어도 못 들은 척했는지 모르지만 소를 매어둔 소나무를 향해 계속 달렸다. 소만은 지켜야 했다. 소를 뺏기는 날엔 집에 가는 걸 포기해야 한다는 걸 그들은 너무나 잘 알고 있었다.

소 목줄을 풀어 냉큼 내쳐야 했다. 그런데 소나무에 꽁꽁 묶어뒀던 탓인지 소 목줄은 쉬이 풀리지 않았다. 과수원 주인은 점점 가까이 다가오고 있었다.

작전이 바뀌었다. 소를 포기하고 그냥 튀는 것으로.

한참을 내달린 후 동수 무리는 과수원과 200여 미터 떨어진 밭두렁 아래에 몸을 숨겼다.

과수원 주인이 더 이상 쫓아오지 않는다고 생각해서였을까, 동수는 그제야 대원들의 머릿수를 헤아리기 시작했다. 다들 숨을 헐떡이고 있었으나 무사한 거 같았다.

헌데 딱 한 놈, 대성이가 보이지 않는 것이다. 혹여, 뒤처져오고 있나 하고 밭두렁 위로 머리를 빼꼼히 내밀어봤다. 하지만 대성은 끝내 나타나지 않았다. 추측건대, 과수원 주인이 자신들의 아버지 이름을 불렀을 때 대성이 그 자리에 떡하니 서버린 게 아닌가 싶었다. 대성이 서리를 한두 번 한 것도 아니지만 그때는 과수원 주인에게 들키지 않아 문제가 되지 않았다. 허나 이번 서리는 과수원 주인한테 쫓긴 데다 결정적으로 과수원 주인이 동수 무리의 아버지 이름들을 죄다 불러대, 그 소리를 듣고 대성이 그 자리에 얼어붙은 게 분명하다고 다들 한입으로 말했다.

"제기랄, 큰일이다야. 대성이 걸렸으면 우리도 다 불었을 건데. 우짤까라, 우식 성?"

동수는 대성이 걸러서 걱정되는 것 반, 우식 형을 서리에 동참시켜 못 볼 꼴을 보여줬다는 미안한 맘 반이었다.

그러나 이건 시작에 불과했다. 더 큰 문제는 소를 과수원 주인에게 빼앗겼다는 거였다. 동수는 머리가 점점 복잡해지기 시작했다.

"어찌 되지 않겠냐? 내가 나이도 제일 많고……. 일단, 내가 서리하자고 했다고 할 것인게, 니들은 따라왔다고만 해라."

우식의 말에,

"우식 성이 책임질 일은 아니구만이라. 내가 오자고 했고 애들도 나를 믿고 서리를 했는데, 내 책임이 더 크제라."

동수는 얼굴도 제대로 들지 못한 채 우식에게 미안함을 표했지만 그건 그렇다 치더라도 이 상황을 어떻게 헤쳐 가야 할지 막막했다. 동수 후배들은 이렇다저렇다 말도 못한 채 답답해할 뿐이었다. 제일 어린 봉석은 울먹이기까지 했다.

"우식 성! 딴 건 모르겠는데 소를 두고 온 게 제일 큰일이어라. 그냥 거기서 잘못했다고 싹싹 빌었어야 했는데……."

동수는 찰나의 순간이었지만 도망친 게 사뭇 잘못된 판단이었다고 자책했다.

"그러게 말이다. 그냥 거기서 대성이처럼 딱 잡혀 잘못했다고 하고 소만은 찾아왔어야 했는데."

지나간 일은 지나간 일일 뿐 후회해봤자 부질없는 짓. 동수 무리는 또 다른 작전을 실행해야만 했다. 이젠 서리를 위한 작전이 아닌 소를 구출하기 위한 작전이 필요했다.

"우식 성! 일단 우리가 과수원 주인을 찾아가십시다요. 내가 과수원 주인이 누군지 알어라."

"그래? 누군데?"

"우리 동네 맨 위쪽에 사는 꼽추 아저씨요."

"꼽추 아저씨?"

과수원 주인인 꼽추.

과수원 주인은 늘 꼿꼿하게 걸어 다녀 앞에서 보면 꼽추란 걸 전혀 눈치채지 못할 정도로 감쪽같았다. 하지만 뒤에서 보면 목 아래 등이 볼록 튀어나와 금세 꼽추란 걸 알아볼 수 있었다. 어릴 적에 남의 집에 팔려 궂은일만 하다 보니 나이 먹어가며 등이 굽었다는 소문도 있었고 태어나길 꼽추로 태어났다는 소문도 있었다.

암튼, 마을 사람들은 과수원 주인을 꼽추네, 라 불렀다. 그런 호칭을 듣더라도 꼽추네는 익숙해서인지, 사람이 좋아서인지, 아니면 자신이 꼽추라는 걸 대수롭게 여기지 않았던 탓인지, 또 그런 말을 하든 말든 상관을 안 했던 것인지 모르지만 그리 기분 나빠하지 않았다.

허나 꼽추네는 눈이 약간 짝짝이어서 눈을 가늘게 치켜뜨고 사람을 쳐다볼 적엔 섬뜩함마저 들었다. 동수는 꼽추 아저씨와 얘기해 본 적은 없었다. 단지 마을회관에서 아버지와 얘기를 나누던 꼽추 아저씨 모습을 기억할 뿐이었다.

후배들은 말이 없었다. 집에 가면 소는 어디 있냐고 물어볼 것이요, 욕먹는 것은 고사하고 집에서 쫓겨날 판이 돼버린 것이다.

소는 중요했다. 불암도 소들은 팔기 위해 키운다기보다는 계단식 논과 밭이 즐비한 불암도에서 농사를 짓기 위해 없어서는 안 될 존재였다.

"니들! 넘 걱정하지 말아라. 우식 성이랑 나랑 꼽추 아저씨한테 얘기해 소를 꼭 찾아올 것인께. 믿고 기다려봐라."

걱정 말라고 큰소리쳤지만 왜 그런 말을 씨불이고 호언장담까지 하는지 동수 자신도 자신을 알 수 없었다.

"우식 성! 가지고 있는 돈은 얼마나 있소?"

"뭐하게야?"

"쇠주를 사가지고 갑시다."

"어데로?"

"꼽추 아저씨한테요."

"뭐라고?"

"우리가 사죄를 하러 가야 하는데 빈손으로는 갈 수는 없고 소를 찾을라 하면 뭐라도 사가지고 가서 사죄를 해야 할 것 아니요. 시골에서는 뭐니 뭐니 해도 쇠주 한 뱅이 최고니께, 그걸 사들고 갑시다요."

"얼만데?"

"됫병 쇠주 하나에 천 원 정도 할 거요?"

"천 원씩이나?"

"야. 성이 오백 원 하고 내가 오백 원 해서 쇠주 한 뱅 삽시다요."

"니가 그 방법이 최고라고 생각한다면…… 그리하자."

우식은 또 자신만만하게 말하는 동수가 못 미더웠지만 속는 셈 치고 그냥 따르기로 했다.

해는 이미 서산으로 사라졌고 빨그스름한 노을이 마을 여기저기를 물들이고 있었다.

"소는 어쩌고 오냐?"

동수 어머니는 의아해하는 한편, 또 무슨 일이 있지 않았나 하고 걱정이 되는 것이다.

지레 화들짝 놀란 동수는

"오늘은 영 소 배아지가 안 불러, 그놈한테 풀 좀 더 뜯어먹으라고 뒷산 아래에 매어두고 왔어라."

처음에는 강한 어조였으나 이내 말꼬리를 흐렸다.

"그래도 해가 이미 졌는디, 그놈이 집에 오고 싶다고 엄청 울겠구만. 쪼매 두고 데리고 오거라이."

"야……."

대답을 하는 둥 마는 둥 동수는 부리나케 방 안으로 들어갔다.

오백 원이 있어야만 했다. 집에 가끔 놀러 오는 동네 아저씨들, 그러니까 일명 삼촌들이라고 불리는 그분들 술 심부름을 하고 그 대가로 받은 오십 원과 그분들이 거하게 술에 취해 기분 좋다고 주는 백 원, 그 돈들을 동수는 모아두었었다.

옷장 깊숙이 넣어둔 동전은 다행히 칠백 원이나 되었다. 누나, 형이 찾을 수 없게끔 꼭꼭 숨겨둔 황금 같은 돈이었다. 동수가 누나, 형 모르게 돈을 숨긴 이유가 있었다. 동수와 달리 달자, 상수는 돈이 생기는 족족 다 써버리기 일쑤였고 그다음엔 으레 동수에게 눈을 돌려 과자를 사먹자고 회유하는 일이 다반사였다. 하여 동수는 장롱 깊숙이 처박혀있는 자신의 허름한 겨울옷 윗주머니에 그 금 같은 돈을 숨겨 놨던 것이다. 모아둔 돈이 아깝다는 생각도 잠시, 한시가 급한 동수는 동전을 손에 쥐자마자 다시 집 밖으로 뛰쳐나갔다. 그 모습을 누군가가 지켜보고 있다는 걸 모른 채.

마을 어귀에 도착하자 우식이 먼저 나와 있었다.

"우식 성! 돈은 준비됐소?"

"그래."

"그럼, 빨리 구판장으로 가 술을 사서 꼽추 아저씨한테 갑시다."

마을에는 별도의 가게가 없었다. 대신 마을 사람들이 일일 주인이 돼 하루하루 돌아가며 공동으로 운영하는 구판장이란 게 있었다.

헌데 그 구판장엔 늘 이상한 일이 생기곤 했는데, 그건 파는 물건과 그에 상응하는 판매 대금이 늘 다르다는 거였다. 동수도 자기 집 차례가 돌아왔을 때 어머니와 함께 하루 종일 구판장에 있어봤지만 운영을 마치고 물건과 대금을 정산하고 나면 아니나 다를까, 파는 물건값과 들어온 돈이 맞아떨어지지 않았다. 마을 사람들 또한 구판장을 하루 운영하고 난 뒤 정산을 해보면 물건값과 돈이 맞아떨어지지 않는다고 투덜대기는 마찬가지였다.

구판장은 저녁 늦게까지 운영하지 않았다. 저녁 일곱 시가 되면 문을 닫았다. 때문에 술을 사더라도 구판장 운영이 끝나기 전에 사야만 했다. 그나마 여름이라 일곱 시까지 운영했지, 겨울이면 여섯 시가 되기 전에 무섭게 마감해버리곤 했다.

"쇠주 됫뱅 하나 주세요."

동수가 동전 천 원을 내밀며 하는 말이다. 마을 사람들은 어린아이들에게 술파는 걸 대수롭게 않게 여겼다. 그건 어른들을 대신해 아이들이 술 심부름을 하기 때문이었다. 그날도 구판장 일일 주인은 아무런 의심 없이 동수에게 소주 됫병 하나를 내주었다.

술은 일단 샀지만 우식과 동수는 쉬이 발걸음이 떨어지지 않았다. 꼽추네 집은 마을 맨 위쪽에 위치해있었다. 그 길이 꽤나 가파른 오르막이어서 발걸음이 떨어지지 않는 것도 있었지만 꼽추 아저씨를 만나야 하는 그 자체가 그들은 더 두려웠던 것이다. 도살장으로 끌려가는 소처럼 걸음은 느릿느릿했으며 누가 쥐어박고 나무라지 않았는데도 이미 눈가는 촉촉이 젖어있었다. 말없이 걷던 중 입을 먼저 연 사람은 동수였다.

"우식 성, 일단 가자마자 무릎 꿇고 무조건 잘못했다고 합시다. 다시는 그런 일 없을 거라고."

"그 말로 용서가 될까?"

"내가 보기에는 무조건 잘못했다고 하는 것만큼 좋은 용서 방법도 없어라. 죽여주시오, 하고 낮은 자세로 비굴하게 나오면 어른들도 맘이 약해지는 건 인지상정이니께라."

"니 말도 일리가 있긴 한데⋯⋯."

우식은 처음 출발했을 때보다 더 침통했다. 그도 그럴 것이 내가 왜 이런 어린것들의 혀 놀림에 놀아나 이 꼴이 됐나, 하고 후회가 쓰나미처럼 밀려오는 것이다. 이런 우식의 맘을 아는지 모르는지 동수는 머릿속에 또 무언가가 떠올랐다는 듯 계속 씨불여댔다.

"내일 집에서 꼭 소를 써야 한다고 얘기하면서 죄는 묻되, 소만은 꼭 돌려달라고 합시다."

"그래."

하는 우식의 대답에는 전혀 힘이 없어 보였다.

"죄송하구만이라. 서리가 나쁜 것은 알았지만 과일이 먹고 잡아서 그랬어라."

"이놈의 새끼들!"

다짜고짜 욕부터 날아왔다. 작은 눈을 부라리며 말하는 꼽추네는 저승사자와 흡사했다.

"니는 장수 새끼고."

아버지가 동네 이장이라 그랬던지, 동수를 보자마자 꼽추네는 알아봤다.

"그라고 니는 뉘 집 새끼냐?"

"민창이 아들이구만이라."

들릴 듯 말 듯 말하는 우식에게,

"그라지. 니 쌍판대기를 보아하니 니 아부지를 빼다 박았구만."

하며 얄팍한 눈으로 꼽추네가 우식을 꼬라보는 것이다.

"암튼, 니들 소는 못 준다."

"야?"

우식과 동수가 놀라며 동시에 던지는 외마디다.

"못 들었냐? 소는 못준다고! 그리 알아듣고 니 부모들 데려오거라."

"……"

"데려오라고 했다!"

꼽추네는 단호했다. 그런 꼽추네의 자세에 우식과 동수는 어찌할 바를 몰라 한참을 멍하니 서 있었다. 그런데 뭔가가 떠올랐던지 동수가 갑자기 무릎을 꿇는 것이다.

그걸 본 우식도 잽싸게 무릎을 꿇더니 소주 됫병을 살포시 꼽추네 앞으로 내밀었다.

"시방, 니들 뭐하는 짓들이냐?"

사죄의 뜻으로 가져온 거란 걸 꼽추네도 눈치채고 있었다. 하지만 의아한 표정을 지으며 모르는 척하는 것이다.

"글타고, 내가 봐줄 성싶냐? 니들 부모 안 데리고 오믄 내가 직접 가서 얘기해 뿔란다."

그말에, 약속이라도 한 듯 둘은 닭똥 같은 눈물을 쏟아내기 시작했다. 어두웠지만 둘이 눈물을 흘리고 있다는 걸 꼽추네도 알았던지 확, 타올랐다 꺼지는 모닥불처럼 다소 화가 누그러진 듯 보였다.

"돌아가거라. 대신 소는 내일 아침에 데리고 가거라."

"안 되는구만이라. 그냥 가면 우린 죽어라."

동수가 울먹이며 애걸하듯 계속 말을 해댔다.

"과일은 먹고 잡은데 돈을 주고 사먹을 수가 없어서 그랬구만이라."

동수 얘기가 다 사실은 아니었지만 실상 섬에서 과일을 구경한다는 건 무지 힘들었다. 그걸 꼽추네도 모르는 바는 아니었다. 그러나 아무렇지 않다는 듯 그냥 보내주면 또다시 서리를 안 할 거란 보장도 없었다.

"그람, 소는 줄 것이다. 대신 니들 부모한테는 오늘 일을 말혀야 쓰겄다. 니들이사 다시는 안 그러겄다고 싹싹 빌지만 내 입장에선 믿을 수가 없으니, 니들 부모한테 말혀서 과수원에 다신 얼씬도 못하게 할 것이다."

소는 돌려준다고 해 다행인 듯싶었으나 부모님께 오늘 사건을 말하겠다고 하니 난감하기 짝이 없었다. 정작 둘이 듣고 싶었던 얘기는 '소는 돌려줄 것이니 다신 서리 하지 말아라' 하는 경각심을 일깨우는 훈계 정도였는데 말이다.

아무튼 소들은 무사히 끌고 올 수 있었다. 마을 어귀에 도착하자 꼽추 아저씨한테 갈 때와 마찬가지로 대성, 성민, 세봉, 봉석이 눈이 빠져라 기다리고 있었다.

"미안해라, 동수 성. 저만 그때 서지 않았어도 이런 일은 없었을 것인데…… 할 말이 없어라."

"아니다. 니가 아니었어도 소 목줄도 못 풀어…… 소는 빼앗겼을 것

192   **파래**

이고…… 그럼 소를 찾으러 꼼추 아저씨한테 가야 했을 거고…… 뭐, 서리 모의를 한 내가 다 잘못한 거지."

네놈 탓이 아니라고 위로는 했지만서도 한편으론 멍청하게 그 자리에 떡하니, 서버린 대성 놈이 영 못마땅했다.

"우식 성, 미안해라. 간만에 방학이라고 시골 내려와 이런 욕을 봤으니 할 말이 없어라."

"괜찮다. 이런 일도 있고 해야 방학 때 시골 내려오는 재미도 있고 그런 거지 뭐. 넘 신경 쓰지 말어라."

우식 또한 걱정 말라며 웃어넘기고 있었으나 얼굴 표정으로 봐 씁쓸함을 감추지 못한 듯 보였다.

다음날 어디서 누구한테 새어 나왔는지 온 동네에 소문이 쫙 퍼져 있었다. 뉘 집 새끼들이 과수원을 털었다는 둥 누구 때문에 걸렸다는 둥 걸려서 소를 뺏겼다는 둥 돈은 어디서 났는지 술을 사가지고 사죄하러 갔다는 둥, 소문은 너무도 소상하게 마을 여기저기를 쑤시며 떠돌고 있었다.

"동수야! 이리 오너라."

상기된 얼굴을 한 어머니가 동수를 불러냈다.

"아무리 가난혀도 니를 그렇게 키우지는 않았건만 뭐시 부족혀서 그 풋내 나는 복숭아를 탐해 도둑질을 할라고 했더냐? 글고 다른 놈들까정 한데 모아 도둑질을 했어야 했냐? 전번에도 애들 모아서 벌집인가 뭔가 소탕한다고 별 지랄을 다 떨듯만은, 이번에는 과수원 서리냐? 이놈아!"

"……."

아무런 대꾸도 하지 못한 채 고개를 푹 숙인 동수는 '이젠 과일 서리도 끝이구나'하는 속말만 되뇌고 있었다.

서리는 육지에만 있는 게 아니었다. 바다에도 있었다. 바닷물고기는 주인이 따로 없지만 길게 일자로 늘어뜨려 쳐놓은 그물이나 동그랗게 생긴 통발에 걸린 물고기는 주인이 있는 법이다. 그 그물이나 통발에 걸린 물고기를 훔치는 게 바로 바다 서리인 셈이었다.

마을 사람들은 김발을 막는 것 외에도 그물이나 통발을 바다에 빠뜨려 잡어, 낙지, 게 등을 잡았다. 그걸 읍내에 갖다 팔거나 밑반찬으로 요리해 먹었는데, 섬에서 값어치가 꽤 나가는 김을 서로 주고받는 일은 없었으나 물고기를 서로 나눠주고 함께 먹는 일은 흔했다. 그것이 바로 섬사람들의 인심, 아니 불암도 사람들만이 베풀 수 있는 정이었다.

이러한 미풍(美風) 탓에 동수 무리는 바다 서리를 하다 걸리더라도 과일 서리만큼 혼나지 않을 거라 자위했다.

언제부턴가 물고기 잡히는 게 예전 같지 않다는 말이 심심찮게 돌았다. 날씨가 따뜻해져 불암도 주위 바닷가에서 잡혀야 할 물고기들이 보이지 않는다는 것인데, 통발에 큰 물고기가 잡히는 건 드물었지만 어른 팔뚝만 한 바닷장어나 문어 등이 간간이 잡혔었다. 타지 사람들이 보약용으로 그것들을 자주 찾았기에 생활밑천을 마련할 겸해서 그걸 육지 읍내에 내다팔곤 했었다.

그렇게 마을 사람들에게 쏠쏠한 재미를 안겨주던 바닷장어, 문어가 잡히는 게 근래에 뜸해졌고 심지어 그 흔하디흔하던 낙지도 잡히는 수가 급격히 줄어든 것이다. 이런 어른들의 걱정을 동수 무리는 강 건너 불구경하듯 했다.

마을 사람들이 물고기가 얼마나 잡혔나, 하고 통발을 들춰 볼 때는 이른 아침이나 해질녘이었다. 이때를 벗어난 때가 서리하기에 최적의 시간인 셈인데, 바로 오후 두어 시부터 네댓 시 사이였다.

또 그때가 소가 산에서 한참 풀을 뜯어먹는 시간대이기도 했다.

불암도를 몽땅 태워버릴 것 같은 무더위를 피해 목간도 하고 덤으로 바닷물고기도 잡아 간식으로 먹을 수 있었으니, 바다 서리는 동수 무리에게 일석이조의 기쁨을 주기에 충분했고, 또 예전에 겪었던 무료 수영강습에 대한 악몽도 한방에 날려주었다.

처음 바다 서리를 할 때 동수 무리는 직접 헤엄치고 가는 방법을 택했었다.

통발이 위치한 먼 곳까지 헤엄쳐가는 건 여간 힘든 일이 아니었다. 바닷바람이 아무리 잔잔해도 늘 불암도 주위에는 파도가 높게 일었었다. 자칫 잘못하면 다시 돌아오지 못하는 일이 발생할 수도 있었다. 때문에 바다 서리는 수영에 능숙한 고참, 소위 말하는 윗놈들의 몫이었다. 대신 나이 어린 후배들은 바닷물고기를 구워 먹을 수 있게끔 산에서 땔감을 구해오는 임무가 주어졌다. 윗놈들은 아랫놈들을 위한답시고 그렇게 업무 분장을 했다고는 하나, 실상 여름에 불이 잘 붙는 나무를 구하기란 여간 어려운 일, 어찌 보면 통발에서 물고기 훔치는 것보다 더 힘든 일이었다. 그래도 서로의 역할에 맞춰 바다 서리는 늘 일사천리로 진행되곤 했다.

"이틀씩이나 통발을 두었는디 물괴기 새끼도 안 보이고. 도통 워쩐 일인지 모르겠네."

"제기랄, 유학 간 첫째 놈 학비도 보내줘야 하는디, 물괴기는 다 어
데로 간 것이냐."

마을 사람들은 바다 서리가 자행되고 있다는 걸 알지 못한 채 비록
여름이지만 물고기가 이리도 보이지 않을까, 한탄하며 앓는 소리를
해댔다.

이제 동수 무리는 머리를 굴려가며 본격적으로 바다 서리를 감행하
기에 이르렀다.

통발이 있는 곳까지 헤엄쳐 물고기를 훔쳐오는 것은 만만치 않은
일이었기 때문에 새롭게 고안한 물건이 있었다. 단순한 작업이 될 거
라고 생각했지만 동수 무리는 그것을 만드는데 보름씩이나 되는 시간
을 할애해야만 했다. 그건 바로 통나무를 노끈으로 엮어 만들어낸 통
나무배였다. 통나무 위에 나무판을 댄 것도 아니어서 그저 바다에 가
라앉지 않을 정도의 부표 수준에 불과했지만 동수 무리는 나름 걸작
이라고 자평했다.

동수 무리는 풋복숭아 서리에 걸려 된통 혼나고 난 뒤, 과수원 서
리는 포기하고 전적으로 바다 서리에 매달린 것인데, 꼭 과수원 서리
때문만은 아니었다. 과수원 서리 말고도 산에서 칡이나 도라지를 캔
다든지, 밤나무에서 밤을 딸 수도 있었다. 하지만 그것만으로는 성이
차지 않았고 제법 쏠쏠한 재미를 주는 바다 서리에 더욱 깊게 빠져
들었던 것이다.

바다 서리가 대여섯 번을 넘어서자 이젠 각자 집에서 양념까지 챙
겨와 맛을 내기 시작했다. 처음에 잡은 물고기들은 그냥 구워 먹었

다. 허나 간기가 배어있다지만 왠지 모르게 구운 물고기는 심심했다. 해서 소금을 가져와 물고기에 뿌려 구워 먹었다. 하지만 이것도 부족했던지 각자 집에서 양념까지 준비해 와 매운탕까지 끓여서 먹기에 이른 것이다.

"먼 놈의 양념들이 쥐도 새도 모르게 줄어드는지 모르겠네."
"분명 아침까정 고춧가루를 한가득 담아뒀는디, 와, 이리도 읎어져 뿌렸다냐."
"워메? 소금이 녹았다냐."
"아이고, 장독에 구멍이라도 났는가 보네. 고추장이 이리 확 줄어 뿔고."

죄인들이 기거하는 가가호호에서 나오는, 그들의 어머니에게서 터져 나오는 푸념 섞인 말들이다.
그렇다고 큰일이나 난 것처럼 동네방네 떠드는 사람은 없었다. 결론은 으레 먹었으니 없어졌겠지였다.

그날도 아랫도리만 가린 채 동수와 내석은 통나무배를 띄웠고 널빤지를 노 삼아 목표물을 향해 나아갔다. 파도가 제법 출렁출렁거렸으나 그쯤은 두렵지 않았다. 여러 번을 가다 보니 너울을 타는 노하우까지 생겨났던 것이다.
통발을 터는 법. 먼저 통발이 길게 늘어뜨려져 있는 두 개의 말뚝 중 하나에 통나무배를 댄 후, 그 말뚝에 이어져있는 통발 줄을 잡고 앞으로 나아가며 통발을 하나씩 하나씩 털어내는 것이다. 한 개의 기다란 줄에 매어져있는 통발은 스무 개쯤 됐다. 제법 큰 물고기가 잡히고 생각지도 못한 낙지들이 쏟아져 나올 때면 동수와 내석은 하얀 이를 드러내며 마냥 행복해했다.

"내석아! 이 정도면 우리 배터지게 먹겠다야."

"그러게, 우리가 왜 진작 바다 서리를 생각 못했는지 몰라. 바다 서리는 도둑질하니께, 나 잡아가시오, 하고 알몸뚱이를 까서 내밀어도 누가 잡아가지 않으니 말이여, 크크크."

"그란께, 푸하하."

"이왕이면 큰 바닷장어 한 마리도 걸렸으면 좋겠다."

"그러게. 그놈만 걸려 내다팔면 시원한 아이스께끼하고 맛난 과자도 배 터지게 먹을 수 있겠구만."

통발에서 쏟아지는 물고기를 보며 동수와 내석은 아이스께끼와 과자가 와락 쏟아져 나오는 기분 좋은 상상에 빠져들고 있었다.

"그만 가자. 많이 잡았다."

"그럴까? 이 정도면 뽀지게 먹겠다야."

하며 둘은 바닷가 쪽으로 고개를 돌렸다. 그러자 아슴하게나마 자갈밭에 모여 있는 후배들의 모습이 눈에 들어왔다. 생선구이와 매운탕 해먹을 준비가 다 된 듯해 보였다.

"얘들아! 이제 우리 출발한다! 준비들 다 됐제!"

잔머리

가을은 분주했다.

불암도 사람들에게 사시사철 중 휴식기는 거의 없었다. 여름이 있다 하지만 겨울 김 농사를 준비해야 하기 때문에 그마저도 한가한 것은 아니었다. 가을걷이엔 남녀노소가 없었다. 어린 동수에게도 잔심부름, 주전자로 물 떠오는 일이 주어졌다. 겨울마냥 가을도 동수에겐 기쁘지도 재밌지도 않은 계절이었다. 다른 또래들도 동수와 마찬가지로 가을 추수를 거든답시고 다들 들녘에 나가 있어 서로 어울려 논다는 건 엄두도 내지 못했다.

집안 식구들이 가을걷이를 하는 동안 동수는 잔심부름을 끝낸 후 벼를 베고 난 자리에서 흙장난을 하거나 가을철 메뚜기를 잡으며 놀아야만 했다. 따분하기 그지없었다. 가을걷이에서 탈출하고 싶었다. 하여 묘책을 궁리했다. 그때 바로 무언가가 번뜩 떠올랐다. 그건 문절이(망둥어의 별칭) 낚시였다. 고추장과 식초를 넣고 비벼 먹는 문절이 회야말로 회 중에 단연 으뜸이라 할 수 있었다. 또 순풍에 돛 단 듯 결정적인 한 방은 아버지가 문절이 회를 꽤나 즐기신다는 거였다.

아침 새참을 먹을 때,

"주전자로 물 떠다 놓는 것도 다했고 이제는 특별히 할 일도 없고 해서 물고기 낚시하러 갔으면 하는데요?"

동수가 아버지를 힐끔힐끔 쳐다보며 하는 말이다.

"뭐라고 물괴기? 그래도 혀야 할 일이 있을 것인께, 있어봐라."

"문절이 많이 잡아서 저녁에 문절이 회 드실 수 있도록 할께라."

동수는 자신감을 내비치며 아버지를 계속해 졸라댔다. 아버지가 허락만 한다면 할아버지, 할머니, 그리고 어머니는 특별한 말씀이 없으실 게 분명했다.

"그리 하거라, 상수 아범. 저놈아가 저리도 가고 싶어 하는디 보내주거라."

기대하지도 않았는데 뜻밖에 할머니가 자기편에 서서 아버지를 먼저 설득시켜주고 있는 것이다.

"그래도 동수 저놈아가 있어야 남은 잔심부름을 마저 할 건디요. 저놈 읎으믄 그 일을 누가 한다요?"

했지만 썩 강하지 밀어붙이지 못하는 눈치다.

그리고 이내

"알겄서라, 그리하지라. 동수, 니놈 대신 문절이 많이 잡아와야 쓴다. 울 식구들이 죄다 몇이나 되는지 알제? 문절이 많이 잡지 못하믄 집에 돌아올 생각은 말어라이."

하는 것이다.

동수 형, 상수도 낚시 가고 싶은 마음이 굴뚝같을 거라는 생각에, 장수는 어쩔 수 없이 동수를 보낸다는 듯 얘기한 거였으나 눈치 없는 동수 놈이

"야. 형 몫까지 많이 잡아가지고 올란께. 걱정 붙들어 매시오, 아부지!"

하며 형의 시선도 아랑곳하지 않은 채 얼굴에 함박웃음꽃을 피우는 것이다.

암튼, 허락을 받아낸 것까지는 성공이었다. 허나 걸리는 게 하나 있었다. 문절이 낚는 곳에 도착할 때쯤이면 날물이 시작될 것 같았다. 문절이뿐만 아니라 다른 물고기도 들물에 많이 잡히는 법. 그건 바닷가 쪽을 향해 바닷물이 세차게 올라올 때를 맞춰 먹잇감을 찾느라 물고기들이 가장 분주하게 움직이기 때문이었다. 하여 동수는 최대한 빨리 바닷가에 도달해야만 했다.

집에 도착하자마자 짤따란 대나무를 찾아 끝부분에 낚싯줄을 동여매고 낚싯줄 끝에는 낚시를 매달았다. 경험이 있어서일까, 동수는 능수능란하게 낚시 묶는 걸 마무리했다.

채비가 갖춰지자, 마을에서 가장 가까운 바닷가 쪽으로 동수는 내질렀다. 사흘 전 바다에 갔을 때 오후 두 시경에 바닷물이 바닷가 끝, 그러니까 뚝방까지 가득 찬 걸로 봐서 오늘은 오후 한 시쯤이면 뚝방까지 바닷물이 가득 찰 거라 동수는 내다봤다. 바닷물이 뚝방까지 가득 차오르면 물고기 낚시는 글렀다고 봐야 했는데, 그건 경험상 동수가 익히 아는 바였다.

허겁지겁 달려 마을에서 가장 가까운 바닷가에 도착했다. 다행히 바닷물은 바닷가 맨 끝, 뚝방까지 한 오십여 미터를 남겨두고 있었다.

시간이 없었다. 동수는 재빨리 신발을 벗고 아직 바닷물이 삼키지 않은 갯벌로 들어섰다. 펄이 질어서인지 발이 움푹 들어가 걷기에 여간 불편한 게 아니었다. 하지만 바닷물이 금방이라도 뚝방까지 차오를 것만 같아 그것에 신경 쓸 겨를이 없었다. 바닷물이 뚝방까지 차오르기 전에 낚시 미끼로 쓸 갯지렁이를 잡아야만 했다.

문절이가 가장 좋아하는 먹이는 갯지렁이였다. 뻘 속에서 미생물을 먹고 사는 갯지렁이는 문절이 미끼용으로 최고의 상품이었다. 동수는 쇠스랑으로 갯벌 이곳저곳을 파헤쳤다. 시간상 여유가 있을 때는, 그러니까 갯벌이 꽤 많이 모습을 드러냈을 때는 느긋하게 갯지렁이를 많이도 잡아들였다. 하지만 오늘은 상황이 달랐다.

그래도 다행인 건 갯벌이 바닷물에 완전히 잠기기 전에 갯지렁이 열 마리를 잡았다는 것이다. 많지는 않지만 미끼로 쓸 정도의 양은 되었다. 갯지렁이를 잡는 동안 밀물에 밀려 동수는 어느새 뚝방 밑까지 와 있었다.

얼마 지나지 않아, 뚝방 맨 위까지 바닷물이 차올라 만조가 되었다. 어쩔 수 없이 동수는 뚝방 위에서 낚시를 해야만 했다.

아쉬웠다. 물고기를 제대로, 그리고 많이 낚으려면 만조가 아니라 들물이어야 했다. 무릎까지 차오르도록 바닷물에 다리를 담그고 바닷물이 밀려오는 속도에 맞춰 뒷걸음질을 치며 문절이를 잡는 게 최상의 방법인데 말이다.

역시나 뚝방 위에서의 문절이 입질은 뜸했다. 어쩌다 입질이 있다싶어 낚아채면 아니나 다를까, 복어였다. 입이 작은 복어가 미끼를 야금야금 뜯어먹고 있는 것이다.

어느새 다시 날물이 되어 바다 깊은 곳으로 바닷물은 달려가고 있었다. 들어올 때보다 나갈 때 물 빠짐은 더욱더 빨랐다. 낭패도 이런 낭패가 없었다. 이제껏 잡은 수확물은 딸랑 문절이 두 마리. 이렇게 집으로 돌아갈 수는 없는 노릇. 문절이를 많이 잡아가겠노라고 그렇게 큰소리 뻥뻥 쳤건만.

방법이 하나 있긴 했다. 다시 바닷물이 차오르기를 기다리는 것.

시간상으로는 저녁 여섯 시가 되어야 할 것 같았다. 그때는 해가 지고 어두컴컴해지기 시작하는 시간대다. 인가가 없는 바닷가에서 밤을 맞이한다는 자체만으로도 동수에겐 겁이 나는 일. 하지만 이대로 물러설 순 없었다.

'식구들은 그럴 줄 알았다고 하면서 일손을 거들어주기 싫어 꾀를 부렸다고 그러겠지. 그리고 상수 성은 니 때문에 안 해도 될 잔심부름을 자기가 다 했다고 투덜대겠지.'

머리를 이리저리 굴려 봐도 결론은 이대로 집에 돌아갈 수 없다는 거였다.

다시 들물이 되길 기다렸다. 기다리는 동안 갯벌에 들어가 미끼로 쓸 갯지렁이를 다시 잡았다. 처음에 잡았던 갯지렁이들은 잘았으나 이번 놈들은 뚝방에서 한참 떨어진 갯벌까지 들어가 잡아서인지 꽤나 통통하고 실했다.

'그래, 이 정도 갯지렁이면 문절이뿐만 아니라 다른 물고기들도 좋아라 하겠구만.'

동수는 두 번째 잡은 갯지렁이들에 대해 꽤나 흡족해했다.

이제 바닷물이 다시 밀물이 되어 밀려오길 기다리면 되는 거였다. 하지만 네댓 시간을 아무것도 하지 않은 채 기다린다는 건 무척 지루할 터. 하여 동수는 시간 때울 일을 생각해냈다.

낙지잡이.

낙지를 잡는 건 통발 외에 다른 방법들이 있었다.

하나는 야간에 가슴까지 차오르는 바닷물에 들어가 갯벌을 자근자근 밟고 있노라면, 바닷물이 탁해져 숨쉬기가 곤란해진 낙지가 바닷물 위로 빼꼼히 대가리를 내밀면 그때 잽싸게 낚아채는 방법이 있었다. 이 방법은 바닷물이 차갑지 않아야 하고 주로 밤에 활동하는 낙지의 습성을 고려해야 했기 때문에 주로 달빛이 환히 내비치는 여름밤에 행해졌다.

다른 하나는 낮에 낙지를 잡는 방법인데, 바닷물이 다 빠진 갯벌 위에서 낙지집을 찾아 낙지를 잡는 거였다.

갯벌이 드러나 있고 낮인지라 동수는 두 번째 방법을 택했다. 어머니를 몇 번 따라나서 낙지를 잡았던 기억을 떠올렸다. 구멍이 작거나 주위에 파고들어간 흔적이 남아있으면 그건 필시 조개나 게 집이었다. 왜냐, 낙지집은 일단 구멍이 컸고 지들이 스스로 구멍을 파고 들어가는 일이 없기 때문에 구멍 주위는 늘 빗자루로 쓸어 놓은 듯 깔끔했다.

갯벌 이곳저곳을 헤집고 다니면서 낙지집이 확실하다고 판단되는 곳을 동수는 집중적으로 파헤쳤다. 낙지집을 파들어 가기엔 호미가 최고였으나 호미가 없으니 어쩌랴. 호미 대용으로 쇠스랑을 사용했다. 쇠스랑은 움푹하고 큼지막하게 뻘을 파낼 수는 있었으나 세밀함이 부족해, 계속해서 낙지 구멍을 쫓다보면 낙지집을 놓치기 십상이었다.

열 번째 구멍을 파헤쳤을 때일까, 동수는 낙지가 꼭 있을 거라는 확신이 들었다. 역시나 시알이 굵지는 않았지만 아버지 소주 안줏감으로 삶아 올릴 만한 크기의 낙지가 잡혔다. 그간 고생에 대한 위안이라도 받은 듯 동수는 기뻤다. 내친김에 갯벌 이곳저곳을 더 파헤쳐 낙지 두 마리를 추가했다.

'일단, 아부지 술 안주로 낙지 세 마리를 잡았으니까, 아부지한테는 할 말이 있겠구만. 이제 문절이만 많이 잡으면 되는데……'

하지만 낚시하는 데 있어 문제는 계속 따라다녔다. 밀물 때가 되면 저녁이 된다는 것. 문절이가 아예 잡히지 않는 건 아니지만 낙지와 달리 문절이는 낮에 활동이 활발해 대략 난감했다. 그래도 물때가 안 맞았던 낮보다 문절이를 더 많이 잡을 수 있을 거라는 희망을 붙들고 동수는 밀물 때가 되길 기다렸다.

무릎까지 바닷물이 차오르는 걸 유지하며 문절이 낚시를 해야만 했건만 날이 어두워지는 상황이다 보니 위험할 수도 있다는 생각에, 이번에도 뚝방에서 동수는 낚시를 해야만 했다.

낮보다 심했다. 문절이는커녕 낮에 귀찮을 정도로 들이대던 복어 놈들도 소식이 없었다.

안 되겠다 싶었다. 뚝방 오른쪽으로 100여 미터 떨어진 바위밭 쪽으로 동수는 눈을 돌렸다. 바위밭은 꽤나 높은 절벽 아래에 바위들이 즐비하게 깔린 곳인데, 그곳에서 어떤 물고기가 낚일지 감은 안 왔지만 문절이를 대신할 물고기가 잡히길 동수는 내심 기대했다.

바야흐로 바위밭 주위에도 바닷물이 차오르자, 바위밭에서 놀고 있던 갯강구들의 몸놀림도 빨라졌다.

'저녁이 되니까 저것들도 지들
집에 간다고 저렇게 발버둥 치고 난린데, 나는 집에도 못가고 지금 여기서 뭘 하고 있는지 모르겠네.'

동수의 푸념 속에는 집에 가야 한다와 이대로 가서는 안 된다는 복잡한 심경이 여전히 팽팽히 맞서고 있었다.

그런 생각도 잠시, 바위밭, 가장 큰 바위 중간쯤까지 바닷물이 차오르자 동수는 서둘러 갯지렁이를 낚시에 끼워 낚싯대를 드리웠다.

얼마를 기다려야 입질이 올까, 하고 생각하는 찰나, 낚싯줄이 팽팽해지는가 싶더니 이내 대나무 낚싯대가 휘청, 하고 휘는 것이다. 처음엔 낚싯대를 들었다 놨다 하는 통해 낚싯바늘이 바위에 걸린 줄로만 알았다. 헌데 끊임없이 낚싯줄을 끌어당기는 걸 보니 물고기가 걸려 든 게 분명해보였다. 더구나 문절이가 물었을 때와는 비교가 안 될 만큼의 짜릿한 전율이 손을 타고 온몸으로 전해졌다. 조바심이 났다. 하지만 한 번에 확, 낚아채지 않았다. 문절이가 아닌 다른 물고기들은 입질을 하다가도 도망치는 경우가 종종 있기 때문이었다. 문절이는 커다란 대가리를 달고 다니는 거와는 달리 머리가 둔해 입질과 동시에 낚싯바늘을 통째로 삼켜버리는 습성이 있었다. 때문에 문절이는 기다릴 필요 없이 낚싯대만 채 올리면 바로 걸려들었다. 하지만 다른 물고기들은 단번에 낚아채다가는 놓치기 십상이라는 걸 동수는 경험상 알고 있었다.

두 번째 입질이 왔다. 느슨해졌던 낚싯줄이 다시 팽팽해졌다. 그리고 처음보다 더 큰 힘이 동수의 손아귀에 전해졌다. 더 기다려볼까, 하는 생각도 했었다. 하지만 이러다 물고기를 놓칠 수도 있겠다 싶어 낚싯대를 채 올렸다.

바위밭 주위는 이미 사물을 구분하지 못할 정도로 어슴푸레했다. 하지만 분명 희번덕거리는 무언가가 낚싯바늘에 걸려 파닥거리고 있었다. 문절이는 아니었다. 어둑할 때 물고기를 잡아본 적은 없었지만 거무튀튀한 문절이 몸뚱이에서 빛이 날 일은 없는 법. 역시나 낚싯줄 끝에 대롱대롱 매달려온 물고기는 문절이가 아닌 감성돔. 크기는 손바닥만 했다. 하지만 섬에서 꽤나 값어치 있게 쳐주는 물고기였다. 동수는 기쁨을 감출 수가 없었다. 검게 그을린 얼굴에 하얀 이를 드러내놓고 혼자 허허실실 댔다. 이 감성돔 한 마리면 수확이 부진한 문절이 값을 치르고도 몇 배나 남음이 있을 터였다.

입언저리에 끼인 낚시를 빼내느라 동수는 한동안 감성돔과 씨름해야만 했다. 조심하지 않으면 감성돔의 날카로운 이빨에 찔리거나 낚싯바늘에 손가락이 끼일 수도 있었다. 급할수록 천천히 가라는 말을 되뇌며, 동수는 최대한 신경을 써가며 감성돔 입언저리에 걸린 낚싯바늘을 빼냈다.

그런 동수의 조심스런 행동에는 다 그럴만한 이유가 있었다.

지금보다 한참 어릴 적에 동수는 낚싯바늘로 인해 크게 고생을 한 적이 있었다.

썰물 때가 돼, 갯벌이 훤히 드러나도 바닷물이 고여 있는 곳이 있었다. 바로 뚝방 아래에 위치한 커다란 웅덩이인 '점'이었다. '점', 그게 마치 커다란 '점(모반)'과 같다고 하여 부쳐진 이름이다. 그곳엔 썰물과 함께 이동하지 못하고 늘 갇혀있는 문절이들이 있었다. 비록 작은 것들이긴 했으나 어린아이들에게 낚시의 즐거움을 주기에는 충분했다.

그곳에서도 경쟁은 살아있었다. '점'에 갇혀있는 문절이들이 한정돼 있다 보니 다들 남들보다 많이 잡아야겠다는 생각들을 하는 것이다. 동수도 예외는 아니었다.

사고가 있던 날.

그날도 형, 상수와 함께 동수는 문절이 낚시를 위해 '점'으로 향했다. 도착하자마자 동수는 낚싯바늘에 갯지렁이를 끼우고 '점' 안으로 낚싯대를 드리웠다. 역시 문절이다웠다. 채 3분이 걸리지 않아 입질이 왔다. 동수는 바로 낚아챘고 문절이가 통째로 삼킨 낚싯바늘을 이리저리 흔들어가며 입안에서 끄집어냈다. 그리고 한 마리라도 더 빨리 낚으려 잽싸게 낚싯대를 드리우던 순간, 방심했던 탓일까? 낚싯바늘을 잡고 있던 왼손이 제때 낚싯바늘을 떼어놓지 못해 왼손 엄지손가락 밑 부분에 낚싯바늘이 턱, 하니 꽂혀버린 것이다. 참을 수 없는 고통이 밀려왔고 눈에서는 속절없이 눈물이 흘러내렸다. 형, 상수가 동수의 엄지손가락에서 낚싯바늘을 빼내려 안간힘을 썼지만 속수무책이었다.

낚싯바늘은 물고기가 물었을 때 입언저리에서 낚싯바늘이 쉬이 빠지지 않도록 끝부분을 갈라놓았다. 때문에 낚싯바늘이 동수 엄지손가락에서도 쉽게 빠지지 않았던 것이다.

결국 동수는 엄지손가락에 낚싯바늘을 대롱대롱 매단 채 정 의사를 찾아가야만 했다.

으레 해왔던 것처럼 정 의사는 마취도 없이, 눈 하나 깜짝하지 않고 동수의 엄지손가락에서 낚싯바늘을 빼냈다.

예전에 그런 고통스러운 경험을 했던 터라, 감성돔 한 마리라도 더 잡기 위해 낚싯대를 재빨리 드리우고 싶었으나 동수는 아주 천천히, 아주 조심스럽게 낚싯대를 다시 내던졌다. 헌데 입질이 바로 또 오는 것이다. 이번에는 문절이일 수도 있겠다 싶었다. 하지만 낚싯대를 들어 올렸을 때 희번덕거리는 바로 그 물고기, 또다시 감성돔이 잡혀 올라오는 것이다. 그걸 본 동수의 입은 쩍 벌어졌고 얼굴은 웃음꽃으로 만개했다.

한 마리도 아닌 두 마리째, 이걸 전화위복(轉禍爲福)이라고 했던가. 낮 동안 문절이 두 마리밖에 낚지 못한 것이 지금은 귀한 감성돔으로 보상이 되어 돌아왔으니, 참으로 기쁘지 아니할 수 없었다.

한 시간여 동안 동수는 무려 감성돔 일곱 마리나 잡았다. 이 정도는 어른들도 낚기 힘들다는 수였다. 이쯤 되다 보니, 동수의 코에서는 홍얼홍얼 콧노래까지 흘러나오고 있었다.

하지만 그런 기쁨도 잠시, 사방이 어두컴컴해지자 동수는 덜컥 겁이 났다. 해무가 바위를 감싸 안은 지 이미 오래. 이제는 동수 발까지 삼켜 들려 하는 것이다. 일단 감성돔과 낮에 잡았던 낙지, 문절이가 든 어망을 둘러메고 서둘러 마을을 향해 걸음을 재촉했다.

마을 어귀에 다다랐을 때쯤, 비록 사위는 어두컴컴했지만 안절부절 못하며 이리저리 왔다 갔다 하는 어머니 모습이 눈에 들어왔다.

"엄매! 엄매!"

동수는 많은 물고기를 잡았다는 기쁜 소식을 어머니에게 알려주면 얼마나 좋아하실까, 하고 들뜬 목소리로 어머니를 불러댔다.

그 소리에 뒤돌아 선 어머니는

"미친 넘! 시방 시간이 몇 신디 아직까지 뭐하다 오는 것이여!"

예상외로 어머니는 단단히 화가 나 있는 듯했다. 어머니 입에서 저 정도의 쌍스러운 욕이 나온다는 건 매를 들 때에나 있을 법한 일.

"식구들은 하루 종일 쌔빠지게 일하고 와서 니 기다리느라 밥도 못 먹고 있는디, 낮에 바다로 낚시 갔던 놈이 이제서야 돌아와! 니는 오늘 니 아부지한테 디지게 혼 좀 날 것이여."

"엄매?"

"시끄러! 집에 들어가자마자 니 아부지한테 싹싹 빌어라이. 안 그러면 니는 오늘 집에서 쫓겨날 것인께. 알겠냐!"

"……"

집에 들어서자 두 눈은 자연스레 밥상을 향했다. 하지만 김이 모락 모락 피워 올라야와 할 밥과 국은 이미 식은 지 오래된 듯 보였다. 시선을 옮겨 누나와 형을 흘금 쳐다봤다. 아니나 다를까, 그들의 눈에는 금방이라도 불꽃이 활활 타오를 것처럼 쌍심지가 켜져 있었다.

"빨리 와서 밥 묵어라."

의외로 아버지의 목소리는 잔잔했다. 동수는 이때다 싶어, 얼른 마루로 뛰어올라 아무 일 없었다는 듯 수저를 들고 밥을 뜨려 했다. 그 순간,

"손 씻고 와라! 비린내 난다!"

형, 상수의 냉랭한 말투. 이 말의 뜻은 물고기 비린내가 난다기보다는 하루 종일 땡땡이치고 온 동수, 네가 무지 못마땅하니 저쪽으로 가서 밥 먹어라, 하는 의미에 가까웠다.

그러나 눈치 없는 동수는

"알았어."

하고 걸터앉은 마루에서 폴짝 뛰어내려 수돗가로 다시 가는 것이다.

동수는 비누칠을 해가며 손을 깨끗이 씻어봤다. 하지만 코에 대고 냄새를 맡아보면 비린내는 여전했다. 낚시하고 오면 문제가 되는 건 손에서 나는 비린내였는데, 그건 물고기에서 나는 비린내라기보다는 미끼로 사용하는 갯지렁이만의 특유한 냄새였다. 그 냄새는 손에 착 달라붙어 좀처럼 떨어지지 않았다. 그렇다보니 몇 번이고 손에 비누칠을 해가며 씻는다한들 말짱 도루묵인 셈이었다.

그래도 밥은 사수해야 했다. 동수는 씻은 손을 바지에 쓱쓱 훔쳐낸 뒤 다시 마루로 올라가 밥상에 코를 박고 연신 숟가락질을 해댔다. 입 안에 밥을 쑤셔 넣으면서도 동수는 힐끔힐끔 식구들 눈치를 살폈다. 식구들이 온종일 가을걷이로 고생할 때 자신만이 물고기를 잡으러

갔다는 미안함보다는 일곱 마리나 되는 감성돔을 어느 시점에서 자랑할 것인지 그 기회를 엿보고 있었던 것이다.

"뭐 좀 잡았냐?"

뜻밖에 아버지가 물어왔다. 이때다 싶었다.

"문절이는 몇 마리가 못 잡았는데요, 아부지! 그보다도 더 귀하디귀한 감성돔을 내가 일곱 마리나 잡아와서라."

"진짜냐?"

놀라며, 형이 묻는 것이다.

"그럼, 내가 문절이보다는 감성돔이 저녁 찬으로 더 낫겠다 싶어 늦은 시간까지 기다렸다가 잡아왔지!"

입술에 침도 안 바르고 씨불여대는 동수의 거짓말.

"어디 한번 보자?"

아까와는 다른 어머니의 다정다감한 말에, 밥을 먹다 말고 숟가락을 내던져둔 채 다시 수돗가 쪽으로 동수는 잽싸게 뛰어갔다. 그리고 던져뒀던 어망을 들어올리며 씨익 웃어보였다.

"내 새끼 굶어 죽지는 않겠네. 물괴기만 잡아도 묵고 살겠구만."

"상수 아부지, 그래도 기대했던 문절이는 아니더라도 동수가 귀한 감성돔을 잡아왔소이. 동수가 낚시에는 일가견이 있나 보요?"

어머니가 얼굴에 웃음꽃까지 피워가며 하는 말이다.

"그란께, 일은 안 하고 바닷가에서 농땡이만 치고 온 줄 알았듯만. 그래도 감성돔을 잡아오긴 혔네, 고생혔다."

뜻밖의 아버지의 칭찬까지 이어졌다.

"낼이 니 성 생일인디, 잘 되얏다. 그걸로 생일상 차리면 되겠다. 얼른 밥 묵어라."

동수는 밥 한 숟갈 뜨고 감성돔 낚았던 얘기를 하고 또 한 숟갈 뜨고 또 얘기하고, 제법 혼자 신이 나서 계속 씨불여댔으나 달자와 상수는 일언반구도 없었다. 동수 놈이 일 안 하려고 가을걷이에서 살짝 빠진 것도 못마땅할 판에 귀한 물고기 잡아왔다고 부모님 칭찬까지 이어졌으니, 심보가 여간 뒤틀린 게 아니었다.

東과 西

불암도, 일명 동부라 일컬어지는 동쪽과 서부라고 일컬어지는 서쪽으로 나뉘진 지형적 영향으로 섬사람들의 성향, 생김새, 하는 행동거지 하나까지 차이가 있었다. 서부에 사는 남정네들이 동부에 사는 남정네들보다 키도 크고 잘 생겼으며 사회활동에도 꽤나 적극적이었다. 대신 동부는 여자들이 서부 여자들보다 키도 크고 인물도 훨씬 좋았다.

장수가 결혼하기 전 불암도에도 국가 차원에서 추진하고 적극 권장하는 새마을청년연합회가 있었다. 많은 청년이 이 모임에 가담해 활동하고 있었는데, 시기가 시기이니 만큼 아마 강제적인 부분도 없지 않았을 것이다.

또 대놓고 연애질하기가 그리 쉬운 시절도 아니었다. 그래도 모임 내부에선 암암리에 처녀, 총각이 교제하는 일이 종종 있었다.

당시 장수는 새마을청년연합회 조직부장을 맡고 있었는데 소임뿐만 아니라 간간이 끼를 발휘해 회원들에게 웃음을 선사하곤 했다. 그런 장수를 유심히 눈여겨보는 이가 있었으니 바로 명천이었다.

명천의 집안에선 명천이 새마을청년연합회에 나가는 줄 몰랐다. 알았더라면 기를 쓰고 반대했을 것이다. 다 큰 처녀들이 새마을청년연합회에 나가는 걸 탐탁지 않아 했을 수도 있겠지만 교육자 집안이라 나름 의식도 깨어 있어 새마을운동이라는 명명 하에 이뤄지고 있는

마을별 새마을청년회나 그 집합체인 새마을청년연합회를 썩 달갑지
않게 생각해오고 있었기 때문이었다.

허나 집안에서 생각하는 것과 달리 명천 자신은 무슨 의식이나 사
상이 있어 새마을청년연합회에 들락거리는 건 아니었다. 단지 보수적
인 집안에서 벗어나 많은 사람을 만나보고 싶었을 뿐이었다. 해서 우
연히 친구를 통해 새마을청년연합회라는 모임을 알게 된 명천은 그
길로 바로 그 모임에 나가기 시작했던 것이다.

장수와 명천 중 먼저 다가선 건 명천이었다. 명천은 나풀나풀 대는
갈대처럼 말랐지만 의외로 강단 있고 명랑한 처녀였다.

"참말로 장수 씨는 본인 할 일만 하고 사는가 보요?"

"……."

"그렇게 열씸히 한다고 혀서 누가 상이라도 준다고 합딥까?"

"……."

"나 같았으믄 일은 적당히 하고 시간이 아까워서라도 사람들하고 많
이 어울릴 것 같은디, 장수 씨는 그런 맴이 하나도 안 드는가 보요?"

명천의 계속되는 말에도 장수는 일언반구 하지 않았다. 하지만 미
간이 일그러진 거로 봐 썩 좋아하는 눈치는 아닌 듯싶었다. 그러든
말든 개의치 않고 명천은 계속해 말을 걸었다.

그러자, 결국 참지 못한 장수가

"지금 뭐하자고 계속혀서 나한테 시비를 건다요? 시방 바쁘니께, 할
말이 있거들랑 담에 하시믄 안 될까라?"

하며, 더 이상 말을 걸지 말아달라는 의미로 내던진 말이었으나 그걸
명천은 지금이 아니라 일이 다 갈무리되면 그때 얘기하자는 뜻으로

알아듣고,

"알았소이!"

하며 명랑하게 대답하고서는 몸을 휙 틀어 가버리는 것이다.

"뭔 놈의 가시나가 지 할 야그만 하고 간다냐. 쫌 있는 집 계집인가 본디, 저러크름 싸가지가 읎어가지고 누가 데리고 갈 것이여."

혹여, 이 말도 들릴까 봐 두려웠던지 장수는 혼잣말로 씨불였다.

그날은 새마을청년연합회가 주관하는 마을별 길 닦기 행사가 있는 날이었다. 마을 서너 곳을 정해 마을 앞길을 말끔히 청소하는 것뿐만 아니라 길섶의 잔풀들을 제거하고 또 움푹 파인 길을 평탄하게 다지는 한편, 길 여기저기에 널브러진 돌멩이를 죄다 치워내는 대대적인 작업이었다. 돌멩이를 길 가장자리로 한데 모으는 일은 처자들이, 모아진 돌멩이를 다른 곳으로 옮기는 일은 장정들이 도맡아 했는데, 그 모든 걸 진두지휘하고 통솔하는 자가 다름 아닌 장수였다. 장수는 자신의 맡은 바 소임뿐만 아니라 새마을청년연합회의 잡다한 일들을 마다하지 않고 늘 솔선수범해 일해오고 있었다.

명천이 말을 걸어왔을 때 일이 거의 마무리돼가고 있긴 했으나 작업 강도가 세 장수는 꽤 피곤한 상태였는데, 그 와중에 명천이 말을 걸어왔으니 그게 시비조로 들렸고 또 그 말을 되받아치자니 여간 짜증 난 게 아니었던 것이다.

저녁이 될 무렵 그 행사는 갈무리되었다. 회장은 다음 주에 같은 장소에서 모일 것을 공지하고 모임을 해산시켰다. 회원들에게 고생한 대가는 없었다. 그렇다고 누구 하나 토를 다는 사람도 없었다. 모두들 응당 해야 할 일이라고 생각했고 고된 행사를 별 탈 없이 마무리했다는 데에 서로들 뿌듯해했다.

"이제 할 일은 다 끝났으니께, 아까 하다 만 얘기를 다시 시작합시다요!"

별안간 뒤통수에 돌직구가 날라 왔다. 장수가 뒤돌아보니 또다시 명천이었다.

"당신한테는 할 얘기가 읎구만이라. 하고 잡거든 난중에 시간되면 합시다요."

"뭘 사내가 약속을 밥상 뒤집듯 깨버린다요. 나 살다 살다 이런 사람은 첨 보네."

"적반하장도 유분수지! 내가 언제 당신한테 약속했다고 그라요. 그리고 내가 또 뭘 어쨌길래 이러케 시비조로 계속해서 말을 걸어오느냐 말이요?"

"시비조라 혔소? 내가 시방 무슨 시비를 걸었다고 소리를 버럭버럭 지른다요? 난 단지 할 얘기가 있어 하자 혔을 뿐이고, 그래도 당신이 이 모임에서 조직부장을 맡고 있어서 내가 거기에 대해 조언도 할 겸 혀서 그런 건데. 글고 말이 나와서 말인디요, 당신이 조직부장이믄 이 모임의 간부급인디, 간부들에 대해 회원으로서 부탁의 말도 할 수 있는 것이고 그런 거 아니겠소? 나, 참! 이리도 회원을 무시하는 모임이 어디 있단가요!"

방귀 낀 놈이 더 성낸다고. 이제는 명천의 목소리가 점점 더 커지고 있었다. 딱히 틀린 말도 아니었다. 하지만 그렇다고 계속해서 말을 받아주면 끝이 없을 듯했다. 장수는 대략 난감했다. 넋 빠진 사람처럼 멍하니 한참을 있던 장수는.

"알겠소? 할 얘기가 뭐요?"

"뭐랄까……"

이번엔 명천이 난감한 표정을 짓는 것이다. 계속해서 장수가 자신의 말을 무시할 거라 생각해 다음에 자신이 할 말만 생각하고 있었는데, 불쑥 얘기를 한번 해보자는 장수의 의외 반응에 명천 또한 말문이 딱 막혀버린 것이다.

잠시간 적막감이 흐른 뒤 다시 얘기를 꺼내든 건 장수였다.

"보시요? 할 얘기도 읎으면서 이러크름 사람을 몰아붙이는 법이 어디 있다요! 뭔가 조리 있게 모임에 대해 불만을 표하든가, 아님 우리 모임의 앞으로 나아가야 할 방향에 대해 조목조목 짚어가믄서 조언을 혀 주든가. 그람믄 내가 모임을 위해 얘기한다고 생각하고 얼마든지 달갑게 받아줄 것인디, 내가 보기에 당신이 할려고 하는 얘기는 모임하고 영 다른 길이란 게 얼굴에 써 있구만이라!"

명천은 뜨끔했다. 허나 장수 또한 자신의 얘기가 삼천포로 빠졌다는 걸 느끼고 있었다. '모임하고 영 다른 길이란' 말을 꺼내지 말았어야 했다.

명천의 마음을 장수가 아예 모르는 건 아니었다. 그러나 모임의 간부로서 연애를 한다는 둥 책임감도 없이 여자만 만나고 있다는 둥, 모임에서 자신에 대해 이런저런 얘기가 새나오는 게 싫었던 것이다.

"나하고 사귀십디!"

역시나 명천은 당돌했다.

"뭐라고 혔소?"

"내 말을 콧구멍으로 들었소? 나하고 연애하자고 혔소."

"……"

"여자가 말을 먼저 혔으면 사내가 가타부타 답을 내놔야 할 거 아니요?"

"······."

"생각보다 쑥맥이구만. 모임의 간부라고 하는 사람이 이리도 물러 터져 가지고 뭔 놈의 간부는 간부여! 싫으면 관두시든가요!"

명천은 흔쾌히 답이 없는 장수가 답답해서인지 맘에도 없는 말을 내뱉었다. 바로 후회가 밀려왔다. 혹시나 장수가 '알았다'고 하면 자신의 계획이 수포로 돌아가기 때문이었다. 그렇게 되면 낭패도 이런 낭패가 없는 것이다.

"생각해 봅시다요."

장수는 단지 곰곰이 한번 생각해 보겠다는 뜻이었으나 명천은 오늘 이 정도면 충분하다고 생각했던지,

"알겠소. 난중에는 확답을 줬으면 좋겠서라."

하고 뒤도 돌아보지 않고 쌩하니 가버리는 것이다.

그다음 세대인 동수 또래들에게도 동부, 서부 특징은 일정 부분 남아있었다. 남자의 경우 동서부 애들은 그다지 서로 차이가 없었으나 여자의 경우는 여전히 서부 애들보다 동부 애들이 예쁘고 키도 컸다.

중학교 2학년, 동수도 사춘기에 접어들었다. 여학생들이 눈에 들어오기 시작했다. 고로 다른 아이들이 그러하듯 외모에 신경 쓰는 일이 잦아졌다.

이에 질세라, 학교도 학생들 용모를 철저하게 단속하고 나섰다. 특히 두발 단속이 심했다. 하지만 학생들은 각자 요리조리 변명을 해가며 단속망을 피해가고 있었다. 동수의 변명도 예외는 아니었다. 하지만 궁색하기 짝이 없었다. 머리에 깊은 상처가 있어 짧게 자르면 보기 흉하다는 등 부모님께서 이발 비용을 아까워해 머리털을 자르지 못

한다는 둥 이래저래 핑계를 대며 애지중지 강아지 키우듯 머리털을 기르고 있었다. 또 몸치장을 위해 상의는 짝가 브랜드가 표기된 면티를 걸치고 하의는 짧은 다리를 길어보이게 하는 까만 기지바지를 입고 다녔다. 있는 개폼은 다 잡았던 것인데, 고로 공부가 뒷전이 아닐 수 있겠는가.

불암도에선 여자 후배들이 남자 선배들을 대접하는 관례가 있었다. 양학리도 마찬가지였다. 중학교 1학년인 여자 후배들이 쌀과 푼돈을 모아 쌀로는 떡을 하고 푼돈으로는 과자와 음료수를 사, 한 학년 위인 남학생들을 선배랍시고 극진히도 대접하는 꼭 뭐 같은 전통이 있었다.

"야! 많이도 차렸다야!"

"많이들 드세요, 선배님들."

선배님은 여자 후배들이 평상시에 부르는 호칭이 아니었다. 선배 대접이 있는 날에 놈들 기분 좋으라고 띄워주기(?) 위해 '선배님'이라는 호칭을 갖다 붙였다. 뒤돌아서서 욕하더라도 그날만큼은 예전에 없던 예우를 깍듯이 차려 주었던 것이다.

아무튼 대접한답시고 남자 선배들을 불러 모았으나 분위기는 영 뜨지 않고 어색했다. 먹는 거 외에는 달리 할 게 없어서였다. 차린 다과를 남자 선배들이 다 먹고 나면 여자 후배들은 그들에게 준비한 선물도 건넸는데 주로 샤프 연필이었다.

중학교 2학년인 동수와 그 친구들이 3학년에 올라가면 샤프 연필로 열심히 공부해 꼭 도회지로 유학 가라는 의미가 담겨 있었다. 이런 극진한 대접에도 불구하고 동수와 그 친구들은 예쁘지 않다는 이유로 동네 여자 후배들에게 눈길 한 번 주지 않았다.

그러니 이만하면 여자 후배들 입에서 욕이 안 나오려야 안 나올 수가 없었던 것이다. 씨부랄 놈들, 대접은 선배랍시고 따박따박 잘도 받아 챙겨 먹으면서.

그해 겨울, 손이 꽁꽁 얼 것 같은 어느 날 밤.
시간은 자정을 향해 달려가고 있었다.
양학리 어귀 맞은편에 위치한 팽나무 아래로 한 무리가 어슬렁어슬렁 모이기 시작했다. 동수, 시연, 용석, 태성이었다. 그들은 동부 여학생들을 만나기 위해 동부에 위치한 마을 하나를 잡아 원정이란 걸 가기로 약속했던 것이다. 그들끼리 다른 마을을 찾아가 노는 것을 암호 비스꾸리하게 불러댔는데, 그게 바로 '원정'이었다.
용석은 경운기를, 동수는 아버지가 드시다가 남겨둔 소주 됫병을, 시연은 술안주로 깍두기를, 태성은 귀를 즐겁게 해 줄 케케묵은 카세트와 팝송이 담긴 테이프를, 이번 원정을 위해 필요한 것들을 서로 분담했는데 그 소임을 다하고 온 것이다.
가장 먼저 도착한 용석이 언 손을 비벼가며 경운기를 대절하고 있었고, 그다음에는 동수와 시연이, 그리고 마지막으로 카세트에서 흘러나오는 팝송에 맞춰 뭐라 뭐라 흥얼흥얼대며 태성이 합류했다.
"이제 다 모인 기여?"
입이 얼어, 동수 입에서 '거'라는 발음이 제대로 나오질 않는 것이다.
"그럼, 이제 가기만 하면 되겠구만."
태성의 말에, 용석이 코 밑을 한 번 쓱 하니 훔쳐내더니.
"동부까지 한 이십 리는 가야 하는데, 아무래도 거기까지 갈라면 기름이 쪼간 부족할 성싶은데. 놀다가 되돌아올 때 경운기가 떡하니 서버리면 이러지도 저러지도 못하고 큰 낭패여."

생각지도 못한 걱정거리를 만들어내는 바람에 순간 동수 일당은 어안이 벙벙해졌다.

"뭐여? 그것도 제대로 안 보고 경운기를 몰고 왔단 말이여?"

아주 기본적인 것도 체크하지 않고 그냥 왔다는 듯 태성이 투덜대는 것이다.

"염병! 급하게 오느라고 그랬어. 부모님 몰래 경운기를 빼오는 게 얼마나 어려운 일인 줄 알어? 털! 털! 털! 시동이 걸리자마자 죽을 둥 살둥 하고 경운기를 몰고 왔구만. 한다는 소리하고는. 고생한 사람 생각도 안 해주고 지랄은 지랄이여!"

용석도 할 말은 해야겠다는 듯 태성의 불만을 되받아쳤다.

"됐어! 그만들 하고. 어쩌겠어, 좋은 방법이 있는지 생각해 봐야지."

잠시나마 침묵이 흐른 뒤 동수가 뭔가 기발한 생각이 떠올랐다는 듯 눈을 깜빡이며 배시시 웃는 것이다.

"털자고!"

동수의 단호함에.

"뭘?"

목적어가 빠졌다, 동수야.

"기름을."

꼭 물어야 알겠냐, 태성아. 당근 기름이지.

"어디서?"

태성이 방법이 있냐는 듯.

"나만 믿어."

네놈은 지금까지 속고만 살았냐.

"생각해 둔 곳이라도 있는 거여?"

태성이 그래도 못 믿겠다는 듯.

"있어! 대신 안 걸리기만 하면 되는 거지."

안 믿어도 좋다. 태성이, 이놈아. 안 걸리면 된다.

그렇다. 걸리지만 않으면 이번 동부 원정은 대성공이라 할 수 있었다. 허나 걸리는 날에는 학교에서 최소 정학 정도란 건 두말할 나위 없었다.

"용석아, 일단 최대한 경운기 엔진 소리를 줄여서 가보자."

"어디로?"

"우리 동네로. 니들도 알겠지만 경운기를 집 앞마당에 들여놓는 집들도 있지만 집에 세워두기가 마땅치 않아 집 밖에 두는 집도 많어. 특히 우리 동네 위쪽에 사는 분들은 자기 집에 경운기를 세워둘만 한 곳이 없어 아예 마을 밑, 길가에다 경운기를 세워두는 경우가 태반이거든. 그 경운기 중에 하나를 골라잡아 기름을 털자고. 이해가 되냐?"

그럴싸한 얘기지만 경운기 엔진소음이 고요한 마을의 정적을 깰 수 있었다. 허나 새벽에 경운기 소리가 탈! 탈! 탈! 난다고 해, 누가 경운기에서 기름을 훔칠 거라 생각할 사람은 없을 거라고 내다봤다.

"먼저 기름 뽑을 호스가 필요하니까. 용석이, 니가 우리 동네 앞에 경운기를 세우면 내가 잽싸게 집에 들러서 호스를 가져올 것이여. 그다음 그 호스로 다른 경운기에서 필요한 만큼 기름을 뽑아내자고."

"기름은 어떻게 뽑을 건데?"

호스가 있어도 기름 뽑는 것이 문제라는 듯 태성이 물었다.

"병신! 그것도 모르냐? 공부를 했어야 말이지. 니들 잘 생각해 봐. 과학 시간에 배웠잖어. 물통에 호스를 꽂고 입으로 쭉, 하고 빨아드리면 처음에는 물이 짤짤짤 나오다가 난중에는 콸콸콸 쏟아지는 거. 기름 뽑는 것도 그 원리와 똑같은 것이여."

"맞구만!"

태성이 감탄하며, 동수가 최고라는 듯 엄지를 치켜세우는 것이다.

"이제 작전 개시하러 가자!"

동수의 말에 용석이 경운기 시동을 걸었다. 털털털 하더니 이내 탈! 탈! 탈! 하며 경운기 엔진이 돌기 시작했다. 고요한 새벽을 깨는 경운기 소리는 실로 장엄(?)하였다. 동수가 사는 양학리뿐만 아니라 용석이 사는 금옥리까지 경운기 소리는 쩌렁쩌렁 잘도 울려 퍼져나갔다.

"야, 용석아! 경운기 소리 좀 작게 나게 엔진을 최대한 줄여. 글고 출발해!"

용석은 걱정하지 말라는 듯 쌩긋 웃어 보였다.

"용석아, 이 경운기 앞에 최대한 가까이 세워. 그래야 기름 뽑을 때 수월타. 호스 길이도 생각해야 되고, 알겠지?"

"알았어."

동수는 경운기 짐칸에서 뛰어내리자마자 쏜살같이 집으로 향했다. 얼마 지나지 않아, 미친 듯이 요리조리 도망치는 뱀처럼 흔들리는 호스를 한 손에 쥐고 동수가 돌아왔다.

그리고 숨을 몰아쉰 뒤.

"이제 시연이, 니가 저 경운기 기름통을 열어 봐."

동수가 시연을 통해 기름통 뚜껑을 열고자 한 이유는 일당 중에 가장 소심하고 수줍음을 타는 이가 시연이었기에, 원정 준비를 위한 하나의 과정에 동참시킴으로써 시연이 자신감을 키워내길 바랐기 때문이었다.

하지만 역시나 시연은 손목에 힘이 없어서인지 아니면 기술이 부족해서인지,

"안 열린다야."

하고 이내 포기해버리는 것이다.

"에라, 기름통 뚜껑을 잡고 손아귀에 힘을 꽉 주고 돌려야지. 아마도 우리 같은 놈들이 있을까 봐, 기름통을 꽉 조어 놨지도 몰라. 힘 좋은 태성이 니가 한 번 해봐라."

"염병! 내가 뭔 힘이 좋다고, 힘쓰는 건 나만 시키고."

그러면서도 태성은 힘에 대해 자신을 알아주는 동수가 은근 고마웠다. 다시 한 번 자신의 능력을 발휘할 기회가 주어졌다고 생각했던지 태성은 꽤나 호기로운 표정을 지어 보였다.

"흐윽~"

태성이 이를 악물고 있는 힘껏 기름통 뚜껑을 돌렸다.

"허~"

앙다문 입이 벌어지자, 굴뚝에서 피어나는 연기마냥 입김이 뿜어져 나왔다.

"진짜로 이빠이 잠가놨네. 잠깐만 기다려봐."

물러설 수 없다는 비장한 각오로 태성이 다시 한 번 이를 악물고 기름통 뚜껑을 비틀었다. 똥, 하는 소리가 들렸다.

"야! 봐라. 흐흐흐."

태성이 기름통 뚜껑을 연 것이다.

"힘은 역시 태성이여. 이제 비켜 봐라, 내가 기름을 뽑을 란께."

뚜껑이 열린 기름통 입구에 동수는 조심스레 호스를 꽂고, 침을 퉤! 하고 한 번 뱉은 뒤 호스에 입을 대고 기름을 쭉 빨아드렸다.

"캑! 캑! 캑! 퉤!"

호스를 통해 빨려들어 온 기름이 순식간에 동수 입안으로 쏙 들어간 것이다.

"괜찮냐? 동수야!"

시연이 걱정된다는 듯 물었다.

"괜찮어. 니들 알지? 휘발유를 마시면 기생충이 죄다 죽는다는 거."

멋쩍어서였을까, 동수는 생뚱맞은 소리를 해댔다.

"도시에서 차라도 한 대 오면 우리가 그 차 뒤꽁무니를 따라다니면서 연기를 마시잖어. 그게 다 기생충이 휘발유에 약하기 때문이여. 그러니께, 오늘부로 내 몸속에 기생하는 기생충은 죄다 죽은 것이여. 으하하하."

실패를 무마하려고 그랬는지 아니면 괜찮아 보이려고 애써 그랬는지는 모르지만 동수는 크게 한 번 호탕하게 웃고 나더니, 다시 호스 끝에 입을 대고 기름을 쪽 빨아들였다.

그러자 처음엔 기름이 쭐쭐쭐 나오는가 싶더니 이내 콸!콸!콸! 쏟아지는 것이다. 대성공이었다.

이렇게 동수 일당의 동부 원정은 순조롭게 진행돼가는 듯 보였다.

다음 날, 잠이 부족했던지 동수 일당은 비몽사몽했다. 그럼에도 여느 때와 다름없이 이른 아침 학교로 향했다. 아침은 괴로웠다. 먹어서는 안 될 것을 먹었기 때문이었다. 반쯤 남아있던 소주 됫병이긴 했지만 어른들도 마시기 힘들다는 양인데, 그걸 다 털어 처먹었으니 속이 온전할 리가 없었던 것이다. 여기서 잠깐, 어린 것들이 뭔 놈의 술이냐 하겠지만 섬에서 추위를 건뎌낼 만한 음식이 없었기에 그들은 추위를 덜기 위해 술을 가져가 마셨던 것이지 술을 배우려고 한 것은 아니었다.

학교를 파한 후 동수는 무거운 발걸음을 이끌고 집으로 향했다.

"언 놈들이 그 짓을 했단가요?"

"우리 마을에서는 그런 일이 한 번도 읎었는디, 아마 딴 동네에서 온 놈들의 소행이 아닐까 싶구만요."

"아마도 그럴 것이요. 지금까정 경운기 지름통에서 지름이 읎어졌다는 얘기를 우리 마을에서 들어본 적은 읎었은께요."

"그런 놈들은 발본색원인가 뭔가 혀서 족쳐야 하는디."

"증거를 남겨놨을 까라? 잡혀야 할 건디. 우리같이 섬에서 사는 사람들한테 지름이 얼매나 중요한 것인디."

집으로 돌아오는 길에, 마을 어귀에 모인 동네 아낙들이 하는 소리에 동수는 가슴이 철렁했다.

'설마, 우리가 한 짓이라고 아는 건 아니겠지. 혹, 우리가 한 짓이라고 얘기하더라도 절대 아니라고 발뺌하면 그만일 것이고.'

괘난 걱정은 하지 말자는 듯 동수는 머리를 흔들며 마음속으로 자기 자신을 다독였다.

"엄매!"

"……."

동수의 부름에도 어머니는 침묵으로 일관했다. '아무 말씀이 없으시다', 이건 어머니가 필시 뭔가를 감지하고 있다는 신호란 걸 동수는 익히 알고 있었다. 은근 걱정되었다. 서리한 걸 들켰을 때도 처음에 아무 말씀이 없으셨고, 아버지가 수협조합장 선거에 떨어졌을 적에도 어머니는 처음에 아무 말씀이 없으셨다.

아무 말 없이 방에서 한참 동안 발장을 손질하던 어머니는

"어제, 새북에 어디 갔었더냐?"

"······."

"얘기혀 봐라."

"자고 있었는데요."

"사실이더냐?"

"······."

"엄니는 니가 하는 말이 참말로 중요하다고 생각한다. 말로 천 냥 빚을 갚드라는 말도 있제. 그 속담의 뜻은 진실을 담은 말이어야만 빚도 갚을 수 있다는 것이지 겉으로 말만 번지르르하게 잘한다고 혀서 된다는 것이 아니라는 말이다. 해서 이 엄니는 니가 거짓 없이 시방 말하고 있는지 여간 궁금한 게 아니다. 지금이라도 사실대로 실토하믄 용서할 것인께, 얼른 얘기혀 봐라. 새북에 어디를 갔다 왔으며, 거기서 뭘 혔는지를."

'정말 알고 계시는 걸까? 사실대로 실토해야 하는 걸까? 참말로 미칠 노릇이구만.'

먹구름을 보고 있는 듯 동수는 눈앞이 캄캄했다.

'우리 중 누구라도 기름통 얘기가 나오면 시치미를 뚝 잡아떼야 해. 안 그러면 우린 다 죽어. 불어버리는 날에는 집에서는 말할 것도 없고, 아마 학교에서도 우릴 가만 두지 않을 거여. 내 말이 무슨 뜻인지 알겠지?'

실토하자니, 자신이 친구들에게 신신당부까지 하며 다짐받아놨던 게 맘에 걸리는 것이다.

'분명 엄매는 모르고 짚어보는 것일 거여. 여기서 내가 다 까발리면

나도 죽고 우리 친구 놈들도 다 죽어. 또 친구 놈들은 나보고 뭐라고 할 것이여? 미련 밤탱이 같은 놈이라고 그럴 거 아니여. 그리고 다시는 나랑 같이 동부 원정 따위는 안 가겠다고 할 것이고. 야, 이동수! 말하면 절대 안 돼. 죽어도 잡아떼야 하는 거여.'

마음을 다잡아보았지만 어머니의 표정은 더욱더 확신에 찬 모습으로 바뀌어가고 있었다.

"진정 니가 얘기를 안 하겠다 그것이제? 오냐! 오늘 니는 저녁밥 읎다. 글고 낼부터 학교에 다니지 말어라. 니 같은 놈은 학교에 댕길 자격도 읎으니께!"

하고 크게 역정을 내시며 방 밖으로 나가 버리는 것이다.

'정말로 알고 계시는 걸까?'

동수는 어제의 일을 다시 꼼꼼히 한번 되짚어봤다.

'기름을 훔치기 전, 경운기 엔진 소리가 온 마을에 울려 퍼지긴 했으나 누군지 어찌 알 것이며, 그 시간대에 깨어 있었을 동네 사람들도 있을 리 만무하고. 그러니까 기름을 훔치고 동부로 출발하기 전까지는 아무런 문제가 없었던 것이여. 그럼, 그다음은 동부에 가서 거기 여학생들과 어울려 놀았을 때여. 그 여자애들과 서로 말을 놓기는 했으나 그렇다고 아주 가까운 사이는 아니어서 아주 깊은 얘기가 오고 간 건 아니었어. 비록 동부 여학생들 중에 서부 여학생들과 연락을 하고 지내는 이들이 있긴 했으나 다행히 어제 같이 어울렸던 여학생들 중에는 서부 여학생과 연락을 주고받는 이는 없었어. 그럼, 이때까지도 아무런 문제가 없었던 것이여. 그럼, 그다음은 집으로 다시 돌아올 때인데, 집에 다다랐을 때에는 동트기 훨씬 전이어서 동부로 출발했을 때마냥 마을은 쥐 죽은 듯이 고요해 아무도 눈치채지 못했을

것이여. 그럼, 이것도 아닌 데 말이여⋯⋯.'

아무리 되짚어 봐도 어머니가 동부 원정을 갔다는 사실을 안다는
게 동수는 상상되지 않았다.

그냥 마을에 도는 헛소문을 들었는데, 어머니가 혹 아들놈과 결부
되어있지는 않나 하고 떠보려고 그런 거라 동수는 생각했다. 하여 동
부 원정은 아무런 문제가 없다, 라고 동수는 결론지었다.

다음날 학교에 가자 호출을 받고 교무실로 갔던 태성이 한참 만에
시무룩한 표정을 지으며 교실로 돌아왔다는 것이다. 어느 때와 표정
이 사뭇 달랐다는 것인데, 태성이는 교무실에 끌려가 혼쭐나게 야단
을 맞고도 교실로 되돌아올 때면 늘 히죽히죽 웃는다는 걸 학교 친
구라면 모르는 놈이 없었다. 그런데 오늘만큼은 태성이 전에 볼 수 없
었던 침통한 표정을 지었다고 하니, 동수는 여간 불안한 게 아니었다.

'분명 체육 선생님이 뭘 물어보신 게 분명한데, 태성이가 엊그제 있
었던 동부 원정 얘기를 실토한 걸까? 아닐 거야. 그 일은 말만 하지
않으면 우리 말고 아무도 모르는 것인데. 그 일로 우리가 학교에 안
나온 것도 아니고. 별일 아니겠지. 지 가족 얘기로 체육선생님이 불렀
겠지⋯⋯.'

불안감도 잠시, 동수의 마음은 어느새 안도감으로 바뀌어가고 있었
다. 친구들에게도 태성이 교무실로 불러간 이유를 따로 묻지 않았다.

기실 동수가 자신의 걱정을 태성의 가족사로 옮긴 이유가 있었다.

몇 해 전, 태성이 아버지가 김 농사를 위해 바다에 나갔다가 그만
배 위에서 미끄러지고만 일이 있었다. 근데 하필 배 모퉁이에 허리를

찍히는 바람에 그만 척추가 부러지고 만 것이다. 그 일로 인해 태성이 아버지는 결국 하반신 불구가 되었고 집에서만 늘 누워 지내는 신세로 전락하고 말았다. 헌데 더 큰 문제는 하반신 마비가 되었다는 걸 태성이 아버지 자신이 인정하지 않는다는 것이었다. 더욱이 다친 척추가 다시는 정상으로 돌아올 수 없다는 한 가닥 희망도 사라지게 만든 의사의 진단까지 나오게 되자, 태성이 아버지는 신세를 한탄하며 하루하루를 술로 때우는 지경에까지 이르게 되었다. 거기에 더해 여차하면 손에 잡히는 대로 집기들을 집어던졌고 이유 불문하고 식구들에게 트집을 잡으며 행패를 부리곤 했던 것이다.

그래도 다행스러운 건, 그런 가정환경에서도 태성이 늘 웃음을 잃지 않았다는 것이다. 대신 학교에 결석하는 날이 잦았다.

쉬는 시간에 몰려오는 졸음을 참지 못하고 책상머리에 머리를 박은 채 동수는 단잠을 청하고 있었다.

비몽사몽간에 아이들의 웅성거림이 귓전을 맴도는가 싶더니.

"동수야! 선생님이 오라고 하는데."

"뭐 땜시?"

"이유야 나도 모르지."

짝꿍인 광석이 담임선생님이 찾는다는 말을 건넸을 때 동수는 다시 한 번 태성이를 떠올렸고 부리나케 3반으로 달려갔다. 태성이는 멍하니 칠판만 바라보고 있었다. 태성이와는 나중에 얘기하기로 하고 부랴부랴 교무실로 발걸음을 옮겼다.

"선생님, 부르셨습니까?"

"그래, 앉거라."

말투로 비춰봤을 때 선생님이 화가 난 건 아닌 것 같았다. 그렇다고 안심을 해서는 안 된다. 어지간해선 화내는 티를 내지 않는 분이기에 지레 짐작했다가는 큰 낭패를 볼 수 있었다.

"니들 엊그제 새벽녘에 어디 갔었냐?"

"야?"

동수는 소스라치게 놀랐다. 눈은 왜 또 지 맘대로 분위기 파악도 못하고 휘둥그레지는지.

"동수, 니 동네에 사시는 서상태라는 분이 학교에 찾아왔드라."

"야? 우리 동네에 사시는 분이 맞긴 한데, 왜 여기까지 오셨는지……."

동수는 말끝을 흐렸다.

"경운기 짐칸에 명찰이 하나 떨어져있었다는 것인데, 자세히 보니 '오태성'이라고 적혀있더라는 것이다. 어쩌다 명찰은 경운기 짐칸에 떨어져 있다고 치더라도 아침에 바닷일을 나가려고 보니 기름이 한 방울도 없더라는 것이다. 결국 그날 바닷일을 못 나가고 그냥 하루를 공쳤다 하면서 태성이 놈이 누군가 궁금해 학교를 찾아왔다고. 해서 선생님이 태성이를 불러 자초지종을 물어본 것이다."

그렇다. 태성이는 자기 반 담임인 체육 선생님께 불려간 것이 아니었다. 동수 담임선생님께 호출을 받았던 것이다.

한참 뜸을 들인 후 선생님은 하던 말을 다시 이어갔다.

"그분이 너를 모르는 것도 아니고 니 부모님도 잘 안다고 하드라만은. 이번만큼은 그냥 넘어가지 않겠다고 하시더라. 혹 저번에도 이런 비슷한 일이 있었냐?"

"……."

사실 동부 원정은 이번이 처음은 아니었다. 이 사건이 있기 한 달 전에도 동수는 석철과 내석을 데리고 동부 원정을 갔었었다. 그때는 아예 통째로 경운기를 훔쳐 타고 갔던 것이다.

마을 위쪽에 사는 사람 중 많은 이들이 마을 밑자락에 경운기를 세워두어 무작정 잡히는 경운기, 아니 정확하게 얘기하자면 운 좋게(?) 키가 걸려있던 경운기가 있어 그걸 타고 처음으로 동부 원정을 간 것이다. 그런데 하필 이번에 기름을 훔쳤던 경운기와 저번에 훔쳐 타고 간 경운기가 같았다니!

침묵을 지키는 건지, 무슨 일이 있어도 난 절대 화를 내지 않는다는 극한의 인내심을 보여주려는 것인지 알 수 없었지만 다시 한참 뜸을 들인 후 담임선생님은 하던 말을 계속해 이어갔다.

"그때도 경운기 기름이 많이 줄었다 싶어 기름통에서 기름이 새는 줄 알고 그냥 넘어갔다고 하드라. 근데, 지금 와 보니 그때도 니들의 소행이 아닐까, 하는 생각이 들더라는 것이다. 해서 이번에는 그냥 넘어가지 않겠다고 나한테 엄포를 놓으면서 니들을 정학이라도 시켜달라고 하드라."

"야?"

"정학까지는 안 갔으면 좋겠다고는 교감 선생님께 말씀 드렸다만은, 그분이 계속해서 학교에 민원을 넣으면 학교 입장도 난처해질 수밖에 없고. 교감 선생님도 어찌해야 할지 모르겠다고 난감해 하시더라. 더 지켜봐야 하겠지만 될 수만 있다면 동수 니 동네분이고 아버지도 잘 안다고 하니까, 너희 아버지가 그분께 니들을 용서해달라고 부탁드리는 게 나을 성싶기도 하고……."

정학보다 더 어려운 일을 선생님께서 시키신다고 생각해 깜짝 놀란 동수는 "야?"라고 했으나 선생님은 '야.'로 알아듣고 '알겠습니다' 라고 동수가 대답한 것으로 착각한 모양이다. 낭패도 이런 낭패가 없었다. 왜냐, 어떠한 일이 있어도 아버지만은 절대 알아선 안 되는 일이기 때문이었다.

"그럼, 나가 보거라."

'여느 때처럼 그냥 화를 내고 마시지, 어째 우리 선생님은 일을 더 힘들게 만드는 것인고……'

교실로 돌아가는 발걸음은 천근만근이요, 복도는 오늘따라 왜 이리도 길어 보이는지. 그 복도를 걸어가며 동수는 무척 많은 생각을 했었다.

'아부지한테 말씀을 드리고 다시는 안 그러겠다고 하는 것이 좋을까? 아님 난 거기에 없었다고 시치미를 뚝 떼버릴까? 아님 친구들 등살에 못 이겨 어쩔 수 없이 따라갔다고 할까?'

이렇다 할 방도가 썩 떠오르지 않았다. 3반을 다시 찾았다. 태성이는 자는 듯 책상 위에 머리를 처박고 있었다.

'썩을 놈! 지금 잠이 오냐고. 지 때문에 우리 죄다 죽게 생겼구만. 뭐 한다고 그 잘난 명찰은 가지고 다니고 지랄이여. 미련곰탱이 같은 놈. 지만 아니었으면 완벽한 원정이었을 텐데, 답답하구만 답답해!'

"태성아! 나 좀 보자!"

"……."

"밖으로 나와 봐. 얘기 좀 하게."

태성이는 말없이 동수 뒤를 따랐고 둘은 운동장 후미진 쪽을 향해 걸었다.

"명찰은 어찌된 거여?"

"몰라. 담날 아침에 등교할 때 혹 잊어먹을까 봐 윗 잠바 호주머니에 넣어 두었는데, 호주머니에 담고 왔던 카세트테이프를 꺼낼 때 명찰도 함께 빠져 경운기 짐칸에 떨어졌나 봐."

"염병할. 그런께, 뭐 한다고 명찰은 가지고 다니냐고!"

짜증을 내며 동수는 운동장 흙을 퍽퍽 걷어찼다.

하지만 태성이만 욕할 수 없는 노릇.

"어차피 사태는 여기까지 왔으니까, 일단 수습할 방법을 생각해보자."

"알았어."

동수는 화창하게 갠 하늘을 쳐다보았다. 하늘이 야속했다. 그래도 어쩌면 하늘에 계실지도 모를 신께 빌었다.

'신이시여 정녕 있거들랑 이번 사태가 잘 마무리될 수 있도록 계시를 주시옵소소.'

평소에 믿지도 않는, 대상도 뚜렷하지 않는 신께 동수는 빌고 또 빌었다. 물론 진심의 강도는 알 수 없었지만.

모든 걸 알고 있었던 어머니는 더 이상 아무 말씀이 없으셨다. 동수가 스스로 잘못을 깨우치길 바라서였을까, 아니면 아들놈이 한 짓이 야단칠 일고의 가치도 없다고 생각한 것일까, 이유야 어찌 됐건 동수에게 실망한 건 역력해보였다.

실은 경운기 주인이 동수 어머니에게 찾아와 경운기 사건을 학교에 얘기할 거라 했고, 동수 어머니는 자기 자식이지만 잘못은 반드시 짚고 넘어가야 한다고 하면서 그리 하라고 했던 것이다. 대신 동수 아버지에게만은 말하지 말았으면 한다고 부탁했던 것이다.

가출

　중학교 3학년에 접어든 동수도 다른 또래들과 마찬가지로 호기심
도, 가지고 싶은 것도 많았다.

　불암도와 달리 육지 읍내에는 처음 보는 것들과 귀한 것들이 많았
다. 그것들 중 읍내엔 자전거가 들어오고 있었다. 불암도에도 경운기
는 들어오고 있었지만 그건 육지 농사와 바다 농사를 위해 주로 운송
수단으로 사용되는 것이라 동수 또래들이 소유할 수 있는 것이 아니
었다. 또 작년 겨울에 경운기를 훔쳐 동부 원정을 갔다 들킨 전력이
있어 동수는 한동안 경운기를 꽤 멀리했었다.

　자전거는 달랐다. 하지만 이 또한 넘어야 할 산이 있었다. 자전거는
돈이 있어야 했다.

　"야! 동수야, 니 자전거 가지고 싶지 않냐?"

　같은 반 짝꿍인 광석이 동그란 눈을 커다랗게 뜨고 가질 수 있는
방법이 있다는 듯 동수를 떠보는 것이다.

　"갖고야 싶지. 근데 오만 원은 족히 있어야 자전거를 살 수 있다고
하드라. 그렇게 비싼 걸 우리가 살 수나 있겠냐?"

　"방법이 있지. 니, 나랑 같이 모의 한번 해볼래?"

　"모의라고?"

　"거시기 있잖어? 계획 잡는 거."

"그래. 그럼, 한번 얘기해 봐. 대신 구라만 쳐 봐. 가만 안 둘 것인께."

"내 얘기 잘 들어봐 봐. 읍내에 가면 자전거 점포가 있어. 근데 그 점포가 작아서 자전거를 죄다 점포 안에 못 넣고 일부를 자물쇠로 채워 바깥에다 둔다는 것이여."

"그게 뭐가 어쨌다는 것이여?"

"짜식이 대가리를 굴려봤어야지. 다시 내 말 잘 들어봐 봐. 바깥에 자전거가 있으면 분명 허점이 있다는 것이여."

"허점? 니 혹시? 훔칠라고? 미쳤냐! 훔치다가 들키면 우리는 학교에서 정학이여! 아니여, 이번엔 퇴학당할지도 몰라!"

"뭐 내가 걸리자고 모의한다고 했가니? 쥐도 새도 모르게 작업을 하자는 것이지."

"다 필요 없어. 낮말은 새가 듣고 밤말은 쥐가 듣는 법이여."

정색하는 동수를 본체만체하고 광석은 계속해서 혀를 놀려댔다.

"먼저 읍내로 가 답사를 하자고. 답사를 하면서 점포 구조와 주인의 동태도 살피고, 특히 주인이 자전거 수를 다 헤아리고 있는지 아닌지를 알아보자고."

"주인이야 당연히 헤아리고 있겠지? 그건 그렇다 치고. 그걸 우리가 또 어떻게 알아 볼 수 있단 말이여?"

"일단 용석이랑 태성이를 꼬드겨 같이 작업하는 걸로 하자. 내가 보기엔 분명 용석이랑 태성이는 우리랑 같이 할 것이여."

"용석이랑 태성이……."

동수는 작년 겨울 경운기 사건이 떠올랐다. 그때 태성이 명찰만 아니었더라면 계속해서 동부 가시나들을 만날 수 있었을 텐데, 하는 아쉬움이 남아있던 터였다.

"태성이가 끼어야겠냐?"

"왜?"

"니도 알겠지만 작년에 남의 집 경운기 기름 훔쳐 동부 가시나들 만 나러 갔다가 태성이 놈이 경운기 짐칸에 명찰을 떨어뜨려 놓는 바람 에 주인한테 걸려 학교에서 정학 먹을 뻔 안 했냐? 그래서 태성이는 아무래도……"

"그래도 태성이만 한 놈도 없지. 글고 이런 것에도 관심 많은 놈이 기도 하고."

사실 태성이는 공부에 전혀 관심이 없었다. 늘 입에 달고 다니는 말 이 실업고를 졸업해 돈 많이 벌어 번 돈을 계집들한테도 펑펑 쓰고 또 그 돈으로 투자를 해 남들이 부러워할 만한 부자가 되겠다는 거였 다. 어설프기 짝이 없었으나 마치 자신이 이미 성공해 그 위치에 올라 가 있는 양 의기양양하게 구는 놈이다. 막말로 얘기해 허풍이 좀 센 놈이라 할 수 있었다.

그건 그렇다 치더라도 태성이 이런 일에 도가 튼 건 분명했다.

"그럼, 내가 용석이랑 태성이한테 조용히 얘기할 테니까, 낼모레 용 석이네 집에서 모이는 거로 하자."

동수네 마을 옆 동네, 금옥리에 위치하고 있는 용석이네 집은 중학 생인 동수 또래들의 아지트나 다름없었다. 용석이 부모는 김 농사를 크게 하는 현수 작은아버지 집에 품을 팔러 가 늦은 시간까지 집을 비우는 일이 비일비재했다.

때문에 용석이네 집만큼 동수 일당이 작당할 수 있는 안전한 공간은 없었던 것이다.

"용석아! 니 어짤래? 같이 함 해볼래?"

"뭐 좋다. 경운기 사건은 사건이고. 이번 일은 들키지 않도록 진짜 잘해 보자."

"좋다. 그럼, 태성이한테도 얘기해 보자."

"태성이?"

용석이도 태성이 얘기가 나오자 약간 당황하며 걱정된다는 듯.

"그놈의 시끼가 약간 들떨어져서."

그러나 이번 작당에 태성이 꼭 필요하다는 걸 용석도 모르는 바가 아니라서 더 이상 반대하지 않았다.

삼정리에 살고 있는 태성이 놈이 그들에게 반드시 필요한 이유는 배를 타고 나가야하는 육지 읍내, 그곳에 가기 위해선 태성이네 배가 필히 있어야 했기 때문이다. 태성이네는 일정 정도 뱃삯을 받고 읍내에 급한 용무가 있는 섬사람들을 실어다주곤 했는데, 아버지가 아픈 이후로 그 일을 줄곧 태성이가 도맡아 해오고 있었다. 배를 가지고 있는 놈도, 배를 운전할 수 있는 놈도, 동수 일당 중엔 태성이밖에 없었던 것이다. 경운기 사건으로만 보자면, 아니 다른 일들을 다 따져보더라도 태성이는 이번 모의에서 배제되어야 마땅했다. 하지만 현실은 태성이 편을 들어주고 있었다.

현장 답사는 빨랐다. 작당모의가 있던 그 주에 읍내로 나가 자전거 점포 상황을 파악했다. 계획했던 대로 모든 게 순조롭게 진행되었다. 이제 첫걸음마를 떼는 단계였지만 모두들 흡족해했다. 또 간덩이가 부었는지, 그들은 아무렇지도 않게 점포 주인에게 다가가 가게에 자전거가 몇 대나 있냐고 물었고, 그들의 작당을 알 리 없는 점포 주인은 아무 의심 없이 하루에 들어오고 나가는 물량이 꽤 된다면서 요즘은 바빠 그 숫자를 제대로 헤아리지 못하고 있다고 했다.

"니들도 얘기 들었지? 점포 주인이 요즘 바빠 자전거 개수를 정확히 파악하지 못하고 문을 닫는다는 것이여. 특히 바깥에 자물쇠로 채워 둔 것들은 중고들이라서 그런지 더더욱 신경을 안 쓰는 것처럼 보이고."

"그래, 내가 보기에도 그것은 확실한 거 같더라."

동수의 말에 광석이 동의를 표했다.

"야! 글지 말고 이왕 훔칠라면 새것으로 훔치면 안 되겠냐? 재수 없으면 부품이 빠져있거나 망가진 중고 자전거를 골라잡을 수 있으니까."

답사에서, 점포 주인이 바깥에 있는 중고 자전거를 정신없이 수리하고 있었던 걸로 봐, '중고 자전거에서 나사 하나라도 빠져 있을 수 있다'는 태성의 말도 일리는 있었다.

허나 새 자전거를 훔쳐오는 건 결코 쉬운 일이 아니었다. 중고 자전거는 점포 주인이 그 수를 헤아리지 않고 있을 수 있지만 새 자전거는 그 수를 반드시 헤아리고 있을 게 분명했다.

"아쉽겠지만 새 자전거는 안 되겠다. 주인이 분명 개수를 파악하고 있을 것이여. 태성아, 중고 자전거만 훔쳐 오는 걸로 하자."

"알았어."

태성이 더없이 아쉽다는 표정을 지어 보였지만 언제나 그렇듯 태성의 대답은 명쾌하고 단순했다.

단, 태성은 무슨 일이든 뒷일을 생각하지 않고 왕왕 덤벼드는 경우가 있어 언제나 불안했다. 경운기 사건뿐만 아니라 학교에서 벌어지는 일에도 똥간을 갔다 온 뒤 뒤처리 안 한 놈처럼 늘 깔끔하지 못했기 때문이었다.

"야! 빨리빨리 움직여. 글고 딱 한 대씩만 가지고 튀어!"

동수는 들릴 듯 말듯 말하며 연신 팔을 앞으로 저어댔다. 다들 서두르라는 제스처였다.

"난 하나 더 들 수 있는데……."

태성의 중얼거림에,

"잔소리 말고 한 대만 가지고 튀라고!"

동수가 이를 악물며 말했다.

"야, 오태성! 동수가 말한 대로 한 대만 가지고 튀어!"

못마땅한 듯 용석도 눈알을 부라렸다.

동수, 광석, 태성, 용석은 상태가 좋은 자전거가 어떤 건지 확인조차 못한 채 손에 잡히는 대로 자전거 한 대씩을 어깨에 둘러메고 선창가로 뛰었다. 아니다, 말이 뛰는 것이지 누가 보면 엉거주춤 빨리 걷는 경보 수준에 불과했다.

다행히 중고 자전거는 굵은 쇠사슬이 아니라 두꺼운 철사로 자전거 거치대에 묶여있어서 동수 일당이 펜치로 철사를 잘라내고 자전거를 훔치는 데엔 그리 많은 시간이 소요되지 않았다.

"철사는? 잘라낸 철사들은 다 주어왔냐고?"

사전 모의 시 동수는 일당에게 자전거 훔친 흔적을 남기면 절대로 안 된다고 신신당부했었다.

"음마, 빠뜨려뿌렀네."

역시나 태성이었다.

"그렇게 흔적을 남기면 안 된다고 했건만 이번에도 흘렸냐? 바보탱이 새끼!"

"미안해. 지금이라도 가서 가져올까?"

"됐어! 다시 돌아갔다가 들키면 우린 끝장이여. 그냥 가자고. 태성이, 니는 얼른 배 몰 준비나 해!"

동수 일당은 흔적을 남기고 온 게 마냥 찜찜했다. 하지만 읍내에서 자신들을 찾기란 허허벌판에서 네잎 크로바를 찾는 것보다 더 어려울 것이며, 또 점포 주인은 읍내 놈들의 소행이라고 생각할 거라 내다봤다. 물론 동수 일당의 즐거운 추측일 뿐이지만.

읍내에서 들려오는 얘기는 없었다. 귀를 활짝 열고 애써 자전거 소문을 들어보려고 용을 써도 웽웽거리는 소리조차 나지 않았다. 동수 일당은 나름 작전이 대성공이었다고 자평하며 서로들 뿌듯해했다. 그래도 방심은 금물. 그 일에 대해선 입도 뻥긋하지 말고 평생 비밀에 부치자고 했다.

자전거는 집에 가져가지 않았다. 각자 마을회관에 두고 다녔다. 마을회관에 자전거를 두면 자전거주인이 누군지, 또 훔친 자전거라고 의심할 사람은 없을 거였다. 이것 또한 기발한 발상이라며 서로들 흐뭇해했다.

학교에 갈 때면 동수는 마을회관에 들러 자전거를 타고 갔다. 대신 자전거는 학교에서 한 오십여 미터 떨어진 플라타너스에 묶어두었다. 다른 놈들도 마찬가지였다. 동수 일당에게 자전거가 생겼다는 소문은 돌았지만 그게 어디에서 난 것인지 누구도 알지 못했다.

일당은 약속했던 대로 입을 무겁게 닫고 있었다.

"동수야! 체육 선생님이 저녁에 자기 집으로 오라고 하는데."
"뭐라고, 체육 선생님? 그것도 자기 집으로?"
"그렇게 얘기하대."
"누구누구 말했는데?"
"나한테는 니만 얘기하던데."
3반 종대가 동수가 기거하는 1반까지 찾아와 친절하게도 얘기해주고 가는 것이다.

느낌이 좋지 않았다. 체육 선생님은 태성이와 용석이 담임인데 말이다. 서둘러 옆옆 반, 그러니까 3반에 있을 태성이와 용석이를 찾았다. 그런데 태성이는 결석했다는 것이고 용석이는 아예 자리에 없었다. 태성이야 집안일로 결석을 밥 먹듯 해 그리 특별할 게 없었지만 알고 보니 용석이 놈도 등교하자마자 오전에 조퇴했다는 것이다.

'왜 오라고 했을까?'

저녁때쯤, 체육 선생님 집에 도착한 동수는 놀라지 않을 수 없었다. 조퇴한 용석이와 광석이가 먼저 와 있는 것이다. 동수는 생활부장인 체육 선생님을 만나고 싶지 않았다. 체육 선생님은 학교에서 꽤나 독한 선생으로 정평이 나 있었다. 한 가지 사건만 보더라도 그 명성은 누구나 짐작할 수 있었다.

체육 선생님에게 용석이와 태성이 그리고 몇몇 친구 놈들이 죽을 만큼 얻어맞았다는 걸 학교에서 모르면 간첩이었다.

용석이와 태성이가 관련된 하나의 예를 들어보자면.

한참 물총 장난감이 유행처럼 번질 때였다. 국민학교, 그러니까 지금으로 보자면 초등학생들이나 가지고 놀 장난감에 중학생 놈들이 푹 빠져 있었는데, 그걸 가지고 여학생들에게 물총질을 해댄 게 화근이었다.

"야, 이 물총 조그만한데 물줄기가 오줌빨 저리 가라네. 용석아! 우리 물줄기가 얼만큼이나 나가는지 한번 쏴 봉깡?"

1층 화단에서 애먼 꽃들에게 찍!찍! 물총질을 해대고 있는 용석이에게 태성이 다가서며 하는 말이다.

"그람, 이 층 복도에서 밑으로 한번 쏴 보자."

사전에 약속이라도 한 듯 둘은 학교 이층 복도를 향해 내질렀다.

"야! 멀리 좀 쏴 봐!"

아까와 달리 물줄기가 영 시원찮다는 듯 태성이 용석이를 다그치기 시작했다.

"그러게. 잘 나가더니 찔찔대네."

물줄기를 잘 뿜어내던 물총 장난감이 갑자기 이상해졌다는 듯 용석이 고개를 갸우뚱하자,

"이런 것은 목표가 확실해야 쭉쭉 뻗어나가는 것이여."

태성이 학교 건물 뒤편 아래, 화단 사잇길을 걷고 있는 네 명의 여학생들을 집게손가락으로 가리키며 씩 웃는 것이다.

"아, 아. 어떤 미친놈들이여!"

물세례를 받자마자 두 눈을 치켜뜨고 물줄기가 뿜어 나온 곳으로 추정되는 이층 복도 창문 쪽을 여학생들은 처다봤다. 하지만 아무도 없었다.

"못 봤겠지?"

"설령 봤다고 하더라도 누군지도 모를 것이여?"

"그러겠지."

돌차간에 창문 밑으로 숨은 태성과 용석은 얼굴에 미소까지 띠며 킥킥대고 있었다. 물총질에 대한 만족감의 표시로 엄지와 검지를 서로 맞대며 하트모양까지 그려내면서.

"니들 중에 여학생들한테 물총질 한 놈들 나와봐라."

체육선생인 담임은 크게 노한 듯 보였다.

"만약에 자수하지 않고 내가 직접 알아내면 그때는 나도 어찌할 건지 장담 못한다."

"용석아 어쩔 거냐?"

"뭘? 잠자코 가만히 있어."

둘은 속삭이듯 얘기했으나,

"저기 시끄럽게 하는 놈들! 용석이, 태성이 일어나서 무슨 얘기했는지 말해봐라?"

하며 담임선생이 자신들을 지적하는 것이다.

동시에 둘은 화들짝 놀랐다. 거기에 더해 태성이 지레 겁을 먹고 안절부절못하는 것이다.

'제기랄, 태성이 이놈 새끼 이러다 부는 거 아니여……'하고 용석이 생각할 때쯤, 아니나 다를까 태성이는 이미 입을 떼고 있었다.

"선생님 사실은……."

"사실은 뭐? 얘기해 봐라. 다 용서할 수도 있으니."

태성이의 습성을 잘 아는 담임선생은 태성이의 자수를 유도하고 있었다. 이에 보답이라도 하듯 태성이 물총 장난질에 대해 아주 소상히도 밝히는 것이다. '다 용서할 수도 있으니'라는 담임선생의 말에 태성이 현혹되어 홀랑 넘어가버린 것이다.

기실 담임선생이 잘못을 유도할 때 끄집어내는 상투적인 말임을 태성 자신도 잘 알고 있었다. 하지만 나는 고수 앞에선 뛰어봤자 벼룩, 태성이 머리 위엔 늘 훨훨 날아다니는 담임이 있었다. 발각되지 않을 거라는 그들의 계산은 보기 좋게⑦ 빗나갔고 그에 상응하는 벌로 태성이와 용석이는 엉덩이에 피딱지가 앉을 만큼 몽둥이로 두들겨 맞았다. 학교를 파하고 집으로 돌아갈 때, 그들은 결국 친구들의 부축을 받으며 질질 끌려가야만 했다.

사실 체육선생의 뇌관이 폭발한 건 태성이와 용석이가 해서는 안 될 장난질을 했다기보다는 남녀 합반인 2반 담임선생이 아마 그 장난질이 3반 남학생들 소행일 거라고 얘기한 것을 매우 언짢게 생각하고 있던 차에, 그게 사실로 드러났기 때문이었다.

2반 담임선생이 3반 남학생들의 소행일 거라고 추측했던 건 물이 날아온 방향이 3반 쪽 이 층 복도였으며, 남학생들과 여학생들이 섞여 있는 1, 2반의 경우 남학생들과 여학생들 간 소통에 문제가 없어 1, 2반 남학생들이 그런 짓은 안 했을 거라는 추측성 증언들이 있었고, 남학생들로만 구성된 3반의 경우 여학생들과의 교류가 전혀 없었을 뿐만 아니라 여학생들을 대상으로 장난질을 해댔던 전례가 있었기 때문이었다.

태성이와 용석이에 대한 체육선생의 매질을 굳이 좋은 쪽으로 해석하자면 이제는 더 이상 자기 반 남학생들의 장난질을 묵과하지 않겠다는 체육 선생의 의지 표출이요, 여학생들아, 보아라! 나는 우리 반 남학생들보다도 너희 여학생들 편이다, 라는 기사도 정신을 보여주는 것이라 할 수 있겠으나 암튼, 담임인 체육선생 덕분에⑦ 이후 태성이와 용석이는 두 번 다시 여학생들을 쳐다보지 않았다는 믿거나 말거나 한 소문이 나돌았다.

셋은 신발을 벗고 방 안에 들어섰다. 자신들을 떨게 했던 추위가 싹 가시는 듯했다. 체육선생의 우락부락한 용모와 괴팍한 성격과 달리 집안은 따스하고 깔끔했다. 그도 그럴 것이 주말이면 체육선생 자취방에 약혼녀가 늘 찾아온다는 걸 동수도 익히 알고 있었다. 남선생의 방에 풍기는 여인네의 향기는 사춘기 소년인 동수의 그것을 물씬 자극하고도 남았다.

"내가 니들을 부른 이유를 알겠냐?"

여기까지는 화를 내면 성난 개와 같던 체육선생의 모습은 보이지 않았다.

"잘 모르겠습니다."

셋은 동시에 대답했다.

"참말로 모르겠냐?"

"예."

셋은 또다시 약속이라도 한 듯 한입으로 말했다.

"그럼, 내 얘기가 사실인지만 말해봐라. 니들 요사이에 읍내에 나간 적 있냐?"

"……."

두 번의 대답 이후 이번에 셋은 침묵으로 일관했다. 주변 상황을 전혀 고려치 않고 시도 때도 없이 튀어나오는 태성이가 없어서였을까,

셋은 제법 죽이 잘 맞고 있었다.

허나 아무리 맘이 잘 통하는 친구 사이라도 의도치 않는 돌발 상황은 존재하는 법.

"가긴 갔습니다만요, 선생님……."

바짝 겁먹은 표정으로 용석이 뭔가를 실토하려는 것이다. 물총 장난감 사건으로 인한 매질이 용석이에게 큰 충격으로 다가왔던 것일까? 평상시 용석이의 모습은 온데간데없었다.

"그래, 거기 가서 뭐 했냐?"

잽싸게 동수가 끼어들었다.

"선생님! 특별히 한 것은 없었고요. 읍내 구경 차 갔습니다."

"동수! 니놈은 빠지고 용석이 계속해 봐라."

아차, 싶었을까 다행히 용석이는 더 이상 말을 꺼내지 않았다.

그러자 자기 차례가 왔다는 듯 체육선생이 입을 열었다.

"사실 읍내 경찰서에서 삼 일 전에 연락이 왔었다. 생활부장인 나를 찾는 전화였는데, 이걸 어떻게 해야 하나 하고 고민한 끝에 니들을 불러 자초지종을 먼저 들어봐야겠다고 생각했다. 내용인즉슨, 태성이 놈하고 2학년 삼식이 놈이 읍내 경찰서에 잡혀있다는 거였다. 그것도 절도혐의로 말이다. 그런데 경찰 얘기로는 태성이가 이번 한 번만이 아니라는 것이다. 태성이를 추궁하는 과정에서 니들 이름도 나왔다고 하고. 그래서 난 처음에 태성이놈이 자기 빠져나올 궁리로 니들을 팔아먹었나 싶었다. 그런데 자전거 점포 주인 얘기를 듣자하니 태성이하고 삼식이가 다가 아니라는 것이다. 점포주인은 전에도 중고 자전거를 털린 적이 있었는데 가만히 내버려두면 언젠가 그놈들이 다시 자전거를 훔치러 올 거라고 생각했고, 그렇게 한참을 벼르고 있던 차에 두 놈을 잡았는데, 그놈들이 바로 태성이하고 삼식이였다는 것이다."

차분하게 말을 이어가던 체육선생의 얼굴이 술을 한잔 거하게 걸친 사람처럼 불콰하게 달아오르는가 싶더니,

"이 새끼들이 고만 미쳤구만!"

하며 소리를 버럭 지르는 것이다.

"죄송합니다요, 선생님. 자전거가 가지고 싶어서 그랬구만이라. 죽을 죄를 졌습니다."

용석은 이미 용서 빌기에 들어서고 있었다.

"그게 사실이면 됐고 밤이 늦어 가니까 집에 가보고. 내일 학교에서 보자. 적어도 니들은 큰 징계를 받을 것이다. 최소한 정학이다! 정학!"

정학이라는 소리에 동수는 또 한 번 가슴이 철렁했다. 정학도 정학이지만 작년 겨울 경운기 기름통 사건도 있었는데 이번 일까지 부모님께서 들킨다면 이건 살얼음판을 걷는 격이요, 구름 타고 하늘로 나는 격이요, 당최 답이 보이질 않는 것이다.

2차 중고 자전거 훔치기 내막은 이러했다.

태성이놈이 읍내에서 중고 자전거를 훔치고 난 뒤 동네에서 자랑질을 하고 다녔다는 것인데, 그 말을 들은 후배, 삼식이 자신도 자전거를 가지고 싶다고 말했고 자전거만 가질 수 있다면 태성이에게 충성을 다 바치겠노라고 맹세를 했다는 것이다. 섬마을에선 후배들을 많이 거느리는 놈을 능력 있는 선배로 인정해주는 전통⑴이 있어 방귀 꽤나 낀다는 놈들은 후배들을 여럿 거느리며 다니곤 했다. 태성이는 삼식이가 마을 후배들에게 힘 꽤나 쓰는 놈이란 걸 알고 있었고 삼식이만 자기편으로 만든다면 다른 후배들도 자신을 대장처럼 모시며

따를 거라고 생각했던 것이다.

태성이 사는 마을, 그러니까 삼정리에는 태성이와 같은 학년인 이강찬이 있었다. 이강찬 주위에는 늘 후배들이 따라다녔고 삼식이도 이강찬을 따르던 놈 중 하나였다. 물론, 태성이 집안이 부유한 이강찬처럼 후배들에게 베푼 것이 없어 후배들이 따르지 않는다고 볼 수도 있었으나 사람 좋기로 소문난 태성이를 후배들이 따르지 않는 것 또한 아이러니했다.

여하튼 자전거만 갖게 해준다면 이유 불문하고 삼식이 자신에게 충성을 다하겠다고 했으니, 태성은 그 유혹을 뿌리칠 수 없었던 것이다.

"확실한 거지?"

"당연하지라, 성. 자전거 한 대만 갖게 해준다면 성이 하라는 대로 다 할 것이요."

"강찬이 말고 앞으로는 내 말만 듣겠다는 것이제?"

"야. 당연하지라. 지가 성한테 줄 서면 내 밑에 있는 후배들도 죄다 성한테 충성할 것이요. 성도 후배들이 강찬이 성보다 나를 더 따르는 거 알제라?"

"그럼, 알다마다. 내일 당장 실행에 옮기자!"

"야."

여태 자신을 무시하던 삼식이가 이제부터 자신을 대장처럼 모시며 따르겠다고 하니 태성은 천군만마를 얻은 듯 기뻤다.

저번 자전거 서리가 별 탈 없었던 데다 자전거 점포를 한 번 털고 나니 태성 자신도 나름 자신감이 생겼던 것이다. 이번에는 동수, 광석, 용석과 함께하지 않아도 거뜬히 그 일을 성사시킬 수 있겠다 싶었다. 그러나 범죄자들이 두 번 다시 가지 말아야 할 곳이 바로 범죄 장소인바, 그걸 몰랐던 태성은 똑같은 자전거 점포에 가 똑같은 방식으로 자전거를 훔칠 계획을 세웠던 것이다.

"이놈들, 이제야 잡았다."

자전거 점포 주인은 태성이와 삼식이가 철사 줄을 끊고 자전거를 둘러멜 때까지 기다렸다. 놈들이 자전거를 둘러메면 달릴 수도 없거니와 행동도 민첩하지 못하다는 걸 알았기 때문이다.

가슴에 바싹 자전거를 감싸 안고 총총걸음으로 달아나려던 태성이와 삼식이의 목덜미를 점포 주인과 그의 장성한 아들이 꽉 움켜잡았던 것이다. 이후 둘은 경찰서로 끌려가게 됐고 그곳에서 조사를 받게 된 것이었다.

그러한 연후로 그 다음날 생활부장인 체육선생에게 전화가 온 것인데, 그 섬, 학교에 다니는 학생 둘이 경찰서에 잡혀 들어와 있다는 거였다. 그 길로 체육선생은 읍내로 향했고 경찰서장에게 사정사정한 끝에 태성이와 삼식이를 데려올 수 있었던 것이다.

그냥 넘어갈 체육선생이 아니었다. 체육선생은 두 놈에게 부모님을 모시고 오라 했고, 그것에 겁이 난 두 놈은 결국 다음 날 학교에 나오지 않았던 것이다.

"답답하게 생겼다야. 경운기 사건이 터진 지 얼마나 지났다고 요러케 또 걸렸으니……. 아마도 정학 처분은 따 놓은 당상인 것 같고, 학교에선 부모님 모시고 오라고 할 거고. 참말로 깝깝하다야."

"그란께. 진짜로 내일 학교 가는 게 지옥 가는 것 같다야."

"거봐. 내가 태성이 놈은 위험하다고 했잖어. 그놈 씨끼 때문에 벌써 몇 번째냐고. 등신 같은 놈. 꼭 혼적을 남기든지 걸리든지 둘 중에 하나여. 또 지만 잡히면 몰라. 우리들까지 다 불어 싸그리 죄인을 만들어 뿔고."

용석이 태성일 데리고 가지 말았어야 했다는 듯 뒤끝이 작렬이다.

"그러지 마라. 실은 태성이 아니었으면 우리가 읍내에 어떻게 갈 수 있었겠냐? 태성이가 있었으니께, 갔지."

광석의 말에,

"그래서 이 꼴이 된 거 아니여. 암튼 태성이 놈 미련한 것은 알아줘야 한다니께."

용석은 당최 못마땅하다는 듯 연거푸 태성이에 대해 욕지거리를 날렸다.

근데, 유독 광석만이 태성이를 감싸고 돌았는데, 그 이유는 이러했다. 광석이는 불암도에서 태어나지 않았다. 부모를 따라 서울에서 시골로 전학을 왔던 것인데 그런 광석이를 가장 못살게 굴었던 이가 바로 태성이었다. 태성은 광석이 있는 집 자식이라는 것도, 도시 놈이라는 것도 영 못마땅하게 생각했던 것이다.

그런 태성이와 광석이가 친해진 계기가 있었는데, 또래들끼리 패싸움이 일었을 때였다.

패싸움이라기보다는 광석이가 서울에서 왔다는 이유로 광석이와 친하게 지내는 무리, 그래 봤자, 그 수가 서너 명밖에 되지 않는 패거리와 광석이를 무지 싫어하는 패거리의 일전이었다.

그런데 이상하게도 태성이는 광석이의 반대편 무리에 끼지 않았다.

후다닥 한차례 싸움이 있은 후 잠시 휴전이 있었는데, 그때 태성이 혜성같이 광석이 옆에 짠, 하고 나타난 것이다.

"니들, 광석이가 도시에서 왔다고 괄시하면 내가 가만 안 둘겨. 막말로 광석이가 니들을 괴롭히길 했나 어쨌냐? 그냥 광석이 놈도 우리하고 잘 지내볼라고 하는 것인데, 우리가 도시에서 왔다고 무작정 이유 없이 광석이를 싫어하는 거 아니여? 안 그래?"

태성이는 붉으락푸르락 한 표정을 지으며 누군가 걸리기만 하면 작살낼 것 같은 눈으로 상대편 패거리를 노려보았다. 이후 찍, 소리도 나지 않았을뿐더러 패싸움은 2라운드에 접어들기도 전에 끝이 났다. 태성이의 험악한 말 때문이었을까, 그것보다는 아마 태성이의 삼손 같은 힘 때문이었을 것이다. 태성이의 신들린 듯한 괴력을 모르는 친구들도 없거니와 그 주먹에 맞았다가는 어디든 성치 못할 거란 걸 다들 잘 알고 있었던 것이다.

그렇게 두 무리의 패싸움은 흐지부지 막을 내렸다.

그런 태성을 광석은 무척 고마워했고 틈만 나면 더 잘 해주려고 노력했던 것이다. 하지만 태성이의 미련스러움만은 광석 자신도 어찌할 수 없음을 개탄해 했다.

이건 그렇다 치더라도, 태성이 패싸움에서 광석이 편이 된 가장 큰 이유는 자신의 괴롭힘에도 불구하고 늘 한결같은 모습으로 자신을 대해주는 광석이의 마음에 태성이 동했기 때문이었다. 여기저기서 광석이를 손봐주자고 떠들어댔을 때 태성이는 많은 고민 끝에 광석이 편에 섰던 것이다. 그렇게 둘은 그 패싸움을 계기로 더욱 가까워져 있었다.

"동수야! 우리 가출해 불까?"

뜬금없이 용석이 하는 말이다.

"뭐라고 미쳤냐? 그리고 집 나가면 어디로 가게?"

동수는 기겁하며 손사래를 쳤다.

"내가 듣기로 서울에 가면 봉제공장이 있다고 하드라. 그곳에 가면 숙식도 제공해주고 돈도 많이 벌게 해준다고 하던데⋯⋯."

"니, 그런 얘기를 누구한테 들었냐?"

"우리 섬에서도 서울로 올라간 선배들이 있잖어. 그 선배들 중에 봉제공장에 다니는 선배들이 있다고 하드라. 우리가 그 선배들이 누군지 또 그런 곳이 어디에 있는지 알 수는 없지만 광석이가 서울에서 살다왔으니까 쪼깐 알지 않겠냐?"

"국민학교 때 전학 와서 잘 알 수 있을까⋯⋯. 광석아! 니, 그런 얘기 들어본 적 있냐?"

"그런 얘기는 나도 처음 들어보기는 한데. 그곳이 어디 쯤에 있다는 것만 알면 내가 서울 지리는 쫌 아니까, 찾아가 볼 수는 있을 것 같다."

동수는 용석이 가출하자고 하는 말도 황당하거니와 또 광석이를 믿고 서울로 올라간다는 것 자체도 영 불안했다. 광석이가 서울에 살았을 적에는 아버지가 사업을 크게 하서 광석이는 매일 자가용을 이용해 학교를 다니다시피 해 서울 지리에는 까막눈일 거라 동수는 생각한 것이다.

그나저나 학교를 간다는 게 두려웠으니 동수도 가출을 할까 말까에 대해 깊은 고민이 들기 시작했다.

"우리 내일 하루만 더 생각해보자."

동수의 제안에,

"학교는?"

그래도 학교는 가야 되지 않겠냐는 듯 광석이 묻는 것이다.

"안 가는 걸로 하자. 낼 학교 가면 교무실에서 하루 종일 벌서고 있거나 부모님 빨리 모시고 오라는 선생님의 협박성 훈계나 듣겠지. 그걸 생각하면 끔찍하다야."

용석은 이미 가출로 맘을 단단히 먹은 듯했다.

"그럼, 낼 학교 뒷산에서 보자."

동수가 동의하는 걸로 이야기가 끝나는 듯싶었다. 그런데 광석이 누군가가 맘에 걸리는지.

"태성이는 어떻게 할까?"

"미워도 우리 친구 아니겠냐? 태성이한테도 생각이 어떤지 한번 물어보자."

그렇게 셋은 결의를 다지고 난 후 헤어졌다.

"태성이, 니는 어쩔 거냐?"

의외로 태성이는 망설였다.

"나도 서울에 가고 싶은데 엄매하고 아부지가 영 맘에 걸려서……."

"야! 놀러가는 것도 아니고 도망치는 것도 아니여. 우리가 거기서 자리만 잡으면 말로만 듣던 서울에서 돈도 벌 수 있고 그 돈으로 집안을 일으킬 수도 있고."

용석이 너무 나갔다.

"태성이, 니는 예전부터 공부에 뜻도 없고 어떻게 하면 돈 많이 벌수 있나, 하고 고민하던 놈 아니여? 서울 가면 닥치는 대로 열씸히 일해 돈 많이 벌어 보란 듯이 시골로 돈을 송금해 주면 되는 거여."

이번만큼은 태성이를 꼭 데려가야겠다는 듯 용석이 어느 때와 사뭇 다르게 게거품까지 물고 연장 씨부렁댔다.

"야, 우리야 부모님이 다 건강하셔서 괜찮겠지만 태성이는 아부지도 아프고 어무니도 도와드려야 하고 우리가 잘못 생각한 거 아니냐?"

동수는 자신들의 판단이 잘못됐을 수도 있으니 태성이를 데려가는 것에 대해 다시 한 번 숙고해보자고 제안했다.

"아부지 술주정이 싫어서 벗어나고 싶기도 하지만 그것보다는 아부지가 일 못한지가 꽤 오래됐고 집안 형편도 안 좋은께……"

하며 태성이 말끝을 흐리더니

"당분간 엄매가 고생하겠지만 앞으로를 생각해, 니들 믿고 나 서울 갈란다! 돈 많이 벌어 보란 듯이 돈 싸 짊어지고 금의환향 할란다."

하는 것이다.

"금의환향?"

'태성이 입에서 한자성어라니', 순간 셋은 넋을 잃을 뻔했다.

"그럼, 우린 정리된 거여. 오늘 학교 안 간 건 당장 학교에서 연락을 했더라도 바닷가에서 일하시는 부모님하고는 연락이 안 닿았을 것이여. 눈치껏 잘 다녀온 척하고 낼 아침에 학교에 다녀오겠다고 하고 우린 불암도를 뜨는 것이여. 알겠지?"

동수의 제안에,

"야! 한번 파이팅하자."

어렵게 결정했다는 생각이 들지 않을 만큼 태성이의 목소리는 우렁 찼고 이미 마음은 서울로 올라가있는 듯했다.

"엄매."

광석이 울먹이자 동수, 용석, 태성도 따라 울기 시작했다.

서너 평도 채 안 되는 봉제공장 안에 설치된 라디오에서 자신들의 이름이 흘러나오자 동수 무리는 그간의 서러움이 한꺼번에 폭발한 것이다. 애들이 가출한 지 한 달이 다돼가도 소식조차 없다면서 광석이 어머니가 서울에 아는 지인을 통해 라디오 방송으로 동수 무리의 가출 사연을 띄운 것이다.

봉제공장

동수 무리가 도착한 곳은 서울고속버스터미널이었다.

한 번도 보지 못한 사람들의 북적거림, 너나 할 거 없이 바삐 걸어 가는 모습들, 손에 무언가를 한 아름 들었거나 머리에 보따리를 이고 어디론가 향하는 사람들. 그러나 동수 무리는 갈 곳이 없었다. 그렇 다고 고속버스터미널 안내소나 근처 파출소에 가서 자신들의 목적지 를 물어볼 수는 없는 노릇. 그랬다가는 '우리 가출했으니 잡아서 고향 으로 다시 보내주시오'하고 자수하는 꼴밖에 안 된다는 것쯤은 동수 무리도 알고 있었다.

먼저 고속버스터미널 대기실에 앉아 대책을 논하기로 했다.

"동수야, 이제 우리 어떻게 해야 쓰까?"

그렇게 의기양양해 하던 태성이 막상 서울이라는 낯선 곳에 올라와 보니 걱정이 앞서는 모양이다.

"암튼, 우리는 목표대로 움직여야 해. 우리가 가고자 한 목적을 놓 치면 우리는 표류하게 되는 것이여. 한 치의 흔들림도 없이 봉제공장 을 찾아서 가야 하는 거여."

결의에 찬 동수의 말에.

"그럼, 봉제공장인가 하는 곳 연락처부터 알아봐야 할 거 아니여?"

"그렇지. 그러니께, 우리한테는 광석이가 있는 거여. 그렇지 광석아?"

하마터면 '염병, 내가 뭘 안다고' 하는 말이 튀어나올 뻔했다. 간신히 참아내며 광석은 "으웅"으로 답을 대신했다.

"일단 주위를 살펴보자고. 여기저기에 아마도 사람 구하는 구인 전단진가 하는 것들이 붙어있을 것이여. 특히 우리 같은 가출 청소년들을 위한 전단지가 필시 있을 거여."

태성이 못마땅한 듯 동수 말이 끝나기 무섭게 낚아채며

"야, 이동수! 그 말은 정정해야 쓰겠다! 우리는 가출한 게 아니라 뜻이 있어서 서울로 상경한 것이제."

하는 것이다.

동수는 피식 웃음이 나왔지만 참으며 '알았다'고 한 뒤 계속해 말을 이어갔다.

"그래, 태성이 말마따나 우리는 돈을 벌기 위해 서울로 상경한 것이여. 그러니까 가출 소년들이 아니라 뜻이 있는 당찬 소년들이여! 알겠지? 글고 아까 하던 말을 계속해서 하자면 전단지, 그게 전봇대라든가 벽에 필히 붙어있을 것이여, 그것부터 찾아보자고."

"알았어!"

모두들 흔쾌히 응하고 서로 헤어지는 일이 없도록 고속버스터미널 한쪽 귀퉁이에 매달려있는 분식집 간판 아래로 다시 모이기로 한 뒤 봉제공장 연락처를 찾아 뿔뿔이 흩어졌다.

삼십여 분이 흘렀을까, 약속한 장소로 하나둘씩 다시 모이기 시작했다. 먼 곳까지 가는 게 다들 겁이 났던지 고속버스터미널 근처만 배회하다 돌아온 게 분명해 보였다.

"없는데. 아무래도 이곳엔 봉제공장 연락처가 없는 거 같아."

"그란께. 우리의 작전이 약간 어긋나 뿌렸네. 그럼, 우리 답답한 이곳을 벗어나 한적한 곳으로 가 생각을 더 해 보자고. 광석아 어디 좋은 데가 없을까나?"

용석이의 말에, '왜 나한테만 계속 묻고 지랄이냐'는 듯 입을 한 번 삐쭉 내밀고는

"그럼, 한강으로 가자. 니들 한강 구경 한 번도 못해 봤지?"

하는 것이다.

"한강? 그거 좋지. 봉제공장 찾는 게 급선무긴 하지만 한강이라는 곳도 한 번쯤은 가봐야제."

알지도 못하는 한강이지만 그 얘기가 나오자, 아까와 달리 태성의 맘이 동하는 듯 보였다.

"좋다. 함 가보자. 이동은 어떻게 해야 쓰까?"

"여기엔 택시란 게 있다고 하드라. 돈 주고 가고 싶은 데를 말하면 데려다 준다고 하던데. 그렇지, 광석아?"

주워들은 풍월은 있었던지 용석이 아는 척을 하는 것이다.

"그래, 맞어. 여기서 택시 타고 가면 한강에 갈 수 있어."

"역쉬 광석이가 있어서 우린 든든하다니께."

한 십여 분을 택시로 달려가자 정말로 한강이 한눈에 들어왔다.

"여깁니다, 손님."

택시기사는 한강변에 있는 택시정거장 앞에 동수 무리를 내려주었다.

동수 무리를 보는 택시 기사의 눈은 예사롭지 않았다. 하지만 가출한 청소년들을 많이 봐왔던 터인지 별 대수롭지 않게 넘어가는 것이다.

"야! 이곳이 그리도 사람들의 입방아에 오르내린다는 한강이란 말이여. 참 넓다. 야, 우리 불암도 바다만 하다야. 뭔 놈의 강이 이렇게

도 크다냐. 우리가 헤엄쳐 건널라고 해도 중간에 허우적대다가 빠져 죽고 말겠네."

한강을 보며 태성은 연신 감탄사를 남발해댔다.

"부정타게시리 죽는다는 말이 이 대목에서 왜 나오냐? 그냥 이런 데 와서는 감상만 하면 되는 거지."

방정 맞는 소리 해대지 말라며 용석이 태성에게 핀잔을 주었지만 정작 자신도

'이런 데선 무서워 헤엄도 못 치겠구만. 태성이 말마따나 영락없이 죽겠네.'

라고 생각하고 있었다.

"야, 감상들 그만 하고 한강변으로 내려가 보자. 저기 쉴 만한 곳도 있고 그러네."

동수의 말에, 태성이 '잠깐' 하며 무리에게 멈춰보라는 신호를 보냈다.

"야, 여기 뭔가가 있어. '미싱 시다 구함'이라고 써 있는데."

"어디? 진짜 '미싱 시다 구함'이라고 써 있네. 연락처도 있고. 광석아! 미싱이 뭐여?"

"나도 잘은 모르는데, 아마 우리가 찾는 봉제공장에서 일하는 사람들이 쓰는 기계를 말하지 않나 싶어."

"그랴? 그럼, 연락 한 번 해보자고."

"잠깐만! 이런 것일수록 우리가 신중을 기해야 해. 왜냐하면 인신매매라는 게 있거든. 만약 우리가 섬에서 올라온 걸 알면 그놈들은 필시 우리들을 어디다가 팔아먹을라고 할 것이여. 그러니께, 조심해야해. 생각을 좀 더 해 보자고. 연락을 할 것인지 말 것인지를."

용석의 말에.

"그럴 수도 있지. 우리 같은 애덜이 분명 또 있을 거여. 그런 애들도 우리처럼 저런 연락처를 보고 연락을 할 것이고. 그러면 어디론가 실려가 아무도 모르는 곳에 팔려나갈 수 있거든. 니들도 멍텅구리 배 알잖어?"

"그래도 우리에겐 광석이가 있으니께, 그럴 일은 없을 거여. 우리 광석님 말씀 한 번 들어보시자고."

뜬금없이 광석이에게 존댓말까지 써가며 아부를 떠는 태성이, 왠지 너무 나갔다 싶다.

"물론 그럴 가능성도 있을 수 있겠지만 아마도 내가 보기에는 진짜로 사람이 필요해서 전단지를 붙여놨을 거여. 내가 듣기론 서울은 예나 지금이나 한참 일자리가 생겨나는 판이라 구름떼처럼 사람들이 몰려들고 있다는 거여. 만약 우리 집도 아버지 친구가 돈을 들고 외국으로만 튀지 않았다면 지금 사업이 어마어마하게 번창했을 테니까. 그때도 우리 아버지 회사에 일을 하러 오겠다고 하는 사람들이 넘쳐났거든."

"근데 왜 사람을 구한다고 이런 데까지 광곤가 쪽진가 하는 걸 붙여놓는 거여?"

그렇게 일할 사람들이 넘쳐나는데 왜 굳이 이런 데까지 연락처를 남겨두느냐는 듯 태성이 묻는 것이다.

"그렇게 생각할 수도 있겠지만 일자리가 필요한 사람들은 누가, 어디서, 어떤 사람을 구하는지 대부분 모르고 있는 거거든. 알음알음 아는 사람을 통해 직장을 구하는 사람도 있지만 우리처럼 섬이나 시골에서 올라온 사람들은 누가 일자리를 내놨는지도 알 수 없을 것이고. 그래서 이런 데까지 구인 광곤가를 내겠지."

광석이의 보충 설명이 곁들여졌네.

"맞어. 광석이 말이 일리가 있구만. 우리같이 일거리를 찾는 사람들이 어찌 알고 일터를 찾을 것이여. 다 우리 같은 놈덜을 위해 여기에다까지 연락처를 남겨뒀겠지. 이제 결정하자. 이리로 연락해 여기에 턱, 하니 자리 잡는 걸로."

모든 게 삽시간에 정리돼버렸다.

공중전화부스 유리 벽면에 적힌 전화번호로 연락을 취했다. 그러자 아가씨라고 짐작되는 여직원이 상냥하게 전화를 받아주었다. 주위에 큰 건물이 보이면 얘기하라고 해 얘기하자, 조금만 기다리면 차 한 대가 도착할 거라고 했다. 그 아가씨 말마따나 얼마 지나지 않아 낡은 봉고차 한 대가 동수 무리 앞에 떡하니 서는 것이다.

'이왕이면 다홍치마라고 좋은 차로 좀 데리러 오지.'

'이것들아, 이 정도도 감지덕지해라.'

"타!"

'이씨! 초면에 반말은……. 우리가 너한테 반말 쓰면 좋겠냐?'

"빨리 안 타!"

'나이 먹었다고 그러지 말고 입장 바꿔 생각해봐라!'

"이것들을 그냥."

'타면 될 거 아니여. 성질머리하곤.'

그렇게 동수 무리의 험난한 여정은 시작되었다.

"또 어린놈들이여. 저것들이 뭘 할 줄 안다고 여기까지 데리고 오고. 암튼 얼마나 버텨낼는지 모르겠네."

재봉틀 앞에서 미싱질을 하던 한 아주머니가 꺼내는 말이다.

봉제공장에 도착했을 때 동수 무리는 입이 딱 벌어졌다.

규모의 거대함, 공장의 화려함, 내부의 깔끔함에서 나오는 탄성이 아니었다. 어떻게 이런 환경에서 직원들이 일을 하고 있나, 하는 의구심이 들었기 때문이다. 상상했던 거 이하로 봉제공장은 허술하기 짝이 없었다. 어림잡아 자신들의 집보다 훨씬 작았고 그 작은 공간을 작업실이 다 잡아먹고 있었다. 딱 1층이면 될 작업실은 위아래로 나뉘어진 복층 구조로 이뤄져있었다.

아래층 작업실에는 재봉틀이 8대, 위층 작업실에는 5대, 그리고 동수 무리가 자야할 곳으로 보이는 위층 구석엔 매트리스가 깔려있었다. 아래층 작업실에 놓여있는 재봉틀은 작업하는 데에 사용되고 있는 듯했다. 하지만 위층 다락방에 있는 재봉틀은 사용 안 한지가 꽤 돼 보였다.

봉제공장, 그곳 사장을 보고 동수 무리는 또 한 번 까무러질 뻔했다. 우락부락한 얼굴은 그렇다 치더라도 자신들의 두 배는 될 것 같은 장신에, 울룩불룩 솟아있는 팔 근육도 부족해 불끈 튀어나온 힘줄, 거기다가 힘 꽤나 쓴다는 삼손도 울고 갈 팔뚝에 새겨진 용 문신.

직원이라고 하는 사람들은 아홉이었다.

박음질이 끝난 옷가지들을 나르는 남 직원 한 명, 아줌마들이 여섯 명, 그리고 자신들보다 서너 살 많아 보이는 누나들 두 명.

"인사부터 깍듯이 하고 오늘부로 니들은 2층 다락방에서 방장 아주머니가 가르쳐주는 대로 일하는 거다. 비싸게 들여왔으니 그 값은 해야 될 것 아니냐. 알겠냐?"

동수 무리는 열심히 일하라는 뜻은 알겠는데, 방장 아주머니가 방씨라는 것인지, 아니면 여기 아주머니 중에서 대장격인 '짱'을 먹고 있다는 뜻인지, 그리고 비싸게 들여왔다고 하는데 봉제공장 안에 있는 옷감들을 비싸게 들여와 조심히 다루라는 것인지, 자신들의 가치가 꽤 높다는 것인지, 도통 이해가 안 됐다.

"우리는 한 달에 얼마 정도 받을 수 있는 겁니까?"

일을 시작하기 전 그래도 한 달 치 봉급인가 하는 걸 못 박고 가야겠다는 듯 동수가 물었다.

"시끄럽다. 주는 밥 처먹고 열심히 일하면 다 하는 만큼 줄 테니까, 잔소리 말고 오늘부터 당장 미싱질 하는 방법이나 배워라, 아그들아."

"그럼, 일 열씸히 할란께, 먼저 밥부터 주시면 좋겠어라. 우리는 아직 아무 것도 먹지 못하고 여기까지 왔구만이라. 일단 밥 먹고 시작할께라."

"이 새끼들이 보자보자하니까 말들이 많네. 밥 시간은 따로 있어! 일하다가 저녁때가 되면 으레 줄 것인데 벌써부터 밥 달라고 지랄은 지랄이여. 빨리 기어 올라가지 못해!"

밥은커녕 되돌아오는 건 협박성에 가까운 으박뿐이었다.

"동수야! 우리 잘못 들어온 건 아니겠지? 살짝 겁 날라고 하는데."

주눅 든 태성이 동수에게 살짝 묻는 것이었으나 동수, 용석, 광석도 겁나기는 매한가지. 그래도 친구들에게 용기를 북돋아 줘야겠다고 생각했는지, 아님 사장 들으라고 했는지 모르지만 동수가

"봐라, 우리만 있는 것도 아니고 저기 아줌마들하고 누나들 두 명이나 있잖아. 뭔 일이야 있겠어. 열씸히만 일하면 그만큼 돈도 알아서 챙겨준다고 하니까, 일들이나 열씸히 하자!"

애써 큰소리로 얘기하는 것이다.

지루하고 힘들고 잠이 부족해 미싱 바늘에 손이 찔리고 고통은 이

루 말할 수 없었다. 밖에 나가본 지가 일주일이 넘는 듯했다. 동수 무리가 있기에는 너무나 갑갑한 환경이었다. 당장 뛰쳐나가 여기저기 돌아다녀도 시원찮을 판에 좁디좁은 다락방에 처박혀 익숙지도 않은 미싱질을 해대고 있었으니 지옥이 따로 없었다. 오로지 위안이 되는 거라곤 다락방 한쪽에 걸려있는 라디오. 그것에서 흘러나오는 음악뿐이었다.

아주머니들과 누나뻘 되는 언니들은 동수 무리에게 미싱하는 법을 가르쳐주는 것 외엔 일절 다른 얘기를 꺼내지 않았다.

"동수야! 지겨워 죽겠다. 집에도 가고 잡고."

"일단 아줌마들한테 여기가 도대체 뭐하는 곳인지, 정말로 옷을 만드는 곳인지, 사장이 없을 때 물어봐야 쓰겠다. 안 그러면 우리는 정체도 제대로 모르는 봉제공장에서 일만 하다가 죽어나갈 지도 몰라."

"그래, 맞아. 우리가 하는 일이 보통 수준은 넘는 것 같고, 일한 만큼 돈도 준다고 하지만은 도통 믿을 수가 있어야지. 암튼, 이놈의 봉제공장이 도대체 뭐하는 곳인지 알아봐야 해."

용석의 말이 옳다는 듯 동수, 태성, 광석도 고개를 끄덕였다.

"여기가 뭐하는 곳이다요? 우리가 여기 온 것은 돈을 벌려고 온 것인데 당최 일하는 곳 같지 않고. 어디에 끌려온 것만 같아서라. 괜찮으면 말씀 좀 해주세요."

읍소에 가까운 말에.

"니들은 팔려왔어야. 그 값을 해야만 나갈 수가 있어. 우리야 가끔 집에 왔다갔다하지만은 저기 보이는 여자애들 있잖어. 쟤들도 니네처럼 팔려온 것이나 진배없어. 그러니께, 아무 소리 말고 열심히 일이나 하고 먹는 것이나 잘 챙겨 먹어. 사장이 보통 사람이 아니어. 딴맘먹었다가는 니들은 쥐도 새도 모르게 죽어 나가는 수가 있어."

2층 다락방에 다시 모인 동수 무리.

"안 되겠다, 동수야! 우리 여기서 빠져나가야 쓰겠다. 보니께, 이건 감옥이나 다름없어. 아줌마들이 그랬잖어, 여기에 우리가 팔려왔다고. 글고 그 값을 할라면 죽어라고 일을 해야 한다고. 혹 우리가 여기서 죽는다면 부모님은 우리를 아예 찾지 못할 것이고……."

태성이 울먹이는 말에, 너나 할 것 없이 눈물을 글썽글썽대기 시작했다.

"니들, 또 한 번만 그런 짓 하다 들키면 그때는 나도 장담 못한다. 그리들 알아들어라. 내가 니들을 얼마나 비싸게 사가지고 왔는데, 허튼 수작 다시 한 번만 해봐라, 그때는 나도 못 참는다이."

사장의 협박은 봉제공장을 탈출하려다 동수 무리가 걸렸기 때문이었다.

동수 무리는 며칠 동안 사장의 움직임을 파악했다. 그 결과 사장이 직원 모두가 잠든 후 봉제공장 밖으로 나간다는 걸 알아냈다. 또 사장은 봉제공장 문을 잠가야 했지만 동수 무리가 자는 침실은 공장 안에 있고 화장실은 밖에 있어 어쩔 수 없이 문을 열어둬야 했다. 그 허점을 이용해 동수 무리는 탈출하려 했던 것이다.

잠든 척한 후 사장이 봉제공장 밖으로 빠져나간 지 한 시간여를 기다렸다가 동수 무리는 살금살금 마당으로 걸어나갔다. 담을 뛰어 넘어 죽을 둥 살 둥 도망칠 요량이었다. 작전은 나름 원만하게 진행되고 있었다.

탈출구는 구멍이 아닌 담벼락 위. 하지만 담벼락이 꽤 높아 한 명씩 탈출해야 했다. 때문에 누군가가 무릎을 꿇고 엎드려야만 했다. 만장일치로 태성이 당첨되었다. 이제 넘어가기만 하면 되는 것이다. 태성이의 등을 밟고 광석이 담벼락을 넘어서려는 순간,

"이놈의 새끼들, 뭐하는 짓들이야!"

하는 괴성에 동수 무리는 그 자리에 그대로 얼어붙고 말았다. 사장과 남자직원이 금방이라도 튀어나올 듯한 눈알을 부라리며 동수 무리를 쳐다보고 있었다. 아차, 싶었다. 한 명쯤은 망을 보고 있었어야 했는데 다들 담벼락만 쳐다보고 있었던 게 큰 실수이자 탈출 실패의 원인이 되고 말았다.

그 후 동수 무리에 대한 사장의 감시는 더욱더 철저해졌다. 이젠 탈출 모의조차 꿈꿀 수 없는 상황으로 치달아버렸다. 시간이 갈수록 동수 무리의 슬픔과 고단함은 깊어만 갔다. 그렇게 답답하고 고된 생활이 반복되던 어느 날, 가출 소년, 그러니까 자신들에 대한 이야기가 라디오에서 흘러나오는 게 아닌가! 먼저 라디오에 귀를 기울이고 있던 광석이 그 사연을 듣고 무리에게 얘기해 같이 듣자, 누구 할 것 없이 닭똥 같은 눈물을 뚝뚝 떨어뜨리며 엉엉 울어 젖히기 시작했다. 같이 울자고 의기투합이라도 한 듯.

방법은 하나였다. 봉제공장 주소를 파악해 자신들이 잡혀있다고 경찰서에 전화하는 수밖에 없었다. 하지만 그들이 아는 전화번호라곤 113, 그게 간첩 신고할 때 쓰는 전화번호란 걸 모르는 채 말이다.

다행히 봉제공장에는 다이얼 전화기가 있었다. 주문을 받거나 물품

을 납품하는 곳에 전화할 때 사장이 쓰는 전화기였다. 그걸 동수 무리는 본 적이 있었다. 어떻게든 전화만 하면 되는 거였다. 지금 그들에게 구세주는 신이 아닌 전화기.

그러나 하루 작업이 끝나면 사장은 예외 없이 전화연결코드에서 전화기를 분리해 다른 곳으로 가져가 버렸다. 허나 빈틈은 있는 법. 술을 거하게 먹고 오는 날이면 사장은 그걸 깜빡하는 경우가 종종 있었다.

어쩌면 기회는 단 한 번뿐. 이번 작전마저도 물 건너가는 날엔 동수무리는 고향으로 돌아가는 걸 포기해야 할지 몰랐다.

드디어 학수고대하던 기회가 도래했다. 그날 사장은 술을 거하게 먹었던지 동수 무리에게 허튼 수작 부리지 말라며 잔뜩 겁을 주고선 전화기를 그대로 방치한 채 봉제공장 밖으로 나갔다. 이때다 싶었다. 광석이 전화기 앞으로 슬금슬금 기어갔다. 광석이가 대표로 뽑힌 이유는 서울에 살았던 경험이 있어 다이얼 전화기를 사용할 줄 알았고 다른 놈들에 비해 사투리가 덜해 경찰서에서 쉬이 말길을 알아들을 수 있을 거라 판단했기 때문이었다.

길게 통화하다간 걸릴 수도 있겠다싶어 이름, 그리고 어디에 잡혀있다는 것만 말하고 바로 전화를 끊기로 했다. 짧게 얘기해도 경찰서에서 금방 눈치 챌 거라고 생각한 건 이미 자신들이 가출 청소년으로 신고가 돼 있기 때문이었다.

그러나 후에 밝혀진 얘기지만 정말 다행스러웠던 건,

첫째, 경찰이 처음엔 장난전화인 줄 알고 바로 끊으려 했으나 간첩 신고를 하면서 어설픈 표준어로 어찌나 슬프게 곡소리를 내던지 들어나 보자하며 얘기를 끝까지 들어준 점, 둘째, 자식 사랑이 지나치게 넘쳐나는 광석이 어머니가 다른 집 자식들은 안중에도 없어 '광석 외 3명'으로만 가출 신고를 해 놨는데 다행히 광석이가 대표로 전화한 점이었다.

"우리도 피해잡니다. 저희한테 이러시면 안 되죠? 저흰 한 놈 당 50만 원씩 지불하고 데리고 왔습니다. 우리는 사람이 필요했고 애들이 가출 소년이라는 걸 몰랐습니다. 오히려 저희한테 보상을 해줘야 합니다!"

사장의 말이 거짓이란 걸 경찰도 알았지만 그렇다고 막무가내로 봉제공장 사장에게만 잘못이 있다고 해, 잡아들일 순 없는 노릇이었다. 왜냐, 기실 동수 무리는 인신매매 비슷한 조직에 걸려들었는데, 그들은 봉제공장에 연락해 사람이 있으니 필요하면 데리고 가라 했고, 봉제공장 사장은 어린 애들이지만 아쉬운 대로 돈을 지불하고 데려왔던 것이다.

인신매매 조직은 동수 무리가 어린 애들이라는 걸 미리 짐작하고 있었는데, 자신들에게 큰돈이 안 된다고 판단해 싼값에 봉제공장으로 넘겨버린 거였다. 상황이 이러하다 보니, 오히려 봉제공장 사장에게 돈을 물어줘야 하는 형국이 돼버린 것이었다.

그렇게 동수 무리의 화려하지도 추억하고 싶지도 않은 서울 가출기는 끝을 맺게 되었다.

가묘

"빨리 내려와 봐야 쓰겄다."

"무슨 일이라도 있소, 숙모?"

동수한테 오촌뻘 되는 숙모에게서 전화가 왔다. 학교 수업 중에 교무실로 걸려온 전화였는데 담임선생님이 동수를 호출한 것이다. 한 번도 없었던 전화 호출로 보아 심상찮은 일이 발생했음을 동수는 직감했다.

"뭔 일인지 모르겄다. 느그 부모가 하루가 다 지나가도 바다에서 돌아오지 않는다. 어제 바람이 심하게 불어썼는디, 어디 가냐고 혔드만 거친 물살에 김발을 잡아주는 줄이 끊어져 김발이 이리저리 떠다니고 있다믄서 안 잡아주믄 김발이 바다 멀리 떠내려 갈 것 같아 바람이 거칠지만 바다에 나가봐야 쓰겄다고 하드만은……"

숙모의 목소리는 점점 메어 갔고

"바람 부는 날이 하루 이틀도 아니고 혀서 우리는 으레 가는 것이라 대단찮게 생각지 않았드만은…… 동수야……"

끝내 말을 잇지 못했다.

갑자기 교무실이 횅해보였다. 아무도, 아무것도 없는 것 같았다. 교무실 천정은 끝이 없는 우주와 같았고 발을 딛고 있는 교무실 바닥은 구름 위를 걷고 있는 듯했다.

복도를 나와 교실로 향했다. 무의식중에도 두 다리는 처벅처벅 움직이고 있었다.

"이동수!"

선생님이 불렀다. 하지만 들었는지 못 들었는지 동수는 아무 대답이 없었다.

교실 문을 여는 순간, 눈물이 왈칵 쏟아졌다. 웅성대는 소리가 들리긴 했다. 하지만 이 소리가 벌떼들이 모여 내는 소리인지, 고삐 풀린 어린 송아지가 어미를 찾느라 울어 젖히는 소리인지, 웽웽웽 하는 거 같기도 하고 움머움머 하는 거 같기도 했다.

그리 쉽게 가실 분들이 아니라는 걸 믿고 싶은 듯 아니라고, 아니라고 되뇌며 울음을 참아보려고 했건만 꾸역꾸역 목구멍을 타고 넘어오는 흐느낌과 볼을 타고 흘러내리는 눈물은 주체할 수 없었다.

섬에서 빈번히 일어나는 일이었다. 동수 주위에도 바다에 부모를 잃은 친구들이 있었고 그런 친구들이 조부모 밑에서 자라온 것도 봐왔었다. 그래서일까, 믿고 싶지 않았지만 숙모가 전해주는 얘기는 곧 현실이 되는 것 같았다. 바다에 나갔다가 하루만 소식이 없어도 그 사람들은 끝내 돌아오지 못했다는 걸 동수도 익히 알고 있던 터였다. 그래도.

'아니야, 그럴 리가 없어. 내가 확인해 보지 않고서는 부모님이 돌아가셨다는 말은 믿을 수가 없어. 아마도 바닷일이 많아서, 올해 김 농사가 잘 되게끔 신경을 더 쓰느라고, 마저 김발 고치는 걸 다 정리하고 오느라고, 그래서 꼬박 하루를 넘긴 것일 거여.'

'엄매, 아부지도 없는 이곳에 묘를 써서 뭐 한다요?'

친지 분들과 마을 사람들이 모인 장지(葬地)에서 동수가 물었다.

'부모를 찾지 못했다고 혀서 잊어버리면 안 되니께. 니들이 크면 다 알 것이다.'

그렇게 부모님이 동수 곁을 떠난 때가 동수 고등학교 2학년 때다. 부모 시신은 끝내 찾지 못했다. 대신 가묘를 썼다. 시신을 찾지 못했다고 마냥 있을 수 없는 일. 가묘를 썼다가 나중에 시신을 찾게 되면 그때 진묘를 쓰자고 친지와 마을 어른들이 얘기했다. 내키진 않았지만 그렇게 하기로 결정했다. 기실 그것이 불암도에서만 볼 수 있는 장례풍습이기도 했다. 가슴 아픈 일이긴 했지만 시신을 끝내 찾지 못해 가묘로 남아있는 묘들이 불암도에는 꽤 있었다.

부모님이 돌아가신 지 2년 후 동수는 야간대학에 진학했고 그해 불암도를 찾았다. 작은할아버지 묘를 들른 후 응당 찾아가야 할 곳은 부모님 가묘였으나 발걸음은 그곳이 아닌 마을 김 어장을 향하고 있었다.

마을 김 어장 주변은 달라져있었다. 마을 김 어장 근처에는 집이 한 채 있는데, 아버지가 간간이 들르셨던 곳이다. 바닷일이 끝나면 아버지는 그곳에서 탁주 한 사발씩을 들이키곤 했었다. 마을 사람들은 그 집을 바다주막이라 불렀다. 하지만 바다주막 주인장인 아저씨가 죽자 아주머니도 그곳을 떠났다고 했다.

이젠 그 바다주막도 녹슨 양철지붕에 기둥 여기저기가 썩어있었다. 황량함 그 자체였다.

'동수야!'

'야.'

'니는 왜 아부지가 이러크름 바다에 목을 매고 사는지 알겄냐?'

'……'

'남들은 이제 바다를 버리고 면소재지에 터를 잡고 장사를 혀보거나 읍내로 나가 다른 일을 찾아보는 게 으떻겄냐고 물어 봐싸도 이 아부지는 여길 못 떠난다. 내가 어릴 적 느그 할아버지가 사각망을 막아 고기잡이를 할 때부터 이 아부지는 여기가 내가 일할 곳이고, 내 안식처고, 묻힐 곳이라고 생각했다. 물론 한동안은 느그 할아버지 원망도 많이 혔었다. 공부도 하고 잪픈데 시켜주질 않아 한때는 이곳을 떠나 도망쳐버릴까, 하는 무모한 생각도 혀봤다. 근데 운명을 저버리면 안 되겠다 싶어 다시 맴을 바꿔먹었다. 많이 배우지는 못했지만서도 남들에게 지기 싫어 마을 청년부장도 혔고 새마을청년연합회 간사도 맡아서 혔고 수협조합장 출마도 혀 봤고, 글고 지금은 요러케 이장을 맡아서 마을일도 하고 있고. 이게 다 나를 위한 것이기도 하지만서도 내 고향, 불암도를 위해 뭔가를 혀야겄다는 이 아부지 신념이기도 하다. 바다 농사한다고 느그들이 이 아부지를 부끄러워할지도 모르겄다만 지금도 이 아부지는 떳떳하다. 누가 알아주지 않아도 묵묵히 열심히 일 혀야 하지 않겄냐? 니가 쪼매 크면 이 아부지를 이해할 때가 있을 거다.'

'이제 이곳에도 다시 올 일은 없겠구나!'

적막한 고향이 동수는 이젠 싫었다. 메아리도 울리지 않을 마을 김 어장을 향해 목이 터져라 부모님을 불러보기도 했다. 그러나 이제는 부질없는 짓이다. 동수는 부모님을 앗아간 마을 김 어장을 다신 찾지 않겠다고 다짐했다.

질곡의 세월

학창시절

동수에게 고등학교 생활은 그 자체만으로도 고달픔이었다. 갑자기 부모님이 세상을 등진 후 동수는 학교생활을 접는 듯했다. 고로 공부 따윈 안중에도 없었다. 대신 앞으로 먹고사는 것이 더 큰 고민거리로 다가왔다. 대학 진학은 포기하고 은행에 입사하려 했다. 그러나 상고 출신이 아니라는 점 때문에 은행은 동수를 받아주지 않았다. 그런 동수를 선생님은 설득했다. 대학이라는 곳을 나와야 취직하기가 수월하다고. 하여 동수는 야간대학에 진학하기로 한 것이었다.

대학 진학 후 그냥 있을 수만은 없었다. 낮에 페인트공으로 일하기 시작했다. 페인트공으로 일한다는 건 해야 한다거나 하지 말아야 한다거나 하는 숙고의 대상이 아니었다. 그건 생존 그 자체였다. 다행히 한참 건설 붐이 일어 아파트를 짓는 곳들이 많았다. 그곳에서 페인트를 칠하는 건 고액이 보장되는 최고의 일거리인 셈이었다. 악착스럽게 돈을 벌었다. 하지만 학비와 생활비 충당하기에도 빠듯했다.

시국이 어수선했지만 남들처럼 조국이 어떠니, 사회가 어떠니, 민주주의가 어떠니, 하는 것은 동수에겐 관심 밖이었다.

그런 동수의 대학생활이 뒤바뀐 때가 있었다. 2학년으로 올라가던 해에 야간, 주간으로 나뉘어 있던 학과가 통폐합된 것인데, 그로 인해 동수는 졸지에 주간 대학생이 된 것이었다. 학비를 벌어 학교를 다녀야 하는 동수 입장에선 난처하기 그지없었다. 어쩔 수 없이 전후 사정을 자신이 몸 담고 있는 페인트시공사 사장에게 얘기했다.

그런데 뜻밖에 사장은 동수의 처지를 이해해주었고 거기에 더해 주간에 학교를 다닐 수 있도록 금전적으로도 도움을 주겠다고 했다. 단, 조건이 따라붙었다. 학교를 졸업하면 반드시 회사로 돌아와야 한다는 것이었다. 동수는 그 조건이 싫지 않았다. 사장의 배려도 감사했거니와 이젠 정말로 대학생다운 학교생활도 누려보겠구나, 하는 생각이 들었다.

"동수, 니는 너무 이기적인 것 같다. 이러케도 시국이 어수선한데 공부만 하는 기 다가 아니다."

동기(同期) 숙영이 자신에게 필요한 일만 해대는 동수가 못마땅해서인지 만나기만 하면 툭툭 시비를 거는 것이다.

기실 동수는 미술동아리에 가입해 활동하고 있었다. 비록 페인트공으로 일하긴 했지만 미술 분야에 관심을 가지고 있었고, 페인트를 칠하는 것도 나름 예술성을 발휘해야 한다고 생각했던 것이다. 하지만 그런 동수의 생각과 달리 동아리는 학교건물뿐만 아니라 학내 이곳저곳에 '독재정권 타도', '정권 교체', '민주주의 쟁취'와 같은 글귀의 배경이 되는 그림을 그리는 데에 열을 올리고 있었다.

"그럼, 나는 이 동아리에서 탈퇴할란다. 실은 내가 생각했던 거 하고는 너무나 다른 활동들을 하고 있어 진작부터 나갈라고 생각하고 있었다."

"그걸 말이라고 하나? 우리 동아리뿐만 아니라 다른 동아리들도 함 봐라. 심지어 음악 동아리도 우리보다 휠 시국에 관심이 많테. 이 동

아리는 뭐하고, 저 동아리는 뭐하고, 이것저것 따지는 게 중요한 게
아니라 지금은 힘을 한데 모아 싸워야 할 때데. 세상이 좋아지고 다
같이 잘사는 사회가 되면 너나 내나 다 득보는 기다. 그렇게 옹졸하게
생각지 마라카이."

숙영은 경상도 마산에서 올라왔고 집도 꽤나 부유한 측에 속한다
고 동수는 들었다. 그런 그녀가 왜 이런 개고생을 사서 하려는 건지
동수는 당최 이해되지 않았다.

"너는 시방 배부른 소리하고 있는 거여. 나 같은 놈은 학비도 벌어
야 하고 공부도 해야 하고 먹고살 생활비도 벌어야 한단 말이여. 너처
럼 부유한 자식들이나 생각할 수 있는 그런 시국 얘기에 난 별 관심
없은께, 그리 알아들어."

언제인가 주인아주머니는 자신의 집에, 그러니까 동수가 기거하는
자취집에 누군가가 새로 이사 온다고 했다. 그런데 그 학생이 동수 자
신이 다니는 학교 학생인 것 같다고 귀띔해주었다. 한편으론 궁금하
기도 했지만 딱히 누가 오든 동수 자신이 신경 쓸 일은 아니라고 생각
했다.

그러던 어느 날 아침, 세면하러 마당으로 나온 동수는 그만 화들짝
놀라고 말았다.

"니가 여기 왠 일이여?"

"와, 난 여기 오면 안 되는 긴가?"

"……."

"동수 니하고 같은 집에서 함 살아볼라고 왔다. 와 실노?"

"싫다기보다는……. 니는 하숙하고 있는 걸로 알고 있는데 그곳은

어찌하고 이리로 온 것이여?"

"계속 하숙하는 걸로 돼 있다. 친구 한 명이랑 같이 있는데 그 친구한테 얘기 잘하고 왔다. 집엔 지랑 내랑 하숙집에서 여전히 잘 기거하고 있는 걸로 하자고."

"뭐라고? 니 미쳤냐?"

"와! 내가 미치노?"

"나 같으면 하숙하고 말지. 뭔 놈의 쌩고생을 하려고 자취를 해?"

"와, 자취도 재밌지 않나? 난 대학에 오면 자취 한 번 꼭 해보고 싶었다. 근데 집에서 워낙 반대가 심해 그리 못했다 안 카나."

'저게 미쳤구만. 시국이 어쩌고저쩌고 하더니만 맛이 갔네, 맛이 갔어.'

숙영이 배가 불러도 어지간히 불러 여기 다 쓰러져가는 자취집으로 들어온 것이라고 동수는 생각했다. 실상 동수가 자취하는 집은 학교에서 한참 떨어진 산동네에 위치하고 있었고 양철판으로 지붕을 쳐놓아 집같이 보였지, 여름이면 양철판이 달아올라 더웠고 겨울이면 녹슨 양철판이 추위를 견뎌주지 못하는 매우 허름한 집이었다.

'저러다가 곧 가겠지 뭐.'

그런 동수의 생각과 달리 숙영은 자취집을 떠나지 않았고 동수는 숙영과 같은 지붕 아래에 살다보니 이래저래 고운 정 미운 정이 들었던 것이다.

"동수야! 학교 가재."

"먼저 가라. 난 빨래 좀 하다 갈 거다."

"그람, 내가 도와줄까?"

"미쳤냐? 됐어. 나 혼자 할 거여."

숙영은 동수의 집안 사정을 직접 들어보지 못했다. 과 동기들과 선배들이 하는 얘기로 대충 짐작하고 있을 뿐이었다. 부모가 안 계시다는 것과 형과 누나가 있지만 뿔뿔이 흩어져 살고 있다는 것, 또 동수 자신이 직접 돈을 벌어 학교를 다녔는데 지금은 누군가가 도와줘 주간에 학교를 다닐 수 있게 됐다는 정도였다.

"동수야, 니 고향은 어디고?"

"알아서 뭐하게?"

"그냥 친구니까 궁금해서 그러는 거 아니가."

"저, 먼 남쪽 섬에서 왔어."

"그래! 나도 남쪽인데."

"니는 육지고 나는 섬이다!"

"부모님은 다 계시고?"

알면서도 숙영은 한번 떠봤다.

그러나 그것은 동수의 심기를 꽤나 불편하게 만드는 결정적인 한방이었다.

"니가 알아서 뭐하게!"

갑자기 동수의 목청이 커졌다.

숙영은 자신이 괜한 질문을 했나 싶기도 했지만 뭔 놈의 사내가 그까짓 것 좀 물어봤다고 저 난리를 피우나, 싶어 떨떠름했다.

"다시는 우리 집안에 대해 물어보지 마라!"

또다시 동수가 역정을 내자 숙영은 고개만 끄덕이고 말았다.

그 이후에도 숙영은 늘 동수에게 고향, 부모님, 누나, 형에 대한 얘기를 듣고 싶었지만 그날 이후로 더 이상 물어보지 않았다.

"어라, 니, 동수 맞제?"

낯익은 목소리가 동수의 귓전에 울려퍼졌다. 고개를 돌리는 순간, 동수의 미간도 함께 일그러졌다. 고향 친구 현수였다. 그간 의도적으로 고향 소식 듣는 걸 피해왔기에 현수와 마주치는 게 썩 달갑지 않았다. 거기에다 현수네 집안이 지독히 싫은 이유도 있었다.

"어."

동수의 짧은 대답에,

"니, 이 부근에 학교 다닌다는 소문은 들었다."

반가운 척 현수가 건네는 말이다.

"어. 그런데 니는 이쪽에 웬일이여? 학교가 이쪽이 아닌 걸로 알고 있는데?"

"내 소식도 들었나 보네?"

약간 뜸을 들인 현수는

"니네 학교에 내 여자 친구가 있다."

하는 것이다.

"그래."

흠칫 놀라긴 했지만 태연한 척 관심 밖이라는 듯 동수는 응수했고 뒤돌아서서 그냥 가려는 찰나에,

"현수 씨 아닌교?"

언제 나타났는지 숙영이 다가오면서 현수에게 말을 걸고 있었다. 숙영은 입꼬리를 올리며 웃어 보이긴 했으나 얼굴 전체로 보아선 뭔가 꽤 부자연스러운 표정이었다.

"아이고, 숙영 씨? 여기서 보네요. 반갑습니다."

"예에."

무슨 꿍꿍이로 숙영은 현수가 이리로 왔나 싶었다.

숙영이 현수를 알게 된 건 하숙집 룸메이트인 선희의 전 남자친구였기 때문이었다. 선희와 헤어진 이후로도 현수는 학교 근처까지 찾아와 선희에게 만나자고 사정사정했으나 선희는 맘을 접은 지 오래됐다고 하며, 늘 거절했던 것으로 숙영은 알고 있었다. 그런데 그런 걸 알면서도 선희를 찾아오는 현수 놈이 숙영은 이상할 뿐만 아니라 마땅찮았던 것이다.

"선희는 학교에 없을 긴데요? 남자친구라고 하는 사람이 그것도 모르고 학교에 오면 둘 사이는 이제 아무 관계가 아닌 거 아닌가요?"
"아, 숙영 씨가 잘 몰라서 하는 얘깁니다. 선희는 학교에 있습니다."
'뭐라카노?'

숙영이 며칠 전 하숙집에 들렀을 때 선희는 시골에 내려가겠다고 했다.
학기 중인데 남은 수업과 시험은 치르고 가야 할 것 아니냐고 해도 막무가내로 시골로 내려가겠다고 우기던 선희였다. 그런 선희가 학교에 있다고 한다면…… 현수의 사탕발림에 또 넘어간 게 분명했다. 숙영은 선희의 그런 우유부단함이 싫었다. 착한 것으로 따지자면 선희만 한 애도 없었지만 미련스럽게도 현수의 굴레에서 늘 벗어나지 못하고 헤매는 걸 보면 그런 바보 천치가 따로 없었다.
현수가 양다리를 걸치고 있다는 걸 알았을 때 둘은 포장마차에서 죽도록 술을 퍼마시며 얼마나 현수 놈을 욕했던가! 그걸 잊고 다시 현수 놈의 혀 놀림에 선희가 놀아난다고 생각하니 참았던 울화가 다시 확 치밀어 올랐다.

"선희는 말입니다요. 현수 씨 다신 안 보겠다고 했습니더. 그리고 양심이 있으면 선희를 이러케 찾아오시는 건 예의가 아니라고 지는 생각하는 데에."

꽤나 빈정대는 말투다.

"숙영 씨는 그리 생각할지 모르지만 선희는 안 그렇습니다. 제가 다시 만나서 그때 벌어진 일과 그럴 수밖에 없었던 상황에 대해 세세하게 얘기했더니 선희가 이해해주었습니다. 그리고 다신 그런 일 없을 겁니다."

"다들 그렇게 얘기하드라고요. 근데 내는 그런 말 안 믿습니더."

"그러니까, 선희 씨와 숙영 씨가 다른 겁니다."

이번에는 현수 쪽에서 말을 꼬았지만 자신과 선희가 뭐가 다르다는 건지 숙영은 사뭇 궁금하기도 했다. 하지만 그것도 잠시뿐,

'저런 짐승 같은 놈. 선희의 맘과 몸을 훔쳐 간 이후로 줄곧 선희에게서 떠나 있었던 놈이 지금에 와서 또다시 선희 타령이야. 개 같은 놈, 저런 놈을 보고 있자니 구역질이 난다카이.'

이를 뿌득뿌득 갈며 속으로 욕을 해댔다.

영문도 모르는 동수는 현수와 숙영 사이에 오가는 말도 그러했지만 너무나 잘 아는 사이처럼 두 사람이 얘기하는 것도 영 마땅찮았다.

"그럼, 둘이 얘기해라. 나는 가야쓰겠다."

동수는 자신이 여기에 더 이상 있을 필요가 없다고 판단했고 둘 사이에 오가는 말도 더 이상 듣고 싶지 않았다. 어쩌다 숙영이 저런 빌

어먹을 놈하고 꼬였나 싶어, 마음도 꽤나 속상했다.

"야, 이동수! 그러지 말고 우리 요 앞 다방에 가서 얘기나 하자. 오래간만에 만났는데 우리 고향 얘기도 좀 하고."

현수의 고향 얘기라는 말에 숙영은 귀가 번쩍 띄었다. 어쩌면 영원히 들을 수 없을 지도 모를 동수의 고향 얘기를 들을 수 있는 절호의 기회가 왔다고 생각한 것이다. 현수와 마주 앉아 얘기하는 게 숙영도 싫었지만 어쩌면 동수 집안에 대해 자세히 알 수 있겠다는 생각에 동석하기로 마음먹었다.

"동수야! 우리 그지 말고, 현수 씨가 니 친구라매? 잠깐 차 한잔 마시면서 얘기나 하자카이. 내도 현수 씨한테 더 할 말도 있고……."

"그럼, 니나 다방 가서 현수랑 얘기해라."

"그런 뱁이 어디 있노? 내 친구도 아니고 현수 씨가 니 친군데."

동수는 어찌할까 고민을 하다가 한동안 자신도 듣지 못했던 고향 소식이 궁금하기도 해 다방으로 함께 발길을 옮겼다.

"학교생활은 어떤데?"

"무슨 놈의 학교생활?"

"니, 주간에 일하면서 야간에 학교 다닌다고 소문났더라. 근데, 이 대낮에 일은 안 하고 학교에서 뭐하고 있는 거여?"

배배꼬는 말투에 니까짓게 공부할 처지가 되느냐, 하는 식이다.

"동수, 주간 다닌다카요!"

"주간이라고? 야간이라고 들었는데……."

"학비 벌라고 잠깐 휴학 했을 뿐 잘못된 소문이라카요. 주간 댕기고 있습니다."

"그럼, 소문이 잘못됐는가?"

고개를 절레절레 흔들며, 현수는 여전히 동수가 주간에 학교 다닌다는 걸 못 믿는 눈치다.

"니, 부모님이 안 계셔서 고향에 안 오는 거여? 아님 니 작은할아버지 소문이 안 좋아 고향땅에 발을 못 붙이는 거여?"

현수가 무슨 말을 지껄여도 그냥 넘어갈 수 있었다. 하지만 아무렇지도 않게 자신의 부모님과 작은할아버지에 대해 씨불이는 것은 도저히 참을 수가 없었다.

'니네 집안만 아니었어도 우리 집안은 이렇게까지 되진 않았을 거다, 이 버러지 같은 놈아. 그리도 니네 집안은 우리 집안, 마을 사람들, 더 나아가 불암도 사람들 피 빨아 먹으면서 살으니 좋더냐?'

목구멍 위까지 차올라오는 말을 동수는 숨을 몰아쉬며 간신히 참아냈다.

동수 작은할아버지, 이상필의 억울한 죽음은 상필의 친구이자 현수 할아버지인 우판득과 증조할아버지 우강봉 때문이란 걸 마을 사람들이면 다 알고 있었다. 그렇다고 죽은 동수 작은할아버지가 살아올 일은 없었고 앞으로 살아갈 날들을 걱정해 금옥리 사람들은 우강봉과 그의 아들 우판득은 아무런 죄가 없다고 하며 우강봉 가(家)의 손을 들어줬다.

아버지 우석재가 죽은 후 현수는 작은아버지 우필재의 보살핌을 받으며 자랐다. 그런데 이상하게도 우필재는 동수 아버지를 무척 싫어했다. 이유인즉슨, 대대로 두 집안의 관계가 악연이라는 점도 작용했겠지만 무엇보다도 자신의 형인 우석재가 죽었을 때 우석재와 강분녀의 관계를 알고 있던 동수 아버지, 장수가 살인사건에 대한 전말을 사실 그대로 지서에 얘기해, 자신의 가문에 먹칠했다고 생각했기 때문이었다.

동수 부모의 얘기도 소문으로 돌고 돌았다.

현수의 작은아버지, 우필재는 제법 큰 김 채취선 두 척을 가지고 있었다. 사고가 있던 날, 그러니까 동수 부모가 바다에 묻힌 바로 그날, 우필재가 부리는 배도 김 채취를 위해 양학리 김어장에 나와 있었다는 것인데.

그날은 태풍이 올 것처럼 비바람이 세차게 불었고 파도도 꽤 높아 위험했는데, 그럼에도 동수 부모는 김발이 떠내려가지 않도록 끊어진 김발 줄을 잇기 위해 마을 김어장에 나갔던 것이다. 거친 파도에 동수 부모가 타고 있던 배는 중심을 잡지 못해 마구 휘청대며 금방이라도 뒤집힐 것만 같았다.

바로 그곳에 우필재가 부리는 김 채취선도 함께 있었던 것인데, 우필재가 부리는 채취선의 규모가 꽤 컸음에도 불구하고 크게 흔들렸으니 파도가 매우 거칠었다는 것은 두말할 나위도 없었다.

우필재 김 어장과 동수네 김 어장은 맞닿아 있었다. 그게 불행의 씨앗이 되고 만 것일까? 두 배는 결국 충돌하고 말았고, 그 과정에서 안타깝게도 동수 부모가 타고 있던 배가 뒤집히고 만 것이었다.

이 사건의 전말을 일꾼들에게 들어 우필재는 알고 있었으나 철저하게 입막음을 하였다. 그것도 부족해 동수 부모의 배가 바위와 충돌해 좌초됐다고 거짓 소문을 내도록 일꾼들에게 지시했다. 하지만 진실은 언젠간 드러난다고 했던가? 일꾼 중 한 명이 다른 이에게 그 사건의 진실을 털어놨고 소문은 꼬리에 꼬리를 물고 돌아다니다, 동수의 귀에까지 전해지게 된 것이었다.

기실 동수 부모의 김 채취선이 발견됐을 당시 선수에는 큰 구멍이 나 있었는데, 그 파손된 부위가 바위에 부딪혔을 때와는 차원이 다른 흔적이라고 마을 사람들은 한입으로 말했었다.

"니가 우리 작은할아버지와 부모님에 대해 말할 자격이 있다고 생각하냐? 그 진실은 니도 알고 나도 아는 거라고 생각하는데?"

"진실? 나는 잘 모르겠다. 사실이, 사실 아니겠냐?"

"뭐라고?"

하는가 싶더니 부지불식간에 동수 주먹이 현수의 주둥이를 정통으로 갈겼다.

의자와 함께 뒤로 벌러덩 넘어진 현수는

"아, 이 새끼가 미쳤나? 내가 뭐 틀린 얘길 했다고 주먹질은 주먹질이야. 암튼 족보도 없는 놈들은 주먹 자랑한다고 하드만, 니 같은 놈보고 하는 말인가 보다. 이 개만도 못한 새끼야!"

하며 욕지거리를 해댔다.

그러든 말든, 더 이상 대꾸할 가치도 없다는 듯 동수는 그 자리를 박차고 나가버렸다.

"동수야, 니 아까 와 그랬노? 현수 씨가 뭐 사실과 다른 말을 했드나?"

"……"

"나한테 말하면 안 되겠나?"

"니는 알거 없다."

"와? 내가 알면 큰일이라도 나는 긴가?"

"이미 지나간 일이고 더 이상 생각도 말하기도 싫다."

"내는 니가 말 안 해도 현수 씨가 하는 말이 다 거짓이라고 생각한데이. 현수 씨를 잘 알지는 못하지만 선희와 사귀는 걸 본 후 사람 됨됨이가 글러 먹었다고 생각했다. 아까는 괜히 내가 차 한잔 하자고 해서 니 맘만 심란하게 만들었나 보다, 미안타."

"아니여. 나도 잘못 했지. 폭력을 쓰는 게 아니었는데. 현수 그놈아가 우리 집안 얘기만 안 했어도…… 그냥 웃으며 차 한잔 마시고 나올라고 했는데……. 나도 욱하는 바람에 그리 돼뿌렀다. 니가 이해해라."

"알았다. 니도 너무 속상해하지 마라카이."

"근데, 니는 현수랑 자주 만나나?"

"아니다. 선희랑 같이 두어 번 만났고 선희가 현수 씨랑 헤어지고 난 후로는 내도 오늘이 처음인기라."

"가까이 안 했으면 좋겠다."

"알았다. 내도 앞으로 상종 안 할란다."

동수는 숙영이 현수와 어울리는 것도 못마땅했지만 숙영과 현수가 계속 만나다가는 현수, 그놈이 거짓으로 꾸며낸 자신의 집안 얘기를 하염없이 씨불일 것 같아 미리 선수 친 부분도 없지 않았다.

"동수야! 우리 한번 사귀어볼까?"

동수를 뚫어져라 쳐다보며 짤막한 말을 내던지고 숙영은 피식 웃었다.

"니, 미쳤는가 보네?"

"와, 내가 미치노? 진심으로 얘기한긴데."

"……."

동수는 한동안 말이 없었다. 숙영이 싫어서 머뭇거리는 것이 아니었다. 자신의 처지가 여자 친구를 사귈 상황이 아니라는 것과 자신이 숙영과 사귀는 걸 그쪽 집안에서 알게 된다면 크게 반대할 것이 불보듯 뻔하기 때문이었다.

"나는 니가 싫다."

"진짜로?"

"그래, 가시나야. 나는 경상도 여자가 싫다."

"니, 말 다했나? 경상도 가시나하고 다른 데 출신 가시나하고 무슨 차이가 있는데?"

"암튼, 난 싫다."

뚜렷한 변명거리가 없어 불쑥 내던진 말이지만 동수 자신이 생각해봐도 변명치고는 너무 어설펐다.

"그람, 니 생각 바뀌거든 언제든 얘기해라. 기다릴께."

숙영은 이 말을 내던지고는 부리나케 동아리방을 빠져나갔다. 자신이 프러포즈했을 때 분명 동수가 좋아할 거라고, 이제 사귀는 일만 남았다고 생각했는데 예상이 빗나갔던 터라, 너무 쑥스럽고 창피했던 것이다.

'미친넘, 니가 복에 겨워서 지랄을 떠는구나. 숙영이 정도면 나한테 과분한 여잔데, 그걸 마다하고 숙영이 자존심을 상하게 만들어. 이런 염병할 놈.'

동수는 왜 그랬을까, 생각하며 머리를 쥐어뜯었다.

그런 자신이 싫고 또 싫었다.

동수는 페인트시공사 사장과의 약속을 지키지 못했다.

"동수야! 진짜로 회사에 안 돌아갈 긴가?"

"어."

"와? 사장하고 약속도 했다면서."

"그냥 맘이 달라졌어."

숙영은 눈물이 핑 돌았다. 동수가 회사로 돌아가지 않는 게 꼭 자신 때문인 것 같아서였다.

"글지 말고, 회사로 돌아가 일도 더 배우고 돈도 벌고 해라카이. 내가 니를 이리 만든 것 같아 미안타."

"아니다. 그런 생각하지 마라."

어느 순간 동수는 소위 말해 운동권이라는 학생들 틈바구니에 포함돼있었다. 숙영보다 더 깊이 빠져 골수가 돼 있었다. 꼭 할 거라고 다짐했던 공부는 뒷전이 된 지 오래됐다. 시위 현장에 동수는 꼭 있었고 군입대를 하지 않은 채 벌써 6년째 학교를 다니고 있었다. 동수 외에도 학교를 꽤 오래 다니는 학생들도 더러 있었는데, 대부분 그런 학생들은 수배를 받고 있어 숙식을 학교에서 해결하다시피하며 바깥 출입을 삼가고 있었다.

그 사이 숙영은 부모님의 성화에 못 이겨 졸업을 했고 지역 유지(有志)인 아버지의 힘이 작용했던지 대그룹 비서실에 근무하게 되었다.

"동수야! 내는 이제 학교 떠날란다. 니도 같이 졸업했으면 좋았을 긴데……."

"아니다. 난 학교에서 해야 할 일이 남아있다. 졸업 못한 후배들도 챙겨야 하고."

"그런 생각마라. 그람, 내는 니보다 더 오래 학교에 남아있어야 한다 카이. 니를 이렇게 만든 것도 어찌 보면 난데……."

"다신 그런 소리하지 마라! 내 의지에 의해 남는 거니까. 내 걱정 말고 나나 회사 잘 다녀라."

"그래, 알았다. 주말에 놀러올게."

동수가 학교 밖을 나오지 못하는 처지라 숙영이 주말에 학교로 동수를 찾아오겠노라 했다. 동수는 지명수배 상태였다.

시간이 흘러가는 것과 비례해 서로가 사귀자는 말은 딱히 없었으나 동수와 숙영은 어느새 연인 사이가 돼 있었다.

"동수야! 올해 첫눈 오는 날 명동성당에서 보자. 그때 우리 미래에 대해서도 얘기하고. 위험하긴 하겠지만 그 날은 잘 피해서 와야 한다 카이."

"그래."

괜한 얘기를 꺼냈나 싶기도 했지만 숙영은 첫눈 오는 날 동수에게 결혼 프러포즈를 하고 싶었다. 동수를 가까이 두고 이것저것 챙겨주고 싶은 마음이 더욱 강해진 것이다.

"어라, 이것이 누구여?"

"……."

"요러케도 볼 수 있구만. 지가 지 발로 알아서 들어오고 며칠만 더 버텼으면 으레 경찰서에서 모시러 갈 것인데, 알아서 와주니 영광이구만."

남산 대공분실에서 심문을 받던 도중 동수는 의식을 잃었다. 얼마나 흘렀을까, 낯익은 목소리가 동수의 귓전을 파고들었다. 간신히 눈꺼풀을 뗀 후 고개를 들고 소리 나는 방향으로 목을 비틀었다.

현수였다, 검사가 된 현수. 어찌 된 영문인지 그것도 운동권 학생들을 전담하는 공안검사.

"니랑 나랑은, 아니 우리 집안과 니 집안은 같이 갈 수 없는 운명인가 보다야. 하하하! 이렇게 또 악연으로 얽히다니. 그건 그렇고, 운동권이라…… 그 잡것들에 대해 얘기하자면…… 특히 니 같은 골수 운동권은 공무집행방해, 불온사상유포죄, 집회와시위에관한법률 위반 등 못살아도 10년일 거고, 거기다가 예전에 나를 구타한 폭행죄까지 더 얹으면…… 아이고, 깜빵에서 청춘을 다 보내도 부족하게 생겼네. 하! 하! 하!"

현수는 그 좁디좁은 대공분실 취조실에 와 목울대가 출렁이도록 웃어젖히고 있었다.

깜빵

"야? 거기 있는 놈! 니는 뭐 땀시 여기까정 처들어왔냐? 쌍판때기를
보아하니 우리처럼 잡스러운 놈은 아닌 것 같고. 뭐 좀 배우다가 온
거 같은디, 여그서는 그놈의 배운 티냈다가는 쥐도 새도 모르게 죽어
야. 그 종이뙈기 그만 읽고 이리 와봐라이."

"……."

"저 새끼가 귓구멍에 못을 처박았나, 있지도 않은 꿀을 처먹었나,
내 말 안 들리냐고? 저런 새끼들은 꼭 뭐 좀 있어 보일라고 저러드만.
내가 여기에 수십 번 들락거리믄서 니 같은 놈들 많이 봤다만은, 알
고 보믄 쥐뿔도 읎고 우리보다 허접한 놈들이 태반이드라. 야! 막내
야 저 새끼 맥아지 잡아서 이리로 좀 끌고 와라이."

"예! 형님."

여덟 명이 이미 수감되어 있는 방에 동수는 배정되었다. 같은 죄목
의 죄수들과 함께 있으면 좋으련만 그러지 못했다.

누군가의 작품이었다. 그 누군가는 운동권 학생들을 한데 모아두
면 개수작을 부리고 사상인가 뭔가 하는 게 더욱 확고해져 이 나라
에 전혀 도움이 되질 않으니, 사회에서 막 나가던 놈들과 한방에 가둬
아예 아무 생각 없게 만들어야 한다고 교정관리관에게 신신당부했던
것이다. 그걸 알 리 없는 동수는 으레 그들과 함께 수감되어야만 하
는 줄 알았다.

동수에게 험한 말을 해댔던 놈은 소위 목포에서 한가락 하다 서울로 상경한 놈이었다. 죄명은 살인. 그것도 계획 살인을 저질러 수감되었다고 했다. 그의 별칭은 뾰족하게 삐져나온 커다란 이가 보여주듯 송곳니였다. 그는 3번 방에서 대장 노릇을 하고 있었다.

예전에 이곳 3번 방에는 송곳니보다 두 배 정도 덩치가 큰 작두라는 놈이 있었다고 한다. 그 둘은 1인자 자리를 놓고 운동장에서 치열하게 싸움을 벌인 적이 있었는데, 교도관들도 제지하지 못할 정도로 살벌했다고 한다. 다들 예상했던 대로 덩치가 큰 작두는 조그마한 송곳니를 이리저리 메다꽂으며 피투성이로 만들어버렸다고 한다. 다른 죄수들이 보기에 송곳니는 거의 죽다시피 했다는 것인데.

그런데 급반전이 일어났다고 한다. 고꾸라져 있던 송곳니가 언제 그랬냐는 듯이 제자리에서 껑충 뛰어올라 작두 등에 올라타더니 작두의 목덜미를 날카로운 송곳니로 콱 물어버렸다는 것이다. 그 정도쯤이야, 죄수들은 작두가 다시 송곳니를 땅바닥에 메다꽂을 거라고 생각했다는 것인데. 허나 그 큰 덩치의 작두가 더 이상 아무 저항도 못한 채 스르르 쓰러져버렸다는 것이다.

모두의 생각과는 달리 송곳니의 승으로 끝난 싸움이었다는 것인데, 어떻게 그 큰 덩치의 작두가 비명소리 한 번 제대로 지르지 못하고 죽어갔는지에 대해 말들이 많았다.

그것에 대해 교도소 내에서는 송곳니만이 가지고 있는 스킬로 작두의 숨통을 한방에 끊어버렸을 거라는 거였다. 하지만 한편에선 이해가 되지 않는다는 거였는데, 몸만큼 비대한 목을 자랑하던 작두의 숨통을 송곳니가 단숨에 끊어버리기가 쉬웠겠냐는 것이다. 그런 진실 공방에도 불구하고 교도소 내에서 모인 중론은 믿거나 말거나 의외로 간단한 것이었다. 단단한 목보다 비대한 목에 송곳니의 크고 기다 란 송곳니가 파고들기에 수월했기 때문이라는 거였다.

암튼, 그 사건으로 말미암아 교도소에서의 송곳니의 악명은 꽤나 높아져 교도관들도 그를 쉬이 다루지 못했고 오히려 그를 치켜세워주 며 다른 죄수들을 관리하게끔 했다는 것이다.

교도소 상황이 이러하다 보니, 송곳니의 명(命)을 거부할 죄수는 아 무도 없었다.

"어라, 니가 내 손을 뿌리쳐야. 형님! 이 새끼 손 좀 봐야 쓰겠는디 요. 글도 우리보다 훨 많이 배운 놈 같은디, 쓸 줄만 알았지 말할 줄 은 모르는가 봅니다요. 아님 이곳이 어떤 곳인지 똥오줌을 못 가리고 있던지요."

"그랴?"

좀체 자기 자리에서 이동하는 법이 없던 송곳니가 앉은 자세로 엉 덩이를 질질 끌며 동수 앞으로 다가갔다.

"니가 몸이 불편한 나를 여그까정 오게 혔다는 것이제. 좋다, 내가 니를 모시러 왔으니께. 왜 말을 안 하는지 얘기 좀 혀봐야 쓰겄다. 간 단히 읊어봐라. 어디서 태어났고 뭔 짓을 하다가 이곳까지 끌려왔는 지를?"

"......"

"허, 참, 이 새끼 봐라. 주둥이에 재봉질을 혔다 이거지. 좋다. 그럼, 내가 먼저 나의 대한 상세한 야그를 할 터이니, 그 담은 니가 혀라이. 내가 이런 적은 읎는디, 많이 참고 있는 것이다이!"

송곳니는 쓱 하니 입술을 한 번 훔치더니 고개를 쳐들고 천장을 바라보며.

"나는 그러니께, 지금부터 5년 전 신대방파 행동대장을 혔었지. 신대방파라함은! 의리와 신념으로 똘똘 뭉친 놈들로 구성된 조직이었지. 우린 구역을 정해 상인들을 관리, 아니 그분들을 모시며 살고 있었지. 근데, 우리와 라이벌 관계에 있던 대방파가 우리 구역 상인들을 괴롭힌다는 정보가 있어, 고민한 끝에 내가 우리 두목인 형님에게 대방파를 청산해버리자고 혔지. 그러자 우리 형님은 나의 의견을 상당히 존중하야 결전의 날을 잡아서 우리 조직원들에게 통보하라고 혔지. 그런 우리 형님으로 말 할 것 같으면 말쑥한 외모에 거, 거시기 뭐냐……"

"형님, 젠틀이라고 하던데요."

하며 후까시가 끼어들자.

"알어! 이 새끼야! 꼭 중요한 대목에 얘기 까먹게 끼어들고 지랄이여. 다시 계속혀서 야그하자믄, 말쑥한 외모에 젠틀한 신사 분이지. 하지만 싸움에서만큼은 서울에서 누구한테도 뒤지지 않는 독보적인 존재셨지. 암튼, 나는 그분 뜻에 따라 대방파 청산을 위해 놈들을 계획적으로 룸싸롱으로 불러들였지. 싸움은 말로 할 수 없을 정도로 치열해뿌렸지. 그 싸움에서 난 다른 놈도 아닌 대방파 두목을 처치해버리는 큰 공을 세운 것인데. 그렇다고 내가 우리 형님이 그리하라고 혔소, 하고 불 놈이냐? 아니지. 우리는 의리에 살고 의리에 죽는 놈들이니께. 나는 그 길로 경찰서로 가 자수해뿌렸지. 왜냐? 우리 형님이 다칠 수 있으니께. 내가 대가리를 굴러 선수를 처버린 것이여. 글고 경찰서에 가서는 이번 사건은 우리 형님, 아니 우리 두목과는 애무런 연관이 읎는 일이며 나 혼자, 그러니께, 뭐드라…… 글지, 독자적으로 나의 계획에 의한 살인이라고 자백했고 나는 내 발로 아주 떳떳하게 교도소 안으로 들어온 것이제. 근데 그걸 보고 그냥 넘기실 우리 형님이시냐? 아니지. 우리 형님은 바로 연줄이 닿고 있던 검사를 만나 내가 저지른 살인은 고의적인 살인이 아닌 우발적인 살인이라고 말씀하셨고, 그 검사가 바로 '네, 알겠습니다'라고 야그하며 지금 당장은 빼낼 수 읎으니께, 일단 10년 정도 형량을 받는 걸로 하고 잠잠해지믄 그때 빼내는 작업을 하자고 했다는 것이제. 그라고 내가 여기서 살다가 나가믄 우리 형님이 나를 그냥 둘 것이냐? 아니지, 2인자 자리에 나를 턱하니 올려놓고 돌봐주실 게 분명하지. 지금은 내가 이 깜방에서 이러케 썩고 있는 놈 같아 보이지만서도 앞으로 아주 큰일을 할 놈이제. 그러니께, 이제 입을 쫙 찢어버리기 전에 니도 알아서 주둥이를 열어라이? 어찌 보믄, 니 생긴 것하고 말도 읎는 폼이 우리 갑봉이 형님을 많이 닮긴 닮은 거 같기도 한디. 그건 그것이고 이자 주둥이 좀 나불거려 봐라이!"

송곳니는 그날 그 룸싸롱 사건이 아주 대단했다는 듯 일장연설을 늘어놓았다.

'설마, 내가 알던 그 애는 아니겠지.'

동수는 문득 예전에 시골에 내려오곤 했던 갑봉이를 떠올렸다.

처음에는 갑봉이를 엄청 무시하면서 박대했으나 어느 해인가부터 갑봉이와 소에게 풀을 먹이러 이 산 저 산을 같이 돌아다녔고 바다 서리뿐만 아니라 저수지에 목간도 같이 가곤 했었다.

그때 갑봉이는

'동수야! 니 나중에 서울 오면 꼭 나를 찾아라. 시골에 계시는 할아버지 돌아가시면 나는 이제 이곳에 다시 안 올 줄도 모른다. 우리 부모님은 이혼하셔서 나랑 어머니만 같이 있는데, 어머니는 내가 할아버지를 찾아 시골에 내려오는 걸 꽤나 못마땅해 하신다. 지금까지는 내가 우겨 이곳에 내려오고 있긴 하지만 앞으론 어려울 수도 있다. 암튼, 우리 커서 다시 만나면 그때도 재미있게 같이 놀자!'

하며 마지막 인사를 건넸던 게 어렴풋이 기억났다.

"그럼, 죄송한데 혹시 갑봉이 형님, 성이 어떻게 되는지요?"

"야, 이 새끼 봐라. 이제야 입 떨어지네. 근디 첫 마디가 우리 갑봉이 형님, 이름 두 자를 거들먹거리네. 나, 원 참 우리 애들도 함부로 내뱉지 못하는, 아니 감히 입에 올리지도 못하는 갑봉이 형님, 이름 두 자를 니가 방금 씨부려뿌렸냐? 참말로 당돌한 놈일세. 와따, 이 자식을 어째야 쓰까? 김, 갑 자, 봉 자이시다, 됐냐? 이 새끼야!"

하고 동수의 얼굴을 찬찬히 뜯어보는 것이다.

네가 감히 우리 형님 이름 두 자를 씨불였냐 하는 것도 있었지만 한편으론 혹시나 하는 생각이 들어서였다. 하지만 이내 후까시에게

"야, 막내야! 이 새끼 저녁에 밥 못 먹게 해라이!"

하며 소리를 지르는 것이다.

"예! 형님."

'김갑봉……. 내가 알던 그 갑봉이는 아니겠지.'

아홉 명이 함께 쓰는 3번 방에서 동수가 적응해 나가기엔 벅찬 일들이 많았다. 3번 방은 소위 송곳니와 그 송곳니를 형님이라고 부르는 막내, 후까시 위주로 돌아가고 있었다. 그 외 다른 죄수들은 이들

의 기에 눌러 별다른 말썽 없이 지내고 있긴 했으나 사회에서 꽤나 혐오스러운 죄를 저지르고 온 자들이었다.

성폭행을 저지르고 그 여인을 살해한 자, 어느 가정에 무단 침입하여 가족을 살해하고 방화를 저지른 자, 부인이 이혼하자고 하자 분을 못 이겨 그 부인을 살해한 자, 친구 놈의 빚 독촉에 그 친구를 살해한 자, 길 가다가 시비가 붙어 일면일식도 없는 사람을 패서 죽인 자, 사창가에서 알게 된 여인을 흠모하다 자신의 사랑을 알아주지 않는다는 이유로 그 여인을 죽인 자.

그러고 보니, 동수 외에 죄다 살인을 저지른 자들이 모여 있는 한마디로 3번 방은 쓰레기 집단이나 진배없었다.

이런 죄수들과 자신이 왜 한방을 쓰게 된 것인지 동수는 점점 궁금해지기 시작했다.

이들 중에는 송곳니, 후까시 말고도 동수를 괴롭히는 놈들이 또 있었다. 특히 성폭행을 저지르고 그 여인을 살해한 자와 어느 가정에 무단 침입하여 가족을 살해하고 방화를 저지른 자였다.

성폭행을 저지르고 그 여인을 살해한 자는 이미 몇 번의 전과가 있었다. 이번 사건의 경우 여대생의 자취방에 몰래 침입하여 성폭행한 후 살인을 저지른 것인데, 그 이유가 해괴망측했다. 지적인 척, 그러니까 배우는 척하는 여자들을 자신의 공격 대상으로 삼았는데 그 타깃이 바로 여대생들이었다는 것이다. 그러다보니 동수가 대학을 다니다 잡혀 들어온 걸 알게 되고 난 후부터 성폭행을 저지르고 그 여인을 살해한 자는 동수를 자신의 공격 대상으로 삼았던 것이다.

"야? 니도 배운 티를 냈다가는 내가 가만히 두지 않을 것이다. 니 같은 놈들이 제일 혐오스럽거든. 사회에서 뭐 한답시고 거드름이나 피우고 머리에 든 걸 가지고 우리를 잡아다가 시시비비를 가린다는 둥 어쩌고저쩌고 하고. 니들 같은 놈들은 우리를 쓰레기 취급하지만 내가 보기엔 니들 같은 놈들이 오히려 버러지여. 내가 불 지른 집이 어딘 줄 알어? 대학교수 집이었어, 알아들어?"

어느 가정에 무단 침입하여 가족을 살해하고 방화를 저지른 자가 동수에게 엄포를 놓으며 하는 말이다.

모든 죄수의 수감 사유를 듣지는 못했지만 유독 이야기가 많이 회자되고 있는 사건은 사창가에 종사하는 한 여인을 흠모하다가 결국 살해까지 간 자에 대한 얘기였다. 동수에게 그 내용은 좀 황당했는데, 사창가에 종사하는 한 여인을 흠모하다가 살해를 저지른 자는 자신의 죄로 무척 괴로워하고 있었고 여전히 자신이 죽인 여인을 흠모한다고 했다.

또 그것을 아름답게 포장하기 위해서인지 아니면 그자가 저지른 죄를 정당화시키기 위해서였는지 모르지만 3번 방 죄수들은 자신의 감정을 받아주지 않은 그 여인에 대한 사랑이 빚어낸 아름다운 비극이라고들 했다. 그걸 동수는 이해 못했을 뿐더러 이해하려고도 하지 않았다.

그나마 험악한 죄수들이 모여 있는 곳에서 규율이 잡힐 수 있었던 건 송곳니와 후까시가 있어서 가능한 거였다. 그래서일까, 교도관들은 송곳니와 후까시가 잘못을 저지르더라도 늘 묵인해주고 있었다.

기실 송곳니가 작두와 싸울 때도 교도관들은 방관했는데, 송곳니가 3번 방에 들어오기 전에 작두는 교도관들에게 골칫거리였기 때문이었다. 고성은 그렇다 치더라도 걸핏하면 교도관들에게 자신이 출옥하게 되면 가만히 두지 않을 거라는 둥 니들이 진정한 피맛을 못 봐 정신을 못 차린다는 둥, 협박성에 가까운 말들을 해대자 내심 교도관들도 작두 문제가 고민이 되었던 것이다.

그러던 차에 송곳니가 교도소에 들어오자 3번 방에 수감했는데, 생각지도 못했던 송곳니가 그런 작두에 대한 근심거리를 한방에 날려준 셈이 된 것이었다.

후까시.

그는 송곳니가 3번 방에 들어오기 전에도 2인자 자리를 꿰차고 있었다. 그런데 송곳니가 3번 방 1인자로 등극하자마자, 그에게 착 달라붙어 가진 아부를 다 떨어댔다. 그걸 송곳니가 좋게 보진 않았지만 다른 죄수들을 자기 휘하에 두기 위해선 후까시의 도움이 필요했다. 때문에 모든 걸 모른 척 눈 감아 주었던 것이다. 이러한 연후로 후까시는 다시 3번 방 2인자 자리를 굳건히 지켜낼 수 있었다.

동수의 끔찍했던 깜빵 생활도 어느 날부터인가 편안하게 자리 잡게 되었는데, 계기가 있었다. 그건 3번 방의 두목격인 송곳니에게 동수가 글을 가르치면서부터였다. 무식을 입에 달고 살았던 송곳니에게 동수가 가르쳐주는 글의 재미는 제법 쏠쏠했다.

송곳니는 국민학교도 제대로 다니지 못한 채 여기저기 방황하다 조직폭력배라는 소굴로 들어선 것인데, 작지만 날렵한 몸과 날카로운 송곳니는, 송곳니를 빠르게 조직폭력배 행동대장 자리에 앉혀주었다.

허나 아무리 조직폭력배라 할지라도 위 계급으로 올라가려면 글을 알아야 했다. 하지만 글에 영 젬병이었던 송곳니. 때문에 조직 내에서 무식하다는 말을 들을 수밖에 없었다.

결국 송곳니는 다른 방법으로 무식함을 대신하고자 하였고 그걸 만회하기 위해 조직폭력배 간 싸움이 있을 때마다 매번 앞장서 흉악한 살인을 서슴지 않았던 것이다.

그런 송곳니가 글 배우는 삼매경에 빠졌으니, 자연스럽게 스승격인 동수에 대한 예우를 차리지 않을 수 없었던 것이다.

그 배려에는 또 하나의 이유가 작동하고 있었는데, 송곳니에게 그의 두목이 면회 한 번 오지 못한 관계로 확인할 방법은 없었지만 송곳니는 동수에게 들었던 동수의 친구라는 놈이 어쩌면 자신의 두목인 김갑봉일 수도 있다는 생각이 들었기 때문이었다. 행여, 자신의 두목인 김갑봉이 동수와 친구라면 두목과 동격인 동수를 깍듯이 모셔야 하는 건 당연한 것이었다.

이러한 연유로 동수는 다른 죄수들의 압박에서도 벗어날 수 있었다. 나름 힘든 점도 있었지만 처음에 수감되었을 때에 비하면 일취월장. 후엔 천국이나 다름없는 교도소 생활을 이어갔다.

2년이 흘렀다.

줄곧 모범수로 인식되어 왔던 송곳니는 출옥하게 되었고, 얼마 있지 않아 동수도 석방되었다. 그런데 이상한 건 송곳니는 그렇다 치더라도 잔여 형량이 꽤 많이 남아있던 동수가 출옥하게 된 건 아이러니한 상황이 아닐 수 없었다.

페인트공

동수는 출옥 후 다시 학교로 돌아가지 않았다. 전에 페인트시공사 사장이 베풀어줬던 은혜도 생각났고 당장 먹고사는 문제도 해결해야 했기에 예전의 페인트시공사를 다시 찾아가기로 마음먹었다. 돌이켜 보면 학교생활도 그다지 나쁘진 않았지만 동수는 페인트시공사에서 페인트공으로 일했을 때, 그때가 더 행복했다는 생각이 들었다.

회사는 꽤나 낯설었다. 컨테이너 박스가 놓여있던 사무실 자리는 예전 그대로였으나 컨테이너 박스는 치워진 지 오래돼 보였다. 그 자리엔 이미 커다란 건물이 들어서 있었다. 이젠 그 건물 안에 동수가 다녔던 페인트시공사가 들어서 있었다.

예전의 페인트시공사는 이제 건물의 세 개 층을 사용하고 있었으며 벽면에는 '77페인트시공사'라는 새로운 간판도 달려있었다. 아마도 앞 숫자는 회사에 행운을 가져다주라는 의미에서 '7'이라는 숫자를 쓴 걸로 보이며, 뒤에 숫자는 페인트를 '칠하다'는 의미로 '7'이라는 숫자가 들어간 듯싶었다.

회사에 들어서자마자 사장을 찾았다. 하지만 이태 전 불의의 사고로 사장은 죽었다고 했다. 사건 당일 사장은 공사장 현장을 지휘하고 있었는데 갑자기 떨어진 철재 판에 머리를 그대로 맞아 그 자리에서 즉사하고 말았다는 안타까운 말을 전해 들을 수 있었다.

지금의 페인트시공사는 전(前) 사장의 친동생이 운영하고 있었다. 다행인 건 전 사장이 동수에 대해 동생인 현(現) 사장에게 얘기해 둔 게 있었다는 것인데, 죽음을 예견이라도 했던 것일까, 아니면 동수가 다시 찾아올 거라 믿고 있었던 것일까, 혹 자신이 회사에 없더라도 동수가 다시 찾아오면 이유 없이 받아주라 했다는 것이다.

동수는 그렇게 죽은 전 사장의 배려로 페인트시공사에서 다시 일할 수 있게 되었고, 예전처럼 주어진 일을 묵묵히 수행해나가고 있었다.

그런데 회사에 문제가 생긴 것이다. 동수가 회사로 돌아온 이후 자꾸 페인트 시공 주문량이 줄어만 간다는 것이었다. 사장은 한 번도 주문량이 떨어진 적이 없었고, 비록 형이 죽었지만 오히려 매출은 꾸준히 늘어왔던 터라 그 원인을 종잡을 수 없다는 거였다. 사장은 이러다가 인부들 인건비는 고사하고 회사 운영도 어려워질 지경이라고 했다. 단, 사장 얘기론 짚히는 게 하나 있다는데, 동수가 회사로 다시 돌아오고 난 뒤 '77페인트시공사'에 하청을 주고 있던 건설업체들에게 어디선가 계속해서 '77페인트시공사'에 주문을 넣지 말라는 압력이 들어오고 있다는 거였다.

이쯤 되니, 동수도 회사일이 걱정될 수밖에 없었다. 자기 때문에 회사가 망할 수도 있다고 생각하니 자신이 직접 그 원인을 찾아봐야 할 것 같았다. 사장에게는 사적으로 일이 생겨 휴가를 가겠노라 하고 회사를 며칠 비웠다.

동수는 '77페인트시공사'에 하청을 주었던 몇 군데 굵직한 건설업체를 찾았다.

"전무님, 왜 갑자기 저희 회사에 하청을 주는 걸 꺼리고 계십니까? 저희 회사가 무슨 큰 잘못이라도 한 게 있습니까? 고칠 점이 있다면 말씀해 주십시오."

"당신은 뭐야?! 내가 보기에는 그 회사 사장도 아닌 것 같은데 다짜고짜 와서 왜 하청을 안 주느냐고 물어보면 내가 얘기라도 해줄 것 같애! 당신네 사장은 뭐하는 사람인데 이런 나부랭이를 나한테 보내 그 원인을 얘기하라는 둥, 이렇게 내버려 두냐 말이야! 참, 기도 안 차네. 당신네 사장한테 전해! 이따위로 부하 직원이나 보내 우리를 협박하다시피 하면 앞으로도 좋은 일 없을 거라고. 20년 넘게 이 짓을 하고 있지만 당신 같은 놈은 첨 보네, 첨 봐. 썩 꺼져!"

"전무님! 저희 사장님이 시켜서 온 게 아닙니다, 제가 드리는 말씀은 그게 아니라……."

"썩 꺼지라고 했어! 어이 김 부장, 이 사람 밖으로 내보내. 보기도 싫으니까."

건설업체 서너 군데를 더 찾아가 봤다. 그러나 돌아오는 건 문전박대뿐이었다.

그래도 다행히 마지막으로 들렀던 한 군데 업체에서 주문 단절 사유를 찾을 만한 얘기를 들을 수 있었다. 그 내막을 들려준 사람은 전(前) 사장과 의형제나 다름없이 친분을 쌓아왔던 하청업체 담당 부장이었다.

"우리도 그렇게 하기 싫었지. 의형제나 다름없는 친구 놈이 그렇게 불의의 사고로 죽고 나니, 난들 자네 회사에 하청을 더 밀어주고 싶지 않았겠나. 근데 어느 날부터 우리 회사 사장이 자네 회사에 하청 주는 걸 결사적으로 반대하는 거야. 처음에는 나도 영문을 몰라 왜 그러시냐고 물었더니, 알려고 하지 말고 다른 페인트시공사를 알아보라는 거야. 알겠습니다, 하고 나도 그 내막을 여기저기 수소문해서 알아봤지. 지금 당신네 회사 사장한테는 말도 꺼내지 못했지만……."

부장은 계속해서 푸념 섞인 얘기들을 털어놓았다.

"잘 알겠지만 건설업이라고 해서 회사 마음대로 자유롭게 하청을 줄 수 있는 것은 아니야. 여기저기 눈치도 봐야 하고 정관계도 중요하게 로비를 해야 하지만, 특히 검사 쪽에 대해서도 우린 나름 로비를 하고 있거든. 비자금이란 걸 챙겨두고 말이야. 그것이 곧 회사 생명줄이나 다름없거든. 그게 끊기는 날에는 우리 회사도 망하는 건 일순간이니까. 근데, 사장에게 우리와 거래를 트고 있던 검사 쪽에서 압력이들어왔다는 거야. 이유는 자세하게 얘기하지 않고 자네가 몸 담고 있는 '77페인트시공사'에 하청을 더 이상 주지 말라고. 아마도 그 검사가하는 얘기로 봐서는 눈에 거슬리는 사람이 자네 회사에 들어가 있다는 것인데, 하도 협박조로 얘기하다시피 해 우리 사장도 그렇게 하겠노라 하고 말았다는 거지 뭐. 물론 지들에게 공여한 뇌물이며, 접대며, 하는 리스트도 우리에겐 있긴 하지만 우리가 하루 이틀 장사하고회사 정리할 것도 아니고, 그쪽 심기를 잘못 건드렸다간 우리도 낭떠러지에 떨어진 오리알 신세가 되고 마니까, 들을 수밖에 없었던 게지. 나도 그 얘기를 듣고 나서 참 터무니없는 걸로 꼬투리를 잡는구나 생각했지만 그걸 수용할 수밖에 없었던 사장 심정도 이해가 됐거든. 암튼, 내가 아는 바는 여기까지네. 자네 사장한테 가서 잘 전해주게."

'내가 들어오기 전까지 회사에 떨어진 하청은 밀릴 정도였는데, 내가 들어와서 하청이 뚝 끊겼다면 필시 나를 목표로 하는 놈의 소행일 거란 말인데……. 도대체 누가 나를 그렇게도 못마땅하게 생각하고 죽일 작정을 하고 있단 말인가……. 또 이걸 어떻게 알아봐야 한다는 말인가……. 사장한테 가서 들은 얘기를 전해주고 내가 회사를 관두는 게 나을 듯싶어.'

"실은 자네가 오기 전에 누군가가 와서 우리 회사에 새로운 사람이 들어올 수도 있는데 그 사람을 절대로 받아주지 말라고 한 적이 있었어. 하지만 나는 자네가 우리 회사에 처음 온 사람도 아니고 해서 하청과 관계가 있을 거라곤 전혀 생각지 못했던 거야. 근데, 회사 상황이 이 지경에 이르니, 그 사람이 지목한 사람이 혹 자네가 아닐까, 하는 생각도 들었었네. 허허, 내가 괜한 소리를 했네. 노파심에서 하는 말이니 너무 염두에 두진 말게. 앞으로 회사가 다시 잘 굴러갈 수 있도록 같이 최선을 다해 보세."

'내가 오기 전에 누군가 나에 대해 얘기를 했다. 그 사람이 누구의 명을 받아 이 크지도 않은 '77페인트시공사'에 와서 신신당부까지 하며 나에 대한 얘기를 하고 갔단 말인가?'

얼마 후 동수는 사장에게 쪽지를 남긴 채 회사를 떠났다.

그동안 회사에 누를 끼쳐 죄송합니다. 제가 회사를 그만둔다면 상황이 달라질 수도 있을 거라 생각이 들었습니다. 사장님 힘내시고 늘 건승하길 바랍니다.
이동수 올림.

함바집

막상 '77페인트시공사'를 떠나자, 동수는 마땅히 찾아갈 곳이 없었다. 하여 막노동이라도 해야 했다.

동수는 인력사무소라는 데를 찾았다. 일거리를 받기 위해서였다. 산 입에 거미줄을 칠 수는 없는 노릇. 그러나 그것도 운이 좋았을 때나 가능했다. 그곳을 찾는 사람 중 절반이 하루 일거리를 받지 못한 채 되돌아가야만 했다.

그들은 이른 새벽에 나와 인력사무소에서 일거리를 배당받지 못하면 으레 선술집을 찾았다. 그곳에서 막걸리 한 병에 깍두기가 전부인 술자리 판을 벌이곤 했다.

"씨발, 소장 놈의 새끼는 맨날 나만 데마치(대기)시키고, 은근 지 꼴리는 대로 일거리를 나눠준다 말이여, 씨발놈!"

"어이, 김 씨. 그러지 말어. 소장 귀에 들어가는 날엔 앞으로 아예 일감을 못 받을 수도 있으니께."

"염병, 안 줘도 돼! 마지못해서 내가 이곳을 전전하지, 나도 한때는 잘 나가는 놈이었다 이거여. 지가 소장이면 다냐고. 순 날강도마냥 생겨 가지고. 지는 뭐 대단한 놈이라고 생각하는가 본데, 뭐 내가 보기에는 젊은 놈이 동네에서 양아치 짓 하다가 우연찮게 인력사무소를 차려 돈 좀 번 것밖에 더 있어. 차례차례로 일을 나눠줘야 할 거 아니여. 그 새끼. 누구여, 그래 장 씨 놈. 그 새끼는 아침 여섯 시가 다 돼가 꾸역꾸역 사무실로 기어들어 와도 일거리는 꼬박꼬박 챙겨주고. 뭔 놈의 친척뻘이라도 되는 거 마냥."

"김 씨, 내가 듣기로는 장 씨는 우리가 받는 일당 중에 소개비 빼고 얼마를 더 떼어서 소장한테 준다고 하드만. 근데, 우리는 그런 것도 읊잖어. 내가 소장이라고 혀도 지가 우리한테 응당 떼서 받는 소개비 말고도 푼돈이 추가로 들어오니 얼매나 좋겠어. 또 그러니께, 장 씨한테 계속해서 일감을 배당해 주는 것일 테고."

"박 씨는 시방 소장 편드는 것이여! 우리는 소장한테 주고 싶지 않아서 안 주남? 근디, 생각혀 봐. 하루 종일 잔소리 듣고 고생고생하믄서 받는 돈이라곤 딸랑 삼만오천 원이여. 거기서 소장한테 오천 원 떼이고 나면 우리는 가족들하고 뭘 먹고 살란 말이냐, 그것이여. 그렇지 않아도 마누라는 돈 못 벌어 온다고 주둥이를 톡, 내밀고 당장이라도 이혼할 것처럼 허구한 날 그 난리를 피우는데. 씨발! 세상 더러워서 살겄어? 자식놈들만 아니면 칵! 죽어버렸으면 좋겠구만."

"그런 소리 말어, 김 씨! 그래도 어쩌겄어. 새끼들 보고 살아야제. 소장도 양심이 있으믄 내일부터는 일거리 주겄지. 안 그려?"

"에이, 씨발! 그나저나 자네는 보아하니 꽤나 젊어 보이는데 말이라도 한 번 혀보지. 술도 잘 하지 않는 거 같고. 막걸리 한 병 정도는 내가 살 돈이 있으니께, 말이라도 혀 봐. 소장, 그 씨발놈 욕을 하든지 아니면 이 더러운 세상을 한탄하든지. 어째, 우리하고 뭐 좀 다르게 배운 티가 나는 것 같기도 하고. 어이, 젊은이 막걸리나 한 잔 받어."

국밥을 혼자서 먹고 있던 동수에게 김 씨라고 하는 사람이 막걸리 한 잔 따라주며 하는 말이다. 동수는 아무 말 없이 막걸리를 한 사발을 들이켰다.

그들이 나눈 대화가 틀린 것은 아니었다. 오늘 동수도 그들과 마찬가지로 일감을 배당받지 못했다. 그나마 동수가 그들보다 나은 건 아직까지 식솔을 거느리지 않고 있다는 점이었다. 물론 인력사무소에 나오는 치들 중에는 많은 나이임에도 장가도 들지 못간 채 여전히 막노동판을 끼웃거리는 사람들이 많았다.

일감을 배당받지 못하면서도 근 5일 인력사무소를 찾았더니 소장은 동수에게 일거리를 주었다. 잡부, 말 그대로 건설현장에서 청소와 뒷정리를 도맡아 해야 하는 막노동 현장에서 가장 돈이 안 되고 가장 꺼린다는 잡일이 주어졌다. 콧구멍을 막아버리고 숨통을 죄여오는 듯한 먼지, 그리고 그 퀴퀴한 냄새가 힘들었지만 그래도 일거리를 받아 일을 할 수 있다는 것 때문에 동수는 먼지 속에 파묻혀 일하는 것쯤은 대수롭지 않게 여겼다. 하루 일거리를 받지 못한 치들과 소장을 욕하며 세상을 한탄하는 얘기를 하는 것보다 백번은 나았다.

비록 고단했지만 그렇게 한 달여를 하루도 빠짐없이 인력사무소를 찾았더니 소장은 젊은 놈이 성실하다고 하며, 그래봤자 동수하고 소장의 실제 나이 차이는 세 살 정도였으리라, 특별히 아파트 현장 쪽으로 동수를 배정해주겠노라 했다. 물론 거기에서도 하는 일은 빗자루로 쓰레기를 쓸고 담는 잡일에 불과한 것이었지만.

기실 인력사무소에 들락거리는 사람들 중 한 달여를 버티는 사람은 그리 많지 않았다. 하바리 같은 일거리를 준다는 둥 일당이 짠데 비해 소장이 뜯어가는 소개비가 너무 많다는 둥, 불평불만을 터뜨리다가 그만 두는 경우가 비일비재했다. 그런 분위기에 휩쓸리지 않으려 동수는 안간힘을 썼다. 일거리에 대한 불만이나 소장에 대한 욕지거리는 듣는 즉시 잊으려 애를 썼다. 그것만이 동수, 자신이 살아남을 수 있는 길이라고 생각했던 것이다. 이제 동수에겐 어디를 찾아갈 여력도 남아있지 않았다. 남은 힘을 온전히 막노동판에 쏟아붓기를 스스로 바랄 뿐이었다.

그런 동수의 성실함을 눈여겨보는 이가 또 있었다. 아파트 건설현장소장이었다. 젊은 놈이 이런 곳에 와 묵묵히 일하는 걸 소장이 달갑게 봐왔던 터였다.

"자네, 나이가 몇인가?"

"올해로 스물여덟입니다."

"여기서 썩기는 좀 아까운 사람인 것 같은데 계속해 노가다판에서 일 할 생각이 있는가?"

"예. 재가 무슨 재주가 있는 것도 아니고 받아주시기만 한다면 아파트 건설현장에서 쭉 일해 보고 싶습니다."

"그래."

하고 건설현장소장은 뒤돌아 컨테이너 안에 마련된 거처로 발걸음을 옮겼다.

"낯이 좀 익은 거 같은데요?"

"저를 알고 계십니까?"

"혹 A대학에 다니시지 않았나요?"

"예. 맞는데요. 어찌 아시고……."

"숙영이 아시지 않나요?"

"예. 압니다만은……."

"제가 잘 보긴 했네요, 흐흐."

"누구시길래?"

"저 기억하실지 모르겠네요. 숙영이 친구 선희입니다. 숙영이가 그쪽이 묵고 있던 자취집으로 가기 전 함께 동고동락했던 사이구요."

"아, 생각납니다. 자주는 아니더라도 가끔 뵀던 기억이 납니다. 아니, 그런데 이런 건설현장에 계시다니 그것도 함바집엔 웬일로?"

"아, 그게……. 실은 여기에 취직하러 온 것은 아니구요. 아버지가 현장소장으로 계시는데, 이곳은 아버지가 아시는 분이 잠깐 하시는 함바집이라서 일손을 거들어주러 왔습니다."

"그러셨군요. 암튼, 반갑습니다."

"예. 저도 이렇게 다시 만나게 될 줄은 몰랐습니다. 자주 뵀으면 좋겠네요."

"네에."

동수의 어설픈 마무리 인사로 선희와의 함바집 첫 대면은 그렇게 끝이 났다.

"니가 보기에는 저 총각 어떤 것 같냐?"

"참, 아버지도 저는 저런 사람 싫습니다."

"왜? 내가 보기에는 꽤 성실해 보이는데. 물론 전에 무슨 일을 하다가 여기까지 왔는지는 모르겠지만 큰 죄를 범한 사람만 아니면 될 듯싶고. 니는 맘에 안 드냐?"

"참말로, 아버지! 한 번만 더 그런 말씀하시면 저는 그날로 아버지 안 볼랍니다!"

선희는 동수 얘기에 펄쩍 뛰었으나 내심 아버지가 동수를 어떻게 생각하는지 궁금해 하고 있었다.

"많이들 드세요! 힘든 노동에는 먹는 게 최곱니다!"
점심을 먹기 위해 함바집 입구에서부터 줄을 길게 늘어뜨리고 있는 일꾼들에게 선희가 내던지는 말이다.
"관리자님, 여기 계란후라이 하나 더 드세요."
선희의 말에.
"와따, 아가씨는 관리자님만 챙기시고 너무 하는 거 아닙니꺼? 우리도 주둥이 달고 있고 맛난 거 맛볼 줄 압니다. 우리도 계란후라이 하나씩 더 주면 좋겠구만은."
"아저씨! 계란후라이 넉넉히 해놨거든요. 더 드시고 싶으면 가져다가 드세요!"
"허허, 성내기는. 웃자고 하는 소리요. 둘이 좋아 보이구만, 서로 짝 없으면 딱 맺으면 좋겠네."
"아저씨! 한 번만 더 그런 소리 하시면 앞으로 계란후라이 구경도 못 할 줄 아세요!"

현장관리소장은 동수에게 중간관리자 역할을 부탁했다. 동수는 어렵사리 그 제안을 수락했다. 이유인즉슨, 관리소장이 인력사무소를 통해 일을 받지 말고 이곳에서 자신과 함께 머물며 일하자고 했기 때문이었다. 그것은 동수에게 너무나도 감사한 얘기였다. 하지만 그동안 자신에게 일거리를 계속해 제공해줬던 인력사무소 소장 볼 면목이 없었던 것이다.

허나 기회는 자주 오지 않는 법. 이번 기회를 놓치기 아깝다고 판단한 동수는 인력사무소 소장에게 자초지종을 얘기하고 양해를 구했다. 역시나 소장은 괜찮은 놈들은 죄다 현장에서 잡아간다고 투덜대며, 믿을 놈 하나 없다고 붉으락푸르락 상기된 얼굴로 동수에게 성을 냈다. 그런데 어찌하겠는가? 인력사무소 소장 자신이 동수를 책임지고 계속해서 돈을 벌 수 있게끔 해주지 못하는 이상 동수를 놔줄 수밖에.

그렇게 동수는 현장관리소장 밑에 자리인 중간관리자로서 아파트 현장 일을 맡게 되었고, 숙식도 현장관리소장과 함께했다. 하여 둘 사이가 가까워진 것은 말할 것도 없었고 아들이 없던 현장관리소장은 동수를 아들처럼 대해주기까지 이르렀다.

다른 한편으론 은근 딸, 선희와 짝이 맺어지길 바라는 면도 없지 않았다.

"자네, 부모님은 고향에 계시는감?"

"아닙니다. 제가 고등학교 다닐 때 돌아가셨습니다."

"그럼, 고향에는?"

"먼 친지분만 계시고 누나, 형이 있는데 뿔뿔이 흩어져 살고 있습니다."

"그렇군. 암튼, 한 배를 타게 됐으니 같이 열심히 일해 봄세. 나도 여기에 올 수 있었던 건 좋은 사람이 이끌어줘서 가능했네. 촌구석에 살던 내가 이런 아파트 건설현장을 어찌 알고 왔겠는가? 처음에 극구 사양하며 시골에서 농사나 짓고 살겠다는 걸 도회지로 먼저 나와 사업하던 친구 놈이 끈질기게 권해 물릴 칠 수가 없었네. 해서 이렇게 이곳에서 일하며 밥 벌어먹고 살고 있네. 지금은 그 친구를 많이 고맙게 생각하고 있고."

"예. 그러시군요."

"근데, 듣자하니 우리 선희와 알고 있던 사이라고 하던데?"

"예에……. 예전에 학교 다닐 때 안면이 있었습니다. 선희 씨 친구를 통해서 말입니다."

"그래, 잘 됐구만. 내 여식이지만 그런대로 잘 자랐네. 서로 의지하면서 잘 지내보게. 쟤도 혈육이라곤 나밖에 없어 외로움을 많이 타네. 매번 좋은 사람 만나 시집가라고 해도 아버지 걱정된다고 한사코 거절하며 남아있는 여식이네."

"예. 소장님."

"소장은 무슨 소장? 나는 여기 관리인으로만 있고 실질적인 소장은 따로 있네. 난 그냥 바지사장 격인 소장이네, 관리 대가로 월급을 받는. 그건 그렇고 자네에 대해선 내가 잘 얘기해놨네. 그러니 이곳에서 열심히 일해 돈 모아 장가도 들게."

"예. 고맙습니다, 소장님."

동수는 소장의 핀잔을 듣고도 소장이라는 호칭을 빠뜨리지 않았다. 그건 자신을 늘 챙겨주는 소장에게서 잃어버린 아버지의 따뜻함을 느낄 수 있었기 때문이었다.

어느덧, 동수도 가족을 꾸리게 되었다. 숙영이 아닌 선희와 함께.

건설현장에서 알뜰하게 모은 돈을 보증금으로 넣고 월세로 신혼살림을 시작했다.

건설현장 일은 계속되었다. 이젠 장인이 된 선희 아버지와 한몸이 되어 일을 하게 되었다. 하나의 건설현장에서 건물 짓는 것이 마무리되면 또 다른 현장으로 이동해 일을 했다. 첫 번째, 두 번째, 세 번째 건설현장에서도 그들의 일은 순조롭게 진행되고 있었다.

그렇게 시간이 흘러가던 어느 날, 아침이 채 밝기 전이었다. 전화 벨소리가 다급하게 울려왔다. 장인이었다. 근래에 들어선 건설현장을 장인과 번갈아가며 지키는 터라, 무슨 일이 일어났는지 모르지만 그곳이 건설현장이란 걸 인지하는 순간, 동수에게 까닭 모를 두려움이 밀려왔다.

"자네, 빨리 현장으로 와 봐야 쓰겠네. 일이 생겼네."

다급한 상황임이 분명한데도 장인은 여느 때와 마찬가지로 평정심을 잃지 않고 차분하게 말한 뒤 전화를 끊었다.

옷을 입는 둥 마는 둥 부랴부랴 집 밖으로 나왔다. 모두가 출근하기 전 시간이어서인지 다행히 택시는 금방 잡혔다.

건설현장에 도착하니 포크레인이 요란스럽게 건설현장 한쪽 구석을 헤집고 있었다. 장인의 전화를 받고 동수가 삼십여 분만에 현장에 도착한 것이니 그동안 포크레인은 그 작업을 계속하고 있었던 것으로 짐작되었다. 일찍 현장에 도착한 대여섯 명의 인부들과 아침 식사 준비를 위해 새벽녘에 나왔을 법한 함바집 식모들이 모여 웅성대고 있었다.

자세히 보니 포크레인이 작업하는 곳은 어제 철근들을 놓아둔 장소, 바로 옆이었다. 추가적으로 오늘 철근을 더 쌓기로 한 그곳이었다. 헌데 가지런히 차곡차곡 쌓여져 있어야 할 철근들이 이리저리 흩어져있는 걸로 봐 트럭에서 퍼다 이미 놓아둔 철근들을 포크레인 기사가 다시 다른 곳으로 다급하게 옮기는 듯 싶었다.

현장 상황이 심상치 않아 보였다.

"사람이 깔렸다면서."

"그러게. 이렇게 이른 아침에 인부도 없었을 텐데, 어찌 된 영문인지 모르겠네."

이미 한 사람이 급하게 병원으로 실려 갔다고 했다. 철근 더미 속에서 간신히 빠져 나온 사람이라고 했다. 그 사람은 정신을 잃어가면서도 철근 더미에 두 사람이 더 깔려있다고 중얼댔다는 것이다. 한참 동안의 작업으로 철근 더미에 묻혀 있던 바닥이 서서히 모습을 드러내자, 이미 그곳엔 두 사람이 처참하게 뭉개져 있었다. 온몸이 피범벅이 된 채 말이다.

"자네, 빨리 병원으로 이 사람들을 데리고 가게! 난 여기서 혹 다른 사람이 더 있나 살펴보고 따라가겠네!"

장인은 다급하게 동수에게 할 말을 전한 뒤 다시 현장을 수습하기 시작했다.

도착한 응급차에 두 사람을 옮겨 싣고 동수도 응급차에 올라탔다. 응급실로 가는 내내 살려야만 한다는 생각이 동수의 뇌리를 지배했다. 이 사람들은 죽으면 안 되는 것이고 자기들 마음대로 죽어서도 안 되는 거였다. 동수는 지금까지 쌓아왔던 자신의 치적이 일순간에 홱, 하니 날아가 버릴지도 모른다는 불안감에 사로잡혔다.

이때만큼은 동수 자신도 이기적인 인간 본연의 모습을 벗어나지 못하고 있었다.

응급실에서 급한 대로 조치를 받고 그들은 곧바로 수술실로 옮겨졌다. 그리고 두어 시간이 흐른 뒤 담당 의사는 동수에게 한 마디 전하고 되돌아갔다. 그들은 숨이 멎었다고.

끝없는 고통

있을 수 없는 일이라고 생각했다. 그동안 사고 한 번 없이 장인과 현장을 잘 관리하며 지켜왔었다. 동수 자신도 죽은 그들과 함께 이대로 무너져 내린다고 생각하니 두려움마저 들었다. 모든 게 물거품이 되는 순간이었다.

결국 동수와 그의 장인은 건설현장을 떠나야만 했다. 심지어 현장 관리 소홀로 인해 죽은 자들에게까지 보상도 해줘야 했다. 죄명은 과실치사방조죄. 죄명대로 하자면 동수와 그의 장인이 그들을 죽게끔 방치했다는 거였다. 회사에 소명할 기회를 줄 것을 요청했다. 하지만 회사는 동수와 그의 장인에게 죄를 덮어씌우는 데에만 급급해했지, 그들의 목소리를 들으려 하지 않았다.

건설현장 사망 사건.

그날, 그러니까 사고가 있기 전 자정.

동수와 그의 장인은 건설현장을 꼼꼼히 살폈다. 그리고 여느 때와 마찬가지로 아무 이상이 없다는 걸 확인한 후 동수 장인은 현장숙소에 남고 동수는 집으로 돌아왔었다. 사건은 그 이후에 발생한 것인데, 새벽 서너 시쯤, 술에 취한 행인 3명이 건설현장으로 들어왔고 그들은 어디서 술을 사왔는지 사온 술을 마저 비운 다음 마대자루를 덮어쓴 채 그 자리에 그대로 잠들어버렸다. 헌데 불행히도 그곳이 당일 철근을 새롭게 쌓아올릴 자리였던 것이다.

그걸 알 리 없는, 동도 트기 전에 작업현장에 나와 있던 포크레인 기사는 매번 해왔던 대로 트럭 짐칸에 가득 채워진 철근들을 행인들이 자고 있는 그곳으로 옮기기 시작했다. 그렇게 한참 작업을 하던 중 누군가가 고래고래 소리를 지르는 것 같아, 잠시 작업을 멈춘 뒤 창문을 통해 아래를 내려다보니, 자신의 몸도 제대로 가누지 못한 누군가가 팔로 엑스자를 그려내며 작업을 중단하라는 제스처를 계속 해대는 거였다. 순간, 포크레인 기사는 무슨 일이 일어났다는 걸 직감으로 알아차렸다. 하지만 철근 더미 밑에 사람이 깔린 이후 철근 더미를 다시 다른 곳으로 옮기는 데에는 많은 시간이 걸렸고, 결국 건설현장에서 노숙한 행인들이 죽어버리는 참혹한 사고가 발생하고 만 것이었다.

고의가 아닌 이상, 동수와 그의 장인의 업무상 과실은 충분히 정상 참작될 수 있었다. 그럼에도 불구하고 회사는 불이익을 당할까 봐, 동수와 그의 장인에게 모든 죄를 덮어씌운 채 발 빠르게 사건을 마무리 지어버렸다.

동수가 그동안 모아뒀던 돈들도 허망하게 사라지고 말았다. 엎친데 덮친 격으로 어렵게 장만한 집까지 날려버렸다. 목줄이 끊긴 연과 같이 동수는 이리저리 표류했다. 다시 사글세를 전전해야만 했다. 당장 생계가 어려웠지만 장인에게는 다시 함께 살자고 했다. 그러나 장인은 고향을 버리고 자신이 도회지에 올라온 자체부터가 잘못된 것이었고, 늙어서까지 자식에게 폐를 끼치며 살고 싶지 않다고 하며 시골로 내려가 버렸다.

결혼 후 동수는 자신을 꼭 빼닮은 아들을 얻었었다. 그 애가 벌써 네 살이 되었다.

어제의 고열은 가끔 있어 왔던 터라 크게 신경 쓰지 않았다. 마침 낮에 사다둔 해열제도 있어 안심이 되었다. 그러나 아들의 몸에서는 열이 떨어지지 않았고 이내 온몸이 불덩이로 변했다. 아들놈이 이상해지기 시작했다. 동공이 풀리는가 싶더니 의식을 점점 잃어갔다. 안 되겠다 싶었다. 아들을 둘러메고 병원 응급실을 향해 뛰었다.

몇 년 전 건설현장에서 있었던 끔찍한 사고. 그 악몽이 동수 머릿속에서 새록새록 피어오르기 시작했다. 그러나 지금은 그때와 견줄 수 없을 정도로 급박했다.

응급실에 도착했다. 무슨 일들로, 어디에서 다치고 왔는지, 응급실은 신음과 고성을 지르는 사람들로 북적댔다. 그때나 지금이나 지옥이나 다를 바 없는 곳이었다.

일단 보이는 간호사를 잡아 급하다고 했다. 애가 고열에 시름시름 앓더니 의식을 잃어가고 있다고 했다. 간호사는 기다리라고 했다. 아들이 죽을지도 모르니 제발 먼저 좀 봐달라고 했다. 하지만 여전히 돌아오는 대답은 조금만 더 기다리라는 거였다.

그렇게 의식을 잃어가는 아들을 부둥켜안고 한참을 기다렸더니 당직 의사가 왔다. 맥을 짚고 응급처치를 했다. 그런데 이상했다. 열이 있는 애를 병상에 올려놓고 전기충전기를 가슴을 댄 채 충격을 가하는 것이다. 그럴 때마다 아들은 병상에서 30㎝ 이상 위로 솟구치다 떨어지기를 반복했다. 이해가 되지 않았다. 열 내리는 약을 처방하던지 동공이 풀린 눈을 살펴봐야 하는 데 말이다. 뭔가 단단히 잘못 돼 가고 있었다. 그렇게 30여 분 동안 응급조치를 취한 후 당직 의사는 동수에게 다가와 짧은 한마디를 툭, 내던졌다.

아들이 죽었다고. 여기 오기 전 이미 아들의 숨은 머진 상태였다고.

삽시에 머릿속이 텅 비어버린 것만 같았다. 여기 오기 전까지만 해도 아들놈은 분명 숨이 붙어있었다. 잠깐 의식이 돌아왔을 땐 알아들을 수 없는 말도 해댔다. 당직 의사가 악마로 보였다. 그렇다. 아들놈을 데리고 간 악마임이 틀림없었다. 당직 의사의 멱살을 잡고 아들을 살려내라고 울부짖었다. 어느새, 동수 주위에는 병원 경비원들 같아 보이는 사람이 몇 와 있었다. 그들은 동수를 밖으로 끌어냈다. 끌려가는 동수에게 담당 의사는 또 한마디 내던졌다.

"당신 같은 부류의 사람들이 얼마나 많은지 아십니까? 우리가 당신의 아들을 살려내지 못한 것은 우리로도 어찌 할 수가 없는 일이었습니다. 이렇게 계속해서 행패를 부리면 경찰을 부를 수밖에 없습니다."

정작 동수 자신이 해야 할 말을, 그놈, 그 당직 의사가 하고 있는 것이다.

기실 당직 의사는 병원에서 가장 짧은 경력을 자랑한다는 인턴이었다. 동수 아들이 병원에 들어왔을 때 자신이 어떻게 처방을 해야 할지 몰라 고의적으로 시간을 끌며 자신의 스승격인 교수의 답변을 기다리고 있었던 것이다. 그 시간에 그렇게 아들, 민수는 싸늘하게 죽어가고 있었는데 말이다.

고래고래 소리를 질렀다. 왜 시간을 지체해 내 아들을 죽음으로 내몰았냐고?

몇 날 며칠을 찾아가 들을 수 있는 대답은 하나였다. 사람이 생사를 넘나드는 급박한 상황에서는 전문의인 교수님이 오셨어야 했다고.

그럼, 인턴 선생님은 뭐냐고? 인턴 선생님이 할 수 있는 건 간단한 응급조치일 뿐이라고. 그럼, 왜 교수님이 안 오셨냐고? 연락이 닿지 않았다고. 그럼, 왜 연락이 닿지 않았냐고? 아마 교수님이 차고 계시는 기계가 고장이 나 소리가 나지 않았던 거 같다고. 그럼, 그놈의 기계가 당최 뭐냐고? 간호사는 돌아다니는 의사들의 허리춤에 붙어있는 무언가를 가리켰다. 그것은 조그만 기기였다.

'저렇게 하찮아 보이는 조그만 물건이 내 아들의 생사를 갈랐다고……'

기계음

꽤나 긴 시간을 동수는 방황했다. 맨정신으로 살을 도려내는 듯한 아픔을 견뎌내기 힘들었다. 곡기를 끊다시피 했고 쓰라린 가슴을 하루하루 술로 채웠다. 선희와의 관계도 서먹서먹해졌다. 아들 민수에 대한 책임공방으로 서로의 몸을 갉아먹고 같이 살 수 없을 만큼 서로의 감정을 후벼 팠다. 누구의 잘못이건 아들, 민수가 다시 돌아올 수 없다는 현실을 깨닫기까지 꼬박 1년이라는 세월이 흘렀다.

그때, 그 병원을 찾았다. 아들 민수가 그렇게 싸늘하게 식어갔던 그곳. 찾지 말아야 할 곳이었지만 동수는 여전히 민수가 죽었다는 사실이 믿기 어려워 다시 찾은 것이었다. 이번에 갔다 오면 아들놈을 이 세상이 아닌 저 세상으로 보낼 수 있을 것만 같았다.

그 병원이 달라진 거라곤 시설들이 좀 더 세련되었을 뿐 이리저리 바쁘게 뛰어다니는 의사와 간호사들, 외래환자들로 인한 북적댐, 환자들의 고성과 신음은 여전했다.

다시 눈에 들어오는 것이 있었다. 의사들이 허리에 차고 있는 그때 그 기기. 사경을 헤매던 아들, 민수를 여기에 데리고 왔을 때의 기억이 다시 스멀스멀 피워 올랐다.

'저걸 여전히 차고 있구나.'

민수가 여기 왔을 때 저게 울리지 않았다고 했다. 저 조그만 것에서 '삑삑'거리는 소리만 제때 났더라면 아마 민수는 그렇게 허망하게 이승을 떠나지 않았을 것이다. 이제 민수와 마지막 인사를 해야 했다. 그리고 동수는 하나의 생각을 떠올렸다. 다시는 민수와 같이 다른 아이들이 꽃도 피우지 못한 채 이 세상과 고별해서는 안 된다고.

"형! 웬일이에요? 생전 그렇게 찾아도 만나주지도 않으신 분이."

벤처기업에 몸담은 강호가 비꼬는 말투로 얘기한 것이었으나 동수를 내심 반기고 있었다. 강호는 대학 시절 동수를 꽤나 따랐던 후배였다.

"그러게 말이다. 이 꼴로 찾아와 미안하게 됐다. 실은 아무런 거 없이 얼굴만 보러왔어야 했는데, 너한테 부탁 하나 하러 염치불구하고 이렇게 찾아왔다."

"형, 무슨 소리예요? 저희 회사에 직접 찾아와 이렇게 얼굴까지 보여주셔서 제가 더 영광입니다. 부탁할 게 무엇인지 말해 봐요? 아참, 형수님도 조카 놈도 잘 있죠?"

"……"

"제가 얘기를 잘못 꺼낸 건가요?"

"아니야, 다들 잘 있어. 애 엄마도 너 만나러 간다길래 안부 전해달라고 했고 민수 놈도 강호 삼촌이 누군지 꼭 한 번 보고 싶다고 하드라."

"근데, 말하는 형 얼굴이 그리 썩 화사해 보이지 않는데요. 귀신은 속여도 나는 못 속이는 거 알죠?"

"……"

"그럼, 더 이상 묻지 않을게요. 부탁이 뭔지부터 말해 봐요."

"그게, 내가 이래저래 해서 많이 힘들어졌거든. 근데 하고 싶은 일이 딱 생겼어. 그게 말이다…… 자금이 좀 들어가야 하는 것이라서.

떠오르는 사람이 딱히 있어야지, 당장 너 밖에는."

"아이고, 형도 참, 그런 말씀을. 뭘 하시려구요?"

"조그마한 걸 개발해 보고 싶어."

"꽤 궁금해지는데요."

"강호야, 너 '삐삐'라는 통신기기 알지?"

"음, 잘은 모르지만 언뜻 보기는 했어요. 병원에 가면 의사들이 차고 다니는 거 그거 아닌가요?"

"그래, 맞아. 내가 그걸 좀 더 세련되고 기능이 다분화된 걸로 만들고 싶거든. 그걸 만드는데 니 도움도 필요하고……."

"돈만 있으면 되는 게 아닌가 보는데요?"

"그래, 그래서 더 미안하다는 거야. 니가 기기 개발하는 것엔 일가견이 있잖아. 과도 나와는 다른 전자기계 쪽이고."

"아이고, 동아리에서 만난 형과의 인연이 이렇게 풀릴 줄이야. 하하하."

추강호.

강호는 동수가 대학동아리에서 만난 놈이었다. 전자기계공학과에 다녔는데, 뭉툭하고 딱딱한 기계에 예술혼을 불어넣고 싶다고 미술동아리에 들어온 놈이었다. 그때는 저런 희한한 놈도 다 있네, 하고 동수는 생각했었다.

허나 기계공학도답게 강호는 동아리방에서 망가진 라디오며 스피커, 마이크 등도 곧잘 고쳐내곤 했다. 또 나름 스스로 만든 작품들을 외부에 공모해 상까지 받아와 한턱 크게 쏘곤 했던 놈이었다. 동수는 그런 강호를 앞으로 뭔가 해낼 놈이라고 늘 치켜세워주었고 그걸 보답이라도 하듯 강호는 동수를 선배가 아닌 형! 형! 하며 따랐던 것이다.

동수가 깜빵에 들어간 해에 강호는 졸업을 했다. 남들이 부러워하는 대기업에 취직하고도 성에 안 찼는지 얼마 되지 않아 뛰쳐나왔다. 그리고 자신의 꿈을 한번 키워보겠다고 벤처기업을 세워 오락기기 제품을 만들어 팔았다. 다행히 운도 따라 사업은 번창했고 어느새 어엿한 중소기업 사장이 되어 있었다.

"좋아요, 형. 제가 언젠가는 꼭 한 번 도와드리고 싶었는데 이렇게라도 도움을 드릴 수 있어서 영광입니다요. 그럼, 우리 슬슬 한번 시작해볼까요."

강호가 맡은 임무는 자금 조달과 기기를 개발하는 것이었고 동수가 맡은 임무는 개발된 기기를 판매할 수 있는 판로를 개척하는 거였다. 개발에 투자한 자금만 거둬들일 수 있어도 1차적으로 성공한 것이나 진배없었다. 거기에 물품이 잘 팔려나가면 나름 개발투자는 성공한 거라고 볼 수 있었다.

기기 개발을 시작했다. 다행히 선희도 민수를 잃은 슬픔을 견뎌내며 동수 곁을 지켜주었다. 자신마저 떠나면 남편이 다시는 일어설 수 없을 거라 생각했던 것이다.

그렇게 서로 아픔을 견뎌내며 민수와 똑 닮은 민석이를 얻었다.

의외로 주문량이 많아지고 기기 납품도 순조로웠다. 처음엔 팔리지 않을까 봐 소량으로 기기를 제작하여 시장에 내놓았다. 그런데 순식간에 다 팔리는 거였다. 브랜드가 없는 물건치고는 상당한 반응을 가

저왔다. 기존에 나와 있던 '삐삐'와 다르게 투박해 보이는 기기를 슬림화했으며 색상은 더 세련되게, 또 진동과 벨이 함께 들어가 있는 기능도 추가했다. 그리고 가장 중요하다 볼 수 있는 긴급 호출 기능을 부여했는데, 위급한 상황 시 상대방이 기기 버튼 중 하나만 누르면 관계가 있는 상대방에게 바로 연결되는 기능이었다. 그야말로 대성공적인 기기 개발이 된 셈이었다.

고삐를 늦출 수 없다는 판단에 바로 브랜드를 내걸었다. ㈜秀기기. 아들인 민수 이름의 끝 자이자 자신의 이름 끝 자이기도 한 수(秀)를 넣어 붙인 회사명이었다. 이후에도 주문량은 꾸준히 증가했고 매출은 끝이 보이질 않을 정도로 치솟아 올랐다.

그렇게 물품 판매가 한창이던 해에 제안이 하나 들어왔다. 대기업 임원이라고 하는 자가 찾아온 것인데 동수도 강호도 자주 들어본 회사라 익히 알고 있던 터였다.

"무슨 일로 오셨는지요? 굴지의 대기업에서 저희를 찾는다는 건 뜻밖인데요."

"아, 다른 게 아니라 긴히 드릴 말씀도 있고 해서 이렇게 찾아왔습니다."

그가 명함을 내밀었다. 기획부장이라는 직함과 이름 석 자가 함께 새겨져 있었다.

"하실 말씀은?"

"단도직입적으로 말씀드리자면 지금 시중에 팔리고 있는 기기의 아이템을 저희 회사에 인계하시는 게 어떻겠습니까?"

"그렇게 큰 기업에서 저희같이 조그만 중소기업에서 만들고 있는 제품을 사들인다고요? 그쪽 회사에서도 얼마든지 연구비만 투자하면 저희 회사 제품보다 몇 배 더 훌륭한 제품을 만들 수 있을 텐데, 말입니다."

"그럴 수도 있겠죠. 그런데 기기 개발이라는 게 단시일 내에 뚝딱 만들어지는 게 아니라서. 만약 저희가 개발에 들어간다면 많은 시간과 자금을 투입해야 합니다. 해서 잘 아시겠지만 현재 '삐삐'라는 기기에 대해 저희 회사뿐만 아니라 여기저기에서 관심을 갖고 있고 또 이미 개발을 하고 있는 터라, 저희 회사 입장에서 보면 다른 회사 제품들과 경쟁하기 위해선 시간이 그리 많지 않습니다. 하여 사장님 회사에서 이미 개발한 제품과 아이템을 사들이고 싶다는 말씀을 전하고 싶은 겝니다. 지금까지 제품 개발에 들어간 자금과 저희가 사들이는 제품 아이템에 대해선 부족하지 않게 돈을 챙겨드리도록 하겠습니다. 어려운 결정이 될 수 있겠지만 현명한 판단을 하시리라 믿고 일주일 후에 다시 찾아뵙도록 하겠습니다."

그렇게 모 대기업의 기획부장은 일방적인 말로 자신의 역할을 다했다는 듯, 이제는 ㈜秀기기 쪽에서 결정할 일만 남았다는 제스처를 취하고 자리를 떴다.

"강호야! 너는 그 사람이 전하고 간 말에 대해 어떻게 생각하니?"

"형, 저도 많은 것을 알지는 못하지만 제 주위에 아는 분들이 저희와 비슷한 제안을 받고 거절했다가 피 보는 경우를 많이 봤습니다. 처음엔 저들이 저렇게 고개를 숙여가며 굽신굽신하지만 만약 저희가 거절한다면 저희 아이템을 복제해가는 것은 우스운 일일 겝니다. 단, 그들이 염려하는 건 같은 제품을 복제해 사용하다 법적으로 걸리게 되면 큰 낭패를 볼 수 있다는 점이죠. 그걸 경계하는 차원에서 우리에게 제안을 한 것이기도 하구요. 만약 그들이 저희와 똑같은 제품을 시중에 내놓으면 저희는 소송을 걸 거고, 그러면 저쪽에서도 신경을 써야 하고. 여러 가지로 부딪히는 일이 잦아지게 되는 게 그들은 싫은 거죠. 그리고 가장 큰 이유는 자신들의 기업 이미지에 큰 타격이 있을까 봐 그게 두려운 것이구요. 그런데 정작 중요한 건 그들이 그런 것에도 아랑곳하지 않고 저희 제품을 모방해 시중에 얼마든지 유사 제품을 내놓을 수 있다는 겁니다. 그게 바로 대기업의 횡포이자 힘입니다. 어쨌거나 저는 형의 의사를 따르도록 하겠습니다."

"고맙다. 강호야."

"사장님, 고민은 해보셨는지요? 저희는 사장님께서 현명한 판단을 하셨을 거라고 믿습니다."

"죄송한 말씀입니다만, 제가 이 회사를 세운 것은 뜻하는 바가 있어 세웠던 겁니다. 그리고 회사를 운영하면서 아직도 제가 해야 할 일이 많다고 생각하고 있습니다. 구구절절이 말씀드리지는 못하지만 저희가 계속해서 제품 판매를 이어갈 수 있도록 부장님 회사에서도 도와주셨으면 합니다."

"그렇습니까. 이런 말씀드리기 참, 송구합니다만 사장님은 제가 생각했던 것보다 매우 고지식한 분이신 것 같습니다. 암튼, 자알 알아들었습니다. 회사로 돌아가 사장님의 뜻을 저희 회장님께 고스란히 전해드리도록 하겠습니다."

기실 동수가 ㈜秀기기를 포기하지 않으려고 했던 건 민수의 죽음에도 연관이 있었지만 삐삐를 만들어 소년소녀가장, 독거 노인들에게 기증해오고 있었기 때문이었다. ㈜秀기기 삐삐에는 동생들을 돌보며 살아가야 하는 소년소녀가장들이 동생들과 쉽게 연락이 닿을 수 있도록, 위급한 상황에 독거 노인들이 119와 쉬이 연결될 수 있도록 긴급 호출 기능이 장착되어 있었던 것이다.

역시나 시중에는 동수네 회사 제품과 유사한 제품이 나왔고, 어느 순간부터인지 그 대기업 회사 제품이 ㈜秀기기 제품 매출을 앞서나가기 시작했다.

법정공방은 치열했다. 그와 비례해 소송시간도 길어졌다. 대기업과 특허권을 가지고 싸운다는 건 계란으로 바위 치는 격. 무려 3년이라는 기나긴 법정공방으로 인해 ㈜秀기기는 많은 돈을 소송비용으로 날렸고 그동안 회사는 내리막길을 걸어야 했던 것이다.

특허권 소송에서 승소하긴 했으나 ㈜秀기기는 더 이상 운영할 수 없을 정도로 어려운 상황에 처해버리고 말았다.

성당

　결국 ㈜秀기기는 정리되었고, 세월은 흘러 이제 동수 나이도 마흔을 넘어서고 있었다. 의기소침해 있던 동수에게 선희는 성당에 한 번 가자고 했다. 학창시절 선희는 숙영과 성당을 자주 들르곤 했었다. 차일피일 미뤄오다가 동수에게 제안한 것인데, 성당에 남편과 함께 가 모든 걸 훌훌 털어버리고 싶었다. 그리고 죽은 아들, 민수의 세례명도 지어주고 싶었다. 아들 민수가 살았을 적에 바쁘다는 핑계로 미뤄왔던 게 선희는 못내 아쉬웠다. 그렇게라도 해주는 것이 아들 민수에 대한 마지막 배려이자, 영원한 작별 인사라고 선희는 생각한 것이다.

　선희와 달리 동수는 그 성당에 가고 싶지 않았다. 지금의 아내가 아닌, 한때 연인이었던 숙영과 지키지 못했던 약속, 그곳에서 잡혀 깜빵으로 가야만 했던 그 악몽들을 다시 기억하고 싶지 않아서였다. 하지만 선희의 끈질긴 설득에 못 이겨 끝내 동행하게 된 것이었다.

　그때의 눈 내리던 성당은 찾아볼 수 없었다. 지우려고 애썼지만 자꾸 옛날의 기억이 동수 머릿속을 맴돌았다.

　'숙영은 아마 기다리다 지쳐 그냥 돌아갔겠지. 지금은 잘 지내고 있는 걸까?'

　마음속으로 하는 말이었지만 한 번쯤 숙영을 만나고 싶은 것도 사실이었다. 만약 숙영이 자신이 잡혀갔다는 걸 알았더라면, 그리고 면회 한 번 왔었더라면 어쩌면 지금의 아내는 선희가 아닌 숙영이었을 지도 모른다는 부질없는 생각도 해봤다.

둘은 신부님을 찾았다. 동수는 종교라는 단어에 익숙하지도 않거니와 종교 근처에도 가보지 않았다. 깜빵에 있을 때 가끔 찾아왔던 신부님의 모습이 눈앞에 아른거릴 뿐이었다. 그 신부님이 전해주었던 설교. 설교라기보다는 은혜로운 말씀이 가슴 한편에 남아있는 정도였다. 그 말씀은 학창시절에는 전혀 느껴보지 못한 묘한 감정을 전해주었다. 왜냐, 당시 운동권이라고 하는 자들에게 종교는 쉽게 지녀서도 의지해서도 안 된다는 원칙 같지 않은 원칙이 존재하고 있었기 때문이었다.

하지만 지금은 신부님 앞에서 고해성사란 걸 하고 싶었다. 지금까지 짊어진 모든 아픔과 슬픔을 훌훌 털어내 버리고 싶은 심정에서 말이다. 그만큼 동수는 삶의 억눌림에 지칠 대로 지쳐있었다.

고해성사.

"어쩐 일로 오셨는지요?"

신부님의 말에, 동수는 고개를 숙인 채.

"제가 살아왔던 과거 삶을 털어내고 다시 새롭게 시작해보고 싶습니다. 그래서 이곳을 찾아왔습니다."

"살아왔던 과거를 털어낸다……. 그럼, 무슨 큰 죄라도 지은 게 있으신지요?

"죄를 지었다기보다는 부족한 제 삶을 반성하고 무엇이 부족한 거였는지 깨닫고 싶습니다."

"죄를 짓지 않았다고 생각하시면 그리 크게 잘못한 것도 없겠지요.

그럼, 고개를 들고 얘기하셔야 되지 않을까요?"

"앗!"

동수는 놀라지 않을 수 없었다. 그 사람은 다름 아닌 시골 선배인 우식 형이었던 것이다.

"혹시, 우식 성이 아닌지요?"

"그래, 맞다."

"성!"

지금부터 신부님은 온데간데없고 아는 시골 형이 동수 앞에 서 있는 것이다.

기쁨 반, 놀라움 반으로 동수는 우식의 품에 안겨 한참을 흐느꼈다.

"고생 많이 했다면서."

"……."

"내 다 들어 알고 있다."

우식, 성당 신부님이 동수의 고달픈 삶을 알게 된 전모는 이러했다.

동수의 불알친구, 그러니까 현수가 언제부터인가 성당에 나오기 시작했다는 것이다. 그것도 자신의 부인과 함께 말이다. 그리고 어느 때쯤 현수가 고해성사를 하게 되었는데, 지금까지 자신이 동수에게 저질러왔던 일들에 대해 꽤나 후회하고 있다는 얘기였다. 진정 동수에게 용서를 구하고 싶다는 말과 함께.

못다 한
이야기

숨은 사실

현수의 고해성사로 인해 밝혀진 새로운 이야기들이다. 이 얘기를 꺼내기까지 현수 자신도 많은 고민을 해왔다고 했다. 그 내용들은 이러했다.

계절.

김 씨 할아버지 손자, 그러니까 김갑봉에 대한 얘기다. 어린 시절 김갑봉이 불암도를 찾았을 때 동수뿐만 아니라 현수도 자주 만났었다. 유독 현수는 김갑봉을 살갑게 대해줬는데, 그것은 촌티 나는 시골 친구들보다 서울에서 내려온 김갑봉이 자신과 더 잘 어울린다고 생각해서였다. 때문에 김갑봉은 현수 친구들도 못 들어가 본다는 현수네 집을 드나들 수 있었다. 하여 둘 사이는 꽤나 친분이 두터워졌던 것이다.

서리.

현수는 자신의 집 앞에서 마을 어귀 쪽으로 부리나케 뛰어가는 동수를 봤다. 허겁지겁 어디론가 뛰어가는 동수를 보고 현수는 무슨 일이 생긴 게 분명하다고 직감했다. 현수가 어슬렁어슬렁 마을 어귀에 다다르자, 동수는 보이지 않고 후배들이 뭔가에 애가 타는 듯 울먹인 표정을 하고 옹기종기 모여 있었다.

현수는 물었다. 도대체 무슨 일이 있길래 집에도 들어가지 않고 이렇게 마을 어귀에 모여 있느냐고. 그러자 대성이 낮에 과수원 서리를 하다 들킨 일로 방금 우식 형과 동수 형이 소주를 사러 갔다고. 그 소주를 들고 과수원 주인인 꼽추 아저씨를 찾아갈 거라는 말도 덧붙였다. 알았다고 하고 현수는 집으로 돌아왔다. 그리고 그 서리에 대한 얘기를 상세하게도 자신의 어머니에게 발설했다. 그 얘기를 들은 현수 어머니는 동네 여기저기를 돌아다니며 동수 무리의 서리 사건에 대해 아주 소상히도, 아니 사실보다 더 부풀려 얘기했고 소문은 삽시에 퍼져, 결국 다음날 마을이 그 얘기로 떠들썩했던 것이다.

가출.
태성이 속았다. 후배, 삼식이는 자전거만 가질 수 있다면 태성, 자신에게 충성을 맹세하겠다고 했다. 그 말에 태성은 자전거 서리를 감행하다 결국 걸리고 만 것인데, 그 사건의 전말은 이러했다.
삼식은 마을 선배인 강찬에게 충성을 다하고 있었다. 그리고 또 한 사람, 양학리 돈 많은 집안의 아들, 현수를 꽤나 따르고 있었다. 하여 삼식은 자전거를 훔치기 전에 현수에게 그들의 계획을 소상히 털어놨다. 그리고 그것도 부족해 그 전에 동수 무리가 저지른 자전거 서리에 대해서도 낱낱이 얘기했던 것이다. 그냥 넘어갈 현수가 아니었다. 다음날 현수는 직접 읍내 자전거 점포를 찾아갔다. 그리고 일전에 있었던 자전거 서리가 또다시 있을 수 있으니, 점포주인에게 점포 단속을 철저히 하는 게 좋겠다고 귀띔해주었다. 점포 주인도 현수가 하는 소리가 허튼소리만은 아닐 거라 생각했고, 그렇게 몇 날 며칠을 지켜보던 중 아니나 다를까, 두 놈(태성과 삼식)이 떡하니 나타난 것이다.

결국 둘은 현장에서 바로 붙잡히게 되었고, 사태가 더 커지게 되자 결국 동수 무리는 가출을 감행하게 된 것이었다.

학창시절.

성당으로 가던 길에 동수는 그만 체포되고 만다. 경찰은 동수가 성당으로 올 거라는 정보를 미리 입수하고 있었다. 그 정보는 다름 아닌 숙영의 아버지에 의해 전해진 것인데, 숙영의 아버지는 숙영의 일거수일투족을 감시하고 있었다. 시쳇말로 심부름센터를 통해 지속적으로 숙영을 지켜봐왔던 것이다. 그렇다 보니, 숙영과 동수와의 관계도 알게 된 숙영의 아버지는 어떻게든 둘을 떼어놓아야겠다고 생각한다.

한편 지역에서 큰 백화점을 운영하던 숙영의 아버지는 어느 날 우연찮게 현수와 자리를 합석하게 되는데, 검사 쪽과의 지속적인 유대관계가 필요했던 숙영의 아버지는 정략(政略)적으로 현수를 숙영의 짝으로 생각하게 되었고 이를 위해 숙영과 동수를 떼어놓기에 이른다.

동수가 잡혀간 후, 숙영은 현수와 절대 결혼할 수 없다고 가출까지 감행했으나 이내 잡혀 집에 감금되고 만다. 또 보름여 간 식음을 전폐하고 현수와 결혼하느니 차라리 죽어버리겠다고 부모에게 으름장까지 놓아보나, 기울어져 가는 아버지 사업을 살릴 수 있는 방법은 현수와 결혼하는 것밖에 없다는 어머니의 간곡한 청에, 숙영은 어쩔 수 없이 현수와 결혼하게 된다.

깜빵.

우현수와 김갑봉은 다시 서울에서 재회하게 된다. 둘은 선술집에서 만나 술을 주거니 받거니 하며 이런 저런 얘기를 나누던 중 동수에 대한 얘기도 오가게 된다. 하지만 현수는 동수 얘기가 나올 때마다 미간을 찌푸리며 언짢은 표정을 지어 보였고, 갑봉은 무슨 일인지는 모르겠지만 불알친구들끼리 소원하게 지내서는 안 된다고 하며, 서로 잘 지내길 신신당부하며 헤어진다.

몇 년이 지난 후 둘은 또다시 재회한다. 그때는 검사와 조직폭력배 두목이라는 위치에서 서로 만나게 되는데, 그들의 인연은 이미 악연 으로 바뀌어 있었다. 그 이유가 바로 룸싸롱 살인사건으로 김갑봉을 우현수가 잡아들이려 했기 때문이었다.

한편 김갑봉은 동수의 근황이 궁금해 사방에 수소문한 끝에, 동수 가 학생 운동권으로 활동하다 잡혀 깜빵에 들어가 있다는 소식을 전 해 듣게 된다. 때마침 부하인 송곳니가 출옥하게 되면서 동수에 대한 소상한 얘기를 들을 수 있게 되었고, 그곳까지 동수를 잡아들인 이가 바로 다름 아닌 현수라는 사실도 알게 된다.

하여 김갑봉은 우현수를 다시 만나 깜빵에서 동수를 꺼내주라는 협박성에 가까운 말을 전한다. 그렇지 않을 경우 현수 자신이 다칠 수 있다고. 조직폭력배 두목인 김갑봉에게 협박을 받은 우현수는 자 존심이 매우 상했다. 하지만 그렇게 하지 않을 경우 자신이 위해(危害) 를 받을 수 있다는 생각에 지레 겁을 먹고 동수의 형기가 감형될 수 있는 조치를 취하게 된다.

페인트공.

동수에 대한 현수의 괴롭힘은 계속 이어졌다. 현수는 동수가 출옥 한 후 어디로 가는지를 조사했고, 만약 학교로 다시 돌아간다면 다른 죄를 뒤집어씌워서라도 또다시 잡아들일 생각이었다. 하지만 동수가 학교로 가지 않고 야간 학생일 때 다녔던 페인트시공사로 다시 들어간 걸 현수는 알게 된다.

하여 현수는 동수에 대한 계획을 선회하기에 이른다. 그건 동수가 몸담고 있는 '77페인트시공사'를 망하게끔 만들어버리겠다는 거였다. 그렇게 하기 위해 우현수는 '77페인트시공사'와 거래를 트고 있던 건설업체들에게 하청 거래를 끊을 것을 강요하였고 그걸 견디지 못한 건설업체들이 '77페인트시공사'와 줄줄이 거래를 끊게 된 것이었다.

성당.

현수는 검사의 신분으로 암암리에 건설업체들에게서 금품과 접대를 받고 있었다. 그런데 그 건설업체들 중 한 곳이 부도가 나고 만다. 해서 이 건설업체에 대해 검찰 수사가 진행되었는데, 그 과정에서 현수가 뇌물을 받아왔다는 정황이 포착된다.

그로 인해 현수는 검사 옷을 벗어야 했다. 또한 당시 백화점을 경영하던 숙영의 아버지도 사위인 현수가 검사로 재직하며 그 뒤를 봐주고 있었던 터라, 정관계에 상당한 뇌물을 상납한 대상에 오르면서 더 이상 사업을 유지할 수 없게 되었다. 결국 회사는 부도가 났고 그 여파로 인해 숙영의 아버지는 스스로 목숨을 끊고 만다.

이후 숙영은 과거에 저지른 잘못들을 회개하고 새롭게 살자고 현수를 끈질기게 설득한 끝에, 학창시절에 다녔던 성당을 찾게 되었고, 그곳에서 현수는 신부, 우식에게 모든 걸 털어놓게 된 것이었다.

그리움

어느덧 세월은 서리가 내려앉듯 동수의 머리칼을 희뿌옇게 만들어 버렸다.

벌써 둘째 민석이 열여섯, 중학교 3학년이 되었으니 꽤 많은 시간이 흐른 것이다. 힘든 역경과 고난을 견뎌낸 끝에 동수는 인형공장에 재료를 납품하는 가게를 운영할 수 있게 되었다.

그때가 떠올랐다, 철없이 서울로 가출해 봉제공장에 들어갔을 때가. 그곳, 봉제공장에서 인형 만드는 데 쓰이는 옷감을 재봉질했던 게 어렴풋이 기억났다. 아마 동수가 그때처럼 고향을 그리워한 적도 없었을 것이다. 꼭 지금처럼 말이다.

에필로그

검은 김.

김 농사가 인생에 있어 큰돈을 벌어줄 거라고 믿었던 아버지, 김 농사가 잘돼야 자식들을 키울 수 있다고 생각했던 어머니, 그 김 농사가 잘되려면 검은 김이 많이 생산돼야 한다고 여겼던 아버지, 어머니. 그리고 그 검은 김과 같은 삶을 자식들이 살기 바랐던 부모님.

파래.

동수의 생각은 부모님과 달랐다. 최고라고 쳐주었던 그 검은 김을 동수는 최고라고 생각하지 않았다. 예전의 최고, 어찌 보면 당연한 거라고 믿었던 진리, 그 진리가 꼭 옳은 것만이 아니란 걸 동수는 깨달았다. 살아왔던 과거를 되짚어보면 동수 자신의 삶은 최고가 아니었다. 오히려 최고가 주는 온갖 핍박을 견뎌내며 그 험난하고 고달픈 삶을 살아왔는지도 모른다. 파래처럼 말이다.

파래는 왜, 검은 김들과 공생하기 위해 자신의 가치를 알아주지 않아도 그 검은 김들 속에 파묻혀 함께하고자 했던 것일까? 파래, 그 파래가 있었기에 파래가 섞인 파래김보다 파래가 섞이지 않은 검은 김은 최고가 될 수 있었을 것이다.

왕은 신하가 있어서, 양반은 상놈이 있어서, 부자는 가난한 자가 있어서, 배운 자는 못 배운 자가 있어서, 후자가 있어 전자가 더 빛이 나듯. 검은 김은 파래가 있었기에 더 가치 있게 보였을 것이다.

파래김.

사람들은 검은 김 맛에 묻혀 파래의 참맛을 몰랐는지 모른다. 아니, 아직도 모르고 있는지 모른다. 파래와 검은 김이 함께 어우러졌을 때 그 맛은 더 향기롭고 뛰어나다는 걸.

사람들이 살아가는 이 사회도 마찬가지다.

이 사회가 잘 굴러가기 위해선 사람들의 관계가 위아래로 가로막힌 수직관계가 아니라 동등한 위치에 서 있는 수평관계여야 한다. 검은 김과 파래, 즉 상류층과 하류층이 구분 없이 공존하는 사회야말로 맛깔나는 세상일 것이다. 파래김처럼 말이다.

작가의 말

늦은 나이에 지금의 아내를 만나 결혼했고 그다음 해에 눈에 넣어도 아프지 않을 첫째를 봤습니다. 그런 첫째에게 아내가 늘 바라는 게 있었는데 책을 읽어주는 아빠가 되었으면 좋겠다는 거였습니다.

그런데 책 읽어주는 게 왜 그리도 낯설고 힘들던지. 해서 책을 읽어주는 아빠도 좋지만 책(물론 유아용은 아니지만)을 써주는 아빠가 되겠다고 다짐했습니다. 그 다짐은 둘째를 보면서 더욱 강해졌고, 그렇게 해서 세상에 빛을 볼 수 있게 된 소설이 바로 저의 처녀작 『파래』입니다.

『파래』가 나오기까지 숨은 조언과 도움이 있었습니다. 언제나 저의 든든한 버팀목이 돼 준 성자 누나, 웅식이 형, 재용이 형, 또 바쁜 업무에도 틈틈이 저의 원고를 검토해준 부서 식구들.

아울러 이 지면을 빌려 감사의 마음을 표하고 싶은 분들이 있습니다. 아내와의 연을 맺어준 고려대학교 정치외교학과 김병곤 선생님, 저의 인생의 길라잡이가 돼주시는 고등학교 은사이신 위홍철 선생님, 정치인이기 이전에 친형처럼 늘 따뜻하게 대해주시는 이인영 국회의원님, 한 식구들이나 다름없는 구로 ○○모임의 형님들, 그리고 『파래』가 출간되기까지 노고를 아끼지 않은 출판사 관계자 여러분.

끝으로 나의 가족 지연이, 이흠이, 이윤이에게 사랑하고 고맙다는 말을 전하며, 이 책을 하늘에 계시는 부모님께 바칩니다.